압구정 다이어리

압구정 다이어리

펴 낸 날 | 2008년 6월 20일 초판 1쇄
         2012년 9월 10일 초판 15쇄

지은이 | 정수현
기 획 | 정태훈
펴낸이 | 이태권
펴낸곳 | 소담출판사
        서울시 성북구 성북동 178-2 (우)136-020
        전화 | 745-8566~7 팩스 | 747-3238
        e-mail | sodam@dreamsodam.co.kr
        등록번호 | 제2-42호(1979년 11월 14일)
        홈페이지 | www.dreamsodam.co.kr

ISBN 978-89-7381-935-5 03810

● 책값은 뒤표지에 있습니다.
● 잘못된 책은 구입하신 곳에서 교환해드립니다.

연애보다 재미있는 압구정 이야기

압구정 다이어리

정수현 지음

소담출판사

차례

작가의 말 _6

로데오 사파리라고 들어봤나요? _11

써클이라는 핵폭탄이 떨어지다 _31

그녀들은 남자도 네일아트처럼… _109

청담동 언덕에서 히치하이킹을… _143

넌 일개 호스트니, 오리지널 청담동 도련님이니? _181

효리도 평일 낮 12시엔 애인과 갤러리아에 가지 않는다 _219

나이트에서의 부킹 & 로데오 거리에서의 헌팅 _263

난 오늘도 헬스장에 가기 위해 파운데이션을 바른다 _311

나는 압구정 남자의 지갑을 터는 귀여운 강도 _339

일요일은 광림교회에서 회개할까… 말까… 잘까? _369

작가의 말

　「섹스 앤 더 시티」나 「베벌리힐스의 아이들」, 또 최근 인기리에 방영했던 미국 드라마 「가십 걸」은 진부한 표현을 빌리자면 소위 '부유한 도시, 부유한 사람들의 화끈하면서 흥미로운 이야기'이다. 이 작품들은 대중들의 호기심을 적절히 자극하여 시즌별로 제작되었고, 맨해튼이나 베벌리힐스라는 곳에 대한 환상, 그곳에 사는 사람들에 대한 경외심이나 부러움을 갖게 했다.

　물론 나도 다를 바 없었다. 이 작품들에 푹 빠져 '꼭 맨해튼에 가서 오른손엔 잇백, 왼손엔 아이스 아메리카노를 든 채 스타일리시하게 그 거리를 활보하겠어! 그리고 멋진 글도 쓰는 거야!'라는 당찬 꿈을 가진 채 뉴욕행을 결심했다. 하지만 멀지 않은 곳, 그러니까 우리나라에도 그런 거리, 그런 장소가 존재한다는 것을 깨닫는 순간 뉴욕행 비행기표 끊는 것을 잠시 미뤄두었다.

한 골목길이 있어.

그곳에선 BMW나 벤츠는 그냥 일반 자동차라고 생각해. 적어도, 아니 아마도 페라리나 애스턴 마틴 정도는 돼야 사람들의 시선이 몰려든다고 할 수 있지. 사실 8억짜리 SLR이 지나가도 많은 관심을 끌지 못해. 정말 관심이 없어서인지 남들이 다 관심을 안 주니 혼자 티 내기 쪽팔려서 그러는 것인지는 잘 모르겠어.

그리고 한 커피빈이 있어.

영화배우 강동원이 두세 명의 사람들과 같이 들어와. 몇 명이 힐끗 쳐다보는 것 같더니 금세 다시 자신의 파트너와 이야기를 해. 누구도 강동원에게 사인이나 사진을 부탁하지 않아. 홈스테드 앞에는 페라리 한 대가 시속 5킬로로 거리를 기어가고 있어. 운전자는 골목길의 정체에도 불구하고 짜증 한 번 내지 않고 즐거워해. 주위까지 열심히 둘러보며 말이야. 고속주행을 위한 스포츠카인지 사파리를 위한 관광용 차인지 모를 정도로.

내 지인 중 한 명은 이곳을 이런 식으로 표현했다. 그리고 내 지인이 이런 식으로 표현한 곳은 바로 압구정동과 청담동이다. 갤러리아 명품관을 뒤로하고 이어지는 파리의 샹젤리제를 연상케 하는 명품 거리와 모터쇼에 온 듯 착각을 일으키게 하는 로데오 거리가 있는 곳. 베컴, 티에리 앙리, 시아라, 패리스 힐튼 등 국제적인 스타들이 한국을 방문하여 들른 써클이라는 클럽이 존재하는 곳. 이름은 직접 거론할 수 없지만 유명 연예인들과 정치인들이 살고 있는 곳. 과연 이곳이 뉴욕의 맨해튼과 다를 바가 무엇이겠냔 말이다. 그래서 난 이곳에서 일어나는 일을 '칙릿'이란 장르의 소설을 통해 묘사해보고자 마음먹었다. 앞에서도 언급한 것처럼 소위 잘나가는 곳에서 잘나가는 사람들의 이야기를 앙큼하고도 발칙하게 그려보자고 말이다.

만약 이 소설에서 이상문학상을 받은 글에서나 볼 수 있는 문학성을 기대한다면 실망할 수 있다. 나의 능력을 떠나 내가 이 소설을 통해 보여주고 싶었던 것은 인간 내면의 깊이 있는 성찰이나 통찰이 아닌, 한국의 너무나 특이한 한 지역의 재미난 모습이기 때문이다. 커피믹스에서 이탈리아 정통 커피의 깊은 맛을 요구할 수는 없는 법이다. 커피믹스만의 간편함과 부드러움이 있으니까. 이 책에서 당신이 기대할 수 있는 것은 아직 어떤 작가도 세상에 선보이지 않았던 한 동네 이야기이다. 맥도날드 앞에 람보르기니와 페라리 등의 슈퍼카들이 줄을 지어 서 있는, 마치 뉴욕의 맨해튼과 같은 신기한 동네 이야기를 말이다.

끝으로 이 책이 나오기까지 도움을 주신 분들에게 감사의 말을 전하고 싶다. 일단 이 소설의 기획부터 인터뷰까지 함께해준 정태훈. 재미난 아이템들을 아낌없이 건네준 소중한 친구 vj미라, 지영. 일러스트를 멋지게 그려준 강민지, 최병익. 사랑스러운 언니 신명진! 압구정 최고의 여의사 이안의 김지은 원장님, 최고의 매니저 이진규 언니, 이 소설을 절대적으로 후원해주신 써클 오피스 팀장 정일님! 항상 옆에서 도움을 주신 이정섭, 김태희, 노현경, 박재형, 이수민, 이지혜, 최경식, 송동원, 그리고 소중한 내 가족. 마지막으로 이 소설의 인터뷰에 응해주신 모든 분들에게 감사드린다.

2008년 5월, 압구정 스타벅스 야외 테이블에서
정수현

로데오 사파리*라고
들어봤나요?

만약!

모터쇼에 가기를 원하는 분이 있다면 난 이렇게 권할 것이다.

'토요일 오후, 압구정 로데오 거리에 나가보세요! 홈스테드** 야외 테라스에 앉아 느긋하게 관람하실 수 있을 거예요. 물론 약간의 차비와 커피 값이 필요하겠지만.'

100퍼센트 사실이다. 토요일 오후 압구정 로데오 거리는 마치 모터쇼 현장을 연상시킨다. 봐라, 지금 지나가는 저 차! 한 대에 8억은 거뜬히 넘을 것이다. 음, 8억이라는 돈이 감이 잡히지 않는다면 강남에 있는 중형 아파트를 생각해봐라. 그것도 아니면 해외 스타들이 타고 다니는 수영장과 침실이 딸린 고급 요트 한 대?

* 로데오 사파리 비싼 외제 차, 특히 뚜껑이 열리는 카브리올레(오픈카)를 타고 압구정 로데오 거리를 할 일 없이 돌아다니는 현상. 한번은 홈스테드에 앉아 있는데 빨간색 페라리를 정확히 일곱 번 봤다. 바로 그 자리에서. 믿을 수 없겠지만 정말이다.
** 홈스테드 (homestead) -지도 표시-

뭐, 이렇듯 거리는 외제 차 전시장마냥 번쩍번쩍한 고가의 차들로 가득 차 있지, 그 거리를 돌아다니는 여자들은 레이싱걸처럼 잘빠진 몸매와 딱 떨어지는 얼굴을 가지고 있지. 아니, 오히려 미모나 재력적인 면에서 레이싱걸을 능가하는 여자들이 더 많다고 볼 수도 있겠다.

애써 모터쇼와 다른 몇 가지를 꼽자면,

첫째, 이 거리의 차들에게는 주인이 있어 시승이 불가능하다는 것.

둘째, 레이싱걸 같은 그녀들에게 디카를 내밀며 '사진 좀 같이 찍어주세요' 하고 말을 건넨다면 위험분자 취급을 당한다는 것 정도!

그리고 음…… 아! 입장이 프리(free)라는 점도 있겠군.

대체 왜 이들은 이렇듯 비싼 차를 몰고 이 거리를 특별한 목적 없이 돌아다니는 것일까, 라는 의문이 가끔 들곤 한다. 혹시 보이고 싶은 욕망과 보고 싶은 욕망의 충족(싸이월드의 성공 이유라고 한다)이 이 거리에서 교차되고 있는 것일까?

뭐, 이유야 어찌 됐든 난 이 거리를 사랑한다. 내가 자라온 동네로써, 내 유년기의 모두(그러니까 애정, 우정, 미움, 분노, 사랑, 배신, 재생, 절망, 뭐 이런 소소한 것들. 아! 가장 중요한 음주가무도)가 이곳에서 이루어졌다고 해도 과언이 아니리.

오후 3시. 여느 때처럼 홈스테드 야외 테라스에 앉은 난 아이스 아메리카노를 홀짝대며 표지 모델 보아의 시크한 표정이 꽤나 마음에 드는 7월 「vogue」를 뒤적이고 있다. 그리고 밋밋한 기삿거리를 발견할 때마다 잡지에서 거리로 시선을 옮겨 지나가는 차와 사람들에게 슬쩍슬쩍 눈길을 준다.

값비싼 외제 차, 명품으로 온몸을 휘감은 화려한 남녀들, 쌩얼로 돌아다니는 연예인들, 운이 좋으면(?) 성형수술을 막 하고 나온 듯 마스크와 모자로 얼굴을 가린 연예인도 볼 수 있다.

지금 홈스테드 안으로 구찌, GRG 모자를 푹 눌러쓴 모델 이○○와 엄○○가 다정히 팔짱을 낀 채 들어온다. 그녀들의 엄청난 포스에 사람들의 시선이 쏠린다. 하지만 그건 아주 잠시뿐이다. 길어봤자 1~2초 정도? 이 장소에 있는 그 누구도 그녀들에게 사인을 해달라거나 사진을 같이 찍자는 제의는 하지 않는다. 이런 상황을 보고 있자니 얼마 전 네이버 기사에 달린 댓글 하나가 생각난다. 정확히는 기억나지 않지만 기사 제목이 '새벽 1시 청담동에선……' 뭐, 이런 거였는데.

> dkfwofdk 압구정 것들은 연예인을 보고도 사인해달라고 안 한다면서? 배부른 자식들ㅡㅡ [10]

아! 이 댓글을 보고 혼자 얼마나 키득거렸는지. 하마터면 배 위에 올려놓은 맥북과 함께 침대 밑으로 굴러 떨어지는 대형 참사가 일어날 뻔했다. 한참을 깔깔거리며 숨이 멎을 듯 웃고 난 뒤 나는,

— 만약 당신 언니가 김태희라면 당신은 만날 김태희를 보면서 신비감에

빠질까요? 뭐, 이런 것과 같은 현상이라고 봐요. 그러니까 제 말은 배가 불러서가 아니라 익숙해져서 그렇다는 거죠.

라는 댓글을 달려다 그냥 관둬버렸다. 분명,

- 네 언니가 김태희냐?
- 내가 알기론 김태희는 여동생이 없다.
- 내가 이완인데, 난 매일 봐도 신기하다.

등등 나를 향해 터무니없는 비난의 댓글들이 쏟아져 나올 테니까.

> **압구정을 돌아다니는 이름이 연예인을 봐도 모른 척하는 이유**
>
> 1. 그냥 익숙해져서.
> 2. 톱스타가 아니라. 여기서 톱스타라 하면 장동건, 이정재, 배용준, 김태희, 김희선 정도?
> 3. 연예인인 줄 몰라서.
> 4. 상대(연예인)가 날 모르는데 내가 왜 아는 척을 해? 저들이 나보다 잘난 게 뭔데?
> 5. 남들이 안 하니까.

지금 막 지난주 3회 만에 시청률 20퍼센트를 넘긴 드라마의 여주인공이 홈스테드 안으로 들어왔다. 필링의 효과일까? 잡티 하나 없는 완벽한 쌩얼로 주위의 시선을 전혀 의식하지 않은 채 말이다. 그녀의 완벽한 얼굴의 견적을 요리조리 가늠해보다 내가 지금 그녀와 비슷한 콧날을 가진 누군가를 기다리고 있다는 생각이 들었다. 이. 지. 안. 왜 여태껏 전화 한 통이 없는 거지?

슬슬 홈스테드 앞으로 고딩들이 몰리기 시작한다. 삼삼오오 짝을 지어 예쁘게 포장한 선물 박스를 소중하게 들고 이 앞을 어슬렁거리는 그녀들은 전국 각지에서 몰려든 동○○○나 슈○○○○의 팬들이다. 왜냐? 홈스테드 위층에 그들(10대 인기 꽃미남 남성 그룹)이 다니는 샵이 있기 때문이다. 한 시간쯤 지나 그들이 나올 때쯤이면 더더욱 시끄러워질 게 분명하다. 그 전에 이곳을 벗어나야 할 텐데.

난 그녀들에게서 고개를 돌려 다시 거리 쪽을 바라보았다. 지금 막 홈스테드 앞으로 지나간 차는 포르쉐 카이엔*. 그리고 정확히 5초 뒤 뚜껑을 오픈한 마세라티 스파이더**가 지나간다. 난 벌써 이 자리에서 저 차(그러니까 같은 번호판을 단)를 무려 세 번이나 봤다. 장담컨대, 저 마세라티는 지금 로데오 사파리 중일 것이다. 일반적인 경로로 로데오 사파리***를 하기 위해선 대략 15분 정도의 시간이 소요된다. 아까 7시 10분쯤 저 차가 지나갔으니 분명 지금은 7시 25분쯤 되었을 것이다. 난 시

---

* 포르쉐 카이엔 강력한 힘을 가진 SUV를 갖고 싶은 이에게는 최고의 차. 물론 비싼 차 값을 감당할 능력이 있을 경우에 말이다.
** 마세라티 스파이더 이탈리아 고급차 분위기가 물씬 풍기는 차. 「천국의 계단」에서 권상우가 처음에 타고 나왔지만 그 뒤에는 종적을 감추었다. 만약 사고로 고장이 나거나 손상을 입는다면 드라마 제작비에 엄청난 손실이 생기기 때문 아닐까?

간을 보기 위해 휴대폰을 꺼냈다. 그와 동시에 내 휴대폰에서 벨소리가 울리고, 휴대폰 액정에 '지안'이라는 두 글자가 반짝거린다.

"어디야?"

난 전화를 받자마자 그녀의 위치부터 물었다.

'5분이면 도착해. 홈스테드야?' 라고 말하는 그녀의 목소리와 시동 거는 소리가 겹쳐 들렸다. 그녀의 집은 정확히 씨네시티 골목에서 차로 5분이면 도착할 수 있는 거리에 있다. 걸어서는 10분?

"어, 씨네시티로 올 거지? 내가 씨네시티 앞으로 갈게. 첫 스타트는 같이 끊자고."

난 휴대폰을 끊자마자 테이블 위에 놓여 있는 아이스 아메리카노와 루이뷔통 멀티스티치백을 각각 오른손, 왼손에 나눠 들고 바게트 빵처럼 딱딱한 의자에서 일어났다. 그리고 홈스테드 야외 테라스를 빠져나와 씨네시티로 걸음을 옮겼다. 오랜만에 새 오픈카로 로데오 사파리를 할 생각을 하니 벌써부터 가슴이 두근거렸다. 더군다나 지안이 새로 뽑은 차는 BMW 645CI 신형이다. 물론 지금 이 거리에는 그보다 좋은 차들이 수두룩하지만, 뽑은 지 3년이나 된 내 빨간색 미니쿠퍼보다는 BMW 645CI가 훨씬 멋지다. 더군다나 BMW 645CI는 뚜껑도 열리잖아.

*** 일반적인 로데오 사파리 경로 씨네시티에서 홈스테드를 지나서 락앤롤(Rock&Roll)을 거쳐 쭉 직진해 파리크라상 전 골목에서 좌회전한 후 피자헛이 있는 골목에서 또 좌회전을 한다. 그리고 쭉 직진하다가 할라파이가 있는 건물을 살짝 지나 프린세스 호텔이 있는 곳에서 우회전을 한다. 배스킨라빈스를 지나 돌체앤가바나에서 큰 거리로 나간다. 그렇게 도로를 가다 보면 왼쪽에 유명한 캘리포니아 피트니스가 보인다. 그리고 큰 사거리에서 다시 우회전을 해 약 100미터만 더 가면 씨네시티가 나오고, 그 골목으로 들어가면 바로 로데오 사파리를 시작했던 홈스테드가 보인다.

소프트 톱으로.

　사람들은 우릴 부러움에 찬 시선으로 바라볼 것이다. 뭐, 우리 뒤에 아까 그 포르쉐나 페라리 같은 차가 지나간다면 금세 시선을 빼앗기겠지만. 하지만 상관없다. 잠시라도 남들의 시선을 받는다는 건 굉장히 흥분되는 일이니까.

　난 가벼운 발걸음으로 탐탐*을 지나쳤다. 그때 씨네시티 골목에서 낯익은 차 한 대가 들어온다. 은색 포르쉐 카레라 GT. 내 머릿속에서 본능적으로 공습 사이렌이 울렸다. 설마! 상준인 지금 뉴욕에 있는걸! 난 콩닥거리는 가슴을 애써 진정시키며 걸음을 재촉했다. 그리고 그 차와 나의 거리가 약 15미터쯤 됐을 때 소리를 지를 뻔했다.

　맙소사!

　진짜 상준이다. 어쩌지? 한국에 들어온 건가? 난 정말 그와 마주칠 수 없다. 아니 마주쳐선 안 된다, 아직은. 아니, 어쩌면 평생.

　무작정 뛸까? 아니야, 그건 너무 바보 같은 짓이야. 그렇다고 지금 이 상황에서 뒤돌아가도 이상할 텐데. 이제 3미터, 아니 2미터. 아! 젠장, 난 재빨리 고개를 90도로 푹 숙였다. 그리고 종종걸음으로 빠르게 걸었다. 남들이 보면 선글라스도, 모자도, 화장도 안 한 연예인으로 착각할 만큼. 다행히 그가 탄 포르쉐가 나를 그냥 지나쳤고, 나는 휴, 하고 안도의 한숨을 내쉬었다. 그리고 그가 얼마만큼 갔는지 보기 위해 슬쩍 뒤를

---

* **탐탐**(TOM N TOMS) 탐앤탐스의 애칭. 씨네시티 골목 쪽에 자리한 테이크아웃 커피 전문점. 10~11시면 문을 닫는 다른 커피숍과 달리 새벽까지 영업을 한다. 새벽 1~2시 물이 예술이다. -지도 표시-

돌아보았다.

난 거의 숨이 멎을 뻔했다. 사이드 미러를 통해 상준과 눈이 마주친 것이다. 젠장!

'빵' 하고 클랙슨 소리가 들린다. 그리고 뒤이어 '정지현' 하고 내 이름 석 자를 크게 부르는 그의 목소리가 들렸다.

이를 어째?

이를 어쩌면 좋아?

난 못해. 정말이지 아직은 그와 이야기할 수 없다. 그리고 해서도 안 되지. 아니, 이렇게 얼굴을 마주치는 일이 있어선 절대 안 되는데.

난 다시 고개를 홱 돌려 그와 반대 방향으로, 그러니까 씨네시티 쪽으로 무작정 뛰기 시작했다. 그리고 뛰면서 휴대폰을 꺼내 통화 버튼을 눌렀다. 무언가 바닥에 떨어지는 소리가 들렸지만 지금은 그런 걸 신경 쓸 상황이 아니다. 금속 소리 같았는데. 내 가방에 금속이 뭐가 있더라? 젠장, 빨리 받아라, 빨리.

"여보세요?"

"어디야?"

난 뒤도 돌아보지 않은 채 급하게 뛰며 말했다.

"씨네시티 앞. 넌?"

"나 10초면 도착해. 시동 꺼놓지 마. 알았지? 그리고 내가 타자마자 바로 출발해."

나는 지안과의 통화가 끝나자마자 휴대폰을 가방 안에 아무렇게나 쑤셔넣었다. 그때였다. 내 뒤에서 '저기요, 이봐요, 이거 떨어뜨렸는데요'라는 중저음의 남자 목소리가 들려왔다.

젠장, 내가 뭔가를 떨어뜨리긴 했구나.

하지만 지금 내가 몇천만 원을 물어줘야 할지도 모르는 이 중대한 시점에 그깟 물건 하나 가지고 시간을 끌 순 없다. 떨어뜨려봤자 콤팩트 5만 원, 립스틱 3만 원. 가장 고가의 물건인 아이팟을 떨어뜨렸다고 해도 25만 원이면 최신형으로 바꿀 수 있다. 제일 중요한 휴대폰은 방금 가방에 넣었으니 당연히 아닐 테고. 즉, 내가 지금 떨어뜨린 물건 때문에 더 이상 지체할 시간이 없다는 소리다.

나는 뒤도 돌아보지 않고 소리치듯 말했다.

"저기요, 댁이 가져요."

그리고 계속해서 달렸다. 미친 듯이 뛰다보니 어느새 씨네시티 도로변에 아무렇게나 세워져 있는 파란색 BMW 645CI가 눈에 들어왔다. 나는 재빠르게 차에 올라타 운전석에 앉은 지안을 쳐다보지도 않고 숨을 몰아쉬며 보챘다.

"헉헉! 빨리 출발해."

만약 내가 무작정 탄 차가 다른 사람의 차였더라도 난 어서 차를 출발시키라고 소리를 질러댔을 것이다.

"어디로?"

"헉! 아무 데로나. 빨리! 헉!"

지안이 액셀을 밟고 100미터쯤 움직이고 나서야 난 뒤를 돌아보았다. 하지만 그의 차는 보이지 않았다. 뭐야? 괜히 나 혼자 오버한 건가?

그나저나 아까 내 등 뒤에서 떨어진 물건 주워준 그 남자 목소리 좋았는데. 박상준 그 자식만 아니었어도 난 그에게 눈길 한 번 정도는 주었을 것이다. 떨어진 내 물건도 받고. 뭐, 이제 다 지나간 일이니 더 이상 신경 쓰지 말아야겠지만.

그나저나 박상준 그 자식은 왜 한국에 있는 거지? 얼굴 좀 안 보고 사나 했더니. 미덥지 못한 데다 바람기까지 다분한 터무니없는 녀석! 나는 시원한 바람을 맞으며 혼자서 중얼댔다.

"야, 정지현, 너 왜 그래? 무슨 사고라도 쳤어?"

한 손으로 핸들을 잡고 다른 한 손으로는 휴대폰 문자를 찍던 지안이 성수대교 쪽에서 위험하게 우회전을 하며 물었다. 그 바람에 바로 옆에 지나가던 벤츠가 지안의 앞을 가로질러 갔다. 지안은 감히 자신의 앞을 가로질러 가는 배짱 있는 자가 누구냐는 듯 문자를 찍던 휴대폰을 뒷좌석으로 던지고는 다시 그 앞을 가로질렀다. 지안의 과격한 운전 덕분에 겨우 제자리를 찾아가던 내 심장박동수가 다시 빨라지기 시작했다.

"헉! 그런 거 아니야."

"아님, 조인성이 너보고 사귀자니? 왜 이렇게 호들갑을 떨어. 무슨 일인데?"

"헉! 그것도 아니……."

"계집애야, 말 좀 해봐!"

난 일단 크게 숨을 고르고 나서 들이쉬고, 내쉬고, 들이쉬고, 내쉬고를 반복했다. 휴! 이제야 좀 살 것 같다. 아마 10센티 굽 샌들을 신고 이렇게 빨리 뛴 여자는 나밖에 없으리라. 더군다나 이 구두는 2008년 신상 마놀로블라닉*이란 말이다.

"나 방금 전 상준이랑 마주칠 뻔했어."

지안은 벤츠를 100미터 이상 따돌리고 나서야 정상적으로 운전하기 시작했고, 난 그제야 다시 한 번 가슴을 진정시키며 말했다. 그리고 구두를 벗어 굽을 살폈다. 다행히 별 이상은 없다. 정말 여러 가지로 다행이다. 상준이 나를 뒤쫓아오지 않은 것, 그리고 이 비싼 구두의 굽이 닳지 않은 것, 또 하나는 새로 산 지안의 차가 정말 쌔끈하다는 것.

"근데 왜? 왜 그러는데? 너 걔랑 헤어졌다고 못 보고 그럴 사이 아니잖아? 그리고 니들이 한두 번 헤어졌던 것도 아니고."

"어, 근데 이번엔 심각해. 그게 그러니까 2월에 상준이 뉴욕으로 가기 전날이었어."

3개월 전.

"뭐? 상준이가 여자랑 있다고? 청담동 명품 거리** 돌체앤가바나(D&G) 매장?"

---

* **마놀로블라닉** 미국 드라마 「섹스 앤 더 시티」의 영향으로 부쩍 가까워진 슈즈 브랜드. 물론 가격은 절대 가깝지 않다. 아무리 싸도 한 켤레에 100만 원은 족히 넘는다.

** **청담동 명품 거리** 갤러리아 사거리를 지나면 거리를 따라 길게 늘어선 명품 브랜드샵을 볼 수 있다. 휘황 찬란하지만 조잡스럽지 않은 절제미가 묻어나는 간판들, 그리고 고급 미용실과 고급 카페들이 밀집되어 있는 거리. 마치 파리의 샹젤리제나, 이탈리아의 밀라노 몬테 나폴레오네를 보는 듯한 느낌이랄까?

절대 유쾌하지 못한 소리를 들은 난 침대에서 벌떡 일어나 얼굴에 붙여 놓았던 sk2 페이셜 트리트먼트 팩을 떼어 힘 있게 집어던졌다. 조금 전까지만 해도 내 얼굴에 붙어 있던 팩이 '철퍼덕' 소리를 내며 차지게 옷장 벽면에 들러붙는다. 그러거나 말거나 의자 위에 아무렇게나 걸려 있던 몇 벌의 트레이닝복 중 어렵게 한 세트를 찾아 입은 난 후다닥 집을 나섰다. 지금 내가 신은 신발과 빛바랜 핑크색 벨벳 트레이닝복이 결코 어울리지 않는다는 것 때문에 신경 쓸 시간이 없다. 왜냐? 지금 내게 중요한 건 스피드니까.

먼지 쌓인 빨간색 미니쿠퍼에 시동이 걸리자마자 나는 힘껏 액셀을 밟았다. '부웅' 하는 소리와 함께 계기판의 알피엠 수치가 레드 존까지 올라간다.

박상준, 이 나쁜 자식! 이번엔 정말로 가만두지 않겠어. 눈앞에서 딱 걸렸는데 지가 무슨 말을 해? 그나저나 어떻게 죽이지? 돌체앤가바나 넥타이로 목을 조를까? 아니야, 그런 바람둥이 자식을 죽이는 데 사용하긴 값이 너무 세.

'사람 죽이는 데 사용한 돌체앤가바나 넥타이 단돈 10, 아니 15만 원. 참고로 그자는 죽어 마땅한 자였음' 하고 옥션에 경매로 내놓으면 금방 팔리려나?

난 그 바람둥이 자식을 어떻게 죽일까 이리저리 궁리하며 전속력을 내어 청담동 명품 거리로 향했다. 프라다 플래그샵, 루이뷔통, 미소니,

아르마니, 구찌 플래그샵을 눈 깜짝할 사이에 지나치자 운전석 창을 통해 반대편 거리에 있는 돌체앤가바나 매장이 보인다. 그리고 그 앞에 검은색 SLK55 AMG, 엔초 페라리, 노란색 람보르기니 무르시엘라고가 한 줄로 주차되어 있다. 상준과 친구들의 차(엄연히 말하면 그들의 부모 차)다.

얼씨구, 당당히 주차까지 해놓으셨네! 친구가 본 게 사실이었군. 분명 어제 나한테는 '새벽 비행긴데 뭐 하러 공항까지 나와, 마음만이라도 고마워'라며 내 이마에 작별 키스를 하곤 공항으로 향했는데……. 아마 그 공항이라는 게 줄리아나나 클럽i, 보스였을 테지. 그 자식이 끊었다는 비즈니스석은 VIP 룸을 말하는 것이었을 테고.

분명 지금쯤 어제 나이트에서 꼬인 여자들과 저기 앞에 보이는 돌체앤가바나에서 시시덕거리고 있을 것이다.

"그거 알아? 여기 매장 인테리어가 이태리 돌체앤가바나 매장과 똑같다는 거. 나 옷 좀 봐줄래? 아, 그리고 마음에 드는 원피스 있으면 골라봐. 어울리면 사줄 수도 있어."

젠장, 그놈이 할 말, 제스처들이 눈앞에 아른거렸다. 난 좌회전 신호가 들어오기도 전에 빠르게 유턴을 했다. 타이어 마모되는 소리가 들리든 말든 신경 쓸 일이 아니다. 지금은 오직 박상준, 그 바람둥이 놈을 가만두지 않겠다는 결연한 의지로 핸들을 더욱 세게 잡는다.

집에서 출발한 지 5분도 안 되어 돌체앤가바나 앞에 차를 정차시킨 나는 오늘만큼은 정말이지 가만있지 않겠다고 맹세하며 전의를 불태웠다. 돌체앤가바나 플래그샵의 검은 유리문을 열고 들어가니 매장 이곳저곳에서 제집처럼 여유 있게 진열된 상품들을 살피는 그들이 보였다. 그리고 그 옆에선 샵 메이크업을 한 여자들이 그들의 팔짱을 끼고 교태를 부리고 있다. 두꺼운 화장으로 가렸다고 해도 안면 보수공사를 한 것쯤은 금세 알아차릴 수 있다. 상준 옆에 들러붙은 저 여자도 보톡스를 과하게 맞았는지 웃는 입가에 경련이 인다.

"야, 박상준!"

"어? 지, 지현아."

날 발견한 그의 얼굴이 순식간에 새파랗게 질리면서 자신에게 팔짱 낀 여자의 팔을 슬며시 풀어놓는다.

"여, 여긴 어떻게 왔어?"

"너야말로 여기 왜 있어? 너 지금쯤이면 뉴욕행 비행기 안에서 영화를 보든지 기내식을 먹고 있든지 그것도 아니면 스튜어디스한테 작업 걸고 있어야 하는 거 아냐?"

"그게, 어제 비행기가 연착됐거든? 아, 아니, 사실은 내가 비행기 날짜를 착각했더라고. 그래서 친구들이랑 송별회나 할 겸."

"송별회가 참 이상하다! 여기서 여자 끼고 희희낙락하는 게 너희 송별회 방식이야? 야, 지금 이게 말이 된다고 생각해? 박상준 너, 진짜!"

난 그에게 소리치며 따져 물었다. 상준의 친구들과 점잖아 보이는 돌체앤가바나 점원들이 나를 흘끔흘끔 쳐다본다. 그러거나 말거나 난 상준 옆에 있는 여자를 슬쩍 훔쳐보았다. 버버리 미니스커트에 샤넬풍 코트, 그리고 마놀로블라닉의 신상 구두, 펜디 은색 클러치백. 입가에 경련이 일도록 웃던 그 여자는 더 이상 웃고 있지 않다.

"오빠, 이 여자 누구야?"

꽤나 새침스러운 표정으로 여자가 물었다.

"어? 아, 아는 여자."

"뭐? 아는 여자?"

그 여자가 나를 아래위로 흘겨보더니 피식 웃는다. 나는 순간 내 차림새가 어떤지 생각났다. 그러자 나를 위아래로 훑어보는 그 여자의 시선에 피가 거꾸로 솟는다. 하지만 아무리 피가 거꾸로 솟아도, 당장 저 여자의 잘난 마놀로블라닉 구두에 침을 뱉고 싶어도, 그 여자에 대항할 수 없는 초라한 차림새 때문에 나는 그저 솟구치는 분노로 몸을 부르르 떨어야 했다. 마치 지금 내 차림은…… 뭐라 그럴까. 그래, 화려하고 예쁘고 젊기까지 한 여자에게 남편을 빼앗긴 푹 퍼진 아줌마 같잖아!

이럴 줄 알았으면 크리스티앙 루부탱 구두에 랑방 드레스를 입고, 에르메스 백을 들고 샵에서 메이크업을 받고 오는 건데. 하긴 그렇게 준비하고 왔더라면 저것들은 이미 돌체앤가바나 로고가 적힌 럭셔리한 쇼핑백을 양손 가득 들고 사라졌겠지?

갑자기 모든 게 싫어졌다. 그래! 그냥 끝내는 거야. 어차피 2년이나 사귀었고 볼 거, 못 볼 거 다 본 사이인데 뭘. 나도 이제 새 남자 만날 때가 됐잖아? 근데 이런 깨달음이 하필이면 이런 상황에서라니. 하다못해 구두라도 제대로 신고 나왔다면 저 잘난 마놀로블라닉을 힘껏 밟아주었을 텐데.

난 두 주먹을 불끈 쥐고 침을 한 번 꼴깍 삼켰다. 그리고 상준을 똑바로 응시하며 말했다.

"야, 다 그만둬. 이제 지겨워. 네가 그렇게 좋아하는 바람, 많이 피우면서 살아라. 나도 이제 내 갈 길 갈게. 아참, 그리고 너 아빠 차 조심히 몰아라. 저번처럼 흠집 냈다가 골프채로 얻어맞지 말고. 그리고 언니인지 동생인지 잘 모르겠지만, 이 남자 돈 많으니까 여기서 원피스 하나 고르고, 옆 루이뷔통 매장 가서 백 하나 골라. 어차피 며칠 후면 뉴욕행 비행기 탈 놈이니까 미안해할 필요 없어."

폭포처럼 말을 쏟아낸 나는 '뒤로 돌아' 구령을 받은 것처럼 절도 있게 그에게서 등을 돌렸다.

"지현아, 그게 있잖아. 사실은……."

그가 내 어깨를 잡았다.

"이거 놔!"

그의 손을 차갑게 뿌리친 난, 뒤 한 번 돌아보지 않고 걸어 나왔다. 문을 열고 밖으로 나와 혹시나 쫓아오지 않을까 10초 정도 그를 기다려봤지만 그는 모습을 나타내지 않았다.

나쁜 자식, 멍청한 자식, 개자식!

화가 극에 다다른 나는 내 손에 있는 차 키의 쇠 부분을 상준의 차 운전석 문짝에 가져다 대곤 힘껏 손을 움직였다. 끼이이이이이익. 듣기 싫은 소리와 함께 20억이 훌쩍 넘는 그의 차에 보기 싫은 흠집이 났다.

"자, 이제 상황이 이해되지?"

그때를 회상하며 내가 말했다. 지금 생각하면 그건 정말 미친 짓이었다. 아마도 그 순간 생각지도 않은 어이없는 상황에 내가 잠깐 정신을 놓은 것이 분명하다. 그렇지 않고서야 그런 일을 저지를 수 없지. 암, 그렇고 말고.

"뭐? 걔네 아빠 차? 걔네 아빠 차라면 엔초……."

"맞아, 엔초 페라리."

"그게 정말이야? 얼마나 긁었는데?"

"차 둘레 주위 다 그으려다가 운전석 문짝만 그었어."

"맙소사! 너 미쳤어? 그게 얼만데? 고소 안 당했어?"

끼이익, 하고 지안의 차가 멈췄다. 지안이 너무 놀란 나머지 빨간 불이 들어오는 것을 미처 보지 못하고 교차로 중앙에 멈춰 선 것이다.

"야, 우리 지금 어디에 서 있는 줄 알아?"

"지금 그게 대수니? 그동안 상준이한테 연락 안 왔어? 네가 차 긁어 놓았다는 거, 걔 알아?"

"몰라. 내 알 바 아니야. 야, 그나저나 어쩔 거야? 지금 우리 차 때문에 저쪽에서 오는 차들이 제대로 못 가잖아."

"똑똑."

그때였다. 운전석 창문을 두드리는 소리가 난 것은.

"야, 어떡해. 경찰이야."

경찰이 주머니에서 메모판과 볼펜을 주섬주섬 꺼내며 다시 한 번 차

창을 두드린다. 귀찮은 듯 차창을 내리는 지안의 손짓이 투박하다.

"신호 위반하셨습니다. 신분증 좀 보여주시죠."

경찰이 표정 하나 변하지 않고 지안을 보며 말했다. 하지만 지안에게 지금 경찰 따위는 눈에 들어오지 않을 것이다.

"너 그래서 전화번호 바꿨던 거야? 차 값 물어내라고 전화할까봐?"

난 고개를 끄덕거렸다. 차창 밖에서는 경찰이 지안을 바라보며 계속해서 큼큼거린다.

"맙소사! 너 그거 고치는 데 얼만지 알아? 적어도 일억은 나가. 고치는 데만. 어? 그 돈이면 웬만한 외제 차 살 수 있고, 샤넬 매장에 있는 물건의 3분의 1은 살 수 있어. 음 그리고……."

"알아. 그러니까 이렇게 피해 다니는 거지. 이사는 갈 수 없고. 쟨 그냥 뉴욕에서 서머(summer)나 들을 것이지 왜 또 나온 거람?"

"이봐요."

다시 한 번 경찰이 부르자 난 그제야 경찰을 바라보았다. 그리고 최대한 애교 섞인 목소리로 말했다.

"저기요, 정말 죄송해요. 제 친구가 면허를 딴 지 얼마 안 돼서."

미소를 지으며 긴 생머리를 쓸어올리는 것도 잊지 않았다.

김아중도 하는데 내가 못할 게 뭐람? 빨리 해결하고 로데오 사파리나 즐겨야지. 뭐, 당당하게 뚜껑을 오픈하는 건 불가능하겠지만. 그 망할 박상준 때문에.

써클이라는 핵폭탄이 떨어지다

젠장, 누구야? 누가 이 시간에 전화를 하는 거야?

자기 주인이 어떤 상황인지도 모르고 눈치 없이 울려대는 휴대폰 벨소리 덕분에 잠에서 깬 나는 힘겹게 침대에서 몸을 일으켰다. 계속해서 울리는 휴대폰을 요리조리 손을 뻗어 찾아보지만, 내 손에 휴대폰이 닿기 전에 벨 소리는 끝나버렸다.
아, 정말 끝내주게 속이 쓰리는걸! 대체 얼마나 마신 거지? 그리고 언제, 또 어떻게 들어온 거야? 머리는 금방이라도 부서질 것 같고, 몸에는 도무지 힘이 들어가질 않는다. 마실 때 잠깐 좋고, 다음 날 이렇게 괴로운 걸 내가 대체 왜 퍼마셨을까? 그것도 아주 왕창! 하지만 이 괴로움과 후회도 잠시뿐이라는 걸 나는 알고 있다. 장담하건대 오늘이 지나고 내일이 지나면 난 또다시 술잔을 기울일 것이다. 대체 왜 술은 마약으로 지정해놓지 않은 거람?

뭐, 그런 건 내 힘으로 어쩔 수 없다 치고, 대체 어떻게 집에 들어온 거지? 걸어서? 기어서? 택시? 그것도 아님…… 아냐, 그래 설마 그건 아닐 거야. 절대! 그래, 차근차근 생각해보는 거야. 차. 근. 차. 근.

중요한 건, 그리고 정말이지 다행인 건 지금 내가 누워 있는 곳이 호텔이나 청담동 길바닥이 아닌 내 방 침대 위라는 것이다.

그러니까 시작은 10시쯤 돼서 걸려온 전화 한 통이었다. 내가 전화를 받자마자 유라는 훌쩍이는 목소리로 한참을 말없이 흐느꼈다. '빌어먹을, 빌어먹을'을 열 번 넘게 한 후에야 그녀는 결국 흐느낌 대신 내가 알아들을 수 있는 말을 했다.

"나 결혼 파투 냈어. 알고봤더니 그 자식 떨(마리화나=대마초, 엑시터시보다는 약하다) 상습범*이더라고."

맙소사!

하마터면 난 휴대폰을 손에서 놓칠 뻔했다. 떨 상습범이라니.

친한 친구의 약혼자라는 이유로 몇 번 그와 저녁식사를 했었다. 부자 부모님을 둔 잘나가는 사업가. 서글서글한 외모에 호탕한 성격, 그리고 자신의 명의로 되어 있는 50평형 청담 아파트. 처음 만난 장소가 보스(나이트)라는 것만 빼면 유라가 결혼을 결심할 만큼 괜찮은 남자였다.

그런데 그런 그가 떨 상습범이라니. 갑자기 이런 말이 떠올랐다. '전

★ **떨 상습범** 텔레비전에나 나올 법한 믿기 힘든 이야기지만 가끔, 아주 가끔 청담동이나 압구정에선 이런 남자들을 만날 수 있다. 그런데 평소엔 정말 멀쩡하다 못해 핸섬하기까지 해 그 사실을 알아차리기란 쉽지 않다.

세계의 너무나 많은 남자들이 거짓의 가면을 쓴 채 살아가고 있다!'

"야, 잘했어. 난 떨쟁이 남편을 둔 네 모습은 정말 상상조차 하기 싫다. 끔찍해! 지금 어디야? 내가 바로 나갈게. 지안인 불렀어?"

일단 유라를 어르고 달래 간단한 응급처치를 한 후 전화를 끊은 난 부랴부랴 옷을 챙겨 입고 주차장으로 갔다. 그리고 무의식적으로 가방 속을 뒤적거리며 키를 찾아보았지만, 내 손에 차 키의 감촉은 느껴지지 않았다. 분명 이 가방 안에 두었던 것 같은데…….

주차장에 쪼그리고 앉아 백을 거꾸로 들어 탈탈 털어보았다. 맥 러브 넥타 립글라스(패리스 힐튼이 가방마다 하나씩 넣고 다녀서 더 유명한), 폴리크림 치즈 컵, 오래되어 비닐이 너덜너덜한 팬티라이너, 한 짝밖에 없는 샤넬 귀고리, 볼 나간 볼펜, 그 볼펜으로 찍찍 그어져 있는 버버리 핀, 유통기한을 알 수 없는 자몽 맛 자일리톨 껌, 쓰다 만 기름종이 등등이 쏟아져 나온 그 속에서 자동차 키는 분명히 보이지 않았다.

젠장, 이걸 어쩌지? 비상키도 없는데. 대체 어디로 사라진 거야. 바로 그때 내 머릿속에 불현듯 상준과 마주쳤던 그날이 떠올랐다. 상준을 피해 도망갈 때 뒤에서 나를 부르던 그 목소리. 맙소사! 내가 떨어뜨린 게 내 미니쿠퍼 키였다니. 난 그것도 모르고 멍청하게 그걸 그 '목소리'에게 가지라고 했단 말이야? 아, 정말이지 나란 애는.

다시 휴대폰 벨이 울렸다. 분명 유라의 재촉 전화일 것이다. 그래, 차 키는 나중에 찾아야지. 못 찾으면 새로 만들고.

난 키 찾는 것을 잠시 뒤로 미룬 채 서둘러 집 밖으로 나와 손을 들어

택시를 잡았다.

"노는 아이* 청담동 포차**요. 모르시면 맥드라이브 쪽으로 가시면 돼요."

기사 아저씨는 미터기도 누르지 않은 채 차를 출발시켰다. 하긴 기본요금도 나오지 않는 거리니 뭐.

그나저나 '떨쟁이'라니. 생각만 해도 끔찍하다.

정확히 6년 전. 그러니까 내가 스무 살 때. 아는 오빠의 홈 파티에 갔을 때였다. 연락을 늦게 받아 느지막이 그 집에 도착했을 때 이미 그 안에 있던 사람들은 제정신이 아니었다. 거실에 크게 자리 잡은 뱅앤올룹슨 오디오에서 흘러나오는 핑크의 「get the party」를 배경음악으로, 천장 위를 떠다니던 헬륨 풍선을 마시며 이상한 목소리로 욕지거리를 해대는 사람들. 몇몇 여자들은 가죽 소파 위에서 사람도 거뜬히 죽일 수 있을 만큼 뾰족한 뮬을 신은 채 방방거리고 있었고, 그녀들 손에 들린 와인잔에서는 붉은 와인이 피처럼 뚝뚝 떨어져 바닥을 흥건히 적시고 있었다. 심지어 각 방 침대에서는 이미 눈 맞은 커플들이 에로스적인 사랑을 나누고 있었으니…….

그 광경은 '매우 위험하지만 재미있다'며 같이 동참하기에는

---

* **노는 아이** 써클이 있는 도로에 위치한 아주 큰 포장마차. 낮에는 자동차 정비소가 밤에는 포장마차로 탈바꿈한다. 새벽녘에 그렇게 물이 좋다는데 이유는 근처에 써클과 모델라인이 있기 때문이라나? -지도 표시-
** **청담동 포차** 청담동에 있는 포차들을 리어카 한 대의 포차 정도로 생각한다면 큰 오산이다. 청담동 포차는 주로 넓은 카센터나 주차장을 야간 시간대에 대형 포장마차로 변신시킨 것이다.

너무나, 너무나 충격적이었다. 마치 미국 드라마나 할리우드 영화에서 볼 수 있는 장면이랄까? 어수선하고 정신 나간 이곳에 금방이라도 총을 든 FBI들이 들이닥칠 것만 같아 난 뒤도 돌아보지 않고 재빨리 밖으로 뛰어나왔다.

일주일쯤 후. 누군가 배신을 해 정보를 흘렸는지 그날 파티장에 있던 사람들 모두 경찰에 연행되어 조사를 받았다는 소식이 들렸다. 물론 금방 풀려나긴 했지만(빽이 있는 자들만 가능한 일), 만약 나도 그 상황에 휩쓸렸더라면……. 윽! 상상도 하기 싫다. 그때 일을 생각하니 고개가 절로 흔들어졌다.

"아가씨."

"……."

"저기, 다 왔는데요?"

또 뭐가 있지? 그래, 그중 같이 있던 사람 한 명만 불어라, 그럼 넌 풀어주겠다는 경찰들과의 실랑이. 난 내가 살기 위해 남을 파는 그런 일은 절대, 절대…… 솔직히 잘 모르겠다. 그 상황이라면 금세 나불거릴지도.

"저, 아가씨?"

아! 난 그제야 아저씨에게 천 원짜리 두 장을 건넨 후 택시에서 내렸다. 늦은 시간이라 그런지 이미 포차 앞은 외제 차로 가득했다.

상상이 되는가? 안은 연예인들로 가득하고, 밖에는 페라리와 포르쉐와 벤츠들이 줄지어 서 있는 포장마차.

그렇다.

청담동에 위치한 포장마차들은 퇴근길 가벼운 지갑에 소주 한잔하는 그런 일반적인 포장마차와는 완전히 다른 곳이다. 주로 연예계 관계자들이 오픈해 동료 연예인들로 붐비는 것이 청담동 포차의 가장 큰 특징이다. 그리고 더 늦은 새벽엔(새벽 5시 이후?) 텐프로 언니들이 합세해 거의 나이트 같은 분위기를 풍긴다. 즉, 이 포차 안에선 부킹이 이루어지기도 한다는 뜻이다. 물론 나도 몇 번 연예인들과의 포차 부킹을 해본 적이 있다.

어쨌든 난 그런 포차 안으로 들어가 혼자 청승맞게 소주를 마시고 있는 유라를 어렵지 않게 발견했다.

"지안이는?"

"거의 다 왔대. 젠장, 난 진짜 완벽한 내 짝이라고 생각했는데······. 차라리 그 사실을 모르는 게 나을 뻔했나? 이건 비극이야, 비극."

자신이 이 세상에서 가장 불행한 여자일 거라는 표정의 유라는 잔에 소주를 가득 채우며 다 죽어가는 목소리로 말했다.

"야, 진작 알았으니 다행이지, 그걸 모르고 결혼했다고 생각해봐. 그건 아무런 안전장치 없이 번지점프를 하는 것과 같아. 윽, 생각만 해도 소름 끼친다. 잘된 거야."

난 빈 잔에 술을 따라 한 번에 들이켜곤, 지나가던 점원을 불러 이미 바닥난 홍합탕을 리필해달라고 말했다. 금세 하얀 대접에 김이 모락모락 나는 홍합탕이 테이블 위에 놓였다.

"야, 홍합탕 리필보다 쉬운 게 남자 리필이야. 봐라, 여기 깔린 게 다 남자잖아."

정말이다. 이 넓은 곳을 가득 채운 사람의 반이 남자다.

"아무튼 잘된 일이야. 내가 얼마 전에 신문에서 봤는데, 마리화나를 피우면 뇌가 느리게 작용해서 주위 환경과 조화를 이루지 못하게 돼 내성적인 사람으로 변한대. 게다가 감각도 느려지고. 현실 감각이 아예 없어지는 건 말할 것도 없고 말이지."

난 언젠가 잡지에서 본 듯한 내용을 떠올리며 신중하고 조심스럽게 말했다. 마치 신문에서 본 것처럼.

"그래? 휴, 근데 나 이제 또다시 미팅, 소개팅, 선, 헌팅, 부킹의 향연을 펼쳐야 하는 건가? 아! 하늘에서 완벽한 남자 하나 뚝 하고 떨어지면 좋겠다."

한숨을 토해내며 말하던 유라는 다시 한 번 술잔을 들이켰다. 하긴 유라는 되도록 일찍, 자신과 딱 어울리는 럭셔리한 남자와 결혼해 럭셔리하게 사는 게 꿈이었지. 그러니 결혼 상대자를 갑자기 분실해버린 지금 또 어디서 나에게 어울리는 상대를 찾나, 하는 것이 유라의 가장 큰, 그리고 유일한 걱정일 것이다. 사실, 완벽한 연인을 만나는 것처럼 어려운 일이 또 어디 있겠는가? 더군다나 가진 게 많은 사람일수록 더욱 완벽한 상대를 원할 것이다. 참고로 유라는 스스로를 갖출 만큼 갖춘, 근사한 존재라고 생각한다.

"걱정 마. 너에게 딱 맞는 상대를 곧 만날 수 있을 거야. 그 사람보다 훨씬 더 좋은. 내가 장담해!"

이럴 때 하는 거짓말은 용서가 될 것이다. 그렇지 않다면 이 세상이 제대로 돌아갈 리 없잖아!

"그렇지만 그 남자, 섹스한 후 언제나 밤을 함께 보내줬단 말이야."

맙소사! 그건 당연한 거 아니야? 누가 그랬더라? 맞아. 「브리짓 존스의 일기」 주인공이 그랬다. '데이트 규칙 5. 섹스를 한 뒤 밤을 함께 보내지 않고 가버리는 것은 정말로 예의에 어긋난 행동이다'라고. 하지만 난 아무 말도 하지 않았다. 유라가 르네 젤 위거*를 별로 좋아하지 않기에. 너무 쉽게 살을 찌웠다 뺐다 해서 얄밉다는 이유로 말이다.

"그런 의미에서 우리 써클 갈까?"

어느새 나타난 지안이 터프하게 자리에 앉으며 말했다.

"써클? 뭐야? 새로 생긴 클럽이야?"

---

* 르네 젤위거 영화 「브리짓 존스의 일기」의 매력 있는 여주인공.

유라가 소주잔을 내려놓으며 큰 소리로 말했다. 주위의 시선은 아랑곳하지 않은 채.

"응, 네가 그놈한테 정신 팔려 있을 때 새로 생긴 클럽이야. 나도 딱 한 번 가봤어. 근데 물이 죽음이야."

"어떤데?"

유라의 눈이 휘둥그레졌다. 아마 지금 반쯤은 그 약혼자를 잊어버렸을 것이다.

"음…… 뭐라 그럴까. 내가 한 다섯 번 정도 가봤는데, 줄리아나나 보스에 오는 사람들이 압구정스러운 분위기를 풍긴다면, 써클엔 청담스러운 사람들이 많이 온다고 할까? 맞아, 꼭 맨해튼에 있는 클럽 같아. 묘한 분위기라고 해야 하나? 그래, 좀 몽환적이야. 그리고 무엇보다도 칵테일이 죽여줘. 아니, 다 죽여줘."

지안은 자신이 써클에 대해 알고 있다는 게 자랑스러운지 어깨를 으쓱하며 말했다. 5년 동안 뉴욕에서 유학 생활을 한 지안은 맨해튼에 있는 클럽은 모조리 다녔다고 했다. 마치 그게 굉장한 커리어인 것마냥.

"정말?"

"응, 정말. 어쨌든 진짜 환상적이야. 이 소주 맛이랑은 차원이 다른 칵테일이라고. 남자들 물도 여기보다 좀 더 좋지."

지안이 주위를 슬쩍 둘러보며 말했다.

"그래. 오죽하면 줄리아나와 보스 합병설이 돌겠어? 써클 때문에 장사가 안 된다는데?"

나도 질세라 내가 아는 정보를 자신 있게 털어놓았다. 유라는 '정말? 말도 안 돼'라며 믿기 힘들다는 표정으로 주머니에서 담배를 꺼내 불을 붙였다.

"정말이야. 확실한 정보라니까. 인테리어도 끝내줘. 가볼 만해."

"어, 내가 지난주에 지현이 너랑 간 다음 날 또 갔었거든? 근데 그날 좌 정○○, 우 이○○였어. 화장실 앞에는 최○○이 서 있고. 남자고 여자고 다 모델들 같아."

"정말? 하기야 처음에 물 좋게 하느라고 모델들 끌어오잖아!"

유라가 더욱더 흥분해서 말했다. 써클 바로 옆에 모델라인*건물이 있는 걸 보면 충분히 가능한 말이다. 분명 써클 관계자들이 모델라인에 들어가 쭉쭉 빵빵한 모델들에게 놀러 오라며 공짜 쿠폰을 마구 쥐어줬을 것이다. 물론 내 생각이지만.

아마 20대 여성들에게 미혼인 내 친구가 애를 가졌다거나 남자친구와 동거를 한다거나 하는 얘기만큼 가슴을 설레게 하는 소식이 있다면 그건 바로 새로운 클럽이 생겼다는 소식일 것이다. 그것도 정말 쌔끈한!

음! 누구나 한 번쯤은 생각해봤을 것이다.

내가 만약 클럽을 만든다면…… 묘한 색의 레이저가 사정없이 벽과 벽 사이를 쏘아대고, 춤을 추는 스테이지에는 은색 봉이 여기저기 박혀 있어야지. 그리고 소파는 빨간색과 흰색으로, 누우면 바로 스르르

★ 모델라인 써클 옆 건물에 있는 모델 학원. 밤낮을 가리지 않고 그곳 물은 최고다! -지도 표시-

잠이 들 정도로 폭신폭신하게. 또 가끔씩 눈이나 비를 내리게 할 수 있는 장치를 천장에 만들어놓고, 최대한 분위기가 고조되었을 때 뿌려주는 거야. 곳곳에 김이 모락모락 나는 스파를 만들어놓고 가끔씩 '비키니 데이' 같은 걸 만들어도 나쁘진 않겠지?

한 잔, 두 잔 술을 넘기던 유라와 지안이 건물 전체가 커피빈인 곳*에 관해 이야기를 하다 실랑이를 벌였다. 주제는 스타벅스와 커피빈 중 어느 쪽이 더 테이크아웃 커피 전문점으로 뛰어나냐 하는 것이었다. 유라는 커피빈 파였고, 지안은 스타벅스 파였다. 둘은 한 치의 양보도 없이 신경전을 벌였다. 하지만 언제나 그렇듯 그런 사소한 논쟁은 우리의 눈에 들어온 근사한 남자로 인해 중단된다.

"어머, 쟤 어때? 지금 들어오는 저 남자 근사하지 않니? 그것도 애스턴 마틴(007 제임스 본드의 차)에서 내렸다고."

내 말에 그녀들이 내가 가리키는 곳으로 일제히 시선을 돌렸다. 당연히 그 후 우리의 수다 주제는, 뉴욕에선 커피빈보다 스타벅스나 씨즐러가 더 유명하다느니 하는 그런 쓸데없는 이야기가 아닌 애스턴 마틴을 탄 남자였다. 그 남자 옆자리에 유명한 여배우가 그의 팔짱을 끼며 앉기 전까진 말이다. 물론 그 후로는 저 여배우의 뒷담화가 우리의 화젯거리가 되었고.

---

* **건물 전체가 커피빈인 곳** 소설의 배경인 압구정~청담동에는 모두 아홉 개의 커피빈이 있다. 압구정점, 압구정 에스점, 압구정역점, 압구정 현대점, 압구정 시티점, 압구정 로데오점, 청담 에스점, 청담 성당점, 청담 발레리점. 휴, 이렇게나 많다니.

그렇게 우리는 수다를 떨며 계속해서 술을 마셔댔다. 그리고 한 시간 후쯤 유라가 몸을 비틀거리며 말했다. 지금 당장 써클에 가자고. 그러면서 마지막 남은 소주를 입에 털어넣었는데, 그중 반은 유라의 입이 아니라 바닥으로 떨어졌다. 그러나 나와 지안은 동시에 소리쳤다.

"No!"

"왜? 왜 안 되는데?"

유라가 도무지 이해할 수 없다는 표정으로 물었다.

"거기 드레스 코드가 굉장히 까다롭거든. hot & sexy라고. 지금 이런 차림은 절대 안 돼. 아마 가드들이 우릴 보자마자 이렇게 말할걸? 죄송하지만 오늘은 손님이 꽉 찼습니다."

지안이 꼭 써클 문 앞에서 정장을 입고 서 있는 가드 같은 표정과 말투로 말했다. 나도 깔깔대며 지안의 의견에 적극 동의했다. 하지만 유라는 여전히 이해할 수 없다는 표정이다. 언제나 이런 차림으로 줄리아나 보스에서도 뒤지지 않았으니 그럴 만도 하다. 하지만 써클은 다르다. 천하의 우리(한때 아니, 아직도 잘나간다)도 삔찌 놓을 수 있는 단 하나의 클럽이다. 잠시 지안의 말을 빌리면 마치 맨해튼의 잘나가는 클럽처럼.

"뭐야! 그럼 언제 가?"

유라가 볼멘소리로 물었다.

"내일 갈래? 내일 토요일이잖아. 물이 죽일 거야. 진짜 꾸미고 와야 해. 요즘 인기가 좋아서 물 검사가 더 까다로워졌대."

"그래. 오늘은 술이나 실컷 마시고 내일 정말 죽이게 차려입고 가는 거야. 어쨌든 유라가 다시 솔로가 된 것을 축하하며!"

지안이 빈 소주잔을 들고 말했다.

"그리고 지안이의 the exclusive shop 오픈을 미리 축하하며!"

물론 내가 든 잔도 비어 있다. 우리는 건배를 하고 소주 세 병과 안주 몇 개를 더 시켰다. 그리고 정신을 잃을 때까지 떠들고 마셔댔다.

사실 이별했을 때 최고의 대처 방법은 루이뷔통과 샤넬이 입점해 있는 백화점에서의 쇼핑, 그리고 로데오 사파리, 또 이꼴저꼴 다 보인 오래된 친구들과의 음주가무다. 물론 정신을 놓을 때까지 마시는 건 당연한 거고.

어쨌든 술과 우정이 뒤섞인 아주 근사한(?) 새벽이었다.

문제는 그 뒤가 잘 생각나지 않는다는 것이다.

그래, 아무렴 어때. 무사히 집에 왔고, 지갑과 휴대폰은 멀쩡하잖아?

난 지끈거리는 머리를 붙잡고 샤워를 하러 내 방에 딸려 있는 자그마한 화장실로 향했다. 하나씩 옷을 벗고 빅토리아 시크릿의 속옷만 걸친 내가 거울에 비쳐졌을 때 다시 휴대폰 벨이 울렸다. 난 서두르다 하마터면 반나체로 화장실 바닥에서 뇌진탕으로 죽을 뻔했지만, 다행히도 그런 불상사는 일어나지 않았다. 목숨까지 걸고 받은 전화의 발신자는 지안이었다.

"깼네?"

"어, 방금. 근데 나 어제 집에 어떻게 온 거야?"

내가 물었다.

"당연히 모르지. 나도 내가 어떻게 들어왔는지 모르는데. 어쨌든 정신 차리고 9시에 트라이베카 3층*에서 보자."

"트라이베카? 왜?"

"우리 오늘 써클 가기로 했잖아. 거기서 모이자고. 어쨌든 나중에 봐."

전화가 끊긴 후 나는 잠시 생각했다. 아, 맞다! 써클.

그나저나 지금이 2시 반. 7시까지는 여섯 시간 반이 남았다. 숙취로 엉망이 된 피부를 다시 맑고 투명한 피부로 재생시키기 위해선 한숨 더 자야 한다.

한 시간 동안이나 뜨거운 물이 나오는 샤워기에 내 몸을 맡긴 채 온몸에 배어 있는 소주 향을 날려버린 나는 다시 침대 위로 쓰러지듯 누웠다. 침대 끄트머리에 널브러져 있는 이불을 끌어당기자 탁자 위에 놓여 있는 무언가가 중심을 잃고 바닥으로 떨어졌다.

꼴도 보기 싫은 대학원 원서였다. 정말이지 난 대학원에 가기 싫다. 그것도 내 뜻대로가 아닌 부모님의 강요로 가는 대학원은 더더욱. 4년

---

* 트라이베카(tribeca) 3층 트라이베카에서 만날 때는 꼭 몇 층에서 만날지 정해야 한다. 그 이유는 트라이베카는 층마다 다른 바로 이루어져 있기 때문이다. 네 가지 콘셉트라고 할까?
2층의 the bar tribeca에서는 뉴욕 라운지에서 느낄 수 있는 편안함을, 3층 카페 greEAT에서는 따뜻한 햇살과 차 한 잔의 여유로움을, 4층의 누들 바 the gallery에서는 다양한 아시안 누들을, 그리고 마지막 5층의 와인 바 brooklyn에서는 전 세계의 와인을 즐길 수 있다. 참고로 난 3층에 있는 바를 자주 간다. 사실 4층 누들 바는 가격에 비해 맛이 떨어진다. 아늑한 정원에서 차 한 잔의 여유로움(?) 같은 걸 느낄 수 있기 때문이랄까? 아, 2층에서는 얼마 전 큰 파장을 일으켰던 빈센트 앤 코 행사가 열리기도 했다.

동안 공부했으면 됐지. 아무튼 이런저런 이유로 난 대학원을 마땅찮게 여기고 있다. 게다가 더 배울 것도 없고. 그러려면 결혼을 하거나 마땅한 일자리를 구해야 하는데 아직 결혼도 하기 싫다. 또 나에게 맞는 완벽한 일자리를 구한다는 것 역시 내가 안젤리나 졸리에게서 브래드 피트를 빼앗아 오는 것처럼 어려운 일이 될 게 분명하다.

난 매일 출근하는 회사도 싫고, 손님들에게 사근사근해야 하는 가게를 운영하는 것도 싫다. 뭐, 내 이름을 건 브랜드 샵을 압구정이나 청담동에 차리는 거라면 상관없지만 말이다. 하지만 그것도 쉬울 것 같진 않다. 난 지안처럼 디자인을 전공하지도 않았고, 죽이도록 미적 감각이 뛰어나지도 않다. 그러면 내 전공에 맞게 글을 쓰는 직업이어야 하는데 『악마는 프라다를 입는다』*의 앤드리아처럼 마녀 같은 편집장 밑에서 일을 한다거나 『쇼퍼홀릭』**의 레베카처럼 딱딱한 사회부 기자로 일할 수도 없다.

아, 그래! 내가 원하는 것은 「섹스 앤 더 시티」의 켈리 같은 직업이다. 이곳저곳 유명한 잡지사에서 부탁하는 원고를 쓰는 프리랜서. 「섹스 앤 더 시티」를 보면서 얼마나 켈리가 되고 싶어 했던가! 그러나 혹시 내가 되고 싶어 했던 것은 켈리가 아니라 성공한 프리랜서 작가였던 건 아닐까? 아, 그건 좀 더 나중에 생각해도 될 것 같다. 일단 잠이나

★ 『악마는 프라다를 입는다』 앤 해서웨이 주연 영화의 원작 소설. 프라다, 베르사체, 에르메스, 샤넬, 지미 추, 마놀로블라닉 등 세상에 존재하는 명품들은 모두 이 소설에 등장한다.
★★ 『쇼퍼홀릭』 첫 장부터 '어? 이거 나와 비슷하잖아? 혹시 이거 내가 쓴 거 아니야?' 라는 생각이 들게 한 유일한 소설. 역시 쇼핑 중독은 나만의 것이 아니었어.

자야겠다.

  하지만 난 두 시간도 안 되어 잠에서 깼다. 불현듯 걱정이 밀려왔기 때문이다. 혹시 오늘 써클에서,

"드레스 코드가 맞지 않습니다. 입장이 불가능합니다."

라고 말하는 건 아니겠지? 만에 하나 그런 불상사가 발생한다면 난 내일 한강 둔치에서 익사체로 발견될지도 모른다. 퉁퉁 부은 얼굴과 몸뚱어리. 분명 신문에서는 이런 식으로 나를 매도하겠지?

  - 26세 미모(?)의 여인 강변에서 익사체로 발견되다. 대체 그 이유가 무엇인가?

  갑자기 온몸에 소름이 돋는다. 절대 이런 일이 생겨서는 안 될 것이다. 결단코!

  됐다. 떨 것 없다. 나름 잘나가는 우리(?)에게 클럽 문 앞에서 쫓겨나

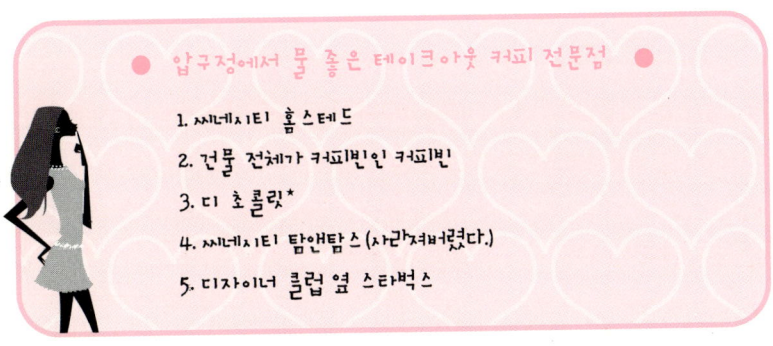

압구정에서 물 좋은 테이크아웃 커피 전문점
1. 쎄네시티 홈스테드
2. 건물 전체가 커피빈인 커피빈
3. 디 초콜릿*
4. 쎄네시티 탐앤탐스 (사라져버렸다.)
5. 디자이너 클럽 옆 스타벅스

★ 디 초콜릿(de chocolate coffee) -지도 표시-

는 그런 말도 안 되는 일이 일어날 확률은, 50억짜리 로또에 당첨되거나, 「미녀 삼총사 3」에 루시 리우 대신 출연하는 것보다 낮을 것이다.

그래도 인생은 알 수 없는 것, 그래서 더 묘미가 있는 것 아니겠는가.

난 최대한 나를 가꾸어야겠다는 생각이 들었다. 만반의 준비를 한다는 건 그만큼 상대를 존중한다는 것이다. 난 써클을 최대한 존중해주기로 마음먹었다. 왜냐? 그들은 오늘 나의 유흥을 책임질 것이고, 운이 좋다면 나에게 멋진 남자를 대령해줄지도 모르니까.

샤워를 하고 나온 나는 드라이어로 머리를 말렸다. 머리를 말리기 전에 비달사순 수분 스프레이를 뿌리는 것도 절대 잊지 않았다. 그리고 잘 말린 머리를 뜨겁게 가열된 바비리스 고데기로 끝만 살짝 말아주었다. 오케이, 머리는 완성이고.

메이크업 전, 모든 메이크업 아티스트들의 사랑을 한 몸에 받고 있는 맥의 fix+(픽스 플러스)를 충분히 뿌려준 후 피부의 밀착력을 높여준다. 그리고 도자기 같은 피부 표현을 위해 보습 파운데이션을 바르고 충분한 시간을 준 후 브러시를 이용하여 화이트 파우더를 살짝 터치해준다. 가식적인 느낌의 하얀 피부가 아닌 투명하고 아름다운 하얀 얼굴을 위해서 말이다. 그리고 손가락 끝에 베네피트 리퀴드 타입의 펄 하이라이트를 소량 덜어 콧날과 인중에 가볍게 문지른다. 눈썹을 그리고 강한 펄이 들어간 핑크색 슈에무라 아이섀도를 눈두덩이 위에 발라주고, 붙인 티가 심하게 나지 않는 속눈썹을 살짝 붙여준 후 바비브라운 아이라이너로 눈 라인을 강조한다. 맥의 워터플루프 마스카라를 꼼꼼히 바르고,

볼에는 안나수이 302호 볼터치를 살짝 칠해준다. 마지막으로 입술에 디올의 키스키스를 부드럽게 발라준다. 아! 립스틱을 바르기 전에 도톰해 보이는 입술을 위해 베네피트의 립 플럼프(lip plump)를 듬뿍 발라주는 것도 절대 잊어선 안 된다.

그래, 써클 전용 메이크업은 이 정도면 된 것 같고, 이제 옷을 입어야 하는데…….

드레스 룸으로 간 나는 구입한 후 아직 한 번도 입어본 적 없는 펜디의 트라페즈 라인 미니드레스를 꺼내 입었다. 그리고 한 달 전 큰맘 먹고 구입한 샤넬 은색 클러치백을 손에 들고, 마지막으로 쥬얼리 디테일이 화려한 체사레 파조티*의 이브닝 슈즈를 신고 전신 거울 앞에 섰다. 옷과 화장, 그리고 구두의 삼박자가 모두 완벽한데 허전한 기분이 든다. 뭐가 하나 빠졌나 싶어 곰곰이 생각해보았다.

아, 맞다!

나는 얼른 화장대로 가 첫 번째 서랍 안에서 맥의 스트롭 크림**을 꺼내 정성스럽게 다리에 발라줬다. 반짝반짝 빛나는 펄이 내 다리 속으로 살며시 스며들어 마치 스타킹을 신은 듯 매끈한 다리를 만들어주었다.

---

* **체사레 파조티**(cesare paciotti) 일반 명품 브랜드에 비해 인지도가 낮아 일반인들에겐 다소 생소한 제품이지만 국내 패션 관계자나 강남권 패션 리더들에게는 캐릭터와 오리지널리티가 강한 명품 슈즈 브랜드로 오랫동안 사랑받아 왔다. 이제부터는 명품 구두가 '지미 추' '마놀로블라닉'만 있다는 생각을 버려라. 남들이 모르는 명품을 아는 것은 꽤나 매력적인 일이다.
** **맥의 스트롭 크림** 오프라 윈프리 쇼에 비욘세가 온 몸에 바르고 나와서 화제가 됐던 맥 제품. 2006, 2007 뷰티 어워드 메이크업 베이스 부분 1위 등극! 스크린, 레드카펫의 여배우들과 각종 백스테이지에서 모델들의 시머한 피부 연출에 절대 빠지지 않는 머스트 해브 아이템.

완벽해! 오늘 나보다 멋진 여자는 없을 거야. 암, 그렇고 말고. 지금의 난 마치 바비 인형 같은걸! 특히 빛나는 이 다리를 봐.

오늘 단 하나 아쉬운 게 있다면 나의 미니쿠퍼를 몰고 써클에 갈 수 없다는 것. 왜냐? 지금 나에겐 차 문을 열고, 시동 걸 차 키가 없으니까. 아, 그 목소리의 남자를 찾을 수만 있다면! 차 키도 찾고, 뭐 괜찮은 남자라면 차 한잔 마셔줄 의향도 있다.

택시를 타고 도착한 트라이베카 정문 앞에 상준의 친구들이 몇몇 보인다. 다행히 상준의 얼굴은 보이지 않았지만, 굳이 저들을 제치고 정문을 통과하고 싶진 않다.

상준과 헤어진 그날, 그 망할 돌체앤가바나 매장에서 보았던 인물들이 몇 명 보이기 때문이다. 이미 나를 발견한 누군가가 다른 일행들에게 숙덕였다. 내가 무슨 잘못이 있어? 있다면 바람피운 그 자식이 나쁜 거지. 두 주먹을 불끈 쥐고 당당하게 그들을 뚫고 들어가리라! 하지만 난 그냥 트라이베카 정문에서 약간 자리를 이동하고 말았다. 절대 저들이 무서운 게 아니다. 저들이 상준에게 전화를 걸어 '니 차 긁어놓은 계집애 여기 있어'라고 알린다면 난 오늘 써클에 갈 수 없을지도 모른다. 써클 대신 한양 파출소에 가야 할지도.

정문에서 조금 멀어지자 상준의 일당은 더 이상 보이지 않았다. 아, 이제부터 어쩐다? 주차장 입구 쪽으로 돌아서 가?

아, 그건 정말 곤란한데. 쌔끈한 차 하나 없이 트라이베카 주차장 문으로 가는 것은 정말이지 꺼려지는 일임에 틀림없다.

1층 전체가 주차장인 트라이베카엔 항시 비싼 차들이 주차되어 있다. 이곳 발렛 요원들은 저 손님의 차는 아우디, 저 손님의 차는 푸조, 그리고 저 손님의 차는 소나타라는 것 정도는 다 꿰고 있다. 그래서 차 없이 주차장 안을 통해 트라이베카로 들어가는 것은 약간, 아니 꽤나 많이 꺼려지는 일이 아닐 수 없다.

잠시 어디로 가야 할지 고민하다 과감히 주차장 안으로 발걸음을 옮긴 후 최대한 발렛과 눈이 마주치지 않으려고 노력하며 걸었다. 하지만 내 뒤에서 울린 클랙슨 소리 때문에 뒤를 돌아보게 되었고, 마침 그 앞에 서 있던 발렛과 눈이 마주치고 말았다.

젠장!

저 발렛 요원, 허리에 차고 있는 무전기로 매니저들한테 연락하는 거 아냐? '방금 올라간 여자는 차가 없어. 그러니까 분명 싼 거 시켜 먹을 거야. 안 좋은 자리에 안내해'라고. 물론 이건 나 혼자만의 생각이지만, 세상엔 너무나도 어처구니없는 일들이 많이 일어난다는 사실을 감안한다면 그렇게 터무니없는 상상만은 아닐 수도 있다.

방금 클랙슨을 울린 벤츠 안에서 여자와 남자가 내렸다. 여자는 굉장히 거만한 포즈로 발렛에게 주차권 받는 남자를 기다리며 우아하게 컬이 진 머릿결을 한두 번 쓸어내린다. 오븐에서 갓 나온 빵에서 신선함이 느껴지듯 미용실에서 갓 나온 머리는 인위적인 티가 난다. 돈 좀 들였겠군.

왠지 저 여자와 같은 엘리베이터에 타기가 싫다. 저 여자는 같이 차를 타고 온 남자도 있고, 나보다 좋은 백도 들고 있다. 제일 중요한 건 같이 온 남자가 꽤나 근사하다는 것이다. 난 최대한 빨리 주차장을 지나 엘리베이터 앞에 섰다. 그리고 재빨리 버튼을 눌렀다. 5층에 머물러 있던 엘리베이터가 움직이기 시작했다. 하지만 엘리베이터가 서서히 내려오는 사이 그 커플이 내 옆에 와 섰다.

망할, 꼼짝없이 저 커플과 같이 타야 하는 건가? 아! 저 커플과 같이 엘리베이터에 타는 건 죽어도 싫은데. 아무래도 저들이 타고 난 뒤에 기다렸다가 타야겠다고 생각했다. 3층, 2층, 에이, 왜 이렇게 느려터진 거야? 나는 혼자 '빨리빨리'라고 중얼거렸다.

드디어 '땡' 하는 소리와 함께 엘리베이터 문이 열리고 거만한 여자와 근사한 남자가 엘리베이터에 올라탔다. 나는 마치 전화가 온 것처럼 휴대폰 폴더를 열어 귀에 갖다 댔다.

어라! 근데 왜 저 근사한 남자가 나를 저렇게 보는 거지?

엘리베이터 문이 닫히기 전의 짧은 시간 동안 거만한 여자 옆에 선 남자가 나를 향해 알 수 없는 눈빛을 보내오고 있다. 대체 저건 무슨 의미람? 날 아는 사람인가? 하지만 내가 저렇게 잘생긴 사람을 기억하지 못할 리 없잖아? 그리고 아는 사람이라면 벌써 꼬드기고도 남았겠지. 내가 아니라 유라와 지안이 말이다. 난 멋쩍게 헛기침을 했고, 곧 엘리베이터 문이 닫히고 남자와 여자가 사라졌다.

나는 남자의 알 수 없는 눈빛 때문에 약간 들떴다. 뭐, 나쁘지 않잖아?

저런 멋진 남자가 날 그런 눈빛으로 바라보는 거. 그 의미를 알 수 없다는 것이 아쉽지만. 하지만 그 남자의 시선으로 내 기분이 좋아졌다는 게 중요한 거 아니겠어? 천하의 정지현, 아직 안 죽었어. 그 거만한 여자가 아무리 나보다 좋은 백을 들고 좋은 구두를 신었어도 나 자체가 명품인데 뒤지기야 하겠어? 암, 그렇고말고.

자아도취에 빠져서 그런지 느릿느릿하던 엘리베이터가 빠르게 1층에 도착했다. 난 엘리베이터에 올라타자마자 우리가 만나기로 한 3층을 누르고 재빨리 닫힘 버튼을 눌렀다.

정말 아는 사람인가? 그 남자의 근사한 얼굴을 떠올리는 사이 엘리베이터 문이 열리고 나는 재빨리 바 안으로 들어갔다. 그리고 '몇 분이세요?'라고 묻는 종업원의 얼굴을 유심히 쳐다보았다. 종업원은 나에게 최대한 겸손과 친절의 눈빛을 건네고 있다. 다행이다. 발렛 요원이 아무 말도 하지 않았구나.

"세 명이요. 글라스 하우스에 가서 앉을게요."

나는 최대한 발랄하게, 그리고 예의 있게 대답했다. 종업원은 나를 글라스 하우스까지 안내한 후 내가 마음에 들어하는 자리를 제공했다. 오후 7시라 이미 해는 뉘엿뉘엿 지고 있지만 나무에 풍성하게 매달린 싱그러운 풀 냄새가 내 코끝에 그대로 전해졌다. 나는 지금 도심 속 자그마한 자연 속에 있는 것이다.

그나저나 이것들은 어디 있는 거야? 지금 정확히 7시에서 딱 2분 지났다. 내가 휴대폰을 꺼내 드는 순간 문 앞에서 두리번거리는 지안과 유라의 얼굴이 보인다. 내가 그녀들을 향해 손을 흔들자 그녀들도 금방 나를 발견하곤 이쪽을 향해 걸어왔다.

"언제 왔어?"

스팽글이 고급스럽게 달려 있는 하얀 탑을 입은 유라가 자리에 앉으며 물었다. 어제보다 한결 표정이 좋다. 그렇게 얼굴이 좋아 보이는 건 지나치게 완벽한 머리와 메이크업 탓이리라. 샵에 갔다 온 건가?

"방금. 너희는 같이 온 거야?"

"어, 정샘물*에서 우연히 만났어."

거봐라, 저건 분명 아티스트의 솜씨였어. 물론 정샘물이 직접 하진 않았으리라. 그녀는 전지현, 김태희만으로도 바쁠 테니까.

"난 아직도 속이 울렁거려."

유라가 내 앞에 놓여 있는 물을 마시며 말했다.

"맙소사!"

물을 마시던 유라가 갑자기 손으로 입을 막고 눈을 휘둥그렇게 떴다.

"왜?"

"저기, 저기, 지금 들어오는 남자 좀 봐. 티 안 나게."

나와 지안은 우리가 예전에 사귀었던 남자라도 있나 싶어 유라가 말한 대로 최대한 티 안 나게 고개를 돌려 지안이 가리키는 곳을 쳐다보았다. 그곳에는 방금 전 엘리베이터에서 본 근사한 남자와 거만한 여자가

---

* 정샘물 인스프레이션(미용실) 유명 연예인의 메이크업을 전담하고 있는 메이크업 아티스트 중 한 사람인 정샘물이 원장으로 있는 샵. 전지현, 김태희 등이 그녀의 손에서 예뻐진다.

매니저의 안내를 받으며 서 있었다. 왜 나보다 늦게 도착한 거지? 그나저나 주차장에서 만나 자세히 보지 못한 여자의 차림새는 훌륭했다. 무릎 위로 한 뼘 반이나 올라가 있는 은색 펄 튜브형 드레스가 그녀의 가느다란 다리를 한껏 돋보이게 했다. 아무리 전직 연예인이라고 해도 아마 저 패션으로 강남역 거리를 걷는다면 모든 사람들의 시선을 한 몸에 받을 것이다. 청담동이니까 저 차림이 가능한 것이다. 하지만 이내 그 거만한 여자는 코밑에 뭐 더러운 거라도 묻은 듯한 표정으로 남자를 끌고 다시 엘리베이터 속으로 사라졌다.

"왜? 저 남자가 누군데?"

나는 호기심 가득한 목소리로 물었다.

"그러니까 내 약혼자, 아니 이제 아니지. 그 사람 만나기 전에 잠깐 선본 남자야. 죽이지?"

"어, 그런 거 같아."

난 나도 모르게 고개를 끄덕이며 진지하게 대답했다. 그건 분명 사실이니까.

"뭐야? 너도 아는 사람이야?"

지안이 심드렁하게 묻는다. 하기야 지안의 스타일은 아니다. 지안은 저렇게 고급스럽고 지적인 이미지의 남자보다는 조각 같은 꽃미남을 선호하는 편이다.

"아, 아니. 뭐 그냥 딱 그렇게 생겼잖아."

나는 얼버무리며 대답했다. 그리고 금세 남자와 여자를 삼킨 엘리베이터를 아쉬운 듯 바라봤다. 그 여자만 아니었어도 눈길이라도 한번 건네보는 건데, 라는 생각을 하면서.

폴스미스 보라색 셔츠에 회색 새미정장 바지를 입었지? 그 정도면 굉장히 뛰어난 패션 감각을 가진 거고. 거기다 류승범이 쓰고 나와 화제가 되었던 폴스미스 안경은 그의 얼굴을 더욱더 지적으로 보이게 했다.

"서울대 법대 나와서 국제변호사 자격증까지 가지고 있대. 지금은 친구들끼리 모여서 펀드매니저 회사를 차렸는데 수익률이 꽤 높다더라. 아빠는 선박회사 회장이고 누나는 성형외과 의사, 나이는 스물아홉, 사는 곳은 청담동 대우 럭스빌. 죽이는 프로필이지?"

흥분해서 그 남자에 대해 떠들어대는 유라를 바라보니 파혼이라는 게 그리 큰일은 아닌 것 같다는 생각이 들었다. 저렇듯 쉽게 다른 남자의 프로필을 술술 읊는 걸 보면 말이다.

"그럼, 차라리 저 남자랑 잘해보지 그랬어? 너 싫대?"

지안이 유라를 향해 물었다. 그래, 나도 궁금하다. 저렇게 괜찮은 남자를 왜 유라 네가 가만히 놔둔 건지.

"야, 싫다니…… 말도 안 돼."

유라가 손을 휘휘 저으며 흥분했다.

"그냥 상황이 안 맞았던 것 같아. 선본 뒤에 저 남자 바로 일본으로 갔거든. 그리고 한참 있다 온 걸로 아는데, 연락하기도 그렇고 해서 그냥 관뒀지 뭐."

유라가 물을 홀짝대며 아무렇지 않은 듯 말했다. 나와 지안은 서로 마주보며 쿡 하고 웃었다. 아마도 우리 둘은 같은 생각을 한 게 틀림없다. '분명히 저 남자한테 뺀찌 먹은 거야. 한유라 성격에 그걸 곧이곧대로 우리에게 말할 리 없지. 자존심이 얼마나 강한데'라는 예상 말이다.

"야, 한유라, 솔직히 얘기해봐. 너 차였지?"

역시 지안이 참지 못하고 유라를 향해 장난스럽게 물었다. 유라는 그런 지안의 물음에 기분이 상한 듯 미간을 찌푸리며 대꾸했다.

"야, 넌 내가 어떻게 차였을 거라는 말도 안 되는 생각을 할 수가 있니? 그렇게 된 건……."

"된 건 뭐?"

지안이 끼어들었다.

"말했잖아. 선본 후에 그 남자가 바로 일본으로 갔다고. 난 한 남자만 기다리며 다른 소중한 인연들을 무시할 순 없어, 얘."

소리 나게 물잔을 내려놓은 유라는 못마땅한 표정으로 지안을 쏘아봤다. 그런 유라의 시선에도 아랑곳하지 않는 지안이 계속 피식대며 웃는다. 그러나 지안의 말은 무시하기로 한 듯 유라가 다시 그 남자를 화제에 올렸다.

"다시 연락해볼까? 아님 지금 가서 '어머, 이런 데서 뵙네요'라고 말이라도 걸어볼까? 아무튼 저런 남자가 청담동 커피숍에 있는 건 당연한 일이지."

유라는 우리나라에서 잘나가는 근사한 남자들은 모두 압구정이나 청담동에서 차를 마신다는, 약간은 이상한 고정관념을 가지고 있다.

"아서라, 그 남자 옆에 있던 여자 누군지 몰라? 걔 성질 진짜 그지 같잖아."

누구지? 난 모르는 애 같은데.

"나도 이름은 기억 안 나는데, 예전에 혼성그룹 하던 애잖아."

혼성그룹? 어디 혼성그룹이 한둘이야? 텔레비전에 나오는 가수들이 하도 많으니 철지난 가수는 이미 내 머릿속에서 지워진 지 오래다.

"아! 누군지 알겠다. 우리 고등학교 때 꽤 인기 많았잖아. 지현아, 기억 안 나? 우리 열아홉 살 때 갤러리아 앞에서 시비 붙었던 여자들 중 한 명인데."

유라가 생각났는지 흥분하기 시작했다.

"아! 기억나, 기억나."

나도 어렴풋이 떠오른다. 하지만 여전히 이름은 생각나지 않았다.

"저 여자 가슴 우리 사촌언니가 했잖아. 그 전 타임에 내가 했었거든. 그래서 똑똑히 기억나."

맙소사! 저 가슴이 자연산이 아니란 말이지? 어쩐지 큰 건 둘째 치고 너무 과하게 모아졌다 했어. 암, 수술도 안 한 가슴이 저러면 일반인들 서러워서 못 살지. 왜 그런 심리 있지 않은가? 나보다 예쁘거나 가슴이 빵빵한 여자를 보고 '우와 죽이는데' 하면서도 '수술했으니까 당연한 거지. 나도 수술하면 저 정도쯤이야'라며 애써 자신이 상대방보다 못한 이유를 대는 그런 거. 뭐야? 그럼 나도 그런 건가? 나는 블랙 탑 위로 봉긋하게 솟은 내 가슴에 살짝 눈길을 준다. 저 여자만큼 크지도, 모아지지도 않았지만 난 나름대로 내 가슴에 자부심을 가지고 있다. 왜냐? 자연산이라는 단 하나의 이유로. 제길, 결국 나도 이런 식으로 나를 위로하는군.

"저 여자 수술하러 왔을 때 얼마나 요구사항이 많았던지, 언니가 미쳐버리는 줄 알았대."

여전히 유라와 지안은 저 여자의 가슴에 열을 올리고 있다. 이미 폴 스미스를 입은 남자의 이야기는 온데간데없다. 알고 있었지만 다시 한 번 깨닫는다. 여자는 자신보다 얼굴이 예쁘거나 몸매가 뛰어난 여자를 어떻게든 깎아내리려 한다는 그리 달갑지 않은 사실을. 게다가 그런 여자 옆에 눈에 띄게 멋있는 남자가 있다면 더더욱 가차 없이.

"그리고 이건 진짜 비밀인데……."

지안이 우리의 호기심을 다시 한 번 자극했고, 우리는 한참 동안이나 그 여자에 대한 시시콜콜한 이야기로 시간을 보냈다. 우리는 종업원이 음식을 양손 가득 들고 와서야 그녀에 대한, 그러니까 그녀의 뒷담화를 끝낼 수 있었다.

"클럽 샌드위치 어디에 놓아드릴까요?"

"여기요."

내 앞에 먹음직스러운 클럽 샌드위치가 놓였다.

"그나저나 이 정도면 뺀찌 먹는 거 아니지?"

유라가 나와 지안을 바라보며 물었다.

"에이, 설마 그러기야 하겠어? 우리가 누구야? 줄리아나, 보스 웨이터들이 택시비까지 쥐어주며 부스 좌석에 앉히던 인물들이잖아."
 지안이 옛날 일을 거들먹거리며 자신 있는 목소리로 말했다. 그래, 그랬었지. 저녁 7~8시 압구정 로데오 거리를 거닐고 있자면 보스나 줄리아나의 웨이터들이 우리 곁으로 다가와 말을 걸었다.
 '나이트 안 갈래요?'라며 다가오는 웨이터에게 우리는 언제나 '글쎄요, 술을 마실까 생각 중인데……'라며 망설이는 듯한 표정을 지었다. 그러면 웨이터들은 안달이 나서 '부스 자리에 양주로 해드릴게. 아, 택시 태워드릴까요?'라며 우리를 설득시키려고 애썼다. 약간의 실랑이 끝에 우리는 못 이기는 척 웨이터들을 따라갔다. 물론 절대 돈이 없어서 그런 건 아니다. 그건 우리의 값어치를 높이는 행위다. 생각해봐라. 제발로 나이트에 온 여자와 뛰어난 미모 덕분에 억지로 끌려온 여자, 테이블에 앉아 있는 여자와 부스석에 앉아 있는 여자, 어느 여자가 더 매력적이겠는가? 당연히 후자다.
 그러고 보니 난 그런 여자였군. 갑자기 나에 대한 자부심이 확 느껴진다. 구부정하게 있던 허리를 빳빳이 펴고 테이블 아래 내팽개쳐진 하이힐을 주워 모아 다시 신었다. 그래, 난 그런 여자였어. 웨이터들이 자신의 나이트에 앉히고 싶어 안달을 하던, 최고로 압구정스러운 여자!
 "하지만 그땐 스물둘이었잖아. 한창 잘나가던 나이."
 뿌듯해하던 내게 지안이 찬물을 끼얹었다. 그렇다. 그때는 스물둘, 지금은 스물여섯. 벌써 4년 전이다. 이런, 나 이제 스물여섯인 거야? 여자는 크리스마스 나이라는데, 그럼 나도 내년이면 차곡차곡 쌓아둔 안

팔리는 케이크 같은 그런 존재가 되는 건가? 생크림은 녹아서 줄줄 흐르고 탐스럽게 올려져 있던 체리는 쭈글쭈글해질 것이다. 젠장, 지안의 직언이 비수로 꽂히는 순간이다.

"야, 스물둘이나 스물여섯이나. 요즘은 그런 거 없어. 겉으로 보이는 나이가 중요한 거야. 난 어설픈 스타일의 어린애들보단 내가 낫다고 생각해."

유라가 신경질적으로 유리 글라스를 테이블 위에 내려놓으며 말했다. 지안의 직언에 지지 않고 대항할 아이는 역시 유라밖에 없구나. 비록 이런 논리에서 거의 지긴 하지만.

"그래, 유라 너 피부 아직 탱탱해. 꼭 열여덟 같아."

"You too."

우리는 애써 서로를 치켜세우며 스스로를 위로했다. 하지만 다시 한 번 지안이 찬물을 끼얹는다.

"그런데 만약 그렇게 된다면? 더군다나 요즘 써클 입장 제한이 더 심해졌다고 하던데……."

그 말이 끝나자 불안하게 다리를 흔들어대던 우리는 테이블 위의 반쯤 남긴 음식을 한참 동안 멍청히 바라보다 약 10초 후 동시에 벌떡 일어나 음식을 남겨둔 채 화장실로 향했다. 화장실에서 한 30분가량(어쩌면 그보다 더) 화장을 다듬고 옷매무새를 고치고 나서야 마침내 트라이베카에서 나와 지안의 차에 올라탔다.

차에 탄 지 1분도 채 되지 않아 다시 차를 정차시켰다. 그렇다. 트라이베카와 써클은 채 20미터도 되지 않는 가까운 거리에 위치하고 있다.

발렛의 신호에 따라 차에서 내린 우리는 그에게 차를 맡기고 써클 문 앞으로 다가갔다.

그런데 대체 이게 뭐지? 길게 늘어선 저 줄은 대체 뭐란 말인가! 분명 써클 문 앞에서부터 시작해서 한 10미터가량 현란한 옷차림의 사람들이 줄을 서 있다. 오늘 무슨 행사라도 있나? 우리는 호기심 가득한 얼굴을 하고 문 앞으로 다가갔다. 하지만 문 앞에는 맨 인 블랙의 윌 스미스와 토미 리 존스를 떠오르게 하는 가드팀* 외에는 아무도 없다.

"저기, 이 줄이 뭐죠?"

나는 조심스럽게 맨 끝에 서 있는 긴 생머리 여자에게 물었다.

"뭐긴요, 줄 서 있는 거죠."

"써클에 들어가려고요? 이 사람들이 다?"

여자는 대답 대신 고개를 끄덕였다. 기가 막혀! 이 사람들이 다 써클에 들어가려고 기다리는 사람이란 말이야? 물론 새벽 1, 2시가 넘어서면 입장을 기다리는 줄이 길어진다는 것 정도는 이미 알고 있었지만, 지금은 11시가 살짝 넘었을 뿐이다.

---

* 가드팀 써클 앞에 서 있는 검정색 양복의 덩치 큰 남자들. 도대체 무슨 기준으로, 무슨 권리로 '당신은 입장, 당신은 입장 불가'라는 결정을 내리는 거지? 무서워 보이지만 알고 보면 다들 서글서글하고 착하신 분들이다.

"지안아, 너 이 시간에 줄 서본 적 있어?"

"아니, 나도 이 시간에 줄 서보긴 처음이야. 하긴 그렇게 소문이 자자하니 너나 나나 다 오는 거지 뭐."

"그럼 기다려야 하는 거야?"

유라가 볼멘소리로 말했다.

"뭐, 어쩌겠어. 써클엔 줄리아나나 보스처럼 친한 웨이터가 없으니 기다려야지 뭐."

"근데 이렇게 줄 서 있는 거 보니 정말 맨해튼 클럽에 온 것 같아. 나 이런 분위기 원추야."

지안의 목소리가 한껏 들떠 있다. 망할, 맨해튼이고 뭐고 나는 줄 따위 서고 싶지 않다고! 우리는 어쩔 수 없다는 표정으로 줄 제일 끝에 자리를 잡고 섰다. 우리가 줄을 서기 무섭게 바로 뒤에 또 한 그룹의 여자들이 줄을 선다. 그리고 한 10분쯤 지났을까? 써클 문 앞에서 시끄러운 소리가 들려왔다.

"그런 게 어디 있어요?"

"죄송합니다만, 이 차림으로는 입장이 불가합니다."

뭐? 불가? 나는 빠끔히 고개만 내밀고 소리가 나는 곳을 향해 시선을 옮겼다. 아까 내가 말을 걸었던 여자와 가드팀이 싸우고 있는 듯했다.

"아니, 그럼 어쩌라는 거예요. 이 친구가 못 들어가면 저희는요?"

여자가 더욱더 언성을 높이며 말했다. 못 들어가? 무슨 일이지? 나는 슬쩍 앞으로 다가가 귀를 기울였다.

"두 분은 저희 드레스 코드와 맞지만 이분은 영 맞지 않습니다. 저희로서도 어쩔 수 없습니다."

가드는 더 이상 다른 말이 나오지 않도록 딱 잘라 말했다. 나는 가드가 가리키는 여자를 바라보았다. 회색 스키니 진에 하얀 탑. 절대로 엉망인 몸매도, 못난 얼굴도 아니다. 오히려 평균 이상인 몸매와 얼굴인데 어째서 입장이 불가하다는 거지? 저 정도도 뺀찌인가? 갑자기 아까 내 모습을 봤을 때 바비 인형처럼 느껴졌던 것이 착시 현상이었을지도 모른다는 불길한 생각이 들었다. 아니면, 내 방에 걸린 전신 거울이 실제보다 조금 더 길어 보이는 백화점 영업용 거울이었거나. 1, 2분 실랑이를 벌이던 그 그룹은 결국 타협을 한 듯싶었다. 드레스 코드가 맞지 않는 친구는 일단 집에 가서 옷을 갈아입고 오고, 나머지 두 명은 먼저 입장하기로 말이다. 잘난 클럽 하나가 친구들의 우정을 잡아먹을 수도 있겠구나.

그런 끔찍한 광경을 뒤로한 채 제자리로 돌아온 난 불현듯 무시무시한 생각에 빠졌다. 만약 저런 일이 나에게 벌어지면 어쩌지? '이쪽 분은 안 됩니다. 이분만 빼고 입장하시기 바랍니다'라고 저 무시무시한 가드가 내게 뺀찌를 놓는다면 내 친구들은 과연 날 버릴까? 아니면 나를 위해 당당하게 뒤돌아설까?

아, 정말 예측 불허의 문제이다.

이런 불안한 내 마음은 아랑곳없이 우리 앞에 선 줄은 점점 짧아지고 있었다. 가드들의 드레스 코드 점검이 다가오고 있는 것이다. 그들이 줄

서 있는 손님들의 드레스 코드를 점검하는 것은 그다지 유쾌한 일이 아니다. 머리에서 발끝까지 가드의 시선을 피할 길이 없다. 그의 수신호 한 방에 여자들은 휘청거리며 돌아서거나, 콧대가 한 뼘쯤 높아져 허리를 짚고 입장한다.

그때 갑자기 가드팀 중 한 명이 우리를 보며 손짓을 했다. 나와 지안, 그리고 유라가 서로 눈치만 볼 뿐 반응을 보이지 않자 그가 성큼성큼 우릴 향해 걸어왔다.

설마 벌써 빽찌를 먹이는 건가? '여러분의 옷차림은 써클의 드레스 코드에 맞지 않아 입장할 수 없습니다. 기다리는 수고하지 마시고 일찍 집으로 돌아가거나, 이 근처 다른 나이트나 클럽 혹은 술집을 찾기 바랍니다.' 이렇게 말하러 오는 거라면? 설마 그런 건 아니겠지? 아, 정말 저 가드 험상궂게 생겼다. 제발 빽찌가 아니어야 할 텐데.

나는 가드의 움직임이 슬로모션처럼 느려졌으면 좋겠다고 생각했다. 혹시나 빽찌 먹을 수 있다는 마음의 준비라도 할 수 있게 말이다. 하지만 나의 이런 간절한 바람에도 불구하고 험상궂은 가드는 이미 우리 앞에 서 있었다. 나는 내 심장이 내 체사레 파조티 이브닝 구두 옆에 나뒹굴어도 전혀 놀라지 않을 자신이 있다. 하지만 혹시라도 내가 이 써클에서 빽찌를 먹는다면?

아, 죽기보다 싫다!

가드의 시선이 유라, 지안을 거쳐 나에게 머물렀을 때, 나는 침을 꼴깍 삼키며 가드에게 물었다.

"……왜……요?"

난 가드를 향해 최대한 긴장한 기색을 숨기려고 노력했지만, 잔뜩 힘이 들어가 갈라진 목소리는 숨길 수가 없었다. 나뿐 아니라 유라와 지안도 살짝 긴장한 눈치다. 지금 우리 셋은 같은 생각을 하고 있지 않을까?

'설마 난 아니겠지. 그럼 누구? 만약 나라면 이 끔찍한 상황에 어떻게 대처해야 하지?'

젠장, 제발 내가 아니어야 할 텐데. 만약 그렇다면 난 정말 끝장이다. 그런데 중요한 사실은 오늘 나만 샵에서 헤어와 메이크업을 받지 않았다는 것이다. 그래! 만약 뺀찌의 주인공이 나라면 그건 내가 오늘 지안과 유라처럼 샵에 가지 않아서일 것이다. 그 이유밖에 없다. 난 떨리는 마음을 진정시키며 만약의 경우에 대비해 꽤 납득이 갈 만한 위안 거리를 만들어놓았다.

"세 분이 일행이시죠?"

새까만 정장 차림의 그는 덩치 큰 가드답게 목소리도 굵직했다.

"……네."

우리는 기어드는 목소리로 대답했다. 금방이라도 딸꾹질이 나올 것만 같다. 그는 우리가 써클이라는 잘나가는 클럽에 들어갈 수 있는지 없는지에 대한 중대한 결정권을 가지고 있다. 새삼 클럽 가드라는 직업이 대단하게 느껴졌다. 만약 내가 일곱 살 때 클럽 가드란 직업을 알았더라면 누군가 '커서 뭐가 되고 싶니?'라고 물었을 때 발레리나나 디자이너, 작가 대신 '압구정에서 제일 잘나가는 클럽의 가드요'라고 대답했을지도 모른다. 그럼 대체 무엇을 전공해야 하는 거지? 보디가드? 그것도 그렇지만 아무래도 미적 감각이 뛰어나야 할 테니 시각 디자인? 아, 정말 이 순간이 어떻게든 빨리 지나갔으면 좋겠다.

"저를 따라오시죠."

다시 한 번 가드가 말했다. 뭐, 따라오라고? 왜지? 가드는 우리가 묻기도 전에 성큼성큼 발걸음을 옮겼다.

"뭐야? 너희들 올 때도 이랬어?"

유라가 나와 지안을 번갈아 쳐다보며 물었다.

"아니, 이렇게 줄 선 적도 없었어."

"그러게. 항상 룸이나 테이블을 예약하고 가서 그런가? 아무튼 따라가보자."

"뭐야, 나 오늘 꽤 근사한 것 같은데."

샤넬 클러치백 안에서 자그마한 안나수이 거울을 꺼낸 유라가 자신의 얼굴을 이리저리 살피며 말했다.

어쨌든 우리는 뻘쭘한 자세로 가드를 따라갔고, 가드는 써클 입구 앞에 멈춰 섰다. 그러더니 써클 정문 앞을 마치 지옥의 수문장처럼 굳건히 지키고 서 있는 포스가 남다른 다른 가드*에게 뭐라고 수군거렸다. 그 (우리를 데리고 간 가드)가 말을 끝내자 포스 작살 가드가 우리 셋을 한

---

* 포스가 남다른 다른 가드 한 열 번쯤 더 가고 알게 된 사실인데, 그 가드가 써클의 지배인이었다. 포스가 정말 장난 아니다. '당신은 입장이 불가능합니다'라고 말하면 그대로 꺼져야 할 것 같은 그런 느낌? 하지만 친해지고 나니 마치 옆집 아저씨처럼 좋은 사람이었다.

번 흘끔 째려보더니 살짝 고개를 끄덕였다.

대체 무슨 일이 벌어지고 있는 거지? 영문을 알 수 없는 우리는 제작비가 8억이나 들었다고 소문이 자자한 LED 간판*을 멀뚱히 쳐다봤다. 써클 안의 화려한 배경이 수만 개의 LED 간판에서 현란하게 움직이고 있다.

지난주엔 아디다스 쇼 케이스였는데…… 그 전에는 뭐였더라?

"들어가시죠."

"네? 저희요?"

"네, 오른쪽 줄로 내려가시면 됩니다."

그 가드는 무전기에 대고 뭐라 중얼거렸고, 우리는 그가 시키는 대로 써클 안으로 들어갔다.

그 순간 뒤에서 앙칼진 목소리가 들려왔다.

"뭐예요? 쟤네들은 왜 새치기해서 들어가요?"

목소리의 주인공은 정문 앞에 서 있는 20대 초반의 여자였다. 그녀는 고양이처럼 눈을 치켜뜬 채 가드를 노려보고 있었다.

"안에 일행이 계십니다."

딱딱한 목소리로 그녀에게 말한 가드는 우리에게 어서 들어가라는 손짓을 했다. 우리는 우릴 노려보고 있는 그 여자를 뒤로한 채 써클 안

---

* LED 간판 보기만 해도 화려하다. 국내 최대 외부 이미지로, 프로모션 이벤트 공지도 하고 브랜드 아이덴티티, 비주얼 아트 영상 등을 전달한다. 그러니까 만약 써클에서 이재훈(쿨 멤버) 쇼 케이스를 한다면 그 간판에 이재훈의 얼굴이 영상으로 비춰진다.

으로 얼른 들어갔다.

"너 예약했어?"

지안이 물었다.

"아니, 네가 한 거 아냐?"

"아니야. 우릴 다른 사람으로 착각한 거 아냐?"

"아무렴 어때. 일단 우리가 들어왔다는 게 중요한 거지? 안 그래?"

유라가 발랄한 목소리로 계단을 밟으며 말했다. 하기야 모로 가도 서울만 가면 되니까.

"세 분이시죠? 주말에는 한 사람에 3만 원씩 해서 9만 원입니다. 지금 테이블이 하나 남았는데 테이블로 하실래요?"

카운터에 서 있던 여자가 말했다.

"네, 테이블로 할게요. 그런데 저희요, 예약 안 했는데…… 아까 앞에서 가드 분이 우리가 예약했다고 하던데, 뭔가 잘못된 것 같아요. 저희는 예약하지 않았어요."

"아, 방금 무전 받았는데요. 먼저 들여보내라고 하시더라고요, 팀장님께서."

여자가 환하게 웃으며 우리 팔에 써클 입장 팔찌를 끼워주었다.

"왜요? 저희 여기 자주 오지 않았는데요."

"이런 뛰어난 미모를 가지고 계신 분들이 늦게 들어오시는 건 저희 클럽으로서도 손해거든요. 드레스 코드도 hot & sexy 딱 그 자체고."

맙소사!

그럼 우리의 뛰어난 미모로 저 긴 줄을 제치고 이렇게 먼저 들어온 거란 말이야? 뭐, 사실 우리가 평균치를 훌쩍 뛰어넘는 미모를 가지고 있긴 하지만. 그런데 이 장면, 어디서 많이 본 듯하다. 분명히······.

"정말요? 가드 분들 보는 눈 좀 있으시다."

지안은 완전히 기분이 업되어 어깨를 들썩거렸고, 유라의 코끝도 말없이 한층 높아졌다.

난 순간, 내 마음이 넓어지는 것을 느꼈다. 아니, 영혼이 풍요로워졌다고 해야 하나? 만약 이런 순간에 상준이 다른 여자와 바람피우는 걸 보게 됐더라면, 난 '그래, 어찌 밥만 먹고 살겠니? 가끔은 스파게티나 햄버거 같은 간식도 먹어야지'라고 말하며 너그러이, 그리고 여유롭게 그를 돌려보냈을지도 모른다. 당연히 차도 긁지 않고.

어쨌든 지금 우리 셋의 표정에선 조금 전까지만 해도 뺀찌를 먹느냐 안 먹느냐 걱정하던 모습은 전혀 찾아볼 수가 없다. 아까 트라이베카에서 한 말, 그러니까 스물다섯이란 나이가 지나면 매력지수가 현저히 떨어진다는 건 옳지 않은 생각인 것 같다. 현영과 김희선, 이나영을 보라. 안젤리나 졸리와 리즈 위더스푼도.

"야, 그 영화 기억나? 「the sweetest thing」?"

thing 부분에 악센트를 주며 지안이 물었다.

"어, 알아. 카메론 디아즈가 주인공인 영화?"

"어, 근데 그 장면 기억나? 카메론 디아즈가 클럽에서 줄 안 서고 들어간 거. 진짜 맨해튼에 있는 클럽인데 거기서도 정말 쌔끈한 애들 있으면 종종 먼저 들여보내줘."

 지안이 또 맨해튼을 들먹거린다. 그런 지안을 보고 유라가 또 한마디 하겠구나 짐작했지만, 유라는 아무 말 없이 써클 내부를 두리번거리고 있었다. 흥분이 가득 담긴 눈으로. 하지만 지금 나를 가장 흥분시킨 사실은 초절정 쌔끈녀들에게만 일어난다는, 그리고 맨해튼의 잘나가는 클럽에서만 일어난다는 그 일이 나에게 일어났다는 것이다.
 그래, 정지현, 너 아직 죽지 않았어.
 "기억나지 당연히. 카메론 디아즈, 너무 근사하고 예쁘게 나왔잖아."
 난 말끝에 '우리처럼'을 넣으려다 말고 열심히 지안의 말에 맞장구를 쳤다.
 "테이블로 안내해드리겠습니다."
 조각처럼 생긴, 그리고 키도 큰, 한마디로 모델 같은 웨이터가 우리에게 말을 건넸다. 우리는 고개를 꼿꼿하게 세운 채 웨이터 뒤를 따라갔다. 또각또각. 세 여자의 구두 굽 소리가 통로에 가득 울렸다.
 지금 이 자신감이라면 그 어떤 남자의 마음도 사로잡을 수 있을 것 같다. 내가 살짝 눈빛만 보내도 남자들이 내게서 시선을 못 떼겠지? 생각만 해도 기분 좋은 짜릿한 기운이 온몸을 휘감는다. 난 클럽 음악에 맞추어 고개를 까닥거렸다.
 우리는 지그재그로 연결된 초록빛 레이저 광선 계단을 조심히 내려갔다. 처음 써클에 왔을 때는 왠지 그 초록빛 레이저 광선에 몸이 살짝 닿기만 해도 어디선가 경보음이 울릴 것만 같았다. 하긴 지금도 여전히 그 기분이 남아 있긴 하지만. 온몸에 짝 달라붙는 검정색 슈트에 선글라스를 끼고 이 광선을 요리조리 넘어보고 싶다는 생각이 든다. 물론 hot 하고 sexy하게 말이다.

마치 세련된 정글을 연상시키는 넓은 홀에 들어서자마자 쿵쿵거리는 전자음 소리가 써클 내부를 완벽하게 감싸 안는다. 그리고 에메랄드빛 레이저가 무질서하게 지그재그를 그리며 어두운 클럽 안을 사이버틱한 분위기로 만들어주고 있다.

"우와, 죽이는데? NB나 M2 같은 덴 비교도 안 되잖아? 꼭 레이저 쇼를 보는 것 같아."

그래, 레이저 쇼, 맞다. 써클에 올 때마다 난 마치 레이저 쇼 공연장에 들어온 것 같은 느낌을 받았다. 마치 현재가 아닌 먼 미래의 분위기랄까?

"그치? 인테리어 죽이지? 80억이래, 80억."

유라의 말에 적극 동의하며 내가 큰 목소리로 말했다. 지안은 이미 클럽 물 검사를 시작한 모양이다.

12시가 되려면 아직 20분 정도 남았지만, 먼저 입장해 있던 사람들은 클럽 분위기에 빠져 저마다 각기 다른 모양과 다른 색의 칵테일 글라스를 손에 쥔 채 리듬에 맞춰 몸을 흔들어대고 있었다.

● Best dress code in night or club ●

1. 딱 붙는 스키니 진에 하얀색 끈 민소매나 탑.
   주의 3~4명의 친구들이 다 그렇게 입으면 안 된다. 왜냐? 그렇게 입고 무대 위에서 같이 춤을 춘다면 사람들이 이렇게 수군댈 것이다.
   "쟤네 뭐야? 핑클이야? SES야? 웃겨 정말."

2. 하늘하늘한 시폰 드레스.
   남자들은 뭐라 뭐라 해도 약간의 공주풍이 나는 시폰 드레스에 끌리기 마련이다.
   주의 리본 달린 구두에 핑크색 핀이나 머리띠까지 한다면 지독한 공주병 환자로 오해받을 소지가 농후함.

3. 굉장히 짧은 청치마에 허리가 살짝 보이는 반팔 티.
   주의 짧은 청치마를 입었을 때는 절대 가슴이 드러나는 민소매 티나 탑은 입지 않는 게 좋다. 만약 그렇게 코디를 한다면 '쟨 정말 쉬워 보이는걸' 이라는 오해를 받을 수도 있다.

음, 조금 더 이곳 분위기를 설명하자면, 스테이지 위 디제이 테이블 뒤에 크게 자리 잡고 있는 대형 멀티스크린에선 MTV에서나 볼 법한 화려하고 현란한 화면들이 계속해서 나오고 있고, 홀 이곳저곳에 위치한 기둥은 하얗고 큰 나무로 디스플레이 되어 있다. 홀 정중앙에 위치한 커다랗고 동그란 공간 위 외각엔 테이블들이 놓여 있고, 중앙엔 바텐더들이 칵테일을 직접 만들어주는 바가 자리 잡고 있다. 그리고 클럽 한쪽 벽을 줄지어 가로지르는 LCD 모니터에서는 화려한 영상이 사람들의 시선을 사로잡고 있고, 홀 외각에 위치한 흰색 테이블 위엔 비행기 비즈니스 좌석에서나 볼 수 있는 작고 귀여운 LCD 화면 속에서 써클 행사

광고가 반복되어 나오고 있다.

이 모든 광경들이 내가 지금까지 줄기차게 다녔던 여러 나이트나 클럽과는 전혀 다른 분위기를 느끼게 해주었다. 어두침침한 곳에서 부비부비 춤을 추는 사람들, 부킹을 주선하기 위해 분주히 움직이는 웨이터들로 북적이는 분위기 말이다. 그런 뻔한 분위기와는 매우 상반된, 뭐랄까 가끔 잡지에서 본 듯한 하이앤드라는 단어가 딱 어울릴 만한 곳이다. 이곳이 압구정과 연예계에서 입소문이 파다한 건 당연한 일일지도 모른다.

그래! 확실히 하향 평균화가 아닌 세련된 소수 문화의 체험 장소다.

"금방 세팅해드리겠습니다."

웨이터는 바(bar)를 감싸고 있는 라운드 테이블에 우리를 앉힌 후 총총히 사라졌다.

"야, 여기 웨이터들 너무 쌔끈한 거 아냐?"

유라가 주위의 웨이터들을 살펴보며 말했다.

그렇다. 써클의 가장 대표적인 특징 중 하나가 바로 웨이터의 차별화이다. 모델 같은 큰 키와 외모로 우리의 시각을 즐겁게 해주고 있다는 게 그 특징이다. 여태까지 봐온 배 나오고 연륜 있어 보이는 웨이터가 아니라, 완벽한 훈남의 모습으로 우리의 눈을 즐겁게 해주는 웨이터 아닌 웨이터.

바텐더도 마찬가지다. 개성 있는 외모와 탄탄한 몸매를 가지고 있는 그들 손에서 만들어진 칵테일은 다른 곳보다 훨씬 맛이 뛰어나다.

뭐, 이런 이유 등으로 써클은 내가 아는 클럽 중 단연 최고다.

테이블 세팅이 되기 전까지 우리는 말없이 주위를 관찰했다. 여전히 최고의 물이다. 너나없이 다 연예인 같고 모델 같다. 물론 진짜 연예인들도 가끔, 아니 종종 눈에 띈다.

우리가 써클 안의 사람들에게 매료된 사이에 우리 테이블 위에 양주와 과일 안주가 세팅되었다.

"오케이, 한잔하자."

지안이 양주잔에 조니워커 블루를 가득 따르며 말했다.

"원—샷."

"오게이."

세 여자의 양주잔이 깨끗하게 비워졌다. 그리고 그 잔은 지안의 손에 의해 다시 한 번 채워졌다. 정확히 원샷 세 번으로 양주잔을 비우자 온몸에 시동이 걸리는 것 같은 느낌이 들었다. 사실 멀쩡한 정신에 노는 것보다 약간의 알코올이 들어간 상태에서 노는 것이 훨씬 더 재미있고 신나고 인간적이다. 또 나중에 무슨 일이 생기더라도 술이라는 핑계를 댈 수도 있고. 봐라, 아까는 음악이 이렇듯 빠르게 느껴지지 않았다. 하지만 지금은 머릿속까지 쿵쿵거린다.

우린 스테이지까지 리듬을 타며 걸어 나갔다. 아니, 정확히 춤을 추며 걸어갔다고 해야 맞을 것이다. 사실 스테이지까지 가지 않아도 상관없다. 써클은 어느 장소에서나 춤을 출 수 있는 곳이니 말이다.

춤을 추기 시작한 지 5분쯤 지났을까. 지안이 조금씩 스텝을 옆으로 옮기더니 모델 키 정도 되는 늘씬한 남자 옆에 자리를 잡았다. 물론 얼굴도 잘생긴. 그러고는 서슴없이 부비부비를 한다. 그러자 그 상대가 지안 곁으로 바싹 다가와 그녀의 귀에 대고 뭐라고 속삭인다. 지안은 묘한 눈으로 그 남자를 바라보더니 까르르 웃는다. 그리고 어느새 그들은 내 시야에서 사라져버렸다.

"아무튼 빠르다니까. 야, 저 남자 자꾸 날 쳐다보는 것 같지 않아?"

유라가 우리 맞은편에서 카스 병맥주를 왼손에 들고 혼자 흔들거리는 남자를 보며 말했다. 버버리 재킷에 옅은 갈색 머리. 그래, 좀 괜찮긴 한데……. 나는 유라를 향해 고개를 끄덕였다.

나에게 눈을 찡긋한 유라가 그 남자를 의식하며 몸을 조금 더 야하게 흔들어댔다. 그리고 최대한 자연스럽게 그 남자 곁으로 다가갔다. 그런데 금세 그 남자 곁으로 한 여자가 다가오더니 둘은 어깨동무를 하고 바로 옆에 있는 하얀 소파에 가 그대로 쓰러졌다.

약간 민망한 상황에 처한 유라가 잠시 흔들어대던 몸을 멈추더니 다시 나에게 다가왔다. 내가 약간 샐쭉해진 유라에게 소리쳤다.

"여기 꽤 괜찮지? 물도 좋고."

사운드가 너무 커 고래고래 소리를 지르며 말했다.

"어, 굉장한데? 한동안 여기 빠질 것 같아. 우리 자주 오자."

난 유라의 말에 대답 대신 고개를 끄덕이며 웃었다. 목이 쉬면 안 되지. 갈라진 목소리로 남자를 어떻게 꼬이겠어.

"지현아!"

다시 유라가 큰 소리로 나를 불렀다. 난 대답 없이 손을 들어 어깨를 으쓱해 보였다.

"화장실이 어디야?"

아까보다 더 커진 듯한 음악 소리에 유라의 목소리가 금세 묻혀버렸다. 하지만 난 입 모양만으로도 유라가 원하는 걸 알아차렸다.

"저쪽. 여자 화장실은 개인 룸처럼 돼 있어. 죽여줘! 저번에 지선 언니 남자친구랑 들어가서 한 30분 있다 나오더라고!"

이번엔 제스처로 해결하기 힘든 말이라 유라의 귀에 내 입을 바싹 갖다 대고 스테이지 맞은편을 손으로 가리키며 말했다. 유라가 사라진 후 혼자 춤을 추기 어색해진 난 카테일 바로 자리를 옮겼다. 내 바로 앞에서 마크라는 이름표를 단 바텐더가 열심히 칵테일을 만들고 있다.

"맥주, 아니 칵테일 한 잔 주세요."

난 최대한 나를 향해 다가온 마크에게 큰 소리로 주문했다.

"무슨 칵테일을 드릴까요?"

아, 맞다. 무슨 칵테일을 마신담? 진저에일? 피치 크러시? 수많은 칵테일 이름들이 내 머릿속에서 하나씩 지나갔다. 저번에 마셔본 것 중에서 굉장히 달짝지근하면서도 상큼한 게 있었는데……. 젠장, 이름이 생각나지 않는다.

"Jennifer! one more 모히토*."

바로 내 옆에서 남자의 목소리가 들렸다. 모히토? 칵테일 이름인가?

그나저나 '원 모어 모히토'라면 한 잔 더 달라는 건데, 그게 맛있나? 난 슬쩍 고개를 돌려 그 남자를 쳐다보았다. 그 순간 내 심장이 철렁 내려앉았다.

이 남자, 아까 트라이베카에서 본 그 남자 아니야? 펀드매니전가 뭔가 한다는 그 남자. 맙소사! 가까이에서 보니 훨씬 더 근사하다. 온몸에서 청담스러운 분위기가 물씬 풍기는 그가 비스듬한 자세로 바에 기대서 있는 모습이 너무나 멋져 보였다.

내가 너무 뚫어져라 쳐다봤는지 그가 나의 시선에 답하듯 빙그레 웃어주었다. 그 남자의 미소에 당황한 나는 재빨리 마크 쪽으로 고개를 돌려 내 대답을 기다리고 있는 마크에게 더듬거리며 말했다.

"모, 모히토 주세요."

"오케이, 모히토."

마크는 오른손으로 오케이 표시를 한 후 칵테일을 만들기 시작했다. 모히토라, 모히토. 처음 들어보는 칵테일 이름이다.

마크는 금세 투명한 글라스를 나에게 건넸다. 나는 그 글라스를 받아 살며시 혀를 가져다 댔다.

우와, 이거 맛 죽이는데!

상큼하기도 하고 쌉쌀하기도 하고 민트향이 나면서 살짝 허브향도 나는 게 굉장히 독특한 맛이다. 다시 한 번 맛을 봐야지 한다는 게 어느

* 모히토 칵테일의 한 종류. 헤밍웨이가 즐겨 마시던 칵테일로 유명해져 여기저기 영화나 책에 많이 등장한다.

새 한 잔을 다 마셔버렸다. 별로 도수도 센 것 같지 않은데 한 잔 더 마실까? 난 마지막 남은 몇 방울을 입 속에 털어넣었다. 근사한 한 남자가 나에게 시선을 두고 있다는 것도 새까맣게 모른 채 말이다.

"모히토 맛있죠?"

그럼 맛있지. 그래서 지금 한 잔 더 마시려…… 뭐라고? 난 그제야 아까 그 남자가 나에게 말을 걸었다는 사실을 깨달았다.

"네? 저요?"

난 손으로 나를 가리키며 소리를 지르고 말았다.

"네, 그쪽이요. 우리, 안면 있죠?"

그가 내 옆으로 바싹 다가오며 말했다. 하지만 여자나 꼬이는 바람둥이처럼 느껴지진 않았다.

"네, 그런 것 같네요."

그나저나 유라는 이 남자가 써클에 왔다는 걸 알려나? 그럼 이 남자랑 다시 인연을 만들어보려고 꽤나 애쓸 텐데. 난 순간적으로 유라와 이 남자가 마주치지 않았으면 하고 생각했다. 이유는 나도 잘 모르겠다. 어쨌든…….

"한 잔 더 할래요?"

그가 살짝 미소를 지으며 말하자 내 고개가 자동으로 끄덕였다. 어라? 이거 작업의 시작인가?

나는 일단 자세를 가다듬었다. 편안하게 늘어져 있던 몸을 꼿꼿이 해 가슴을 세우고 최대한 힙을 업시켜 S라인을 만들려고 노력했다. 그는 모히토를 한 잔 더 시키고 새 모히토 잔을 나에게 건넸다. 우리는 새 모히토가 든 글라스를 들고 살짝 건배를 했다.

"그 칵테일 괜찮죠?"

"네, 처음 마셔보는 칵테일이에요. 사실 이름도 처음 들어봐요. 이름이 모히토인가요?"

나는 다시 한 번 모히토로 목을 축였다.

"네, 모히토예요. 생소한 이름이죠?"

남자가 웃으며 말하자 그의 볼에 조그만 보조개가 생겼다. 키 크고, 잘생기고, 아까 들은 대로면 집안도 학벌도 다 괜찮다. 그래, 뭐 거기까지야 흔하진 않지만 자주 만날 수 있는 종류의 남자다. 왜냐? 난 그런 종류의 인간들이 모여 있는 압구정이나 청담동에 살고 있으니까. 하지만 그 모든 조건을 갖추고 보조개까지 있는 사람을 만나는 것은 드문 일이다. 한마디로 10점 만점에 9.8점 정도랄까? 0.2점은 유라와 선을 봤었다는 전적 때문에 아쉽지만 감점이다.

"한 잔 더 하실래요?"

그의 말에 내 눈이 동그래졌다. 나는 벌써 내 글라스가 비어 있다는 것에 한 번, 이 남자가 또다시 나에게 모히토란 칵테일을 사줄 의향이 있다는 것에 또 한 번 놀랐다.

아무래도 이 남자, 나에게 관심이 많은 것 같다. 어디 한 번 제대로 작업을 걸어봐?

"좋아요. 이거 꽤 취하는데요?"

나는 살짝 흐트러진 머리를 뒤로 쓸어 넘기며 말했다. 그리고 최대한 예쁘고 섹시한 미소를 짓는 것도 잊지 않았다. 그는 자신의 잔에 남은 칵테일을 한 번에 마셔버린 후 다시 마크에게 칵테일을 주문했다. 그리고 마크에게 받은 두 잔 중 한 잔을 내게 건넸다.

"방금까진 모히토 클래식이었고, 이번 건 라즈베리 모히토에요."

나는 잔을 받아 다시 입술에 갖다 댔다. 라즈베리의 진한 향기가 내 머리를 어지럽힌다. 벌써 취한 건가? 아니, 그럴 리 없어. 만일 취했다면, 나를 취하게 한 건 이 클럽의 이색적인 분위기, 강한 비트의 음악, 처음 맛보는 환상적인 맛의 칵테일, 그리고 폴스미스, 아니 보조개를 가진 이 청담스러운 남자 때문일 것이다. 10점 만점에 9.8점인 바로 이 남자.

"그거 알아요? 헤밍웨이가 이 모히토를 즐겨 마셨다는 거."

"헤밍웨이요?"

나는 일단 고개를 끄덕인 후 헤밍웨이가 누군지 생각해봤다. 헤밍웨이, 헤밍웨이, 어디서 많이 들어본 이름인 건 분명한데. 외국 작가였던가?『어린왕자』를 쓴 사람인가? 아니면『모모』? 그것도 아니면『바람과 함께 사라지다』? 그래, 아무래도『바람과 함께 사라지다』인 것 같다. 굉장한 작품이었지.

"정말요? 역시 위대한 작가는 칵테일 보는 안목도 있네요. 저도 헤밍웨이 팬이에요."

정말이다. 난 아직도『바람과 함께 사라지다』의 마지막 장면을 기억하고 있다. 비비안 리가 바닥에 털썩 주저앉으며 한 그 말을 정말 잊을 수 없다. '내일은 내일의 태양이 뜨는 거야!' 이 상황에서 한마디 더 멋진 말을 던질 수 있을 것 같은데 쉽게 떠오르질 않는다. '비비안 리, 정말 예쁘죠?' 아니면 '비비안 리, 허리 사이즈가 정말 18인치였대요. 대단하죠?' 아니야, 이런 건 아닌 것 같다. 뭔가 지적이면서도 센스 있는 그런 말 없나? 미국 남북전쟁에 대한 이야기를 해볼까? 하지만 사실 아는 게 별로 없다. 미국 영화 소재로 많이 쓰인다는 것 정도?

"헤밍웨이가 『노인과 바다』를 집필할 때 가끔 이 칵테일을 음미하며 영감을 얻었다고 해요. 그 책 읽어보셨죠?"

뭐라고? 헤밍웨이의 『노인과 바다』라고? 전혀 기억나지 않는다. 갑자기 『노인과 바다』라는 말을 들으니 '니들이 게 맛을 알아?' 라고 했던 신구 할아버지의 얼굴이 떠오른다. 『바람과 함께 사라지다』의 작가가 아니었나? 아니면 헤밍웨이란 그 작가가 『바람과 함께 사라지다』와 『노인과 바다』 두 권 다 지은 건가? 왜? 『쇼퍼홀릭』의 작가 소피 킨셀라도 『쇼퍼홀릭』 말고도 『워커홀릭』이라는 책을 냈잖아.

아무래도 지금은 아는 척을 해야 할 것 같다. 언젠가 그 책을 읽었는데, 단지 지금 기억하지 못하는 것일지도 모른다. 충분히 그럴 가능성이 있다. 그래서 인간은 망각의 동물이라고 하지 않는가.

"그럼요, 좋았죠. 저 헤밍웨이 팬이에요. 제가 국어국문학과 다니거든요."

나는 가벼운 발걸음으로 내 앞을 지나가는 여자의 샤넬 샌들을 보며 대답했다. 이번 시즌에 나온 상품인데, 은색 에나멜 톤에 굽이 10센티쯤 되는 아주 감각적인 디자인이다. 정말 갖고 싶은.

"그리고 『악마는 프라다를 입는다』에서도 나와요. 『악마는 프라다를 입는다』 읽어보셨어요?"

"네, 그럼요. 『악마는 프라다를 입는다』에 샤넬 샌들도 나오죠."

나는 혼자서 중얼거렸다.

"네?"

그가 놀란 듯 되묻고 나서야 나는 내가 잠깐 샤넬 샌들에 정신이 팔려 있었음을 깨달았다.

"아니요, 잠깐 딴 생각을 했네요. 미안해요. 뭐라고 하셨죠?"

나는 최대한 미안한 표정을 지으며 말했다.

"『악마는 프라다를 입는다』에서도 모히토가 나와요."

맙소사! 전혀 기억나지 않는다. 난 분명 『악마는 프라다를 입는다』를 영화로도, 책으로도 몇 번씩 본 사람인데······.

근데 이 남자 왜 계속 이런 걸 묻는 거지?

'몇 년생이세요?' '어느 고등학교 나오셨어요?'* 같은 실용적이고 좋은 질문들이 넘치는데, 왜 하필 문학작품 이야기를 하는 거야? 내가 국

---

* 어느 고등학교 나오셨어요? '왜 생뚱맞게 출신 고등학교를 묻느냐'라고 하는 사람도 종종 있을 것이다. 하지만 이 질문은 '어디 사세요'보다 훨씬 실용적인 질문이다. 출신 고등학교로 일단 사는 동네를 알 수 있고, 그 학교에 대해 안다고 한다면 그는 당신에게 거짓을 말하지 못할 것이다. '아, 혹시 그 사람 알아요? 김형민?'이라고 물어봐라. 꼭 김형민이라고 하지 않아도 된다. 어디에나 있음직한 이름이면 아무 것이나 상관없다.

어국문학과라고 떠들어서 그런 건가? 에이 씨, 이게 다 이 모히토인지 뭔지 하는 칵테일 때문이야. 역시 술은 좋지 않은 거야. 나는 속으로 괜히 모히토를 탓하며 어떻게 대답해야 할지 잔뜩 신경을 곤두세웠다. 그는 내가 대답을 하지 않자 내 얼굴을 빤히 쳐다보았다. 나도 고민하다 말고 그의 얼굴을 빤히 쳐다보았다. 와! 이 남자 정말 잘생겼다. 쌍꺼풀 없는 담백한 눈, 오뚝한 콧날, 그리고 날렵한 턱선. 아니지, 지금 이럴 때가 아니지. 제기랄, 처음부터 솔직하게 말할걸. 내가 글 읽는 건 좋아하는데 고전은 영 취향이 아니라고. 대신 최근에 나온 칙릿 소설이나 잡지 기사들은 모조리 외우고 있으니 그것에 대한 건 얼마든지 물어보라고 말이다.

무슨 말이라도 해야 하는데…… 무슨 말을 하지? 침묵이 길어지면 길어질수록 이 남잔 내가 헤밍웨이의 팬이 아닌 건 물론, 『노인과 바다』라는 책의 내용도 모른다는 걸 알아차릴 것이다. 아, 왜 이렇게 시끄러운 음악이 계속 나오는 거야? 생각이 분산되잖아. 대체 왜 이런 책은 없는 걸까? 『무식해도 유식해 보일 수 있는 101가지 편법』. 그런 책이 있다면 당장이라도 그 자리에서 다 읽어버릴 텐데. 그렇지만 지금 그게 다 무슨 소용인가. 나는 헤밍웨이도, 노인과 바다도 기억해내지 못하고 있는걸. 이럴 줄 알았으면 고전도 열심히 읽어두는 건데.

이리저리 머리를 굴리고 있는 사이에 누군가가 내 등을 '탁' 하고 쳤다. 깜짝 놀라 뒤를 돌아보니 어디선가 많이 본 듯한 사람이 서 있다.

"야, 너 어제 왜 쌩까고 도망갔어?"

맙소사! 박상준, 넌 또 왜 여기 있는 거야?

젠장, 가는 날이 장날이라더니. 난 하마터면 손에 쥐고 있던 라즈베리 모히토가 담긴 글라스를 바닥에 떨어뜨릴 뻔했다. 하필이면 여기서 또 이 자식을 만나게 되다니!

아무리 생각해도 지금 이 상황에서 도망이란 건 무리다. 그럼 쓰러질까, 취한 것처럼? 아니면, 미안하다고 빌어? 그땐 내가 제정신이 아니었다고. 바람피운 네가 나쁜 거니까 나는 잘못이 없다고 당당, 아니 뻔뻔하게 굴어?

나는 일단 크게 심호흡을 했다. 하지만 '전화도 안 되고, 얼마나 보고 싶었다고'라는 그의 상냥한 말투에 난 전의를 상실해버리고 말았다.

"뭐? 내가 보고 싶었다고? 내가 네 차 긁은 거 생각 안 나?"

'이 자식 정말 멍청하네. 내가 차 긁어놓은 게 기억도 안 나? 어떻게 나를 보고 싶다고 말할 수 있지? 혹시 내가 그런 걸 모르는 걸까?'라는 생각에 난 소스라치게 놀랐다. 만약 그런 거였다면 지금 내가 내 잘못을 고스란히 일러바친 게 되잖아.

"그거? 모른 척 잡아뗐지. 나도 깜짝 놀라는 척했어. 아빠 차 타려고 나갔는데 차가 이렇게 돼 있었다고."

뭐야, 그의 말을 듣고 나니 갑자기 허무함이 밀려온다. 휴대폰을 바꾸고, 싸이 일촌을 끊어버리고, 주소까지 바꾼 거. 그리고 며칠 전 그렇게 줄행랑을 친 거 모두 다. 무엇보다도 그 자식이 차 때문에 아버지에게 골프채로 얻어맞지 않은 것이 제일!

"그나저나 또 우연히 만나네? 역시 너랑 나는 운명이야."

그가 내 어깨에 팔을 두르며 말했다. 나는 그런 상준에게 눈을 흘겼다. 그런데 상준의 팔을 내 어깨에서 내리는 순간, 나는 그 멋진 보조개와 함께 있었음이 떠올랐다.

맙소사!

나와 헤밍웨이에 대해 이야기하던 그 남자, 폴스미스를 좋아하고 모히토에 대해 잘 아는 그 남자가 사라졌다. 주위를 둘러보았지만 그 남자는 마법처럼 사라지고 없다. 바 테이블 위에는 그 남자가 비운 모히토 잔만 덩그러니 놓여 있다.

아, 다 잡은 고기였는데, 이렇게 쉽게 놓치고 말다니! 정지현, 오늘 제대로 꽝이구나. 아, 정말 젠장이다.

"누구 찾아?"

"넌 알 거 없어."

마치 노래 가사처럼 이름도 모르고 성도 모른다. 단지 아는 건 유라와 선을 봤던 남자라는 것. 그리고 무엇보다 중요한 건 그 남자가 나에게 먼저 말을 걸었다는 것이다. 클럽 부킹에서 남자가 나에게 먼저 말을 걸었다는 건 일단 성공률이 50퍼센트는 된다는 말이다. 왜 50퍼센트밖에 안 되느냐고? 나머지 50퍼센트는 이 남자가 나에게 신비감을 갖도록 내가 만들어야 하기 때문이다. 다른 지역의 클럽과는 달리 압구정, 청담동 클럽의 남자들은 콧대가 높다. 어떻게 보면 당연하다. 다른 것들은 다 제쳐두고라도 돈이 남들보다 많으니 뭐가 아쉽겠어?

'이봐, 너 나한테 잘 보이면 페라리 탈 수 있어. 갤러리아에서 원하는 명품들은 모조리 네 차지야. 그리고 언제나 값비싼 호텔에서 블랙퍼스트와 브런치를 먹을 수 있고, 잘나가는 연예인들? 다 내 친구야. 물론 나와 잘된다면 네 친구가 될 수도 있지.'

어떤 여자가 이런 유혹을 거절하겠는가? 거의 악마의 유혹 수준인데. 열이면 아홉 정도는 걸려들지 않을까? 나머지 하나는 수녀라고 치고.

"넌 나 안 반가운 거야?"

얼음처럼 차가운 나에게 상준이 아쉬운 듯 묻는다. 그래, 바로 이 남지도 그런 식으로 종종 여자를 유혹했지. 물론 고등학교 시절부터 알던 난 빼고.

"오랜만인데 나랑 한잔할래?"

"너 지금 나한테 그런 소리가 나오니?"

"야, 이미 지나간 일 가지고 뭘 그래? 난 단지 그 여자와 쇼핑을 함께 했을 뿐이라고."

"뭐라고? 단지?"

나는 톤을 높여 짜증스러운 목소리로 말했다. 하지만 지금 내가 이렇게 짜증을 내는 건 몇 달 전에 있었던 상준의 일 때문이 아니다. 상준과 얘기하느라 그 보조개를 놓친 것이 나를 짜증스럽게 만든 것이다.

"아무튼 나 VIP 바에 있으니까 그리 와, 알았지?"

상준은 커다란 손으로 내 정수리를 두어 번 매만지더니 뒤돌아서 가 버렸다.

상준이 자식, 역시 뒤태가 멋있긴 하군. 디젤 청바지에 매릴린 먼로 얼굴이 대문짝만 하게 박힌 D&G 티셔츠를 코디한 그의 패션 감각은 여전히 스타일리시하다. 하긴 키가 185센티인데 뭔들 안 어울리겠어. 하지만 아무리 스타일리시하고 뒤태가 죽여주면 뭐해, 개념은 없고 바람기는 다분한걸.

나는 상준의 뒤태에 잠시 정신이 나갔던 나를 나무라며 남은 모히토를 입에 털어 넣었다. 아, 상준이 그 자식 때문에 정말 되는 일이 없네. 어쩜 이렇게 도움이 안 되는지. 난 한동안 원망스러운 눈으로 상준의 뒷모습을 쳐다보다, 상준이 내 시야에서 사라지고 나서야 빈 글라스를 바 위에 탁 소리 나게 올려놓았다.

그때 스테이지에서 쇼가 시작되었다. 거의 비키니라고 보아도 무방한 차림새의 일본 여자들이 무대와 봉 위에서 꽤나 자극적이고 야한 춤을 추기 시작했다. 사람들은 환호성을 지르고 휴대폰으로 사진을 찍기도 하며, 어떤 여자는 무대에 올라가 그녀들 틈에서 춤을 추기도 했다.

나는 혼자 바에 앉아 빈 글라스를 앞에 두고 멍청한 시선으로 스테이지를 바라보는 것이 더 이상 참을 수 없어 그 자리에서 일어났다. 지안과 유라도 보이지 않고 아까 그 보조개 남자도 다시 찾지 못한 채 쓸쓸히 테이블로 향했다. 그런데 이건 또 무슨 일이야? 아까까지만 해도 있던 우리 테이블이 사라지다니. 분명히 여기 스테이지 맞은편에 있었는데…… 누가 치우기라도 한 건가? 당황한 나는 지나가던 웨이터를 붙잡았다.

"저기, 제 테이블이 사라…… 아니, 누가 치운 것 같아요. 화장품 파우치도 놔뒀는데…… 바로 이 자리에 있었거든요?"

나는 이 웨이터가 내 테이블을 치우기라도 한 것처럼 짜증을 내며 말했다.

"아, 오신 지 얼마나 되셨죠?"

웨이터는 나의 짜증 섞인 말투에도 친절하게 되물었다. 왜 저렇게 웃는 거지? 난 지금 없어진 내 테이블과 가방 때문에 온통 신경이 곤두서 있는데. 지금 누구 약 올리나?

"네? 그게 무슨 말이에요?"

"몇 시쯤 오셨는지 혹시 아세요?"

몇 시? 내가 들어온 시간을 말하는 건가? 그게 무슨 상관이람? 혹시 써클은 들어온 지 몇 시간이 지나도 테이블에 앉아 있지 않으면 테이블을 치워버리는, 말도 안 되는 규칙이라도 있는 건가? 만약 그렇다면…… 지금까지 내가 펼쳤던 써클 예찬론은 싹 사라지게 될 것이다.

"저, 12시 반쯤 들어왔는데, 그게 무슨 상관이죠?"

퉁명스러운 내 대답에 웨이터가 내가 서 있는 방향에서 60도쯤 회전한 방향을 가리키며 말했다.

"그럼 저쪽 편에 있을 거예요, 손님 테이블."

"무슨 말이에요? 저희 자리는 분명 이곳인데. 혹시 마음대로 옮기셨어요?"

내 목소리의 짜증이 최고조에 달했다. 그런데 나의 이런 짜증에도 웨이터는 피식 웃어버린다. 이 사람, 지금 날 무시하는 거야?

"저희 라운드 테이블은 한 시간에 한 바퀴씩 회전을 하거든요. 손님이 오신 지 한 시간 반이 되셨으니 저쪽에 테이블이 있을 겁니다."

"네?"

이 테이블이 움직인다고? 세상에나!

"이 바닥이 회전을 하거든요. 손님, 써클에 처음 오셨나봐요?"

"아, 아니에요. 저는 항상 저기 소파에만 앉았었거든요."

나는 지난주와 그 지난주에 앉았던 빨간색 소파를 가리키며 샐쭉하게 말했다.

"아, 그러시구나! 바를 둘러싼 테이블은 회전을 해요. 자, 이 자리가 손님 자리 맞죠?"

웨이터가 나를 자리까지 직접 안내해주었다. 그리고 나는 그곳에서 내 물건들이 고스란히 놓여 있는, 내 테이블을 발견했다. 뭐야, 정말 테이블이 여기 있잖아? 맙소사! 정말 한 시간에 한 바퀴씩 회전하는 거야?

"네, 제 자리가 맞는 것 같네요. 아니 맞아요."

나는 웨이터를 향해 멋쩍은 얼굴로 고개를 끄덕였다. 아까 괜스레 그에게 화를 낸 것이 부끄럽고 미안해 얼굴이 화끈거렸다. 하지만 웨이터는 대수롭지 않은 듯 미소를 남기고 총총히 사라졌다.

우와! 확실히 돈을 많이 들이긴 들였군. 한 시간에 한 바퀴씩 움직이는 라운드 테이블이라니……. 그대로 앉아 미세한 회전을 좀 느껴볼까 하다가 금세 생각을 접었다. 이유인 즉, 놀이동산의 대 관람차보다 천천히 회전한다는데, 난 대 관람차를 타면 금세 졸아버린다. 물론 시끄러워서 조는 일 따윈 일어나지 않겠지만 굉장히 지루할 것 같은 느낌이다. 멋진 남자라도 옆에 있으면 또 몰라. 아까 그 모히토 같은.

나는 자리에 있는 생수를 몇 모금 마시고 파우치를 집어 들었다. 그리고 벌떡 일어나 화장실로 향했다. 화장실에 가는 도중에도 내 시선과 생각은 이리저리 분산되었다. 왜 그는 보이지 않는 걸까? 벌써 집에 갔나? 그리고 유라와 지안도 집에 간 거야? 어떻게 코빼기도 안 비치는 거지? 정말 벌써 눈이 맞아 어디론가 사라진 거 아냐? 젠장, 안 되겠군. 나도 화장이나 살짝 고치고 상준이 있다는 VIP 룸에나 가봐야겠어. 혹시 알아? 그 남자가 VIP 룸에 있을지.

화장실에 도착할 때까지 채 3분도 안 되는 시간 동안 소파에 앉은 그룹 중 반 이상과 눈인사를 나누었다. 쟤는 고등학교 동창, 쟤는 중학교 동창, 그리고 또 이쪽은 한때 줄리아나에서 알게 된 언니들, 저쪽은 제이제이에서 헌팅을 했던 그룹, 또 저쪽은…… 직접 인사를 하진 않더라도 대부분 다 안면이 있는 사람들이다.

압구정과 청담동은 이게 문제다. 대부분이 어디선가 마주친 적이 있는 사람들이라는 거. 더군다나 좀 놀았다고 하는 사람들은 이런 경우가 더 심하다.

쿵쿵거리는 사운드에 맞춰 걸을 때마다 온몸에 진동이 느껴진다. 이

나무 바닥 아래에 40~50개의 스피커가 내장되어 있다는 말이 진짜인가? 화장실 앞에서 난 이○○와 슬쩍 어깨를 부딪치기도 하고, 최○○의 하얗다 못해 투명한 피부를 눈앞에서 감상하기도 했다.

저쪽에서 한 남녀가 벽에 기댄 채 키스를 하고 있다.

정말, 아무도 그들을 신경 쓰지 않는다. CF나 영화에서만 볼 수 있는, 그러니까 평소엔 어디에서도 보기 힘든 저런 뜨거운 키스를……. 하긴 이곳은 클럽이다. 그것도 청담동에 있는. '청담동'이라는 것 자체가 여기서 일어나는 모든 일의 답이다.

써클의 화장실 칸들은 완전히 분리되어 있다. 한 칸이 적어도 세 평은 넘을 것이다.

나는 발걸음을 멈추고 제일 가까이 있는 문을 똑똑 두드렸다. 아무런 반응도 없는데 문은 안에서 잠겨 있는 듯 쉽게 열리지 않는다. 기다릴까, 아니면 바로 옆에 있는 화장실로 들어갈까 생각하는데 한 남녀가 나를 제치고 빠르게 그 안으로 들어갔다. 뭐야? 쟤네 아까 벽에서 키스하던 커플 아니야? 왜 같이 들어가는 거지? 그것도 여자 화장실에……. 갑자기 음악 소리가 멈추고 디제이의 멘트가 나온다. 그 덕분에 '덜커덕'하고 문 잠기는 소리를 들을 수 있었다. 그 소리와 함께 내 모든 신경은 바로 내 앞에서 문이 잠긴 저 화장실에 집중되었다. 나는 슬며시 그 화장실 문 앞으로 다가갔다. 그리고 가만히 귀를 대보았다. 시끄러운 음악 소리에 파묻힌 여자의 음성이 들려온다.

"자기, 나 사랑해?"

그러나 그 다음 말은 들리지 않았다. 시끄러운 음악 소리가 다시 써클 안을 가득 메웠기 때문이다. 과연 이 좁은 공간에서 무슨 일을 벌이고 있는 걸까. 뭐, 안 봐도 훤하지만 나는 그래도 호기심을 버리지 못하고 문에 바싹 귀를 대보았다. 아무 소리도 들리지 않는다. 이놈의 시끄러운 음악 소리, 과연 이 안에선 무슨 일이 벌어지고 있는 걸까? 몸 성한 성인 남녀가, 그것도 술에 잔뜩 취해 저 좁은 공간에서 도란도란 이야기를 나누고 있진 않을 것이다. 이렇게 완벽한 밀실 안에서 말이다.

"어이!"

누가 내 등을 치는 바람에 깜짝 놀라 뒤를 돌아보았다. 또 상준이다.

"뭐야? 깜짝 놀랐잖아."

나는 괜히 신경질적으로 말했다.

"왜 그래? 이 안에 뭐 있어?"

"아, 아니."

나는 손을 휘휘 저었다.

"근데 왜 이 앞에서 귀를 바싹 대고 있는 건데?"

"아니, 하도 안 나와서 언제 나오나 하고 물 내리는 소리라도 들어볼까 싶어서……."

젠장, 내가 생각해도 말이 안 되는 소리다. 옆에 있는 화장실 문이 모두 활짝 열려 있다. 그것은 내가 들어갈 수 있는 화장실은 이곳 말고도 많다는 뜻이다.

"뭐야? 화장실 널리고 널렸네."

그래 나도 안다, 이 자식아. 이놈은 왜 자꾸 내 주변에서 얼쩡대는 거야, 대체. 우선 이 자리를 피해야 한다는 생각이 들었다. 갑자기 음악 소리가 멈추고 안에 있는 사람들이 몸으로 대화하는 소리가 들린다면? 아, 나에게 아마도 관음증 환자라는 딱지가 붙겠지. 온 동네방네에 소문이 퍼져 다시는 써클이라는 곳에 올 수 없을 뿐더러, 상준을 피해 이사를 가야 할지도 모른다. 하지만 난 이곳을 떠나선 절대 살 수 없다.

"우리 술 마실까? 자리로 가자, 어?"

나는 상준을 잡아끌며 말했다.

"화장실은? 가야 되는 거 아니야?"

"아니, 됐어. 별로 안 가고 싶어졌어."

정말이다. 갑자기 화장실에 가고 싶다는 생각이 사라져버렸다. 특히나 이 화장실엔 들어가고 싶지 않다. 나는 상준의 팔을 잡고 클럽 안으로 이끌었다.

VIP 룸에 들어가자마자 라운지 테이블에서 요염하게 다리를 꼬고 앉아 있는 지안을 발견했다. 그녀는 아까 신나게 부비부비를 하다 사라진 남자와 함께였다. 아마도 그 후 계속 여기 있었던 모양이다. 나 혼자 내버려둔 채 여기서 이렇게 남자와 대화를 나누고 있었단 말이지? 계집애. 나는 상준에게 먼저 앉아 있으라고 손짓한 뒤 슬며시 지안에게 다가

갔다.

"최지안, 여기 있었어?"

내가 지안의 어깨를 툭 치자 양주잔을 떨어뜨릴 뻔한 지안이 깜짝 놀라 나를 쳐다보았다.

"어머, 너 어디 있었어?"

"뭐? 어디 있었어? 그건 내가 묻고 싶은 질문이다, 계집애야."

나는 지안과 대화를 나누고 있던 남자의 얼굴을 살짝 바라보았다. 조각 같은 꽃미남에, 돈도 좀 있어 보인다.

"안녕하세요, 지안 씨 친구 분이신가봐요."

남자가 먼저 나에게 인사를 했다. 뭐야? 벌써 통성명까지 한 사이야? 하기야 사라진 시간이 얼만데. 키스까지 했다 해도 전혀 놀랍지 않은 시간이다.

"아, 네, 안녕하세요."

나는 인사를 하며 몰래 지안의 입술을 쳐다보았다. 립스틱이 번지지 않고 그대로 있는 걸 보면 아직은 키스 전인가보군.

"유라는?"

"몰라. 아까 이후로 못 봤는데."

나는 고개를 저으며 말했다. 지안이 VIP 바에 있으니 유라는 VIP 룸에 있으려나? 그렇다면 유라가 조금 더 부유한 남자와 만나고 있단 얘긴데……. 설마 나에게 모히토를 건넨 그 남자와 있는 건 아니겠지?

"앉으세요."

남자가 나에게 자리를 내어주며 다정하게 말했다.

"그래, 앉아서 같이 놀자."

지안도 나에게 자리를 권했지만 영 내키지 않았다. 남녀가 첫 만남을 가질 때, 특히 부킹을 할 때 다른 이성의 존재는 절대적으로 필요하지 않다. 시선이 분산되어서는 안 된다는 뜻이다.

"아니야, 나도 아는 친구랑 한잔하려고."

나는 그들의 호의를 경쾌하게 거절했다.

"누구? 아, 맞다, 나 아까 여기서 상준이……."

"그래, 그 상준이. 상준이랑 한잔하려고."

"뭐? 너 미쳤어?"

지안의 눈이 휘둥그레진다. 너 미쳤어? 걔 만나면 안 되는 거잖아, 하는 지안의 말이 그 눈에 다 담겨 있다. 나는 잘 해결됐으니 괜찮다며 지안의 어깨를 토닥거렸다. 그리고 잘생긴 남자에게,

"다음에 또 봐요."

라고 예의 있게 말했다. 물론 지안과 잘돼야 가능한 말이지만. 저 둘의 눈은 벌써 서로를 깊이 원하고 있다. 조금 전까지만 해도 서로 모르는 사이였을 텐데. 또 알게 되었다 해도 내일 바로 모르는 사이가 될 수도 있겠지.

인간관계는 수수께끼 같은 거다. 봐라, 나 역시 상준과 아무렇지 않게 다시 얼굴 볼 수 있게 될지 누가 알았겠는가? 그러니까 내 말은 아까 그 모히토를 내가 다시 만날 수도 있다는 말이다. 앞뒤가 좀 안 맞나?

어찌 되었든, 나는 그들을 뒤로하고 상준이 있는 곳으로 갔다. 그리고 그와 마주 보이는 자리에 털퍼덕 주저앉았다.

"혼자 온 거야?"

일곱 명 정도 앉을 수 있는 자리에 상준 혼자 앉아 있는 게 이상하다.

"설마…… 친구 커플이랑 같이 왔는데 다들 사라지고 나 혼자네?"

상준은 방금 바에서 가져온 피치 크러시가 담긴 글라스를 나에게 건넸다. 복숭아의 달콤한 과즙향이 입 안 가득 퍼진다.

"근데 너 왜 나왔어? 여름엔 항상 서머(summer) 듣잖아."

"아, 다 끝났어. 유학 생활 디 엔드. 오케이? 이제 아빠 일 도울 거야."

"네가?"

우리는 피치 크러시를 세 잔 정도씩 마시며 오랫동안 이야기를 나누었다. 그와 이야기하던 중 난 몇 번이나 놀랐다. 상준이 제대로 졸업했다는 사실에 한 번, 그가 경영학 공부를 끝내고 작은(?) 금융회사를 운영하고 있는 아버지 밑으로 들어가 실무를 배우기 시작했다는 사실에 또 한 번. 그리고 그의 월수입이 웬만큼 잘나가는 펀드매니저나 변호사보다 많다는 것에 또 한 번. 그러나 무엇보다 내가 한심하다고 생각했던 그가 나보다 훨씬 바쁘게, 그리고 성실하게(물론 성실한 것과 클럽에서 노는 것과는 별개의 문제라고 생각한다. 모든 사람은 각자 스트레스 푸는 방법이 다르기 때문에) 생활하고 있다는 것이 가장 큰 충격이었다. 왜냐하면 첫째, 상준은 도피 유학생이었다. 그리고 둘째, 그는 비열한(?) 놈이었다. 날 두고 바람을 폈으므로. 셋째, 음…… 아무튼 그는 나보다 훨씬 많이 환락의 생활을 즐겼었다. 분명히!

갑자기 상실감이 물밀듯이 몰려왔다. 하지만 그게 상준 때문인지 알코올 때문인지는 잘 모르겠다. 그러나 점점 더 취해오는 상황에서도 난 VIP 바에 누가 들락날락하는지 한시도 놓치지 않았다. 지안은 20분 전쯤 먼저 나간다며 나에게 인사를 하고 사라졌다. 물론 그와 함께. 에이, 아무래도 VIP 바에 그는 없는 것 같다. 그러므로 내가 지금 여기 더 이상 있을 이유가 없다.

"나 갈래. 친구가 기다릴 것 같아."

내가 약간 비틀거리며 자리에서 일어나자 상준이 내 손을 잡으며 나를 지그시 바라본다.

뭐야? 왜 그렇게 보는 거야? 술기운 때문인가? 상준의 손이 이상하리만큼 따뜻하게 느껴진다. 하지만 이 손이 얼마나 많은 여자의 손을 따뜻하게 해주었을까 하는 생각이 머릿속을 스쳐 지나가자 갑자기 또 짜증이 밀려왔다.

"왜?"

내가 신경질적으로 물었다.

"지안이 아까 갔잖아. 좀 더 있다 가. 나 심심하단 말이야."

"유라 만나야 해. 배도 좀 고프고."

난 슬며시 그의 손에서 내 손을 빼며 얼버무렸다.

"그럼 나랑 나가서 맥 먹고 올래? 나도 좀 출출한데."

맥? 갑자기 치즈버거가 생각났다.(써클 바로 옆에 24시간 맥도날드가 있기 때문에 가끔 놀다 출출한 사람들은 맥도날드에 가서 햄버거를 먹곤 한다.) 하지만 이렇게 취한 상태에서 치즈버거를 먹는다면 지금까지 먹었던 것들을 모두 토해낼지도 모른다.

"별로. 속이 좀 안 좋아. 벌써 세 잔이나 마셨잖아."

나는 테이블에 놓여 있는 빈 글라스를 가리키며 새치름하게 말했다.

"이거 무알코올 피치 크러시인데?"

"뭐? 말도 안 돼."

난 깜짝 놀라 따지듯이 말했다. 색과 향, 그리고 맛이 제대로 피치 크러시였다. 분명히.

"진짜야. 일부러 이 칵테일 주문한 거야. 이거 만들 수 있는 곳은 서울에서 써클밖에 없을길!"

갑자기 알딸딸한 기분이 확 사라지는 것 같다.

웬일이니! 알코올이 들어 있다는 생각 때문에 취할 수도 있다니.

"그래도 갈래. 아, 나 휴대폰 번호 뒷자리 1이 2로 바뀌었어. 나중에 연락하자."

상준을 뒤로하고 밖으로 나오다가 마침 안으로 들어오는 연예인 두 명을 보게 되었고, 난 깜짝 놀라 그 자리에서 발이 굳어버렸다.

맙소사! 저 둘 이혼했잖아? 그렇게 떠들썩하게 언론이랑 인터넷에서 난리를 쳤는데…… 대체 왜 같이 있는 거지?

"놀랄 것 없어. 내가 상황을 보아하니 둘이 따로 와서 우연히 만난 거야."

어느새 내 뒤에 선 상준이 소곤거리듯 말했다.
"가. 나중에 전화할게."
상준이 문을 열어주었고, 난 내 테이블로 향했다. 그리고 유라에게 문자를 보냈다.

―나 먼저 갈게. 너무 피곤해.

곧 답장이 왔다.

― 먼저 가. 나 그 남자 발견했어. 왜 아까 트라이베카에서 말했던 남자 있잖아. 이건 분명 인연이야.

뭐야, 역시 유라도 봤군. 휴, 보조개는 역시 내 운명이 아닌 건가? 그래, 그냥 포기하는 게 나을 것 같다.
벌써 시간이 새벽 2시가 넘었다. 배도 좀 고프고, 약간의 알코올 기운도 있고 하니 이제 슬슬 집에 가는 게 좋을 것 같다는 생각이 들었다.
내 손에 이미 파우치가 들려 있으니 테이블에 놓고 온 건 없다. 그러니 그대로 맡겨놓은 가방을 찾아 집에 가면 되는 것이다. 약간의 허전함을 가지고 홀 입구에 다다랐을 때 홀 매니저와 실랑이를 벌이고 있는 한 남자를 보았다.
어디서 많이 본 사람인데? 아, 자세히 보니 ○○혁이구나. 그런데 ○

○혁과 홀 매니저가 대체 왜 실랑이를 벌이는 거지? 나는 가만히 그들 옆에 서서 누군가를 기다리는 것처럼 시계를 한 번 힐끗 보며 그들의 이야기를 엿들었다.

"아니, 테이블이 하나도 없다는 게 말이 돼요?"

○○혁이 힘을 주며 신경질적으로 말했다.

"네, 지금은 빈 테이블이 하나도 없습니다. 새벽 3시가 넘어야 가능할 것 같은데요."

테이블? 지금 자리가 없다고 저렇게 싸우는 거야? 그게 뭐 싸울 일이라고……. 내가 피식하고 웃으며 자리를 떠나려는데 ○○혁이 한마디 덧붙인다. 아주 거들먹거리며 말이다.

"나 ○○혁이라고요? 몰라요? ○○혁?"

나는 터져 나오는 웃음을 참을 수 없어 재빨리 자리를 피하려다가 더 이상 웃음이 터지는 것을 참지 못하게 하는 말을 들었다.

"저, 아는데요. 보세요, 지금 여기엔 이○○ 씨랑 강○○ 씨도 와 계시거든요? 그중엔 자리가 없어서 스탠딩으로 술 마시는 분도 계시고요."

홀 매니저의 똑떨어지는 말에 ○○혁이 금세 꼬리를 내린다. 하긴 A급 스타가 스탠딩으로 있다고 하는데 어쩔 것인가? 난 슬쩍 그의 얼굴을 보았다. 얼마나 무안할까? 나름대로 자기가 연예인이라는 것에 굉장한 자부심이 있는 모양인데. 나는 킥킥대며 그를 지나쳤.

압구정에서 자신의 존재에 대해 이렇게까지 거들먹거리는 연예인은 처음 본 것 같다. 그것도 톱스타가 아닌 일반 연예인이 말이다.

내가 계속해서 킥킥대며 안내 데스크 앞까지 왔을 때, 누군가 헐레벌떡 내 뒤를 쫓아오는 것이 느껴졌다. 혹시 아까 ○○혁? 자기 보고 웃었다고 뭐라 한마디 하려고 왔나? 에이 씨, 조잔한 놈.

"저기요, 잠깐만요."

어? 이 목소리는 ○○혁이 아닌데? 내가 살며시 뒤를 돌아보자 우리를 원형 테이블까지 안내해주었던 잘생기고 목소리도 멋진 웨이터가 보인다. 뭐지? 왜 저렇게 급하게 뛰어오는 거지? 나는 재빠르게 머리를 굴려보았지만 이유는 단 하나밖에 생각나지 않는다. 저 웨이터, 분명 나한테 반한 거야. 그래서 연락처를 물어보려고 저렇게 헐레벌떡 뛰어오는 거지. 그래, 그거밖에 없잖아? 나는 일단 옷매무새를 가다듬고, 흐트러져 있던 포즈를 살짝 바꿨다. 그리고 생각했다. 연락처를 알려줄 것인가, 말 것인가를. 뭐, 저 정도면 아무리 웨이터라고 해도 쓸 만하잖아?

그가 계단을 뛰어 올라와 내 앞에 섰다.

"저기요."

그가 숨도 고르지 않고 헉헉대며 말했다. 그렇게 급할 거 없는데. 왜냐? 난 아직 아무 것도 결정하지 않았으니까. 연락처를 알려줄지 말지에 대해서. 정말 잘생기긴 했는데, 그냥 알려줘버려? 아니야, 알려주지 말자. 비싸게 굴어야 해. 내가 오늘 아무리 운이 좋지 않다고 해도 이렇게 무너질 순 없지.

"저…… 손님."

나는 최대한 도도한 표정을 지으며 그의 다음 말을 기다렸다.

"계산 안 하고 가셨어요."

뭐라고? 그게 무슨 말이야? 왜 내가 계산을 해? 도도했던 내 표정이 금방 당황한 표정으로 바뀌었다.

"친구 분들 아까 다 나가시고 혼자 남으신 것 같은데…… 손님이 하실 거죠?"

"네?"

젠장, 난 어쩔 수 없이 클러치백에서 립스틱, 콤팩트와 함께 나뒹굴고 있던 VISA 카드를 꺼냈다.

솔직히 25만 원이라는 돈이 아깝다는 게 아니다. 다만 내가 억울한 건 지안도 괜찮은 남자를 만났고, 유라는 분명 모히토, 아니 그 트라이베카 남자와 다시 썸씽을 만들려고 할 텐데, 나만 아무 것도 건지지 못했다는 사실이다. 게다가 그 웨이터마저도 나의 기대를 저버렸다.

정말 이게 뭐람? 그냥 상준이랑 더 놀 걸 그랬나? 갑자기 머리가 지끈거린다. 아까 먹은 모히토가 지금 올라오나? 이제 몸까지 휘청거린다. 속도 별로 좋지 않다.

나는 약간의 구토와 어지럼 증세를 느껴 일단 멈춰 섰다. 그리고 마침 앞에 있는 차 뒤 범퍼에 몸을 살짝 기댄 후 임산부들이 한다는 심호흡을 했다. 들이쉬고 내쉬고, 들이쉬고 내쉬고, 또 들이쉬고 내쉬고……

휴! 이제야 좀 살 것 같다. 근데 내가 취할 정도로 마셨나? 아닌데, 그렇게까지 많이 마시진 않았는데. 아까 상준과 마신 건 더구나 무알코올이었단 말이지. 근데 왜 이렇게 갑자기 어지러운 거야? 나이를 먹은 게 분명해, 나이를 먹은 게.

옛날에는 밤을 꼬박 새고 놀아도 아무렇지 않게 다음 날 또 나가 놀았는데. 일주일 정도 그렇게 놀아야 약간 진이 빠진다고나 할까? 그런데 지금은 이게 뭐람.

나는 다시 한 번 심호흡을 했다.

그때 어렴풋이 차 시동 거는 소리가 들렸다. 뭐지? 지금 내 눈앞엔 차가 한 대도 안 보이는데. 정말 취했나보다. 환청까지 들리다니. 들이쉬고 내쉬고 들이쉬고…….

그때 갑자기 붕, 하는 소리와 함께 내가 기대고 있던 차가 움직이기 시작했다. 그리고 철퍼덕! 이내 온몸이 욱신거리는 게 느껴졌다. 특히 나의 힙 부분이.

"괜찮아요?"

맙소사!

차 안에서 나온 그 남잔 나와 유라가 찾던 바로 그 보조개, 폴스미스였다. 젠장, 지금 나자빠져 있는 내 꼴이 얼마나 우스울까. 하지만 일어나려 해도 몸이 말을 듣지 않는다. 이건 악몽이다, 제대로.

"괜찮아요?"

그가 걱정스러운 목소리로 말하며 내게 손을 내밀었고, 난 무의식적으로 그의 손을 잡았다. 그리고 힘 있는 그의 손을 꼭 잡고 바닥에서 몸을 일으켰다.

"미안해요. 확인하고 출발했어야 했는데. 제가 도와드릴 건 없나요?"

그가 바지 주머니에서 폴스미스 로고가 군데군데 박힌 손수건을 꺼내 내게 건넸다. 나는 그의 손수건을 받고 잠시 머뭇거렸다.

"제 손수건이 더러울까봐 걱정하는 거예요, 아님 깨끗한 손수건이 지저분해질까봐 걱정하는 거예요?"

그가 장난스럽게 물었다.

"둘 다 아니에요. 단지 이 상황이 좀 웃겨서…… 아니 창피해서."

"아까 당신이 친구랑 이야기하는 도중에 저도 친구를 만나 잠깐 구석에서 얘기하고 있는데 사라지셨더군요. 한참 찾았어요."

뭐? 뭐라고? 날 찾았다고? 이 완벽하게 청담스러운 남자가 클럽에서 모히토 두어 잔을 마신 후 나에게 반했단 말이야? (반했다고 한 적은 없다.) 더군다나 난 이 남자를 꼬이기 위한 작업을 단 하나도 시행치 못했다. 술을 마시다 살짝 취한 척한다든지, 아니면 '나 이 음악 좋아해요. 같이 출래요?'라며 그와 스테이지로 간다든지. 또 나에 대한 신비감을 갖게 하는 대사를 날린다든지…….

역시 난 아직 죽지 않았어. 암, 나 같은 명품이 쉽사리 죽을 리 없지. 난 기쁜 내색을 감추려고 애써 얼굴 근육을 마비시켰다.

"혹시 지금 시간 괜찮으세요?"

그가 멍청히 서 있는 나에게 물었다. 맙소사! 이제는 대놓고 날 유혹

하네? 난 하마터면 만세를 부를 뻔했다. 클럽과 나이트에서의 마지막 단계는 '저랑 같이 나가실래요?' 다. 어쩌지? 물론 시간은 있다. 그리고 이 정도의 남자라면 없는 시간도 만들어낼 것이다. 문제는 유라도 이 남자를 찾고 있다는 건데……. 유라한테 알려줘야 하나? 그렇지만 유라와 이 남잔 사귀었던 사이도 아니잖아. 그저 선만 봤을 뿐. 중요한 건 분명 이 남잔 나한테 마음이 있다는 것이다. 유라가 아닌.

난 최대한 시간을 끌었다. 『패리스 힐튼 다이어리』에서 그녀가 말했다. "캐비아가 싸다면 아무도 안 좋아할 것이다. 사람이란 본래 가질 수 없는 것을 갖고 싶어 한다."

그러니까 그녀의 말은 최대한 비싸게 굴라는 뜻이었을 게다. 그렇다. 작업은 게임이다.

"저, 저희 집에 좀 같이 가셔야 할 것 같아요."

내가 뜸을 들이자 그가 다시 말했다. 근데 왜 집까지? 그리고 가면 가는 거지 가야 할 것 같은 건 뭐람?

"오늘 이렇게 당신을 만날 줄 알았으면 가지고 오는 건데. 그거 알아요? 당신 차 키가 저한테 있다는 걸."

확실히 이 남자, 나한테 마음이 있으니까 집에 데…… 에? 뭐라고? 나는 갑작스런 그의 말에 눈을 휘둥그렇게 뜨고 그를 바라보았다.

"지난주 토요일에 탐앤탐스 앞을 지나가셨죠? 그때 차 키를 떨어뜨리셨더라고요. 마침 제가 그걸 주웠고."

맙소사! 그 목소리가 이 보조개?

잠시 후 나와 그를 태운 그의 차가 출발했다. 이건 순전히 내 차 키를 찾으러 가는 거야. 순수한 목적이라 이거지. 그리고 그 다음에 이 남자를 유혹하면 되는 거다. 절대 쉬워 보이지 않으리라. 섹시함과 쉬워 보이는 것에는 큰 차이가 있다. 최대한 매력적으로 행동하는 거야. 이 완벽해 보이는 남자가 나에 대해 강한 호기심을 느낄 만큼.

그의 집 앞에 도착했을 때쯤 문자 하나가 도착했다.

─ 그 남자 찾다가 포기. 근데 더 근사한 남자를 만났지 뭐야? 나 지금 그 남자랑 한잔 더 하려고 나가. 근데 네가 계산했어? 내일 밥 살게.

이런! 완벽해. 정말 완벽하다고!

이로써 난 아무런 죄책감 없이 이 남자를 유혹할 수 있게 되었다.

난 오늘 잃어버린 차 키를 찾을 것이고, 새로운 남자도 만들 것이다. 갑자기 아까 내가 써클에서 계산한 25만 원이 하나도 아깝지 않다는 생각이 들었다.

난 운전을 하고 있는 그의 모습을 슬쩍 훔쳐보았다. 모든 것이 제대로 청담스러운 느낌이다. 아마도 이 남자, 섹시하고 자상하고 재미있고 초콜릿처럼 부드럽고 정직하고 또 절대 바람도 피울 것 같지 않다.

난 내 눈을 믿는다.

그녀들은 남자도
네일아트처럼…

이렇게 화창한 날씨에 어울리지 않게 우울한 기분일 때, 설상가상 내 이 우울한 기분을 함께 느껴줄 누군가도 없이 혼자일 땐 씨네시티 골목 야외 테라스에서의 커피 한 잔이 최고다. 쌔끈한 차 구경도 하고, 근사한 사람 구경도 하고.

씨네시티에서 우회전을 하자마자 약하게 브레이크를 밟은 난 왼쪽으로 고개를 돌려 홈스테드 발렛 요원에게 눈길을 보냈다.

시럽을 듬뿍 넣은 라떼를 시킨 난 야외 테라스에 씨네시티가 보이는 방향으로 앉아 머리가 띵할 정도로 단 라떼를 쭉 빨아들였다.

달다. 근데 대체 기분이 왜 이렇지? 아, 뭔가 크게 잘못된 것이 틀림없어.

테이블에 커피잔을 내려놓은 난 크게 한숨을 쉬었다. 자리도 잡았겠다, 원하던 커피도 마셨겠다, 이제 슬슬 그 이유를 생각해볼 때가 되었다. 그래, 차근차근 생각해보는 거야.

써클에 다녀온 지 벌써 이틀이 지났다. 지안은 그때 만난 꽃미남 모델과 벌써 두 번의 데이트를 가졌고, 유라 역시 써클에서 만난 남자와 잘 만나고 있는지 문자 한 통이 없다. 유라의 행적은 안 봐도 뻔하다. 오후 늦게 일어나 샵에 가서 헤어와 메이크업을 완벽하게 한 후, 오후 7시쯤 그 새로운 남자를 만날 것이다. 그리고 청담동 고급 레스토랑에서 저녁식사를 한 뒤, 남자의 멋진 오픈카(SL500, 또는 BMW Z4. 그저 내 추측일 뿐이다)를 타고 압구정 한강 ON에 가서 차 한 잔. 그 다음은 다시 청담동으로 가 조명발 잘 받기로 유명한 칵테일 바 ZZYZX*에 들러 '침실의 여왕'이나 '피치 크러시'를 마실 것이다. 그것도 아니면 브루클린에서 값비싼 와인?

그런데 난…… 대체 난 이게 뭐야!

그날 그의 집에 가서 내 차 키를 받고, 그가 직접 끓여준 재스민차도 마셨다. 그는 나를 집까지 데려다줬으며, 서로의 연락처도 주고받았다. 그리고 새벽 5시의 묘한 공기 속에서 아주 살짝 키스를 하기도 했다. 하지만 그건 순전히 분위기 탓이었다. 분위기.

그러니까 내 생각엔 모든 것이 완벽했다. 하지만 문제는 그날 이후로 그에게서 연락이 없다는 것이다.

대체 이유가 뭐지? 내가 너무 헤퍼 보였나? 아님, 내가 사는 아파트가 마음에 안 들었나? 그것도 아니면 혹시 그 사이에 다른 여자라도 생겼

---

* ZZYZX 청담동 갤러리아 명품관 쪽 오일뱅크 우측 골목을 10미터 정도 올라가면 있는 칵테일 바. 조명발도 좋고 종업원들이 잘생겼다는 큰 장점이 있다. 처음 만난 남자와 데이트하기 딱 좋은 장소.

나? 그래서 날 까맣게 잊어버린 거 아니야?

나는 라떼에 꽂힌 빨대를 신경질적으로 잘근잘근 씹어댔다. 그때 갑자기 익숙한 멜로디가 들렸다. 혹시 내 휴대폰? 나는 급하게 가방에서 내 새 휴대폰을 꺼냈다. 하지만 불행하게도 벨소리의 주인공은 내 휴대폰이 아니었다.

"여보세요? 어, 나 홈스테드."

옆 자리에서 여자 목소리가 들린다. 젠장, 왜 하필 내 휴대폰 벨소리와 똑같은 거야? 당장 바꿔야지.

일요일 날 휴대폰이 분실된 걸 알게 된 나는 월요일 아침 일어나자마자 곧바로 새 휴대폰을 만들었다. 신규 가입을 하면 거의 공짜라는 말에도 불구하고 번호를 그대로 말이다. 그게 다 누구 때문이었는데.

혹시 새 휴대폰이 불량품 아닐까? 그래, 그럴지도. 그래서 전화가 안 오는 거야! 난 즉시 통화버튼을 눌러 지안에게 전화를 걸었다. 브리트니 스피어스의 노래가 한참 나오다 바로 거리의 소음과 함께 "어, 왜?"라는 지안의 목소리가 지직거리며 들린다. 주위가 시끄러운 걸 보니 아무래도 집은 아닌 것 같다.

"……아니야. 일 봐."

휴대폰을 끊자마자 급격히 우울해졌다. 휴대폰은 고장 나지 않았다. 아니지. 그래, 이럴 수도 있어. 발신은 되고 수신이 안 되게 고장 난 거야. 맞아! 확실히 그럴 수도 있어. 하지만 내가 내 휴대폰에 전화를 걸어볼 수도 없고, 이 근처에는 공중전화도 없다. 테이블 주위를 둘러보니 바로 옆 테이블에 모자를 푹 눌러쓴 여자가 보인다. 아까 나와 벨소리가 같은 휴대폰의 그 여자.

오호라! 그래, 이 조그마한 얼굴의 여자한테 휴대폰을 빌리면 될 것 같다. 근데 모자에 선글라스, 그리고 긴 생머리 안에 가려진 조막만 한 얼굴이 왠지 낯설지 않았다. 어디서 많이 본 듯한데…… 고등학교 동창인가? 뭐, 아무럼 어때. 휴대폰 한 번 빌리는 데 꼭 안면이 있어야 하는 건 아니잖아?

난 슬며시 옆 자리로 옮겨 앉은 뒤, 한두 번 흠흠 하는 헛기침 소리를 냈다. 그리고 조심스럽게 그 여자에게 말을 건넸다.

"저, 저기요."

여자가 나를 향해 얼굴을 돌렸다. 박○○. 그제야 이 여자가 누구라는 걸 알았다. 어쩐지 안면이 있더라, 했지. 역시 얼굴이 조막만 하구나.

"저, 휴대폰 좀 빌릴 수 있을까요?"

그러자 박○○이 활짝 웃는 얼굴로 내게 휴대폰을 건네주었다.

"금방 드릴게요."

박○○의 휴대폰을 든 나는 심호흡을 한 번 하고 나서 내 번호를 하나하나 눌렀다. 010-9357-1×××. 그리고 통화 버튼을 누른 순간, 내 휴대폰에서 벨소리가 울리고, 난 화들짝 놀라 휴대폰 폴더를 열었다. 뭐야? 모르는 번호잖아. 누구지?

"여보세요? 여보세요?"

잠시 멍하니 내 휴대폰과 박○○의 휴대폰을 번갈아 쳐다보았다. 젠장, 내가 걸어놓고 바보같이 이게 뭐하는 짓이람? 난 슬쩍 박○○을 쳐다보았다. 다행히도 그녀는 내가 방금 저지른 바보 같은 짓을 보지 못했나보다.

"휴대폰 잘 썼어요. 고마워요."

휴대폰을 그녀에게 건넨 후 인정하고 싶지 않은 한 가지 사실을 깨달았다. 내 휴대폰은 고장 나지 않았다는 것. 그러므로 이틀째 그 남자에게서 전화가 오지 않은 것은 내 휴대폰이 고장 나서가 아니라, 그가 나에게 연락하지 않아서라는. 정말 인정하기 싫은 사실이지만 이렇게 연락이 없는 것은 그가 나와 잘해볼 마음이 없어서라는 것이다.

그럼 대체 왜 그날 밤 날 집까지 바래다준 걸까? 휴대폰 번호는 왜 물어본 거야? 키스는? 아, 정말 이해할 수 없는 일이다. 화요일 오후의 화창한 날씨가 나를 더욱 비참하게 만든다.

사실 대부분의 남자들이 나이트나 클럽에서 만난 여자에게 곧바로 전화하지는 않는다. 특히 청담스러운 분위기를 풍기는 잘난 남자일수록 당일엔 절대 연락하지 않는다. 그건 확실하다. 지금껏 내가, 그리고 친구들이 몸소 체험한 사실이다. 그래서 지금까지 기다렸던 건데······. 결국 난 그 남자가 나에게 마음이 없다는 사실을 인정할 수밖에 없었다. 난 오랜만에 찾아온 마음에 드는 남자의 마음 하나 잡지 못하는 여자가 된 거다. 순간 서글픔이 밀려왔다.

라떼도 다 먹었는지 빨리는 소리가 내 머릿속만큼이나 시끄럽다. 내가 먼저 걸어볼까? 하지만 남자와 여자의 결합은 미묘한 것이어서 언제

나 쫓는 쪽은 남자여야 한다고 배웠다.

그에게서 전화가 올 때까지 기다려야 해. 기다려야 한다고. 난 턱으로 휴대폰을 받친 채 전화를 걸고 싶은 무지막지한 본능과 싸우고 있었다. 전화를 하는 순간 끝나는 거야. 꾹 참고 기다려야 해. 꾹 참고……. 다시 한 번 내 귀에 익숙한 벨소리가 들린다. 이번에는 내 휴대폰이다.

설마? 나는 재빨리 테이블 위에 놓아둔 휴대폰을 찾아 손에 쥐었다. 허둥대다가 몇 번이나 놓칠 뻔했다. 그리고 수능 성적표를 볼 때보다 몇 배나 더 떨리는 마음으로 액정에 표시된 수신자 번호를 확인했다.

젠장, 액정에는 낯선 숫자로 조합된 휴대폰 번호 대신 '유라'라는 이름이 떠 있다.

"어, 나? 홈스테드. 혼자서 궁상떨고 있지 뭐."

시큰둥한 목소리가 나오는 건 나로서도 어쩔 도리가 없다. 마침 이 근처라는 유라가 홈스테드로 오기로 했다. 전화를 끊고 정확히 5분 후, 방금 샵에서 나온 헤어와 메이크업을 한 그녀가 은색 마놀로블라닉 샌들을 신고 나타났다. 뭐지? 못 보던 건데 새로 샀나? 나의 시선은 그녀보다 그녀의 마놀로블라닉 샌들에 더 집중되었다.

"혼자 나와 있던 거야?"

티슈를 이용해 의자의 먼지를 살짝 훔치며 유라가 말했다.

"어, 집에 있으니까 답답해서."

"왜? 무슨 일 있었어?"

"어? 그게……."

난 무슨 말인가 하려다 이내 입을 다물었다. 하긴 얘기해서 뭐 하나. 유라는 새로 만난 남자와의 짜릿하고 설레고 근사했던 데이트 이야기를 줄줄이 늘어놓을 텐데. 난 어느 남자의 연락을 애타게 기다린다는 말을 어떻게 해. 그리고 가장 중요한 건 그 남자와 유라가 아는 사이라는 것이다. 그것도 선을 봤었고, 유라가 그 남자를 꽤나 마음에 들어했다는 사실.

"왜, 살다 보면 한 번쯤 이유 없이 화가 치밀 때 있잖아? 오늘이 그런 날인가봐."

"그래? 난 이유 있게 그런데……."

유라가 묘하게 말꼬리를 흘리며 말했다. 순간 깜짝 놀란 내가 그 이유를 물었다.

유라가 대답하기 전까지 난 수만 가지 생각을 머릿속에 넣었다 뺐다를 반복했다. 혹시 동원 씨와 내가 연락처 주고받은 걸 알았나? 아니야, 그럴 리가 없는데……. 그런데 얘 표정이 좋지 않은걸! 그래, 기분도 저조해 보여. 마놀로 신상 구두를 신고 저조한 기분이 들긴 쉽지 않은데. 혹시 알아버린 건가? 그렇다면 내가 뭐라고 말해야 하는 건데? 아, 몰라. 뭐라고 말하지?

갑자기 내가 죄인이 된 것 같은 기분이 들었다. 사실 난 아무 짓도 하지 않았다. 그냥 그 사람 차에 기댔다가 넘어졌고, 또 우연히 그가 내 차 키를 가지고 있어서 그의 집에 갔던 것뿐이다. 사실 아주 조금, 흑심을 가졌던 건 사실이다. 하지만 그 정도의 남자라면 어떤 여자라도 마찬가지였을 것이다. 송혜교나 김희선이라 하더라도.

음…… 그러니까 내 말은 그런 멋진 남자에게 잠깐 흑심을 품었다는 게, 그렇게 친구에게 큰 죄가 되지는 않는다는 것이다. 그리고 무엇보다 그 남자가 그랬다. '유라 씨와는 밥 한 번 먹었을 뿐이에요. 부모님들께서 서로 아는 사이였거든요'라고. 하지만 가장 중요한 사실은 그 남자에게서 아직 연락이 없다는 것이며, 이쯤 되면 내가 명백히 차였다는 사실을 인정해야 한다는 것이다.

그래, 난 아무 잘못 없어. 그냥 농담처럼 웃으면서 말하는 거야. '나 우연히 그 남자랑 알게 됐어. 왜, 너랑 선봤다는 사람 말이야. 괜찮지?'라는 식으로, 남의 일처럼 그냥 흘러가듯이.

"무슨 생각을 그렇게 해?"

유라의 말에 난 상상 속에서 빠져나왔다. 그리고 사실대로 유라에게 고백하기로 마음먹었다.

"아니, 그게 있잖아…… 사실은 나…….'

하지만 역시 고백이란 쉬운 일이 아니다. 고백이 쉬운 일이라면 용서도 쉽고 사랑도 쉽고 배신도 쉽고 이 세상 모든 일이 쉬워지게? 그러니까 내 말은, 난 지금 대단히 힘든 일을 하고 있다는 것이다. 나는 일단 침을 꼴깍 삼키고 조심스럽게 말을 꺼냈다.

"사실은……."

"왜 그렇게 뜸을 들여? 지안이 오기로 했으니까 우리 네일아트 하러 가자."

"어? 어."

뭐야? 모르는 건가? 내가 너무 신경과민이었나? 난 눈을 동그랗게 뜨고 유라를 빤히 쳐다봤다. 분명 유라의 얼굴은 짜증이 난다고 말하고 있는데. 그럼 대체 무슨 일이지?

"왜 그렇게 쳐다봐? 내 얼굴에 뭐 묻었어?"

"아니, 그게……."

할 말이 생각나지 않았다. 뭐라고 하지? 그때 내 머릿속에 유라의 은색 마놀로블라닉 샌들이 스쳐 지나갔다.

"네 구두가 너무 예뻐서."

"뭐? 이 구두?"

유라는 테이블 밑으로 자신의 발을 보면서 의아한 표정을 지었다. 젠장, 테이블 밑에 가려진 구두를 얘기하다니. 차라리 선글라스나 립스틱 색이라고 할걸. 에라, 모르겠다. 아까 봤다고 하면 되지, 뭐.

"어, 그 샌들 새로 산 거지? 마놀로블라닉, 역시 이번 시즌 트렌드를 그냥 지나치지 않았네. 왜, 메탈릭한 느낌의 슈즈는 이번 시즌에 꼭 하나 가지고 있어야 하는 아이템이잖아. 안타깝게도 난 아직 없지만."

난 어제 잡지에서 본 '2008 NEW ITEM'이라는 기사의 일부분을 그대로 말했다. 그것도 아주 호들갑스럽게.

"그런가? 어때 잘 어울려?"

유라는 자신의 샌들이 보이도록 의자 방향을 살짝 틀었다.

"응, 잘 어울려."

"그래? 고마워."

"근데 왜 화가 치미는데?"

내가 다시 한 번 물었다. 그리고 조심스럽게 그녀의 대답을 기다렸지만 그녀는 고개를 설레설레 저으며 조금 있다 말해준다고 했다. 나는 더 이상 묻지 않고 그냥 고개를 끄덕였다. 유라는 화장실에 다녀온다며 총총걸음으로 사라지고, 나는 그제야 크게 한숨을 내쉬었다.

그래, 어차피 그 남자 유라와 선봤던 사인데 내가 더 만나서 뭘 어쩌겠어? 만약 내가 그 남자와 가까워져서 더는 유라에게 숨길 수 없을 지경이 되면 나와 유라 사이는 어떻게 될까. 남자에 목숨 건 유라는 아마 펄펄 뛰겠지? 윽, 생각만 해도 오싹하다.

어쨌든 유라를 울컥하게 만든 그 일이 내가 생각한 그 일은 아닌 것 같아 천만다행이다. 그래, 어쩌면 이 남자에게서 연락이 안 온 게 더 잘된 일인지도 몰라. 그냥 포기하지, 뭐. 세상에 널리고 널린 게 남잔데. 저쪽 테이블에 아르마니 빨간색 셔츠를 입은 남자도 그런대로 봐줄 만하고, 또 옆 테이블에서 샌드위치를 먹고 있는 남자도 제법 그럴싸하다. 문제는 여자와 같이 있다는 거지. 그리고 또, 저기 노란색 노키아 휴대폰으로 문자 보내는 남자, 저 남자도 괜찮네. 물론 동원 씨만큼 청담스러워 보이진 않지만.

맙소사! 왜 또 생각이 나는 거지? 이러면 안 되는데.

"이러면 안 된다고!"

"뭐가 이러면 안 되는데? 어?"

지안이었다.

"남자도 네일아트처럼 맘대로 고르고 바꾸고 하면 얼마나 좋아? 그것도 딱 일주일 간격으로 말이야. 그나저나 예약은 한 거야?"

핑크 네일샵을 지나칠 때쯤 지안이 유라에게 물었다. 이 거리엔 핑크 네일, 네일 포에버, 인비 네일 등, 열두 개 정도의 네일샵들이 있다. 오죽하면 로데오 네일 거리라는 말이 생겼겠는가?

"어, 그레이스 켈리. 3시 세 명. 지현아, 너도 할 거지?"

"어? 나?"

나는 순간적으로 내 손톱을 보았다. 핑크색 매니큐어가 약간, 아니 조금 많이 벗겨져 있고 큐티클은 이미 0.2센티가량 보기 싫게 자라 버렸다. 그러고 보니 네일 관리 받은 게 벌써 2주나 지난 것 같다.

"야, 너는 꼭 해야겠네. 남자가 이 손톱 보면 놀라서 도망가겠다."

유라가 내 손톱을 훔쳐보며 얄밉게 말했다.

"그런가? 남자들이 여자들 네일에도 신경 쓰나?"

난 혹시나 동원 씨도 내 손톱이 마음에 안 들어 연락을 안 한 건가 하는 생각에 조심스레 물었다.

"당연하지. 이 여자가 자기 관리를 하나, 안 하나 그게 다 손톱에서 드러나는 거거든. 사실, 이 거리에 있는 여자들이 겉보기엔 다들 번지르르하잖아."

유라는 때마침 지나가는 펄 감이 있는 하얀색 랑방 드레스(케이트 보스워스가 시상식 때 입었던 것과 같은) 차림의 여자에게 시선을 주며 말했다.

"맞다! 린제이 로한 잡지 기사 못 봤어? '명품으로 치장한 린제이 로한 2프로 부족한 손톱?' 캘빈클라인 행사장에서 디카를 찍고 있는 사진인데 검정 매니큐어가 반쯤 벗겨진 끔찍한 사진이었어."

유라는 마치 자신의 기사가 난 것처럼 몸을 부르르 떨며 말했다. 그러고 보니 나도 그 기사를 본 것 같다. 기사의 메인 사진도 생각난다. 지저분하게 반쯤 벗겨진 검정색 매니큐어.

"아, 나도 그 기사 봤어. 린제이 로한 같은 할리우드 톱스타가 손톱 관리를 안 하는 건 옥의 티라고 난리도 아니었잖아. 나 참, 손톱 하나 가지고. 그건 기삿거리가 없어서야."

지안이 그런 게 뭐 대수냐 하는 투로 말했다.

"난 절대 아니라고 생각해. 중요하니까 기삿거리가 되는 거지."

역시 이에 질세라 유라가 지안의 말에 반박했다. 그레이스 켈리에 도착할 때까지 지안과 유라는 네일 케어가 중요하다, 중요하지 않다, 하며 계속 티격태격했다. 그리고 난 그 남자가 내 손톱이 마음에 들지 않아 연락을 하지 않은 건가 싶어 깊은 고민에 빠져버렸다. 만에 하나 이유가 그거라면, 난 너무 억울하다.

"야, 지현, 넌 어떻게 생각해?"

결론이 나지 않자 유라가 내게 따지듯이 물었다.

"나? 난 사실 중요하지 않았으면 좋겠어. 그런데 유라 네 말이 맞는 것 같기도 하고……."

난 가볍게 웃으며 그들의 싸움을 중재하려 했지만, 마음속 깊은 곳에선 이미 그 남자에게서 연락이 없는 이유가 지저분한 내 손톱 때문이라는 불안한 생각이 날 힘들게 하고 있었다.

"뭐야, 그게. 의견을 확실히 해야지."

"아무튼 지금 중요한 건 우리가 그레이스 켈리 앞에서 이렇게 서 있을 필요가 있느냐 하는 거야. 날도 더운데 말이지. 안 그래?"

그레이스 켈리로 들어간 우리는 가장 안쪽부터 차례대로 세 자리에 앉았다. 지안, 나, 유라 순으로. 둘이 또 네일아트 얘기로 티격태격할까 봐 내가 중간에 앉은 것이다.

"그나저나 유라 넌 왜 기분이 안 좋은 건데?"

핸드 스파에 두 손을 넣으며 내가 넌지시 물었다. 금세 부글부글 소리를 내며 버블이 올라왔다.

"휴! 말도 마. 듣고 웃지 않는다고 약속해."

나와 지안은 서로 한 번 마주보고 유라에게 약속했다. 절대 웃지 않겠노라고. 하지만 내가 핸드 스파에서 손을 빼 핑크색 수건에 물기를 닦을 때까지 유라는 아무 말도 하지 않았다. 내가 어깨를 이용해 유라를 툭 치자 유라가 눈을 질끈 감았다.

"말하기 싫어. 진짜 끔찍했어. 말하기도 창피하다고."

이렇게 말하는 유라의 볼이 발개지며 속눈썹 끝이 파르르 떨렸다. 뭐야? 정말 무슨 심각한 일이 있었던 건가?

지안은 어느새 네일 아티스트에게 맡겼던 손을 빼 유라 옆으로 자리를 옮겼다.

"사실, 써클에선 그 남자 진짜 괜찮아 보였어. 이번에 CPA를 패스했다고 했고, 근사한 돌체앤가바나 저지 스웨터를 입었어. 그리고 머리 스타일도 세련돼 보였고. 웬만하면 동원 씨를 계속 찾아보려고 했는데, 아, 아파요."

유라는 자신의 큐티클을 제거하는 네일 아티스트에게 소리를 지르며 손을 빼냈고, 덩달아 나도 깜짝 놀랐다. 난 네일 때문이 아니라 유라의 입에서 나온 동원이라는 이름 때문에.

"죄송해요. 살살 할게요."

네일 아티스트가 니퍼를 들고 다시 유라의 손을 잡아당겼다.

"근데? 그래서?"

지안이 유라를 재촉했다. 유라의 네일 아티스트도 상당히 궁금해하는 눈치였다. 유라의 입이 열릴 때마다 그녀의 움직임이 느려지는 걸 보면 말이다.

"그래서긴 뭘 그래서야. 일단 밖에서 한잔 더 하기로 하고 나왔지."

"뭐야? 원 나잇 얘기였어? W? 하얏트? 아님 프린세스 호텔*?"

★ 프린세스 호텔 압구정 로데오 거리에 있는 호텔. 18년 전에 세워졌던 건물을 4년 전 기둥만 남겨두고 리모델링을 했다. 웅장한 호텔이라기보다 럭서리한 모텔 분위기? 새벽녘에 로데오 거리를 돌아다니는 젊은 남녀가 가끔 들르기 좋은 장소.

지안이 자신도 모르게 큰 소리로 물었다. 순간 네일샵 전체가 고요해졌고, 모든 이의 시선이 우리 셋으로 향하는 게 느껴졌다. 하지만 우리가 잠시 동안 침묵을 지키자 그들은 다시 자신의 손톱에 열중했다. 잠시 후 유라가 다시 이야기를 시작했다.

"그런 거 아니야. 그냥 노는 아이 가서 한잔 더 했어."

"에이!"

지안이 실망한 듯 한숨을 내쉬었고, 유라는 그런 지안을 슬쩍 째려봤다. 난 지안의 발을 툭툭 치며 인상을 썼다. 그리곤 유라에게 말했다.

"계속 말해봐. 언니, 저 평소 하던 색 그대로요. 이번엔 펄 빼고."

"진짜 그때까진 정말 몰랐다고. 그날 그 남자가 날 모범택시로 집까지 데려다줬거든! 하긴 뭐, 걸어서 10분 거리니까. 어쨌든 그날은 완벽했어. 차를 가지고 오지 않은 건 당연히 술을 많이 마실 걸 예상했기 때문이라고 생각했지. 왜 대리 운전을 싫어하는 사람들 있잖아. 물론 바(Bar)로 가지 않고 노는 아이에 가자고 했던 건 조금 이상했지만 양주나 칵테일을 마시다보면 홍합탕 같은 것이 먹고 싶을 수도 있겠다고 생각했어."

유라가 말을 멈추더니 네일 아티스트에게 신경질적으로 말했다.

"언니, 언제까지 큐티클 제거만 할 거예요?"

그제야 넋을 놓고 유라의 이야기를 듣고 있던 네일 아티스트가 죄송하다며 다시 빠르게 손을 움직여 유라의 네일에 베이스코트를 정성스럽게 바른다.

"오늘도 항상 하던 것처럼 할까요?"

"오늘은 반대로 해줘요. 하얀 바탕에 핑크 프렌치로요."

네일 아티스트는 투명 핑크색 에나멜을 꺼내 유라의 왼손 새끼손가락부터 매니큐어를 바르기 시작했다. 또다시 유라의 비위를 건드릴까 봐 아주 조심스럽게.

다시 유라의 입이 다물어지고 나와 지안이 침묵을 지키고 있는 동안 유라의 오른손 검지가 매니큐어로 칠해졌다. 유라는 왼손으로 테이블 위에 놓여 있던 녹차를 마시더니 목소리를 가다듬었다.

"그리고 나서 일요일 오후쯤 통화했어."

"그게 정말이야?"

난 나도 모르게 흥분해서 말했다. 일요일 오후라니, 말도 안 돼. 토요일 새벽에 헤어지고 일어나자마자 전화하는 남자가 있다고? 그렇게 잘난 남자가? 그건 내 이론상 맞지 않잖아!

"어, 정말이야. 그건 왜?"

유라가 날 이상하다는 듯이 쳐다보며 물었다.

"아무것도 아니야. 계속 말해봐."

이렇게 말하는 내 얼굴에 작은 경련이 일어났다.

"월요일 저녁에 시간 되냐고 묻더라고. 그래서 된다고 했지. 아, 물론 조금 바쁜 척도 했어."

유라가 나와 지안을 의식하며 어깨를 으쓱거렸다. 그래, 상상이 간다. '사실 약속이 있긴 한데요, 내일로 미뤄도 나쁘진 않을 것 같네요.' 뭐 이런 식?

그녀들은 남자도 네일아트처럼… • 125

"어쨌든 맥드라이브 앞에서 만나 트라이베카에서 저녁을 먹기로 했거든? 그래서 어제 느지막이 일어나 샵에 가서 머리하고 메이크업 풀로 다 하고 약속 시간에 맥드라이브 앞으로 나갔지."

아하! 역시나 내 예상이 딱 들어맞았다. 샵에서의 헤어, 그리고 메이크업, 분위기 좋은 레스토랑에서의 저녁!

"약속 시간에 한 10분쯤 늦게 나갔는데 그 남자가 안 보이는 거야. 그래서 전화를 걸었지. 어디냐고 했더니 그 남자 하는 말이 전 지금 유라 씨가 보이는걸요, 하는 거야."

유라는 입이 탔는지 오른손을 이용해 다시 녹차로 목을 축였다.

"그래서 두리번거리며 찾았지. 그때 도로에 차 두 대가 서 있었어. 회색 SLR하고……."

"SLR? 뭐야! 제대로 건졌네. CPA에 스타일 좋고. 근데 왜 울상인데?"

지안이 짜증스러운 투로 말했다.

"야, 다 듣고 얘기해. 나도 처음엔 그런 줄 알았지. 그래서 막 SLR로 도도하게 걸어갔거든? 내가 진짜 대박을 골랐구나, 하는 마음으로 차 문을 딱 여는데……."

"여는데?"

내가 되물었다.

"처음 보는 남자가 타고 있는 거야. 그것도 조수석에 앉은 여자와 키스하고 있는 다른 남자."

"뭐? 정말? 차가 썬팅이 많이 되어 있어서 몰랐구나."

나는 까맣게 썬팅되어 있는 회색 SLR을 떠올렸다. 죽인다! 근데 어째서 처음 보는 남자라는 거지? 그리고 옆에 있는 여자는 대체 누구고?

"어, 유리창이 너무 까매서 못 봤던 거지. 당황해서 미안하단 말도 못하고 문을 쾅 닫는데 뒤에서 빵빵, 하고 소리가 들리는 거야. 그래서 뒤를 돌아봤는데……."

"돌아봤는데?"

이번엔 나와 지안이 동시에 물었고, 꼴깍하고 침 넘어가는 소리까지 들렸다.

"글쎄 엘란트라 운전석 창으로 고개를 내민 그 남자 얼굴이 보이는 거야. 엘란트라에서 말이야. 그것도 80년대에나 볼 법한 남색 구형. 지금이 2008년인데 말이지."

"맙소사! 정말이야? SLR이 아니라 엘란트라?"

이런! 내가 의도했던 것보다 더 큰 목소리가 나와버렸다. 하지만 지금은 그게 문제가 아니다. 이건 정말 히트다. 유라와 엘란트라. 어디 어울리기나 해? 난 그때부터 웃지 않으려고 최대한 안간힘을 썼다.

"엘란트라? 그게 어느 나라 찬데? 프랑스? 독일?"

지안은 한술 더 떠 호들갑을 떨었다.

"그럼 너 엘란트라 타고 트라이베카에 간 거야?"

난 엘란트라도 모르는 지안 따윈 일단 무시한 채 유라를 향해 최대한 진지한 얼굴로 물었다. 하지만 금방이라도 웃음이 터져나올 것만 같았다. 참아야 해. 지금 유라는 굉장히 심각하다고, 굉장히! 그리고 난 웃지 않기로 약속했으므로 간신히 웃음을 삼켰다.

"아니, 미쳤니? 내가 그걸 타고 트라이베카에 가게? 그 사람이랑 눈이 마주치자마자 뒤도 안 돌아보고 앞만 보고 걸어갔어. 계속해서 내 이름을 불러대면서 따라오는데, 정말 딱 죽고 싶더라."

유라의 뺨이 시뻘겋게 달아올랐다. 그래, 이해한다. 유난히도 자존심과 남자의 재력을 따지는 유라에게 그 일이 얼마나 창피한 일이었는지 심히 짐작이 간다. 난 안타까운 표정으로 유라를 바라봤다. 하지만 지금 제일 불쌍한 사람은 유라가 아니라 엘란트라를 몰고 유라를 만나러 온 그 남자일 것이다. 유라의 휴대폰 속에 저장된 그 남자의 이름을 '엘란트라'로 바꾸고 번호 또한 수신 거부로 해놓았을 테지만, 아마도 그 남자는 까맣게 모르고 있겠지. 자신이 그렇게 차인 이유가 엘란트라 때문이라는 것을 말이다.

갑자기 킥킥거리며 웃는 소리가 들린다. 고개를 돌려보니 지안이 입을 가리고 웃고 있다.

"야, 웃지 않기로 했잖아!"

유라가 버럭 소리를 질렀다. 하지만 지안은 웃음을 참을 수 없는지 이제 대놓고 웃는다. 아마도 지안의 손톱을 만져주는 네일 아티스트한테서 엘란트라에 대해 들었나보다.

만약에 유라가 엘란트라를 타고 트라이베카 주차장에서 내린다면 정말 볼 만한 광경일 것이다. 엘란트라와 대조되는 유라의 화려함이란. 10만 원짜리 컬에 7만 원짜리 메이크업, 200만 원이 넘는 백, 100만 원이 족히 넘는 마놀로블라닉 구두, 스커트, 다이아가 박힌 1000만 원이 넘는 시계 등등. 그런 것들이 엘란트라에서 내리면서 모두 짝퉁으로 둔갑했을 것이다. 그 상황에선 오히려 평범한 청바지에 하얀 티셔츠가 더 어울릴지도…….

"너 얼굴 가리고 걸었지? 아니면 전화 받는 척하면서 빠르게 걸었을 거야. 상상이 간다, 상상이."

여전히 키득거리며 지안이 물었다. 유라는 아예 지안의 말을 무시하며 네일 아티스트를 괴롭히고 있다.

"그 색 마음에 안 들어. 바꿔줘요. 레드로 프렌치해주면 되겠다. 그거 좋겠네."

다섯 번씩이나 컬러를 바꾼 유라는 그제야 고개를 끄덕인다. 하지만 마지막은 언제나 같은 컬러 프렌치였다.

유라는 손톱을 말리기 위해 네일 드라이어가 있는 곳으로 자리를 옮기고, 이제야 큐티클을 제거한 지안은 매니큐어 판을 보며 자신이 칠할 색을 고른다.

"언니, 노란색 형광으로 칠해줘. 아, 아니다. 오늘은 세련되면서도 얌전한 색으로 해주라."

한껏 웃던 지안이 웃음을 멈추고 딱딱한 표정으로 자신의 네일을 관리하고 있는 사람에게 말했다.

"왜, 무슨 일 있어?"

내가 물었다. 지안이 얌전한 색으로 네일을 한다는 건 분명 무슨 일이 있는 거다. 그것도 아주 중요한 일이.

"아, 내일 오후부터 인테리어 들어갈 거야. 그럼 아는 사람들 많이 올 텐데 형광 네일 케어는 좀 그렇잖아? 지현아, 너도 내일 같이 가줄래?"

난 말없이 고개를 끄덕였다.

"오늘 우리 저녁에 술 마시러 갈까?"

지안이 나와 유라를 번갈아 보며 말했다.

"뭐야? 너 오늘 약속 없어? 써클에서 만난 그 남자랑 데이트 안 해?"

난 의아한 눈빛으로 지안에게 물었다.

"아, 걔 어제 끝났어."

"왜?"

"이유가 뭐야?"

'나 남자랑 헤어졌어'를 마치 '나 어제 쇼핑한 거 환불했어'처럼 아무렇지도 않게 말하는 지안을 향해 나와 유라가 동시에 물었다.

"말도 마. 그 남자 지은 언니 병원 보톡스 일 년 회원이란다. 알고봤더니 매몰법 쌍꺼풀에 필링으로 코 높이고, 일주일에 한 번씩 에스테틱 다녀가고. 그런 남자를 어떻게 만나. 엘란트라 탄 남자보다 더 싫어."

지안이 한숨을 쉬며 말하자 말없이 가만히 있던 유라가 조용히 입을 열었다.

"병원 가자. 네일아트로 이 저조한 기분을 풀기엔 턱없이 부족해."

우린 홈스테드 바로 앞에 주차해놓았던 내 차를 타고 지안의 사촌언니가 원장으로 있는 이안 성형외과*로 이동하기로 했다. 유라의 끔찍한 기분을 풀기 위해 약간의 상담과 주사가 필요했던 것이다.

"근데 이렇게 갑작스럽게 가도 돼?"

이안 성형외과 건물이 있는 주차장에 차를 들이밀며 내가 말했다. 바로 앞에 지은 언니(이안 성형외과 원장)의 회색 SLK가 눈에 띈다. 언니의 화려한 외모와 딱 어울리는 차다. 내가 아는 한 성형외과 의사 중에 지은 언니처럼 예쁘고 근사한 여자는 절대 없을 것이다. 특히 그녀만의 포즈로 주사를 놓을 때, 그녀의 모습은 감탄을 자아내기에 충분하다. 그러니까 한마디로 예쁘고 능력 있는 아주 매력적인 여자라는 말이다.

"그냥 가는 거지 뭐. 수술 중이면 수다 떨면서 기다리면 돼. 우리 할 얘기 많잖아. 안 그래?"

유라가 아무렇지도 않게, 마치 네일아트 받으러 가는 것처럼 말했다. 하기야 유라에게 성형외과는 일종의 카페, 연예 상담소, 동네 약국, 뭐 그 정도쯤 될 것이다. 유라뿐만이 아니라 이 압구정, 청담동에 사는 여자들의 반은 그럴 것이다. 그녀들에게 보톡스는 마치 끼니와도 같은 것이기에……. 아마 갑작스럽게 정부에서 '보톡스 금지령(마치 음주 금지령

---

* 이안 성형외과 압구정에서 베스트 3 안에 드는 성형외과. 수많은 연예인이 그녀의 손을 거쳤다. -지도 표시-

처럼)'을 내린다면(말도 안 되지만 세상일이라는 게 알 수 없지 않은가!) 그녀들은 아마 정신착란 증세로 당분간 병원 신세를 져야 할지도 모른다.

우리는 주차 관리 아저씨에게 차를 맡기고, 4층에 있는 성형외과로 올라가 마치 자신의 집인 것처럼 자연스럽게 문을 열고 들어갔다.

"언니 있어요?"

유라가 다짜고짜 실장 언니에게 물었다.

"네, 지금 수술 중이세요. 필러하고 계시니까 20분이면 끝날 거예요."

실장 언니가 급하게 수술실로 들어가며 말했다.

우리는 원장실 앞에 있는 소파에 앉아 간호사 언니가 준 주스를 마시며 옆에 있는 여자를 힐긋힐긋 쳐다봤다. 분명 저 여자도 보톡스나 칵테일 주사*를 맞으러 온 거겠지? 내가 듣기론 알 만한 여자 연예인들의 상당수가 이 성형외과에서 정기적으로 주사를 맞는다고 한다. 그리고 그녀들은 일 년 회원권을 끊어 심심할 때마다 주사를 놔달라고 한단다. 마치 밥 먹듯이.

"그나저나 너 오늘 뭐 할 건데?"

지안이 유라에게 물었다.

"아무거나. 언니한테 마법의 주사로 내 우울한 기분 좀 풀어달라고 할래."

"그래. 코 좀 높아지고 얼굴 턱선이 좀 더 갸름해지면 다음번엔 더 좋

★ 칵테일 주사 보톡스와 비슷한 주사인데 말 그대로 여러 가지 약재를 섞은 주사. 얼굴 축소에 아주 큰 효과가 있다고 한다.

은 남자 만날 수 있을 거야."

지안이 빈정대듯 말했다. 왠지 둘 사이가 심상치 않다.

"그럼 써클 갔다 온 날 만난 남자는 다 꽝인 거잖아. 전멸이네!"

난 순간적으로 아무 말이나 던졌다. 그리고 금세 후회했다. 지안이,

"지현이 너도 만난 사람 있었어? 계집애, 근데 왜 아무 말 안 했어."

라고 말했기 때문이다. 당황한 난 슬그머니 둘의 눈치를 보다 대충 둘러댔다.

"왜 없었겠어. 있었는데 한 번 만나고 말았어."

"넌 또 왜?"

"나?"

난 오렌지 주스를 후르륵거리며 생각을 정리했다.

"그냥. 세차를 잘 안 하더라고. 차가 얼마나 지저분하던지 말도 마. 막 새똥도 쌓여 있고, 금방이라도 썩을 것 같았다니까. 안은 또 얼마나 지저분한지 휴지에 렌즈 통에, 엄청 오래된 코카콜라 페트병, 초콜릿 껍질……."

난 이상하리만큼 선명하게 떠오르는 광경에 신이 나서 주절거렸다.

"근데 그거 어디서 많이 본 그림 같다. 방금도 본 것 같고."

"그러게. 그거 네 차 얘기 아니야?"

이렇게 말하는 유라 덕분에 난 선명한 영상의 이유를 알게 되었다. 어쩐지 이야기가 술술 잘 나오더라니.

"그치? 마치 내 차 얘기 같지. 근데 그 남자 차도 내 차랑 똑같더라고."

왠지 싫지 않아? 차를 더럽게 타는 남자."

난 머쓱한 표정으로 어깨를 들썩거리며 말했다. 더 이상 주절거렸다간 내 방 얘기까지 나올 거야. 그만 해야지.

"그래, 네 맘 충분히 이해해. 나도 네 차 더러워서 타기 싫거든."

"그, 그치? 나도 세차 좀 해야겠다는 생각이 들더라고."

이번만큼은 유라의 얄미운 말투가 오히려 고맙다는 생각이 들어 전적으로 유라의 말에 동의했다.

"그럼 우리 셋 다 솔로네!"

"뭐, 상관없잖아? 남자가 한둘이야? 사실 남자는 네일아트랑 똑같다고 생각해, 난."

난 애써 밝은 척하며 다시 한 번 주절거렸다.

"네일아트?"

지안이 되물었다.

"그래, 네일아트. 아까 네가 말했잖아. 남자도 네일아트처럼 일주일에 한 번씩 갈면 얼마나 좋을까 하고."

지안이 진지하게 고개를 끄덕였다.

"그래, 남자는 딱 네일아트처럼만 만나면 돼. 그러니까 일주일에 한 번씩 바꾸는 거야."

"맞아. 나 정말로 일주일 지난 네일아트는 답답해서 못 견디겠어."

유라가 맞장구를 쳤다.

"어, 사실 화려한 네일아트일수록 스크래치가 잘 나잖아? 마찬가지로 화려한 남자일수록 바람피울 가능성도 많고. 그런데 뭐 하러 빈티 나 보이고 스크래치 난 보기 흉한 네일아트를 계속 하고 있어? 2만 원이면 새로 하는데."

난 내 손톱을 보며 말했다. 지금은 반짝반짝 스크래치 하나 없는 완벽한 손톱이다. 하지만 내일이 되면 어떻게 될지 아무도 모른다. 사랑도 그렇다. 처음 시작할 땐 상대가 너무나도 반짝이고, 한없이 사랑스러워 보이고, 다른 누구에게도 뺏기고 싶지 않을 만큼 소중하지만 그 사랑이 언제, 어떻게 변할지는 아무도 모르는 일이다.

"그래, 그리고 보니 그렇네. 줄리아나랑 보스에 공짜로 갈 수도 있고. 오히려 네일아트보다 싸잖아."

"그래, 남자도 여기저기 널리고 널렸는데 뭐 하러 신경 써? 스크래치 나면 갈고 빈티 나 보이면 갈고, 또 너무 화려해도 갈고."

"지겨워져도 갈고. 오케이! 그런 의미에서 우리 내일 한 번 뜰까? 일단 건배를 하고."

지안이 자신의 주스잔을 들며 말했다.

"남자는 그저 네일아트다! 우리의 새로운 남자를 위하여!"

우린 이상한 구호를 외치며 주스로 건배를 했다. 술집도 아니고 카페도 아닌 성형외과 소파에서. 그래, 남자 따윈 또 만나면 돼. 마음에 안 들고 스크래치 나면 바꾸는 네일아트처럼. 좋아!

건배를 하고 나자 이상하리 만큼 마음이 편해졌다. 동원이라는 남자도 지나치게 화려한 네일과 마찬가지다. 그는 너무 화려하다. 갈아버리는 쪽이 속 편하다. 그래, 다 잘된 거야. 그렇게 생각하자.

드디어 수술실 문이 열리고 지은 언니가 나왔다.

"소독 잘해드리고. 아, 너희 왔어? 들어와."

수술을 마치고 나온 지은 언니는 언제나 섹시해 보인다. 하지만 아까도 말했듯이 그녀가 제일 섹시해 보일 때는 굳이 만들지 않아도 자연스럽게 생기는 S라인을 뽐내며 주사에 약을 집어넣을 때이다. 나도 간만에 보톡스나 맞아볼까? 혹시 알아? 조금 더 갸름해진 내 얼굴을 보고 청담스러운 남자들이 줄줄이 따라올지.

우리는 소파에서 일어나 원장실로 걸어가다 방금 수술을 마치고 나온 듯한 여자 연예인과 마주쳤다. 난 그녀의 코 옆 라인이 지안과 똑같다는 것을 발견하곤 피식 웃었다. 하지만 그 순간도 잠시. 그녀의 발에 꼭 어울리는 구두가 지금 내가 신고 있는 구두와 똑같다는 끔찍한 사실을 깨달았다. 맙소사! 난 세상에서 나와 똑같은 구두를 신고 있는 여자를 만났을 때가 제일 싫다.

캐리비안 베이에서 나와 똑같은 비키니를 입고 있는 사람을 만난 것보다 더 끔찍하다. 클럽에서 나와 같은 탑을 입고 있는 사람을 만난 것보다, 같은 성형외과에서 똑같이 수술한 사람을 만난 것보다 더 싫다. 물론 나와 같은 남자를 만나고 있는 여자를 만난 것보다야 낫겠지만!

난 지안과 유라를 제치고 서둘러 원장실로 들어가 지은 언니에게 말했다.

"아주 조금만, 미묘한 차이만 느낄 수 있도록 예쁘게 만들어줘요."

마치 약국에서 머리가 좀 아프니 잘 드는 진통제 하나 달라고 말하는 것처럼 간단히 말이다.

　　　　　🛍　💄　👠

나는 집에 도착하자마자 맥북을 켜고 싸이 홈피에 들어가 업데이트된 친구들의 홈피를 이리저리 둘러보고 있다. 새로 산 마놀로블라닉 구두를 신은 사진을 자랑스럽게 올린 유라. 얼마 후면 개업할 자신의 샵 전경을 찍어 메인 사진으로 설정한 지안의 홈피 투데이 방문자 수는 벌써 천 명이 넘었다. 어, 누가 일촌 신청을 한 거지?

난 혹시나 그일까 하는 기대를 가지고 확인해보았지만 일촌 신청의 주인공은 상준이었다. 또 어떻게 내 홈피는 찾아낸 건지. 마우스로 거절과 수락 사이를 몇 번이고 왔다 갔다 하다 결국 수락을 결정했다. 한 시간 정도 파도타기를 한 뒤, 난 내 게시판 she say's라는 폴더에 오늘 찍은 사진을 올리고「남자와 네일아트의 재발견」이라는 제목으로 글을 쓰기 시작했다. 30줄 정도의 길지도 짧지도 않은 글을 쓴 뒤 올리기 버튼을 눌렀다. 그와 동시에 내 배에서 꼬르륵 하는 소리가 들렸다.

그러고 보니 오늘 저녁을 먹지 않았다. 아까 이안에서 마신 주스가 오늘 마지막으로 내 뱃속에 들어간 음식이다. 대충 글을 마무리한 뒤 난 하얀색 본터치 모자를 푹 눌러쓴 채 집에서 가까운 편의점으로 향했다. 카스 맥주 한 캔과 참치 마요네즈 삼각김밥이 든 편의점 봉지를 달랑거리며 집으로 향하고 있는데 내 뒤에서 빵빵 하는 클랙슨 소리가 들린다. 뭐야? 이 밤중에 누가 클랙슨을 울리고 난리야? 하마터면 내 식량이 든 봉투를 떨어뜨릴 뻔했잖아? 혹시 또 상준이 너냐? 난 잔뜩 찡그린 얼굴로 뒤를 돌아보았다.

맙소사!

왜 그가 여기 있는 거지? 그것도 오픈카를 타고.

"지현 씨, 어디 가는 길이에요?"

돌처럼 그 자리에 굳어버린 내 옆에 바싹 다가와 차를 세운 그가 물었다. 난 불과 30센티도 안 되는 거리에서 그와 얼굴을 마주 하고 있다는 사실에 화들짝 놀라 한 발짝 뒤로 물러섰다. 메이크업을 하지 않은 완벽한 쌩얼을 어떻게 그에게 보여준단 말인가!

난 지금 정말 무방비 상태다. 어쩔 수 없지. 뒤로 물러서서 최대한 안 보이게 하는 수밖에. 이럴 줄 알았으면 이 트레이닝복 말고 다른 거 입고 올걸. 모자도 이걸 쓰는 게 아니었는데. 더군다나 이 비닐봉지는 흰색 비닐봉지라 안이 다 보이잖아! 맥주에 삼각김밥이 뭐야. 젠장, 까만 봉지로 달라고 할걸.

난 뒷짐을 지는 척하며 조용히 봉지를 뒤로 감췄다.

"아까 전화했었는데……."

"네?"

난 무의식적으로 주머니를 뒤적거렸다. 하지만 내 손에 차가운 휴대폰의 감촉은 느껴지지 않았다. 집에 두고 온 건가? 아니면 또 잃어버렸나? 맙소사!

"아, 제가 휴대폰을 집에 두고 왔네요. 잠깐 밖에 나온 거거든요."

"집에 데려다줄까요?"

그의 목소리가 매우 상냥했다. 사실 삼각김밥이고 맥주고 다 내팽개친 채 그의 차에 올라타고 싶었지만, 그러면 안 된다는 걸 난 너무나 잘 알고 있었다. 모든 여자들이 이론으로 알고 있듯이 남자들은 자신에게 관심을 덜 보이는 여자한테 오히려 더 달아오른다.

"아, 아니요. 집이 바로 앞인데요, 뭐."

난 애써 떨리는 목소리를 가다듬으며 도도하게 말했다.

"그래요? 근데 그 트레이닝복 입은 지현 씨를 또 보게 될 줄은 몰랐네요."

그는 알 수 없는 웃음을 남기고 사라져버렸다. 이게 뭐야? 한 번 더 물어볼 수 있잖아? 뭐 저런 남자가 다 있어? 그나저나 내 트레이닝복을 본 적이 있다고? 언제? 어디서? 난 저 남자 앞에서 이 트레이닝복 입은 기억이 없는걸. 저 남자 대체 뭐지?

그래, 역시나 저 남잔 나에게 마음이 없는 거야. 지금도 지나가다 우연히 보고 그냥 한번 불러본 거겠지. 어쩌면 전화를 했다는 것도 거짓말일지 몰라.

그래, 정지현. 네일처럼 저 남자도 확 갈아버리기로 한 거 기억 안 나니? 정신 차려, 저 남잔 너한테 추호도 관심이 없단다.

난 그가 떠난 자리에 그대로 서서 맥주를 꺼냈다. '피슉' 하는 소리와 함께 맥주 거품이 내 손을 적셨지만 난 개의치 않고 꼴깍꼴깍 맥주를 들이켰다.

캬아, 시원하다.

"뭐야? 혼자 마시려고 저 보낸 거예요?"

갑자기 그의 목소리가 다시 들렸다. 환청인가, 하는 생각에 고개를 들어보니 사라졌던 그의 차가 내 눈앞에 서 있다. 나는 맥주 캔을 들지 않은 손으로 눈을 비벼보았다. 그래도 여전히 그는 내 눈앞에 있었다. 저런! 여긴 일방통행인데, 그렇다면 후진해서 온 거야?

"내일 오후에 시간 돼요?"

그가 물었다. 그리고 난 반사적으로 고개를 끄덕였다. 아까처럼 됐다고 말하면 다시 사라질 것 같은 막연한 불안감에 휩싸인 채.

"그럼 내일 전화할게요. 조심히 들어가요."

그는 흡족한 미소를 짓더니 다시 내 눈앞에서 사라졌다.

한참을 멍하니 서 있은 후에야 난 이 남자가 나에게 데이트 신청을 했다는 사실을 깨달았다.

맙소사! 어쩜 좋아.

오늘처럼 내가 멍청하게 느껴진 적이 없었다. 남자가 처음 하는 데이트 신청에 말없이 고개만 끄덕이는 여자라니. 젠장, 얼마나 재미없고 맹한 여자라고 생각했을까. 그나저나 난 새 네일아트를 하기로 결심했는 걸! 모두 갈아치우기로 작정했잖아. 아, 골치 아파!

집에 도착할 때쯤 내 손에 들린 맥주 캔은 빈 캔이 되어버렸고, 난 이렇게 결론 내렸다.

아무렴 어때. 아직 그 남자가 나한테 어울리는지 안 어울리는지도 모르잖아? 그래, 그 남잘 네일아트에 비교하자면 이제 큐티클을 제거하는, 아니, 따뜻한 물에 버블 마사지를 하는 단계야. 아직 색도 안 골랐고 칠하지도 않았으니 스크래치가 날래야 날 리 없잖아?

그러니까 내 말은, 저 남잔 아직 버릴 필요가 없다는 거지. 지금 반짝거리는 쌔끈한 내 손톱에 새로운 네일아트를 할 필요가 없듯이 말이야.

집에 도착해 침대 위에 널브러져 있는 내 휴대폰을 확인해보니 '부재중 2건'이라는 메시지가 반짝거렸다.

한 통화는 그 남자, 그리고 또 한 통화는 민정 언니다. 무슨 일이지?

난 통화 버튼을 곧바로 눌렀다. 곡명은 알 수 없지만 듣기 좋은 발랄한 멜로디가 얼마간 들리고, 곧바로 그 멜로디보다 더 발랄한 민정 언니의 목소리가 들렸다.

"지현아, 방금 네 싸이에 올린 글 좀 나 다음 기삿거리로 쓰면 안 될까? 맛있는 거 사줄게."

난 흔쾌히 그 제안을 승낙했다. 그리고 내 글을 소재로 한 기사가 다음 달 잡지에 나올 거라는 언니의 말에 왠지 모르게 흥분을 느꼈다. 물론 너무나도 청담스러운 그와의 내일 데이트도.

청담동 언덕에서
히치하이킹을…

청담동 커피빈 앞에 정차해놓은 그의 벤츠 E55 AMG가 내 시야에 들어왔다. 그러자 갑자기 정체 모를 긴장감이 느껴진다.

지금 내 머리가 바람에 날려 헝클어지진 않았겠지? 오는 길 내내 머리를 너무 매만져서 기름져 보이는 건 아닐까? 디올 스커트는 얌전히 제 모양을 유지하고 있을까? 립스틱이 이에 묻거나 하는 그런 끔찍한 일이 일어나진 않겠지? 난 불안한 마음을 거두지 못하고 계속해서 옷매무새와 머리끝을 매만졌다.

어느새 그의 차 앞 범퍼가 훤히 보이는 곳까지 오자, 살짝 선팅이 된 차 유리 안으로 그의 움직임이 보인다.

제발 한 번만 더 거울을 보고 화장을 고칠 수 있다면! 이렇게 간절히 바랐지만, 그가 보고 있는 앞에서 거울을 꺼낼 수는 없는 노릇이다.

아, 내가 지금 제대로 걷고 있기나 한 걸까? 이럴 줄 알았으면 반대 방향에서 걸어올걸. 그럼, 그의 차 뒤편에서 골목 사이로 잠깐 숨어 들어가 여유 있게 거울을 볼 텐데. 머리도 매만지고 화장도 고치고. 후회가 밀려온다. 마지막 체크를 하지 못한 게 못내 아쉬울 뿐이다.

그나저나 내가 왜 이렇게 신경을 쓰는 거지? 평소엔 이러지 않았잖아. 원래대로라면 내가 남자에게 잘 보이려고 신경 쓰는 것보다 남자가 나한테 잘 보이게 신경을 써야 하는 거 아니야? 그래, 당당해지자. 내가 그보다 못한 게 뭐 있어? 써클에서도 보란 듯이 줄을 제치고 들어간 나라고!

내가 그의 차에 가까이 다가가자 사이드 미러를 통해 나를 본 그가 차 문을 열고 내린다. 구찌 블랙 셔츠와 스트라이프 팬츠, 그리고 레이벤의 깔끔한 선글라스가 썩 잘 어울린다. 또 살짝 풀어헤친 셔츠 안에서 새로 나온 불가리 펜던트가 캐주얼한 느낌을 주고 있다. '파렌티지' 모티브의 펜던트가 그의 패션에 정점을 찍어줬다고 할까? 블랙 코튼 레이스 줄이 셔츠와 잘 어우러져 귀공자 같은 느낌을 주었다.

그렇다. 나 정지현, 어언 26년간 압구정에서 산 경험으로 볼 때 그의 외모와 스타일은 완벽한 청담의 결정체였다. 그의 이런 완벽한 청담스러움 앞에서 당당해지자는 나의 다짐은 어느새 물거품처럼 사라져버렸다.

"뭐죠? 혹시 제 차가 마음에 안 드나요?"

어느새 조수석 문을 열고 서 있는 그가 물었다.

멍청하긴! 난 그의 모습을 보느라 정신이 빠져 멍하게 서 있었던 것이다.

"아니요, 그럴 리가요. 제 차보다 훨씬 좋은걸요. 깨끗한 것 같기도 하고."

난 멋쩍은 웃음을 보이며 얼른 그의 차에 올라탔다.

세상에나! 남자 차가 이렇게 깔끔하다니. 정말 휴지 조각 하나 없다는 사실에 놀라며 이와는 너무나도 대조되는 내 차를 떠올렸다.

세차도 잘 하지 않는 내 차는 휴지 조각과 흠먼지는 기본이고, 신다 벗어놓은 스타킹이며 CD, 껌 종이 등이 어지럽게 널려 있는데.

"아직 저녁 전이죠? 뭐 먹고 싶은 거 있어요?"

운전석에 앉은 그가 시동을 걸며 말했다. 그의 다정하고 부드러운 음성이 듣기 좋았다. 내가 고개를 얌전히 가로젓자 그가 나를 보며 피식 웃는 것 같다.

"그럼 제가 마음대로 정해도 괜찮겠죠?"

"네? 아, 그러세요."

정지현, 너 오늘 왜 이렇게 바보 같은 거야. 왜 말도 제대로 못하고 더듬거리는 거니.

'전 50fifty*의 홍합 요리를 좋아해요' 아니면 '궁**의 파스타나 스테

---

* **50fifty** 'no stress cafe'가 모토인 레스토랑. 복층 구조의 오픈 키친, 종이로 만든 미니 트레이와 직접 디자인한 나무 테이블이 무척 편안한 느낌을 준다. 프랑스에서 요리 수업을 받은 패션 디자이너 출신 대표가 최근 파리에서 유행하는 음식을 선보인다. 간단한 프랑스어를 알고 가면 좋다. 왜냐하면 모든 메뉴가 프랑스어로 되어 있기 때문.
** 궁 이곳에 들어가면 올라가고 내려가는 계단을 따라가다 자리에 앉게 되는데, 이는 업소명 궁에 어울리도록 계단이 많은 궁 구조를 응용한 것이라고 한다. 음식은 전통 이탈리아 요리를 한국인의 입맛에 맞추어 느끼하지 않고 담백한 저칼로리 요리를 추구하고 있다.

이크를 좋아해요'라고 왜 말 못하는 거야? 너도 청담이나 압구정에 대해 누구보다도 빠삭하게 잘 알고 있다는 걸 보여주란 말이야! 25년 동안 살아온 동네잖아.

지금 나의 행동은 마치 이 동네에 처음 온 시골뜨기마냥 어설프고 어색하기만 하다. 이런 나의 행동이 도대체 지금 이 상황과 어울리기나 하냔 말이야.

이런 내 마음을 아는지 모르는지 락앤롤에서 뉴턴해 다시 씨네시티 쪽으로 빠져나온 그는 청담언덕 쪽으로 차를 몰았다. 그리고 잠시 후 SG 다인힐*이라는 4층짜리 건물 앞에 차를 세웠다.

어머, 이게 언제 완성된 거지? 얼마 전까지만 해도 빈 건물이었던 것 같은데…….

정차를 하기도 전에 우리 앞에 서 있던 발렛 덕분에 난 손 하나 까닥하지 않고 차에서 내렸다. 내가 물끄러미 건물을 바라보고 있자 그가 친절하게 설명해주었다.

"이틀 전에 오픈했어요. 그래도 한 번 와봤으니 걱정하지 말아요."

오픈한 지 얼마 안 됐구나. 그런데 걱정? 무슨 걱정을 말하는 거지? 설마 나를 정말 시골뜨기로 아는 거 아니야? 아니야, 오버하지 말자. 지금 나는 동원 씨의 말 한마디, 행동 하나에 흔들리고 있다. 그동안 많은

★ **SG 다인힐**(dinehill) 청담동 언덕 길에 위치한 4층 건물. 1·2층에는 일식 레스토랑 '퓨어'의 또 다른 버전인 '퓨어 멜랑주'가, 3층에는 와인&사케 비스트로 '메자닌'이 자리 잡고 있다. SG 다인힐은 이곳을 가장 맛있고 멋있는 언덕으로 만들겠다는데, 그 성과는 시간이 지나봐야 알 듯싶다.

남자를 만나왔지만 이렇게 정신없고 혼란스러운 적은 처음이다.

이틀 전에 오픈했다면서 그 사이에 누구랑 온 걸까. 여자? 설마…… 그때 코밑에 뭐 더러운 거라도 묻은 표정을 짓던 그 거만한 여자랑? 안 돼.

아, 또 혼자 앞서가고 있다는 생각에 난 고개를 설레설레 저었다. 그리고 날 에스코트하는 그를 따라 안으로 들어섰다.

1층 입구에 서 있던 지배인이 우릴 2층으로 안내했다. 인테리어가 돌과 나무로 어우러져 지나치게 화려한 장식으로 치장된 여타 레스토랑과는 달리 편안한 분위기를 느끼게 해준다.

웨이터는 우리가 앉을 수 있도록 모던한 느낌이 나는 나무의자를 빼주었다.

"모듬 바비큐 요리랑 스시 세트 주세요."

그는 웨이터가 건네는 메뉴판을 보지도 않은 채 자리에 앉자마자 말했다.

"와인 할래요? 아님 사케?"

사케는 별로 내 취향이 아니다. 난 '와인으로 할게요'라고 살며시 웃으며 대답했다.

"그럼 샤도네(chardonnay)도 한 병 주시고요."

웨이터가 자리를 뜨자 그가 나를 그윽한 눈길로 바라보았다. 나는 순간 내 양 볼이 확 달아오르는 것을 느꼈다.

내 얼굴에 뭐라도 묻은 걸까? 나는 휴대폰을 보는 척하며 휴대폰 액정에 비친 내 얼굴을 보았다. 다행히 아무것도 묻지 않았다. 그럼 대체 왜 나를 저렇게 그윽한 눈으로 보는 거지?

"그날 넘어진 건 괜찮아요?"

"네, 괜찮아요."

"다행이네요. 사실 그날 정말 놀랐거든요. 키를 건네줘야 하는데 어떻게 해야 하나 고민하고 있을 때 지현 씨를 만나게 돼서 얼마나 반가웠는지 몰라요."

"하루만 더 늦게 만났어도 저한테 새로운 차 키가 생겼을지도 몰라요. 키를 잘 보관해주셔서 감사해요."

난 최대한 밝은 표정으로 그에게 말했다. 잠시 후 웨이터가 와인 병을 들고 와서 코르크 마개를 땄다. 그리고 잔과 50센티 정도 떨어진 높이에서 와인 병을 들고 그와 내 잔에 와인을 5분의 1정도로 따랐다. 저렇게 해야 와인 맛이 산다나? 예전에 누군가가 말해줬던 것 같다.

그가 와인잔을 들고 건배할 자세를 취하자 나도 잔을 들어 그의 잔에 살짝 부딪혔다. 그리고 와인 맛을 보았다. 윽, 떫어!

"혹시 입에 안 맞아요?"

내 표정을 감지했는지 그가 걱정스러운 목소리로 물었다.

"아니요, 약간 드라이한 거 좋아해요. 그러니까 제 말은 지금 이대로 괜찮다는 거예요, 이 와인."

난 바보처럼 재잘거렸다. 사실 난 드라이한 레드 와인보다 달콤한 화이트 와인이나 아이스 와인을 좋아하는 편이지만, 지금 굳이 그 사실을 알릴 필요는 없을 것 같았다. 시럽이 듬뿍 든 커피보다는 아메리카노를 좋아하는 게 근사해 보이는 것처럼, 와인도 마찬가지라고 생각했기 때문에.

"다행이네요. 그런데 써클엔 자주 가요?"

"아니요. 사실 써클은 그날 처음 가봤어요. 생긴 지 얼마 안 되었다고 들었어요. 클럽은 그렇게 좋아하는 편이 아니라서요. 그런데 동원 씨는 자주 가나봐요?"

잘했다, 정지현. 얼굴색 하나 안 변하고 거짓말을 하다니. 하지만 이건 어디까지나 선의의 거짓말이다. 세상 어떤 여자가 마음에 드는 남자 앞에서 '전 나이트나 클럽을 즐겨 다닌답니다. 한마디로 죽순이죠'라고 말하겠는가.

"칵테일 먹으러 자주 가요. 그래서 바텐더랑도 친하고요. 기억나요? 그때 모히토란 칵테일 만들어준 바텐더."

기억이 날 듯 말 듯했다. 작고 가무잡잡하고 이름이…… 아, 생각났다!

"마크?"

"맞아요. 와, 지현 씨 기억력 좋네요. 근데 지현 씨."

"네?"

갑자기 내 이름을 부르는 그의 낮은 목소리에 놀라 고개를 들었다. 그의 눈은 장난기가 가득해 보였고, 그런 그의 눈을 보자 약간의 불안감이 엄습해왔다. 대체 무슨 말을 하려는 거지?

"지현 씨 저랑 구면인 거 알아요?"

"구면인 건 맞죠. 세 번째나 만나는데요."

사실 나로서는 동원 씨를 네 번째 만나는 거다. 트라이베카에서 거만한 여자랑 팔짱 끼고 가던 모습을 목격했던 그날 말이다.

"아니요, 그게 아니라 예전에 나 어디서 본 적 없어요?"

"네? 예전이요?"

예전이라니, 대체 언제? 불안감이 점점 더 심해진다. 대체 내가 동원 씨를 언제 만났다는 거지? 설마 흉측한 모습일 때 만난 건 아니겠지? 혹시 나이트나 클럽에서 부킹하다가? 윽! 정말 그렇다면 최악 중의 최악이다. 하지만 이런 남자를 내가 기억하지 못할 리가 없잖아. 설마…….

동원 씨의 얼굴을 찬찬히 뜯어보았다. 음, 아무리 봐도 성형수술을 한 얼굴은 아닌데. 그런데 정말 어디서 봤다는 거지?

"하긴 한 3개월 전이니까 기억이 안 날 수도 있겠다. 그래도 잊어버렸다니 이거 좀 서운한데요?"

3개월 전? 나는 점점 더 혼란스러워졌다. 3개월 전이라면 박상준이랑 깨질 때잖아! 그때 대체 언제 만났다는 거지? 아아, 정말 생각나는 게 전혀 없는걸.

"죄송해요. 생각이 안 나네요. 저희가 어떤 식으로 만났었나요?"

나는 전혀 생각이 나지 않아 난처한 표정으로 그를 보며 말했다. 내가 잃어버린 기억에 대해서 그는 모든 걸 기억하고 있다. 더군다나 그의 표정은 정말이지 득의양양하다. 대체 뭘 기억하고 있는 걸까?

"왜 3개월 전에 돌체앤가바나 앞을 지나갈 때였는데…… 이래도 정말 기억 안 나요?"

돌체앤가바나? 설마 그 악몽 같은 날을 말하는 건 아니겠지? 그럴 리가 없어. 그때 주변에는 사람들이 그다지 많지 않…… 아니구나, 별로 없던 사람들도 사람이구나. 혹시 그 사이에 있던 게 동원 씨? 내가 사고 치는 모습을 다 목격하고 있었단 말은 아니겠지, 설마?

"잘…… 모르겠는데요."

"아, 정말요? 지현 씨가 차 한 대 못 쓰게 만들어놓았던 거, 정말 기억 안 나요?"

헉! 설마, 설마 했는데 그 설마가 진짜일 줄이야. 잠깐, 나 그때 뭐 입고 있었지? 맙소사! 이제 기억난다. 집에서 입는 트레이닝복 차림에 아무렇게나 찍찍 끌고 다니는 컨버스, 그리고 머리도 감지 않았다는 사실이 말이다. 이럴 수가! 정말 그 꼴을 하고 있던 날 봤단 말이야? 정말?

아, 하느님, 왜 인간에게 투명인간이 되는 능력은 주시지 않았나요.

나는 정말 이 순간 내가 사라졌으면 좋겠다는 생각을 했다. 정말이지 나에겐 왜 이런 일만 일어나는 거지? 어째서 동원 씨와의 관계가 순탄하게 흘러가지 않는 걸까?

"지현 씨, 괜찮아요? 표정이 너무 안 좋아요."

내 얼굴에 미세하게 일어난 경련을 눈치 챘는지 그가 장난스러운 웃음을 살짝 멈추고 나에게 물었다.

"아, 아니에요. 그때 어떻게 저를 보셨는데요? 전 동원 씨 못 봤는데."

"아, 그때요? 차 타고 지나가는데 웬 여자가 차를 긁고 있는 거예요.

이걸 신고해야 하나 말아야 하나 고민하다가 그냥 하지 않았어요. 왜 안 했는지 알아요?"

"그, 글쎄요."

"사실은요."

그가 속삭이듯 말하는 동안에도 내 심장은 계속해서 두근거렸다.

"트레이닝복이 그렇게 잘 어울리는 여자는 처음이었거든요."

아, 나를 향해 씩 웃어주는 저 남자를 대체 어떻게 하면 좋지? 아까의 그 쪽팔림은 저 미소에 싱겁게 날아가버렸다. 아무래도 내가 저 남자한테 단단히 꽂힌 모양이다. 세상에서 제일 창피한 일을 들켰는데도 저 남자 미소 하나에 모든 걸 잊어버리는 걸 보면 말이다. 정말 유치하기 짝이 없지만, 난 지금 그가 좋으니 어쩌면 좋으랴. 세상에서 트레이닝복이 제일 잘 어울리는 여자라니!

이런 식으로 칭찬하는 남자는 정말이지 처음이다. 나는 그의 칭찬에 어찌할 바를 몰라 그저 와인만 마셔댔다.

"마크, 그 친구가 '세계 칵테일 빨리 만들기 대회'에서 1위를 한 친구예요."

어느새 훌쩍 비워버린 내 와인잔을 채우며 그가 부드럽게 말했다.

"어머, 정말요?"

사실 별로 신기하지 않은 일이다. 하지만 난 그의 말에 최대한 놀란 것처럼 반응했다. 그의 말을 경청하고 있다는 걸 보여주기 위해서랄까? 어쨌든 그는 나의 이런 반응에도 자신의 말만 내뱉지 않고 차분하고 조심스럽게 말했다. 정말 9.8점에 0.2점 그냥 모두 더해버리고 싶은 심정이다.

"네. 그 친구 말고도 매튜, 소니, 카미, 제니퍼, 저스틴 등이 다 유명한 바텐더들이에요."

그는 말을 마친 후 처음으로 와인잔을 입에 대더니 만족스런 표정으로 고개를 끄덕인다. 와인이 마음에 들었나보다.

"써클에 연예인이 많이 오는 이유도 다 칵테일 때문이에요. 술이 맛있어서."

"그래요? 멋진 여자들이 많아서가 아니라?"

내가 웃으며 살짝 비꼬듯이 물었다.

"글쎄요. 술 이유가 더 클걸요? 물론 청담동 클럽이 자유가 보장 돼서* 라는 이유가 제일 크겠지만. 아, 할리우드 모델 스티브도 비행기 타고 와 써클에서 주말마다 놀다 가는 거 알아요?"

"정말요? 할리우드 모델이요?"

이번에는 일부러가 아니라 진짜로 깜짝 놀라 물었다. 처음 들어보는 이름이지만 할리우드라잖아.

"그렇다고 하더군요. 정말 부지런하죠? 난 유학 시절에 일 년에 두어 번 나오는 것도 힘들던데."

---

* 청담동에선 연예인들에게 사인을 해달라며 귀찮게 구는 이들도 없고, 여기저기서 느닷없이 터지는 카메라 세례도 없다. 왜냐? 아무리 가까이하기에 힘든 연예인들이지만 청담동을 즐겨 찾는 이들 대부분은 그들과 친구가 되고 연인이 될 수 있는 경제적 조건을 갖춘 이들이기 때문이다.

그가 4분의 1 정도 빈 내 와인잔을 채우는 순간 웨이터가 요리를 가지고 왔다.

"참숯에 구운 바비큐와 립아이, 그리고 스시 세트입니다."

먹음직한 요리가 테이블 위에 놓였다.

"어때요?"

그가 다랑어 스시를 맛보는 나에게 물었다.

"깔끔하고 맛있네요."

"저기 저쪽에……."

그가 손가락으로 어딘가를 가리켰다. 오픈 키친이 있는 곳이다. 그다지 새로운 광경은 아니었으므로 나는 별로 놀라지 않았다.

"오픈 키친이네요?"

"네, 저기서 직접 만든대요. 한번 봐요. 재밌어요."

우리는 한동안 오픈 키친에서 음식 만드는 걸 보며 스시를 먹었다. 연분홍 훈제연어와 붉은 다랑어 살을 척척 가르는 것을 보는 재미가 꽤 쏠쏠했다. 아마 오픈 키친보다는 스시를 열심히 씹어 먹는 동원 씨의 옆모습을 지켜보는 일이 더 재미있었다고 해야 정확할 것이다.

"하시는 일이 펀드매니저면 3시까지는 정말 바쁘겠어요?"

"그럼요. 장이 끝날 때까지는 꼼짝 못하죠. 주식 해본 적 있어요?"

"네, 딱 한 번이요. 근데 다 날렸어요. 내 눈앞에서 샤넬 가방 하나가 뚝딱 날아갔죠. 만져보지도 못하고."

내 말을 듣던 그가 스시를 입에 넣다 말고 호탕하게 웃었다.

"다행이네요, 샤넬 가방 하나라서. 가끔은 제 집 한 채가 날아가기도 한답니다."

그가 립을 썰어 내 접시에 덜어주었다. 그의 손등에 두드러진 힘줄이 남성적인 매력을 돋보이게 했다.

"맙소사! 대우 럭스빌이 눈앞에서 사라진다고요? 우와! 간이 크지 않으면 못하겠네요."

"그래서 제 간은 이미 부어오를 대로 부어올랐죠."

그가 장난스럽게 싱글거리며 말했다.

"아, 제 친구도 대우 럭스빌에 살아요."

난 고등학교 동창 윤지를 떠올리며 말했다.

"그래요? 그럼 오다가다 봤을 수도 있겠네요?"

"아마 마주치기 힘들 거예요. 그 친구 일 년에 두 계절은 병원에 있거든요."

그가 내 말을 믿기 힘들다는 듯 눈을 동그랗게 떴다.

"친구 분 몸이 많이 약한가봐요?"

"뭐, 아픈 건 맞는데 병이 있어서 아픈 건 아니에요. 그 병원이란 곳이 성형외과거든요. 수술하면 굉장히 아플 테니 아픈 건 맞네요."

내가 말을 마치자마자 그가 큰 소리로 웃는다. 그의 호탕한 웃음소리가 홀 전체에 울려 퍼졌다. 듣는 사람으로 하여금 기분 좋게 하는 웃음소리다.

"지현 씨는 참 재미있는 사람 같아요. 독특하고."

"좋은 뜻으로 받아들일게요."

우린 서로의 얼굴을 보며 기분 좋게 웃고 나서 다시 잔을 들어 건배를 했다.

좋았어! 정신 차리고 말하니까 역시 분위기가 좋구나. 좋아, 이런 분위기. 계속해서 이런 분위기를 유지해나가야지.

우리는 두 시간 남짓 와인과 음식을 사이에 두고 즐거운 분위기에서 이야기를 주고받았다. 이렇게 이야기를 주고받는 동안 그에 대해 여러 가지를 알게 되었다. 그가 요즘 투자 유치를 위해 베트남이나 일본에 자주 간다는 것. 써클에서 만난 다음 날도 바로 일본에 갔었다고 한다. 그래서 나한테 연락을 못한 거겠지? 그가 즐겨 듣는 음악은 팝이고, 자주 가는 바는 지직스, 자주 가는 옷 집은 분더 샵 맨*, 그리고 결혼을 재촉하는 어머니 때문에 마음에도 없는 선을 보는 것 등등.

와인이 반 병밖에 남지 않았을 때 그의 휴대폰으로 전화가 왔다. 그가 전화를 받으러 자리를 비운 사이 나에게도 문자가 한 통 날아왔다.

― 어디야? 먹드라이브로 와.

오호라! 이것들 또 심심한가보군. 하지만 어쩌지? 미안해서. 이 언니가 오늘은 안 될 것 같은데? 이 남자와 아주 오랫동안 데이트를 할 듯싶

★ 분더 샵 맨 남자 스타 중 옷 좀 신경 써서 입는다는 이들은 모두 분더 샵 맨 단골. 장동건부터 현빈, 정우성, 김주혁, 강동원까지.

으니 말이야. 잘되면, 써클에 가서 다시 모히토를 한잔할지도 모르겠고.
나는 입가에 미소를 띠고 지안의 문자에 답장을 썼다.

― 미안. 오늘은 너희끼리 가라.

'미안'에 나의 벅차오르는 뿌듯한 마음이 전해지려나? 난 엘란트라도 아니고 인조인간도 아니고 완벽한 청담 남자를 만나고 있다고. 막 전송을 누르는 순간 그가 돌아와 자리에 앉았다. 그러고는 굉장히 난감한 표정으로 말문을 열었다.
"미안한데요, 오늘은 그만 일어나야겠어요."
"네?"
나는 무의식적으로 전송 취소를 눌렀다.
"급한 일이 생겼어요. 미안해요."
난 그에게 어디 가냐고 묻지 않았다. 그리고 집까지 데려다준다는 그의 제안을 최대한 밝게 웃으며 거절했다. 그에게 나는 이런 일에 전혀 연연해하지 않는 쿨한 여자라는 것을 보여줘야 한다. 난 그가 계산하는 동안 재빨리 새로운 문자를 찍었다.

―10분 안에 가마.

"뭐? 생뚱맞게 그게 무슨 말이야?"

난 써클의 모히토 대신 다이어트 코크를 한 모금 쪽 빨아들이며 다 식어버린 포테이토를 하나 집어먹었다. 역시 포테이토는 맥도날드가 제일 맛있다.

"그러니까 그게 이런 말이지. 세상에는 두 가지 종류의 여자가 존재해. 길 가던 남자로 하여금 발걸음을 멈추게 하는 여자, 그리고 길 가던 남자의 시야에서 투명인간이 되는 여자, 이렇게 두 종류."

지안이 남은 더블치즈버거 조각을 입에 넣고 우물거리며 말했다.

"그러니까 그게 무슨 말이냐고?"

내가 지안의 수수께끼 같은 말에 약간 짜증을 내며 물었다.

"짜잔!"

지안이 주머니에서 무언가를 꺼내 손에서 달랑거리며 말했다.

"그게 뭐야? 차 키잖아?"

"그냥 차 키가 아니야. 마세라티 스파이더* 키지."

"뭐? 정말? 샀어?"

"지안 오빠 차래."

오늘따라 유난히 짧은 청치마를 입은 유라가 지안 대신 대답했다. 그러고 보니 화장도 짙다. 선보고 온 차림 같진 않은데, 어디서 남자라도

---

* 마세라티 스파이더 이탈리아 고급차 분위기가 물씬 풍기는, 그러니까 한마디로 귀족적인 기품이 묻어나는 2인승 컨버터블. 국내 가격이 1억 9100만 원 정도 된다니까 대략 2억.

만났나?

"그래? 어디다 댔는데? 우리 그거 타고 로데오 사파리 하는 거야?"

나는 한껏 들떠서 말하다가 마세라티 스파이더가 2인승이라는 사실을 깨달았다.

"근데 그거 2인승이잖아. 우린 세 명이고."

"우리 이거 안 타. 이건 그냥 장식용이야. 더 좋은 미끼를 물기 위한 장식용!"

지안과 유라가 서로 바라보며 키득거렸지만 나는 도무지 갈피를 잡지 못했다. 대체 그게 무슨 소리지? 더 좋은 미끼라니?

그때 마침 우리 옆 자리에 버거 세트를 든 구혜선이 앉았다. 전보다 훨씬 더 예뻐진 것 같은데…….

"봐, 저기 앉아 있는 구혜선은 전자야. 길 가던 남자로 하여금 발걸음을 멈추게 만드는 여자, 물론 우리도 전자고."

"그래서?"

"생각해봐. 우리 같은 예쁜 여자들이, 그것도 비싼 차를 몰고 있는."

"그래, 그런 여자들이."

지안의 말을 유라가 받아 이었다.

"차가 방전돼 꼼짝 못하고 서 있다고 생각해봐. 남자들이 줄 서지 않겠어? 서로 고쳐주겠다고 말이야."

"너, 이 시간에 청담언덕을 다니는 남자들이 어떤 남자들인지 알지?"

다시 지안이 말을 받았다. 나는 이제야 그녀들이 꾸미는 일을 알아차렸다. 난 정신 나간 그녀들의 제안에 잠시 어리둥절했다.

"어쩐지 너희들 너무 화려하게 하고 나왔다 했어. 참, 가지가지 해요."

사실 난 이미 SG 다인힐에 다녀온 후다. 그것도 멋진 남자와. 그러니 그 일이 그렇게 구미가 당기는 일은 아니었다.

"그래서 넌 안 할 거야?"

지안이 내 손에서 차 키를 빼앗아 다시 주머니에 넣었다. 난 딱 3초간 고민한 뒤 '아니, 너희가 하는데 나도 해야지! 어디다 대놨는데? 그 마세라티 스파이더'라고 경쾌하게 대답했다.

그래, 아직 동원 씨와는 어떤 사이도 아닌데 당연히 다른 남자들도 만나야지. 한 사람한테 집착하지 않으려면 관심을 돌릴 다른 무언가가 필요하고, 그 무언가가 오늘 찾아질 듯한 느낌이다.

"진작 그럴 것이지. 나 화장실 갔다 와서 출발하자."

지안은 이렇게 말하곤 핸드백을 가지고 화장실로 향했다.

맥도날드에서 나오자마자 내 눈이 휘둥그레졌다. 맥드라이브 앞에 람보르기니가 줄줄이 서 있었기 때문이다. 빨간색, 노란색, 파란색. 한 대씩 지나가도 사람들의 눈길을 끄는 찬데 저렇게 몇 대가 줄지어 서 있다니. 저게 다 합치면 얼마야? 거의 강남에 있는 빌딩 한 채 값이겠군.

"람보르기니 동호회 사람들인가보다. 단체로 치즈버거 먹으러 왔나 봐. 아님 맥플러리?"

지안이 깔깔대며 말했다.

"난 또 왜 저렇게 줄줄이 서 있나 했지."

그래, 나도 예전에 미니쿠퍼 동호회 같은 데 든 적이 있었지. 물론 오프라인으로 만난 적은 한 번도 없지만.

어쨌거나 람보르기니가 줄줄이 서 있는 저 장면은 꽤나 진기한 광경이라고 말할 수 있다. 서울 어디 가도 볼 수 없는 그런 광경. 이곳이 청담동이니까 가능하겠지? 아마 다른 곳 같았으면 사람들 눈살에 질려 저렇게 서 있을 수도 없을 것이다. 사진 찍고 만져보고 차 주인 보면서 수근덕대겠지? 아마도 전 세계 맥도날드 중에서 가장 물 좋은 맥도날드가 청담동 크라제 디너 옆에 위치한 이 맥도날드가 아닐까 싶다.

람보르기니와 맥도날드를 뒤로 하고 우리는 걸어서 지안이 차를 세워 둔 m.net 골목*으로 향했다. 그러자 언덕 중간에 어중간하게 세워놓은 지안의 차가 한눈에 들어온다. 약간 하늘빛이 감도는 마세라티는 역시 귀족적인 분위기가 물씬 풍긴다.

"좋은데! 이 헤드라이트는 일부러 켜놓은 거고?"

차를 한 바퀴 삥 둘러보던 내가 말했다.

"그럼!"

지안은 아까 내게 자랑했던 차 키의 버튼을 눌러 차 문을 열고 들어

---

* m.net 골목 m.net 방송국이 있는 골목.

가 시동을 걸어보았다. 역시나 시동이 걸리지 않는다. 100점짜리 남자를 만나기 위해선 이런 부수적인 준비가 필요하군. 필수적인 준비는 당연히 완벽한 메이크업과 코디겠지.

"오케이! 완벽해. 이거 하느라 얼마나 힘들었는데. 물어보니 방전이란 게 금방 되는 게 아니더라고. 그래서 그저께부터 계속 헤드라이트 켜놓고 심심하면 뚜껑도 열었다 닫았다 하면서 완전히 방전시켰지. 그리고 방금 보험 불러서 시동 걸었고."

자기 차가 방전됐는데 이렇게 좋아하는 사람은 딱 한 사람뿐일 것이다. 최지안.

"치밀하게 준비했구나."

"말도 마. 경비 아저씨가 계속 인터폰 했다니까."

"이제 어쩌지?"

유라가 팔짱을 낀 채 차에 살짝 기대어 물었다.

"어쩌긴 뭘 어째. 그런 자세로 서 있으면 되지."

"이 자세로?"

"어, 그 상태에서 가슴과 엉덩이를 조금 더 내밀고, 다리는 더욱 섹시하게."

"이렇게?"

"장난해? 나 봐. 다리는 그대로 있고 상체만 오른쪽으로 조금 돌려서 내밀어."

지안이 먼저 모델 포즈를 잡아 보이고 나서 유라의 어정쩡한 자세를 교정해주었다.

"오른쪽 어깨를 좀 더 내려. 고개는 이쪽을 보고. 아이 참, 왼발은 바깥쪽으로 뻗어야지."

그렇게 하다 보니 유라 몸의 S라인이 점점 더 뚜렷해지는 것 같았다. 풋, 하고 나도 모르게 웃음이 터져나왔다.

"야, 너도 빨리 연습해. 얼굴도 중요하지만 멀리서 볼 땐 일단 몸매란 말이야."

지안이 유라의 모델 포즈를(정확히 말하면 레이싱걸 같은 포즈를) 멀뚱히 쳐다보며 웃고 있는 나를 나무랐다.

"알았어. 네 포즈는 내가 책임진다."

나는 잠시 골똘히 생각하다가 어디선가 본 적 있는, 안젤리나 졸리가 소파에 누워 있는 섹시한 포즈를 떠올렸다. 뭐, 입술이 조금 덜 도톰하고 길이가 한 5센티 짧긴 해도 우리 중에서 지안이 가장 섹시하다. 그리고 오늘 입은 옷 스타일도 짝 달라붙는 디젤 스키니진에 야시시한 회색 탑으로, 이 포즈가 딱 맞는다.

"지안아, 넌 이 위에 올라가서 한 팔로 턱을 괴고 옆으로 엎드려 있는 게 어때?"

장난 섞인 내 말에 지안의 표정이 진지해졌다. 그러더니 마세라티의 하드 탑을 오른쪽 손바닥으로 두어 번 퉁퉁 친다. 뭐야, 얘, 설마 진짜 올라가려고?

"헛차!"

지안이 기합 소리와 함께 땅에서 발돋음을 하더니 차에 올라타려고 했다. 번번이 미끄러지면서도 자꾸 올라가려다가 우리 쪽을 보더니 도움의 손길을 청한다.

"야, 나 좀 올려줘. 어?"

아니, 내 장난을 진지하게 받아들였단 말이야? 역시, 최지안이다. 어디로 튈지 모르는 위험한 여자. 유라와 난 황당한 표정으로 서로 바라보다가, 같은 생각을 한 듯 고개를 끄덕이며 동시에 지안을 끌어내렸다. 그러자 지안이 땅바닥에 발라당 나자빠졌다.

"뭐야?"

지안의 양 볼이 붉게 달아올랐다. 갑자기 끌어내려 당황한 모양이다.

"야, 넌 장난도 구분 못하냐? 어떻게 거기 올라갈 생각을 해. 너 구두굽으로 차라도 찍으면 어떡하려고 그래. 대책 없긴."

유라는 이때다 싶었는지 지안을 마구 몰아세웠다. 그러나 지안은 전혀 꿀리는 기색 없이 유라의 말에 어깨를 들썩이며 말했다.

"뭐 어때? 그리고 네 포즈도 만만치 않아. 어쩜 그렇게 몸이 뻣뻣하냐? 요가라도 좀 배우지?"

역시 지안이다. 유라는 그런 지안의 말에 또 발끈한다.

"뭐? 네가 가르쳐준 포즈잖아. 난 네가 가르쳐준 대로 했을 뿐이다."

"야야야, 지금 이럴 때냐? 너희들 말싸움하는 동안 벌써 포르쉐 카레라 GT 한 대가 지나갔어!"

내가 한마디하자 지안과 유라는 금세 입을 다물었다. 포르쉐 카레라

GT는 그녀들의 싸움을 막기에 충분했다.

우린 다시 머리를 맞대고 고민하기 시작했다. 이런 저런 고민 끝에 마세라티의 하드 탑을 열고 두 명은 안에 들어가 차를 이리저리 만지는 동작을 취하기로 했다. 그리고 우리들 중 제일 짧은 치마를 입은 유라가 차 문에 기대서 섹시한 라인을 어필하기로 결정했다. 근데 방전된 상태에서도 하드 탑이 열리나?

"지금이 몇 시지?"

"11시 반."

"그럼 한 30분 있으면 이 골목으로 차들이 속속 들어오겠군."

나와 유라는 그 말에 전적으로 동의하며 고개를 끄덕였다. 이 청담 골목엔 값비싼 레스토랑과 바, 분위기 좋은 카페들이 넘쳐난다. 그리고 그 안에 있던 사람들은 대개 12시쯤 되면 자리를 옮긴다. 클럽이라든지 나이트라든지, 아님 가라오케 등으로 말이다. 그들은 대부분 이 m.net 골목을 통해 다음 목적지로 이동한다. 다시 말해 이 언덕이 청담의 요충지*라는 말이다.

"난 개인적으로 BMW를 탄 남자보다 벤츠를 탄 남자가 좋아."

우리의 계획대로 차 문에 기댄 유라가 지나가던 BMW5를 보며 중얼거렸다. 유라의 시선이 먼 곳을 내다보며 꿈꾸듯이 변한 걸 보면 그녀의 의식은 이미 벤츠에 앉아 바람을 쐬고 있는 듯했다.

---

* **청담의 요충지** 12시가 넘어서 청담동을 돌아다니는 고급차들은 이곳을 한 번쯤 지난다.

"왜? 난 벤츠보다 BMW 탄 남자가 좋은데?"

지안이 유라의 말에 큰 소리로 대꾸하더니, 둘이 동시에 날 쳐다보며 묻는다.

"지현이 너는?"

"나? 난 생각 안 해봤는데……."

벤츠를 탄 남자와 BMW를 탄 남자라. 사실 벤츠나 BMW가 일반적인 차인 이 거리에서 차 주인들의 성향은 확연히 다르다. 예를 들면 BMW는 약간 날라리 분위기가 난다고 해야 하나? 그리고 BMW를 탄 남자들은 대부분 스무 살에서 스물일곱 정도의 나이이고, 벤츠는 스물일곱 넘은 사람들이 주로 탄다. BMW 남자들은 대부분 캐주얼한 차림을 즐겨 입는데, 청바지에 티셔츠, 머리에는 캡이나 비니를 자주 이용한다. 한마디로 아버지가 사준 차를 타고 다니는 철없는 아들의 모습이다. 지안의 취향이 분명하군. 그에 비해 벤츠는 슈트와 넥타이가 어울리는 남자의 차라고나 할까? 그래, 역시 나이 많은 사람을 좋아하는 유라의 취향에 딱 맞는 차다.

"야, 사실 벤츠는 아빠 차 빌려온 경우가 많잖아!"

내 대답을 기다리다 지친 지안이 유라에게 따지듯이 말했다.

"그건 S 클래스나 그렇지. E 클래스나 AMG는 안 그래. 사실 BMW는 너무 날티 나잖아? 벤츠처럼 점잖지 못하다고."

유라도 이에 질세라 팔짱을 낀 채 맞선다. 유라와 지안의 말 둘 다 일리 있다.

"얌전한 게 아니라 아저씨 타입이겠지. 솔직히 그거 노땅 취향 아냐? M시리즈* 탄 남자가 최고라고. 어느 정도 놀 줄 알고, 대부분 잘생겼어. 모델처럼."

"그리고 머리는 텅 비었겠지."

유라가 지안의 말을 빈정거리며 받아치자 순간 주위의 공기가 험악해졌다. 그리고 둘은 다시 한 번 날 쳐다본다.

어라! 왜 나한테 그런 시선을 보내는데? 나한테 어느 쪽이 더 나은지 말해달라는 거야? 이거 정말 난감한데! 난 누구의 편도 들기 싫은데……. 왜 이럴 때 페라리 한 대 지나가지 않는 거야! 난 잠시 고민에 빠졌다. 아, 그게 좋겠군!

"난 아우디 탄 남자가 좋아. 적절하거든. 그리고 너희 둘의 의견도 다 맞는다고 생각해."

내가 딱 부러지게 말하자 그녀들의 의견대립은 일단 중단되었다. 그리고 그 틈을 타 내가 그녀들에게 물었다.

"그럼 렉서스랑 인피니티는 어떻게 생각해?"

"아, 그러게. 렉서스랑 인피니티를 빼먹었구나."

"내 친구들 중 인피니티를 타는 남자들은 약간 독특한 기질을 가지고 있는 것 같아. 난 다른 사람들과 다르다, 뭐 이런 거? 패션 감각이 뛰어나고, 혈액형은 대부분 AB형이야."

---

* M시리즈　BMW에서 나온 스포츠카. M시리즈는 보통 BMW보다 두 배나 비싸다. M시리즈의 M은 Maestro(거장)의 M을 의미한다고 한다.

유라가 말하자 나와 지안이 동시에 물었다.

"장영우?"

"오케이."

유라가 손가락으로 O 자를 표시하며 말했다.

"맞다. 내 후배 중에도 인피니티 G35 몰고 다니는 애 있는데, 되게 독특해. 남한테 지는 거 되게 싫어하고 옷도 진짜 튀게 잘 입어. 근데 걔도 AB형이야. 그리고 렉서스는 그냥 무난한 애들이 타는 것 같아. '전 튀는 게 싫어요. 그냥 무난한 차 탈래요' 하는 애들이 모는 거지."

지안의 말에 우리 모두 까르르 웃었다.

"그리고 가정환경도 알 수 있지. 만약 너 같으면 아빠가 2억짜리 스포츠카 사준다고 하면 벤츠 SL500 살래, 포르쉐 911이나 터보, 마세라티, 애스턴 마틴, 이런 거 살래?"

"당연히 포르쉐 사지."

"그것 봐. 젊은 애들이 SL이나 E클래스나 A6 타고 다니는 건 엄마 차거나 집이 엄해 스포츠카는 절대 안 된다고 해서 그 차를 산 거야. 부모님이 애들보다 위에 있는 집안이지. 한마디로 젊은 애들이 외제 차 타고 다닐 때는 조금만 주의를 기울이면 그들의 배경을 파악할 수 있어."

"지안, 네 통찰력 장난 아니다."

"애들을 위해, 그리고 남의 눈 때문에 차는 사주지만 좀 날라리 같은 스포츠카는 나중에 직접 사라는 거지."

"그래, 무슨 말인지 알겠어. E클래스 55AMG는 사주지만 BMW M3나

M5는 안 된다는 거지? 그럼 지안, 너희 집은 이런 케이스 아니네?"

이렇게 말하며 깔깔대던 난 문득 동원 씨 집안이 가정교육이 잘되었다는 생각이 들었다. 역시 그는 완벽하다.

그때 우리 앞에 새까만 마이바흐* 한 대가 보인다.

"세워볼까?"

지안의 말에 나와 유라가 고개를 설레설레 저었다.

"분명 50이 넘는 아저씨일 거야. 마이바흐인걸."

마이바흐가 우리 옆을 지나갈 때 창문을 통해 본 사람은 30대 중반의 검정 슈트를 입은 남자였다. 하지만 중요한 건 그가 차 오너가 아니라는 것이다. 마이바흐를 타고 직접 운전하는 오너가 어디 있겠는가? 역시나 뒷좌석엔 50이 훨씬 넘어 보이는 아저씨가 편안한 자세로 앉아 있다.

"12시가 다 됐는데. 이제 시작해볼까?"

마이바흐가 지나가자마자 지안이 말했다. 그리고 우리는 각자 아까 계획했던 자세를 잡았다. 3분쯤 지난 후 우리 앞으로 벤츠 E클래스 한 대가 다가왔다. 그리고 우리는 그 안에 탄 사람이 남자라는 걸 알아챘다. 우리는 수신호를 보내며 첫 번째 시도를 준비했다.

"잘할 수 있지? 유라 네 임무가 막중해."

"I got it!"

---

* 마이바흐 삼성 이건희 회장이 타는 차로 더욱 유명해진 차. 탑승자의 안전을 고려해 에어백이 10개나 설치되어 있고, 뒷좌석에는 600W 출력의 오디오 시스템을 비롯해 DVD 플레이어, 텔레비전, 위성전화 등 각종 편의 장치가 갖춰져 있어 비행기 일등석 같은 안락함을 제공한다는 게 메르세데스 벤츠 코리아 측의 설명. 국내 가격이 7억 원 정도 하는 고가의 차. 몇 년 전에 이 차를 아반떼가 박은 안타까운 동영상이 유포된 적도 있다.

난 오른손 엄지손가락을 들어 'good luck' 표시를 해주었다. 지안이라면 믿을 만한데. 도도한 유라가 잘해낼 수 있을지. 하긴 지금 내가 남 걱정할 때가 아니다. 내가 표정 연기가 될라나? 어떤 표정을 지어야 하는 거지? 당혹스런 표정? 그것으로는 뭔가 부족하다. 걱정스런 눈빛과 고혹한 표정을 동시에 지을 수 있을까? 어쨌든 핵심은 '어머, 왜 이러는 걸까요? 급해요'가 아니라 '왜 이런지 잘 모르겠어요. 차를 고쳐주셨으니 술이라도 마시러 가요'겠지. 사실을 부정하면서도 진실을 긍정하는 것은 여간 힘든 일이 아니다. 1차원적인 거짓말이 아니라 여러 상황을 계산해가며 하는 고차원적인 거짓말이기 때문이다.

유라가 벤츠 E클래스를 향해 손을 흔들었다. 그 차가 우리 앞에 와 선 것은 당연한 일이다. 잠시 후 운전석과 조수석에서 두 남자가 내렸다. 헉! 그런데 이게 웬일인가? 문을 열고 내린 두 남자는 절대 청담과 어울리지 않는 외모를 지니고 있었다. 운전석 남자는 난장이에 조수석 남자는 제대로 비호감이다. 게다가 옷차림새는 왜 저래?

"뭐야? 쟤네 오크족*이랑 호빗족**이야?"

지안이 낮춘다고 낮춘 목소리가 무척 크게 들렸다. 다행인지 불행인지 지안의 말을 듣지 못한 두 남자가 우리 곁으로 다가왔다.

"저기, 차에 무슨 문제라도……."

* 오크족 워크래프트에 나오는 괴물 일족. 덩치가 큰 괴물이 오우거, 즉 슈렉이고 덩치 작은 괴물이 오크다. 대부분 못생긴 사람들을 이렇게 지칭한다. ex) "오늘 클럽에 오크들이 바글바글해."
** 호빗족 『반지의 제왕』에 나온 난쟁이 일족. 같은 작가의 『호빗』이란 책도 있다. 요즘은 키 작은 사람을 이렇게 부른다지?

둘 중 호빗족이 유라에게 말을 걸어왔다. 맙소사! 유라보다도 작다.

"네? 아니…… 저…….."

유라가 우리 눈치를 본다. 꽤나 당황한 것 같다. 뭐라고 하지? 확실한 건 절대 이 사람들에게 도움을 받을 수 없다는 것이다. 즉, 이 사람들이랑은 절대 술 마시러 가지 않겠다는 말이다.

잠시 침묵이 흐른다. 그리고 그때 갑자기 내 휴대폰에서 벨소리가 울렸다. 그래! 이거다. 난 수신자가 누군지 확인도 하지 않고 무작정 전화를 받았다.

"여보세요? 아, 지금 출발해주신다고요? 감사해요. 여기가 어디냐 하면요……."

난 고개를 돌려 지안을 보았다.

"여기 위치가 어디지?"

"청담동 m.net 언덕, m.net 언덕으로 오면 돼."

지안 대신 유라가 빠르게 대답했다.

"청담동 m.net 언덕이라네요. 얼른 와주세요."

난 전화를 툭 끊어버렸다. 전화를 건 사람이 누구인지는 지금 중요하지 않다. 어서 빨리 저 오크와 호빗을 떼어내야 한다.

"죄송해요. 보험에다 전화했는데 안 받아서 그쪽 분들께 도움을 청했는데 막 통화가 됐어요."

내 말에 유라와 지안이 세차게 고개를 끄덕인다.

"그래도 저희가 좀 봐드릴 건 없나요?"

오크족의 족장쯤 돼 보이는 남자가 우리 차를 들여다보며 말했다. 나는 재빨리 열린 차 문을 닫았다.

"보험 쪽에서 일하는 분이 이 근처에 나와 계신다고 금방 오신다고 하네요."

난 말끝에 안타까운 표정 짓는 걸 잊지 않았다. 혹시 알아? 이들이 훗날 내 남자친구의 친구가 될지. 그건 아무도 모르는 일이다. 이 청담 바닥은 좁다. 만약을 대비해서 끝까지 웃는 낯으로 대해야 한다.

그들이 가고 한숨을 내쉰 지안이 유라를 나무란다.

"뭐야? 얼굴 안 봤어?"

"썬팅이 너무 진해서 잘 안 보였어. 근데 또 알아? 삼○ 아들이나 ○대 아들, 뭐 이럴지."

"그래도 싫어."

나와 지안이 동시에 대답했다.

결국 우린 포지션을 바꾸기로 했다. 지안이 유라 자리로, 유라가 지안 자리로 옮기고, 나는 그 자리에 그대로 있기로 했다. 포지션을 바꾼 지 10분쯤 지나 지안이 앞에서 오는 M5를 보며 말했다. 물론 그 사이에 지나간 수십 대의 차들은 지안의 엄격한 심사에 의해 그냥 걸러졌다.

"야, 긴장해. 대박인 거 같아, 대박. 그물 풀어."

말이 끝나기 무섭게 지안이 캣 워크로 걸으며 그 차를 향해 손을 흔들었다. 그러자 이번에도 역시 차가 우리 앞에 멈춰 섰다. 이번엔 정말 괜찮겠지? 나는 생각보다 이 히치하이킹에 푹 빠져 있는 듯했다. 이렇게나 긴장되는 걸 보면. 그런데 잠깐, 저게 누구더라?

맙소사! 대체 상준이가 왜 저기서 나오는 거야?

※ ※ ♬

"저기, 나 화장실 좀 다녀올게."

내가 좌불안석으로 앉아 있던 소파에서 슬며시 일어나며 말했다. 하지만 마이크에 대고 신나게 노래 부르고 있는 지안의 목소리에 내 목소리가 그대로 묻혀버렸다.

그래, 아무렴 어때. 나는 주섬주섬 내 백을 챙겼다. 그리고 지안, 유라, 상준과 그의 친구들이 앉아 있는, 온통 핑크색 벨벳 패브릭과 스팽글로 장식되어 있는 로맨틱한 핑크 룸에서 나와버렸다.

상준이 자식, 어떻게 여길 오자고 할 수 있지? 우리 둘의 100일 파티를 풀(pool)* 바, 그것도 바로 이 핑크 룸에서 한 게 전혀 생각나지 않는단 말이야?

사실 그 차에서 상준이가 내리는 것을 보고 '뭐야? 이건 아니다' 싶었지만 이미 지안의 눈은 상준 옆에 서 있던 D&G 하얀 이너웨어에 빨간 비니를 쓴 남자에게 꽂혀 있었다. 그리고 유라는 깔끔한 버버리 체크 남방을 입은 폴스미스 안경잡이에게 이미 마음이 간 듯했고.

---

* 풀(pool) 청담동 m.net 골목에 위치한 가라오케. 1층에는 바, 2층부터 5층까지는 룸 가라오케로 되어 있다. 각층마다 콘셉트가 있는데 1층 바는 나비, 그리고 2층은 사이버, 3층은 컬러, 4층은 동물, 그리고 5층은VIP였던 것 같다.

아, 대체 상황이 어떻게 돌아가는 거지? 난감하네. 그냥 집으로 가야 하는 건가? 어차피 저것들은 남자한테 정신이 팔려 있을 텐데 뭘. 내가 이렇게 사라진다고 해도 전혀 신경 쓰지 않을 것이다. 새벽이 오기 전에 내가 사라진 것을 알아채지 못할 수도 있고.

그래, 어차피 나는 히치하이킹하는 거 도와주기로 한 거였으니까. 나한텐 아직 윤동원이라는 좋은 남자가 있잖아? 그리고 지금 이 기회를 빌려 제발 유라에게 남자친구가 생기길 바라야겠다. 그것도 아주 간절히! 유라는 만나는 남자가 없는 동안에는 지안과 나에게 세 시간에 한 번 꼴로 전화를 걸어 징징대기 일쑤다.

그래, 그러니 오늘 하루는 친구들을 위해 한 번쯤 내가 희생했다고 치지 뭐.

그나저나 우리가 계획한 대로 모든 일이 술술 풀린 게 너무나 신기하고 통쾌했다. 그들의(상준과 그의 일행) 도움으로 시동을 건 우리는 '고마워서 어떡해요' '그냥 보내기 미안한데'라는 속 보이는 말들로 그들에게서 '그럼 pool에나 갈까요?'라는 말을 끌어낸 것이다. 물론 그들도 속으론 좋아 죽겠지. 마세라티 스파이더를 몰고 다니는 빼어난 외모의 여자들을 누가 마다하겠는가? 상준도 싫은 내색은 아니었고.

밖에 너무 오래 서 있었나? 몸이 으슬으슬해진다. 새벽이라 그런지 바람이 차다.

아! 그나저나 아까 걸려온 전화 누구였지? 바보, 지금까지 까먹고 있었다니. 전화한 사람이 얼마나 당황했겠어? 얼른 백에서 휴대폰을 꺼내 수신자를 확인한 난 소스라치게 놀랐다. 맙소사! 아까 그 전화가 동원 씨 전화였어? 이걸 어째! 혹시 일이 끝났다고 다시 만나자고 전화한 건가? 아니면 잘 들어갔는지 묻는 확인 전화? 아니야, 어쩜 내가 이 언덕에 서 있는 걸 보고 전화했는지도 몰라. 어쩌지? 지금 전화를 해봐야 하나?

통화 버튼을 누르다 말고 나는 금세 폴더를 닫아버렸다. 머릿속이 뒤죽박죽인 지금 이 상황에서 전화를 걸어 대체 무슨 말을 한단 말인가! 그는 이미 날 사이코라고 생각했을지도 모른다. 그렇지 않다면 전화를 하자마자 그런 황당한 소리를 하고 끊어버리는 내게 왜 다시 전화를 하지 않았겠는가.

'아까 무슨 일이에요?' 라든지, '전화가 혼선이 됐나요?' 라든지.

갑자기 이런 불길한 예감이 든다. 이 사람과는 완전 끝이구나. 나는 그에게 고작 그 정도 여자였을 뿐이다. 단지 고작 그 정도.

"혼자 나와서 웬 청승?"

내가 좌절 모드에 사로잡힌 순간 상준이 나타났다. 아, 저 자식은 왜 이런 순간에만 자꾸 나타나는 거야? 정말 원치 않는 우연이다.

"그냥 답답해서. 애들은?"

"이미 맛 갔어."

구찌 청바지에 디올 옴므 셔츠, 그리고 짧은 스포츠머리. 그러고 보니 그 남자가 청담스럽다면 상준은 압구정스럽다고 해야 맞을 것 같다.

"그냥 우리끼리 나갈까?"

내 어깨에 팔을 두르며 상준이 말했다. 난 두 손으로 내 어깨에 둘러진 상준의 팔을 내려놓았다.

"오버하지 마! 너 이러는 거 별로야."

"무슨 오버? 그리고 뭐가 별론데?"

그는 오히려 내가 이해되지 않는다는 듯이 물었다.

"그러니까 내 말은, 난 다시 너랑 어떻게 해볼 마음이 없다는 거야. 물론 이유는 너도 잘 알고 있겠지?"

난 상준의 눈을 똑바로 쳐다보며 또박또박 말했다. 하지만 상준은 그런 내가 우스운지 여전히 싱글거리는 얼굴이다. 그래, 저게 싫어. 난 심각한데 자기는 항상 대수롭지 않게 여기는 저런 미덥지 못한 태도.

"그래, 그땐 내가 잘못했어."

그가 말했다.

"하지만 정말 별 일 아니었어. 그리고 알잖아. 너랑 나랑 너무 오랫동안 친구였다 연인이 된 거라서 뭐라 그럴까, 그냥 넌 굉장히 편했어. 그래서 별로 신경 쓰지 못한 건 나도 미안하게 생각해."

어느새 그의 얼굴에서 장난기가 사라지고 제법 진지한 얼굴을 하고 있다.

"왜 이래? 어색하게. 됐어, 이미 끝난 일이야. 비켜봐, 나 애들 챙기러 들어가야 해."

내가 그를 지나치며 말하자 그가 왼손으로 나를 막아섰다.

"왜?"

"내 생각엔 안 가는 게 좋을 것 같아."

단호하게 말하는 그의 얼굴을 보며 난 의아한 표정을 지었다.

"정말 몰라? 조금만 생각해보면 알 수 있을 텐데. 만약 지금 들어가면 네 친구들한테 욕먹을 거다. 너도 약간 민망할 테고."

난 한 3초간 생각한 후 머리를 절레절레 흔들었다. 맙소사! 대체 이것들이 무슨 짓을 벌이고 있는 거야. 벌써 간단한 사랑이라도 나누고 있는 거야? 하기야 벌써 양주 두 병을 비웠으니 지금 제정신이겠어? 그래, 좋게 받아들이자. 내 친구들은 성인이고, 나에겐 그들의 연애사에 간섭할 권리나 의무 같은 건 전혀 없다.

"그래, 들어가는 건 관둘게. 근데 걔네 처음 보는 친구들인 거 같은데 누구야?"

"그냥 일하다가 알게 된 애들. 그렇게 친한 건 아니고."

"일하다가?"

"어, 자세히 말하면 내 친구의 소개로 우리 아빠 회사에서 돈을 빌린 사람들. 뭐, 많은 돈은 아니니까 걱정 말고."

상준이 약간 미간을 찡그리며 조심스럽게 말했다.

"그래? 그럼 나 갈게. 오늘 차 고쳐준 거 고마워."

나는 상준을 그대로 내버려둔 채 뒤돌아서 걷기 시작했다. 혼자 두고 가기가 약간 미안하지만 지금 내 마음이 누군가를 배려할 만한 상태가 아니다. 동원 씨에게 뭐라고 말한담? 젠장, 나는 어쩌자고 누군지 확인도 하지 않고 그런 식으로 전화를 받은 걸까? 나를 정말 정신 나간 여자로 취급하겠지? 다시는 나한테 연락하지 말라고 그러면 어떡하지?

아, 대체 난 왜 나한테 아무런 득도 안 되는 히치하이킹을 해서 이런 결과를 만든 걸까? 그냥 전화해버릴까? 아무렇지 않은 척하고? 그런데 뭐라고 하지?

'급한 일은 잘 마무리됐어요?' 라고 물으면서 아까 그 전화에 대해선 아예 모른 척하는 거야. 그에게서 전화가 걸려오지 않은 것처럼 말이야. 아, 정말 그럴까? 딱 잡아떼고 모른 척하면 그가 알게 뭐람. 더구나 그는 무지 바쁜 사람이니 이미 그 일을 싹 잊어버렸을 가능성도 조금은 있다.

그래! 나는 서둘러 휴대폰을 꺼내 통화버튼을 눌렀다.

"야, 정지현, 너 나랑 다시 사귀자! 이번엔 정말 잘할게."

뭐? 뭐라고? 지금 내가 무슨 소릴 들은 거야? 나는 그대로 굳어버려 수화기 너머에서 들리는 동원 씨의 목소리를 제대로 듣지 못했다. 휴대폰에선 재차 '여보세요'라는 목소리가 들려오는데, 난 너무 놀란 나머지 휴대폰 폴더를 닫아버렸다. 그리고 어느새 한 발자국이면 몸이 닿을 정도로 가까이 다가온 상준을 향해 휙 돌아섰다.

상준의 저 진지한 표정이라니. 정말이지 어색함의 극치다.

"너 미쳤니?"

"그럴 리가…… 난 말짱해."

"근데 그게 무슨……."

너무나 순식간에 벌어진 일이다. 상준이 내 입에 입을 맞춘 건. 내가 그것에 방어할 시간 따윈 없었다. 상준이 내 입술에 입을 맞추는 동안 내 손에서는 계속해서 진동이 울리고 있었다. 아마, 갑자기 전화를 끊어버린 내게 걸려온 동원 씨 전화일 것이다.

아, 이를 어째!

● 압구정 젊은 남자들이 타고 다니는 차종 & 성향 ●

AUDI A6를 몰고 다니는 30%는 엄마의 차로 의심해봐야 할지도 모른다. 자신의 차라면 약간 여성스러운 성향을 가지고 있다고 생각할 수 있다.

BMW 약간 겉멋이 많은 남자들이 타고 다니는 차종이라고나 할까? 비니를 쓴 남자들을 많이 볼 수 있다.

BENZ 최고로 고급스럽고 얌전한 외제 차를 즐기는 이들이 선호하는 차. 누가 뭐래도 벤츠는 벤츠다.

INFINITY 20대 초반이나 후반 남자들이 많이 몰고 다니는 차. 쌔끈함을 추구하는 남자들이 많이 몰고 다닌다.

PORSCHE 자신의 차가 확실하다면 멋도 알고 돈도 많고 또 여자도 많을 것이다.

넌 일개 호스트니,
오리지널 청담동 도련님이니?

볼 때마다 가슴이 두근거리고 흥분된다.

지금 날 이렇게 만든 것은 근사한 남자와의 연애도, 신상 루이뷔통 가방도, 마놀로블라닉 구두도, 새로 생긴 클럽도 아니다. 그건 바로 내 침대 위에 널브러져 있는, 그러니까 사랑스런 표정의 드류 베리모어가 표지 모델인 △△잡지 8월호이다. 잡지에는 내 아이디어를 토대로 만들어진 「네일아트처럼 그 남자와 □□하기」라는 야릇한 제목의 기사가 무려 두 페이지나 자리 잡고 있다.

난 침대에 엎드린 채 턱을 괴고 다시 한 번 기사를 읽어 내려갔다. 열 번도 넘게 읽은 것 같다. 아니, 어쩌면 훨씬 더 많을지도. 그나저나 기사 제목 네모 칸에 무슨 단어가 들어가야 제일 근사하려나? 연애? 키스? 사랑? 아니야, 아니야, 이런 제목은 너무 식상하고 무지 건전해. 난 좀 더 자극적이고 불건전하고 위험한, 하지만 그래서 더욱 매력적인 단어를 찾아보았다. 그렇다면 섹……

그 순간 테이블 위에 있던 휴대폰에서 진동음이 울린다. 혹시 동원 씨? 서둘러 휴대폰을 집다가 테이블 모서리에 팔이 부딪혔다.

"아야!"

부딪힌 부분이 금세 벌겋게 부어올랐다. 아, 정말 나는 이런 푼수기만 고치면 완벽한 여잔데. 하긴 너무 완벽해도 문제지. 아무리 완벽하게 보이는 사람이라도 단점 하나씩은 가지고 있잖아? 뭐, 나도 거기에 해당될 테고. 하지만 지금은 단점 타령할 때가 아니다. 문자를 보낸 사람이 동원 씨냐, 아니냐 하는 아주 중요한 상황인 것이다. 나는 문자를 확인하기 위해 서둘러 휴대폰 폴더를 열었다.

젠장, 상준이다.

─왜 전화 안 받는데? 그날은 미안. 하지만 난 너랑 다시 시작하고 싶다고. 진심이야. 연락해, 기다릴게.

이런! 갑자기 pool 앞에서 상준과 키스했던 기억이 떠오른다. 다시 한 번 확인컨대 그날 내가 그의 키스를 피하지 못했던 건 순전히 분위기 때문이었다. 나는 약간의(?) 알코올을 섭취한 상태였고, 상준도 마찬가지였다. 또 너무 늦은 시간이라 네온사인의 불빛도, 사람들도 없었다. 그러나 내가 상준의 키스를 피할 수 없었던 가장 결정적인 이유는 상준의 키스는 혼을 쏙 빼놓을 정도로 환상적이라는 것이다.

하지만 키스 하나로 남자를 판단하는 게 얼마나 위험한 일인지는 진작 경험했으므로 다시 넘어가는 일은 없을 것이다. 난 상준의 문자를 그대로 삭제해버렸다. 왜냐고? 상준은 나에게 스크래치 난 오래된 네일아트이기 때문이다. 오래된 네일아트는 바꿔야 한다. 그에 비해 동원 씨는 아직 큐티클을 제거하지 않은 풋풋한 단계? 아, 왜 전화가 없는 거지? 언제 아무 계산 없이 전화할 수 있는 사이가 되려나? 어찌 됐든 그런 사이가 되기 전까진 절대 내가 먼저 전화를 해선 안 된다. 남자는 자신을 바싹 쫓아오는 여자를 못 견뎌한다는 건 누구나 아는 사실이니까.

"아직 자니?"

갑작스럽게 방문이 열리더니 엄마 목소리가 들렸다.

"아니, 일어난 게 언젠데."

난 최대한 명랑하게 대답했다. 사실이다. 난 적어도 30분 전에 눈을 떠 잡지를 보며 실실대고 있었으니까. 그나저나 엄마는 골프를 치러 가려는지 형광 주황색 골프웨어에 썬 캡까지 쓰고 있다. 난 나이가 들어도 절대 형광색이 들어간 옷은 입지 않을 것이다.

"너, 원서는 다 쓴 거야? 올해도 대학원 안 가면 아빠가 선 시장에 내놔서 시집보낸다고 했어. 알지?"

엄마는 문 앞에 서서 팔짱을 낀 채 특유의 느릿느릿한 말투로 말했다. 나로 하여금 몰아세우는 느낌이 들지 않도록 최대한 조심스럽게 말하는 게 느껴졌지만, 난 또 짜증을 내고 말았다.

그놈의 대학원 타령, 결혼 타령, 대체 왜 스물다섯이 넘자마자 이런 소리를 들어야 하는 걸까? 내가 직업이 없어서? 하지만 내 아이디어로 이렇게 기사가 났잖아! 난 자랑스럽게 그 잡지를 엄마에게 내밀려다 기사 중간 중간에 있는 야한(어른들이 봤을 땐) 단어와 문장들 때문에 포기하고 말았다.

"알았어. 나 할 거 있으니까 나가봐."

내가 신경질적으로 말하자 엄마는 잠깐 동안 나를 흘겨보더니 다시 뭐라고 말할 기세를 잡는다. 하지만 문 밖에서 들리는 '여보 늦었어'라는 고함 소리에 나오려던 말을 삼키곤 조용히 나갔다. 문이 닫히자마자 난 애꿎은 휴대폰을 침대 위로 집어던졌다.

그래, 나도 알고 있다. 지금 내 상황이 남들보다 못하다는 것을.

지안은 다음 달이면 'the exclusive shop'의 젊고 아름다운 여주인이 될 것이고, 얼마 전 S. Noble*에 가입한 유라는 계속되는 선 행렬로 뵈서 아마 일 년 안에 결혼에 골인할 듯싶다. 물론 무슨 일이 생길지 장담할 순 없지만.

그런데 난? 난 아직 일하는 것도 싫고, 결혼은 더더욱 싫다. 윽! 내가 결혼이라니. 남편 말고 다른 남자와 손만 잡아도 불륜으로 추궁받고, 더 이상 친구들과 하룻밤 상대에 대한 은밀한 이야기도 할 수 없을 것이다. 더군다나 클럽이나 나이트조차 자유롭게 드나들 수 없다면? 아아, 생각만 해도 가슴이 턱턱 막히는 일이다. 하지만 딱 한 가지 마음에 드는 점이 있다면, 그건 합법적이고 당당하게 사랑스러운 아이를 가질 수 있다

---

* S. Noble 대한민국 3%만이 가입할 수 있다는 결혼 정보 클럽. 기업체 오너 10%, CEO 16%, 1급 이상 공무원 5% 등이 S. Noble 회원 부모님들의 직업이라고 한다.

는 것이다.

아마도 난 그 아이에게 버버리 칠드런*에서 디자이너 크리스토퍼 베일리가 버버리 프로섬 컬렉션에서 선보인 것과 같은 디자인의 래글런 소매 트렌치코트를 사 입히고, 베이비 디올**에서 여성스런 원피스와 트렌디한 디자인의 신발을 크리스마스 선물로 사줄 것이다. 또 루이뷔통 키즈루이***에선 엄마와 딸이 커플 슈즈로 연출할 수 있는 모노그램 스니커즈를 살 것이다. 꼭 커플이어야 한다. 왜냐? 지금 청담동에서 유행하는 것이 바로 부모와 아이의 커플룩이니까.**** 음, 그리고 랄프로렌 칠드런에서는 점잖은 모임에 갈 때 입히면 좋을 클래식한 블레이저와 피케 셔츠를 구입해 아이의 침대 머리맡에 선물로 놓아줄 것이다. 또 리틀마스(little mars)에선 셀러브레티 엄마들도 홀딱 반할 만한 메시지 티셔츠('날 혼자 내버려두세요' 같은 다소 반항적인 메시지가 담겨 있다) 와 마크 제이콥스 특유의 시크한 감각이 묻어나는 데님 팬츠를 사 입힐 것이다.

아, 생각만 해도 흥분된다. 내가 정말 해야 할 일은 어쩌면 스위트 마망이 되는 것인지도 모른다. 스위트 마망이라……. 그런데 내 아이에게

---

* 버버리 칠드런(burberry children) 클래식한 영국 패션의 전통을 이어온 버버리에서 선보이는 아동복. 신생아부터 6~12세의 아동에 이르기까지 폭넓은 룩을 연출할 수 있다.
** 베이비 디올(baby dior) 최근 청담동의 어린 숙녀들 사이에서 선풍적인 인기를 끌고 있다. 존 갈리아노가 디자인한 성인용 의상이나 액세서리와 동일한 디자인, 컬러, 소재와 구두, 주얼리까지 엄마와 딸의 커플룩으로 패션리더 엄마의 사랑을 한 몸에 받고 있다. 물론 남자아이 컬렉션인 디올 옴므도 있다.
*** 루이뷔통 키즈루이(louis vuitton kids louis) 루이뷔통 매장 구석구석에서 찾아볼 수 있는 루이뷔통 아동복. 한 시즌에 한두 종류밖에 나오지 않아 더욱 가치있게 느껴진다.
**** 사실 부모와 자식의 커플룩이 유행하는 것은 언제부턴가 어린이가 부모의 부나 스타일을 상징하는 마스코트가 된 탓도 있다. 독일의 심리학자 한스 게오르크 호이젤은 "어린아이의 옷차림이 부모의 생활방식을 반영하며, 심지어는 원숭이도 새끼를 통해 지위를 드러낸다."고 말했다.

좋은 옷을 사 입히고 좋은 구두를 신게 하는 것 외에 내가 잘할 수 있는 일이 있을지 모르겠다. 아이는 계속해서 자신이 원하는 것을 요구하면서 울어댈 것이고, 나는 정신없이 아이의 요구에 응해주다가 정작 나 자신은 돌보지 못하게 되는 생활. 그걸 감당해낼 자신이 지금으로선 없다. 만약, 아주 만약에 아직 사귀지는 않았지만, 동원 씨가 나에게 5캐럿짜리 다이아 반지를 내밀며 '나와 결혼해주세요' 한다 해도 나는 머뭇거릴 것이다.

그나저나 청담동이나 압구정엔 왜 대학원이 없는 거야? 이해할 수 없는 일이다.

난 맥북을 확 닫아버렸다. 그리고 다시 침대에 벌렁 드러누웠다. 갑자기 주체할 수 없는 스트레스가 몰려왔다. 스트레스엔 여자친구와의 수다가 최선책이다. 난 재빨리 휴대폰을 들어 지안에게 전화를 걸었지만 지안은 '미안, 지금 정신없어. 금방 전화할게'라며 빠르게 끊어버렸다. 다시 유라의 단축 번호를 누르려다 그만두었다. 지금쯤 유라는 분명 소개팅, 미팅의 전당에서 잘나가는 누군가와 선을 보고 있을 것이다. 어젯밤 통화에서 분명 그런 말을 했던 것 같다.

이 짜증스러운 상황과 맞물리는 깊은 허전함을 어떻게 견딜 것인가! 이래서 사람들이 결혼을 하고 할 일을 찾나보다. 무엇이든 몰두할 게 필요하니까 말이다.

몇 분간 계속해서 천장만 바라보던 난 벌떡 일어났다. 이럴 때 할 수

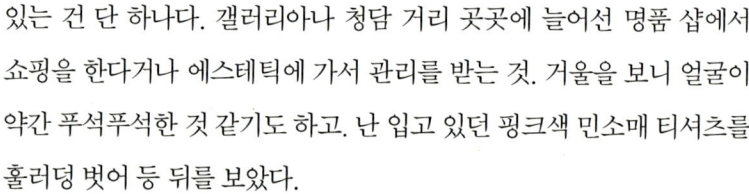

있는 건 단 하나다. 갤러리아나 청담 거리 곳곳에 늘어선 명품 샵에서 쇼핑을 한다거나 에스테틱에 가서 관리를 받는 것. 거울을 보니 얼굴이 약간 푸석푸석한 것 같기도 하고. 난 입고 있던 핑크색 민소매 티셔츠를 홀러덩 벗어 등 뒤를 보았다.

맙소사! 이럴 수가. 내 하얀 등에 여드름이 울긋불긋하게 나 있잖아? 말도 안 돼. 이래선 등 파인 원피스나 민소매를 입을 수 없어.

난 순간 깨달았다.

지금 내게 필요한 건 대학원도, 친구들과의 대화도, 쇼핑도 아니라 등 관리*라는 것을……

비비크림으로 얼굴의 잡티를 살짝 가린 난 가볍게 제이로**의 핑크색 벨벳 트레이닝복을 찾아 입었다. 음, 무슨 모자를 쓰지? 난 잠시 고민하다가 아르마니 익스체인지 화이트 모자로 보기 좋게 기름진 머리를, 셀린느의 보잉 선글라스로는 화장기 없는 밋밋한 얼굴의 반을 가려버렸다.

이쯤 되면 아무도 나를 못 알아볼 것이다. 어쩌면 압구정으로 브런치를 먹으러 나온 A급 여자 연예인 정도로 보일지도. 설마 또 동원 씨와 우연히 만나는 그런 달갑지 않은 일이 벌어지진 않겠지? 그래, 이 정도면 완벽해. 아마 봐도 모르고 지나갈 거야.

마지막으로 별로 고민하지 않고 굽이 5센티쯤 되는 D&G 조리***를 신고 문 밖으로 나섰다.

청담역 근처에 위치한 '후 스파 팰리스'****에 들어가자마자 친절한 매니저가 안내해준 일인용 객실에서 하얀 가운으로 갈아입은 나는 고민하기 시작했다. 일단 저번에 끊어놓은 건 다 썼고, 등 관리만 받을 것인지, 아니면 오랜만에 전신을 받을 것인지. 전신이 좋긴 하지만 너무

---

* 등 관리 등에 분포하고 있는 경락혈을 따라 마사지를 하고 석션기로 밀어준다. 그리고 까뻬통(해양 요법)을 써 등의 독소를 빼내기도 한다. 마지막에 소금으로 박박 문질러주면 완전 시원! 마사지를 받고 난 후 어혈만 풀리면 매끈하고 늘씬한 등이 만들어진다. 등을 내보이고 다녀야 하는 여름엔 필수. 등 관리만 한다면 한 번에 5만 원~7만 원 정도.
** 제이로 배우 제니퍼 로페즈가 만든 브랜드. 트레이닝복과 향수가 유명하다. 향수는 그렇다 치고 트레이닝복 한 벌에 30만 원이 넘으니 엄청 비싼 편. 그걸 입고 어떻게 운동해? 시중에 짝퉁이 득실거린다. 마치 루이뷔통 스티치 가방처럼.
*** 굽이 5센티쯤 되는 D&G 조리 웬 트레이닝복에 굽 있는 조리냐고 의아해하겠지만 압구정이나 청담에서 트레이닝복에 운동화를 신은 여자들은 좀처럼 보기 힘들다. 5센티면 양호한 거다.
**** 후 스파 팰리스 청담동에 위치한 '궁' 콘셉트의 에스테틱. 조선의 왕비가 된 느낌이랄까?

비싸다. 오늘은 등만 받을까? 이런 고민을 하고 있을 때 소파에 올려놓았던 내 휴대폰에서 벨소리가 울렸다. 혹시 동원 씨일까 기대를 해봤지만 발신자는 민정 언니다.

"어? 언니 기사 잘 봤어. 나 진짜 신기했던 거 알아?"

난 전화를 받자마자 신나서 조잘거렸다. 좁은 공간 안에서 내 목소리가 쩌렁쩌렁 울린다.

"그랬어? 후후, 근데 너 오늘 바쁘니?"

민정 언니 목소리 뒤로 자판 두드리는 소리가 들린다. 기사를 쓰나 보지? 이번엔 무슨 기사를 쓰는 걸까? 갑자기 궁금해졌다.

"글쎄, 바쁘진 않을 것 같아. 왜?"

난 또 기삿거리를 요청하려고 그러나 싶어 은근히 기대를 하고 물었다. 그때 가이드가 들어와 '결정하셨어요?' 라는 표정으로 나를 바라보았다. 아무래도 오늘은 등만 받는 게 좋을 것 같다는 생각이 들었다. 내가 왼손으로 휴대폰을 가리키며 '잠깐만요'라는 눈빛으로 가이드를 쳐다보자, 가이드가 친절하게 고개를 끄덕인다.

"나 오늘 취재차 호빠* 가는데 같이 갈래? 저번에 기삿거리 줬던 거 한턱 낼 겸."

뭐? 뜬금없이 호빠라니? 그것도 취재차? 당황한 나는 대답을 못하고 우물거렸다. 그리고 언니의 용건이 새로운 기사에 대한 요청이 아니어

★ 호빠 호스트 바(host bar)의 줄임말이라지?

서 약간 실망도 했다. 뭐야? 나 또 기사를 쓰고 싶었던 건가?

"재밌을 거야. 기분 전환도 되고. 한 번쯤은 괜찮은 경험이야. 물론 맛 들이는 건 위험하지만."

"……그래?"

괜찮은 경험이라고? 그래 어쩌면 정말 괜찮은 경험이 될 수도 있다. 또 알아? 그곳에서 내가 아는 아줌마들을 만나는 쇼킹한 경험을 하게 될지. 예를 들면 남편이 부장검사인 옆집 아줌마를 만난다든지, 아니면 만날 명품 거리를 돌아다니는 엄마의 대학 동창들을 만난다든지.

"그래, 그렇게."

그런 만남을 갖게 될 생각에 난 벌써부터 온몸이 짜릿해진다.

"그럼 2시에 탐탐에서 봐. 아, 라스트를 뭐라고 쓰지?"

뚜, 하는 신호음이 들린다. 그런데 2시? 아마도 새벽 2시를 말하는 거겠지? 설마 30분 뒤인 오후 2시는 아닐 테고.

"손님, 정하셨습니까?"

내 통화가 끝났다는 걸 안 가이드가 이번엔 상냥한 목소리로 직접 물었다.

"전신으로 해주세요. 제가 오늘 호빠에 가게 됐거든요!"

내가 말을 마치자마자 가이드가 눈을 동그랗게 뜨고 나를 바라본다.

맙소사! 내가 방금 호빠란 단어를 입에 올린 건가? 젠장!

"아, 취재하러 가는 거예요. 제가 사실 기자거든요. 잡지사 기자요. 혹시 △△잡지 아세요? 이번 달 호에 드류 베리모어가 표지 모델이었는데요. 모르시나?"

가이드가 고개를 가로저었다.

"어머, 왜 모르시지? 꽤 유명한 잡진데. 그래서 가끔 기사를 쓰기 위해 그런 곳에도 간답니다. 물론 저는 가기 싫죠. 하지만 일이니까 뭐 어쩔 수 없는 것 아니겠어요?"

당황한 나는 말까지 더듬으며 내가 기자라는 걸 가이드에게 계속 각인시켰다. 사실 그 가이드는 별 관심도 없어 보이는데 말이다.

클렌징으로 일차 샤워를 마친 난 지름 1.5미터쯤 되는 약초 탕에 몸을 담갔다. 약간 탁한 초록빛이 감도는 따뜻한 물에 몸을 담그니 그대로 온몸이 녹아버릴 것 같다.

그나저나 호빠엔 뭘 입고 가야 하지?「최강 로맨스」에서 현영이 입었던 것 같은 달라붙는 검은 옷? 그런데 그런 옷은 내 옷장에 없을 텐데?

마사지를 받는 동안 내내 고민해볼 거리가 생겼다.

난 집에 돌아오자마자 옷장으로 달려가 옷장 문을 열었다. 하지만 도무지 감이 잡히지 않는다. 아까 내가 생각했던 콘셉트가 뭐였더라? 도도? 순수? 얌전? 럭셔리?

젠장, 이 모든 것을 포용하는 옷이 대체 내 옷장에 존재하기나 한 거야? 이건 첫 데이트 때 뭘 입어야 하는지, 아님 그의 집에 처음 갈 때 무슨 속옷을 입어야 하는지, 나에게서 마음이 떠난 남자를 만나러 갈 때 어떤 옷을 입어야 하는지보다 더 어렵잖아.

아무리 옷장을 뒤져도 오늘 내가 입기에 100퍼센트 적당한 옷은 나오지 않았다. 난 당장이라도 주저앉아 울고 싶어졌다. 마치 신경쇠약중에 걸린 여자처럼 말이다. 만약 호빠의 모든 호스트들이 내 복장을 보고 비웃으면 어쩌지? 안 돼, 안 돼, 절대 안 돼!

그때 휴대폰에서 벨소리가 울렸다. 이제야 집에 들어왔다며 뭐 하고 있냐고 묻는 지안에게 난 다짜고짜 소리를 질러댔다.

"나 지금 당장 너희 집에 갈게. 그러니까 호빠에 어울리는 옷 좀 찾아놔. 알았지?"

지안의 집 대문 앞에서 난 어서 이 문이 열리길 기다렸다.

계속해서 이상한 눈빛으로 '어디 가시나?'라고 묻는 것 같은 경비 아저씨의 얼굴이 떠오른다. 마치 잡상인으로 의심하는 것 같은 표정 말이다. 평소엔 그렇게 잘만 인사하더니. 지금 내가 그렇게 없어 보이나? 그래도 이 트레이닝복 꽤 비싼 건데.

"누구세요?"

인터폰을 통해 지안네 집 일을 봐주시는 아주머니의 목소리가 들렸다.

"저, 지현이요."

문이 열리고, 난 신발장만 다섯 평 정도 되는 집 안으로 들어가 현관에서 10미터쯤 떨어져 있는 지안의 방으로 향했다. 지안의 방이 거실을 지나쳐야 갈 수 있기에 난 어쩔 수 없이 마감 뉴스를 보고 있는 지안의 엄마와 마주쳤다.

"안녕하세요?"

"어, 지현이 왔구나."

아줌마는 나를 힐긋 보더니 갑자기 정색을 했다.

"어머! 너 옷 꼴이 그게 뭐니?"

"갑자기 집에서 나오느라고요. 좀 그런가요?"

난 멋쩍은 얼굴로 대답했다. 셀린느 로고가 촘촘히 그려져 있는 티셔츠에 세련된 스커트, 그리고 완벽하게 세팅된 머리, 어깨에 두른 페라가모 숄에 손에 들고 있는 값비싸 보이는 와인잔에는 레드 와인이 찰랑거리고 있었다. 마치 드라마의 한 장면처럼. 아니, 대체 이 시간에 어째서 저런 차림으로 마감 뉴스를 보고 있는 거지? 당연히 늘 그렇게 차려입는 아줌마 눈에는 내 모습이 어이없어 보이겠지.

"지안이 방에 있나요?"

"어, 방금 들어왔어. 방으로 가봐."

아줌마가 다시 마감 뉴스에 집중하며 귀찮은 목소리로 대답했다.

블랙과 화이트로 모던하고 시크하게 꾸며져 있는 지안의 방은 깔끔한 인테리어와는 달리 지저분의 극치를 달린다. 침대 위, 소파 위, 그리고 책상에도 옷가지가 아무렇게나 널려 있다.

"대체 그게 무슨 말이야? 호빠에 입고 갈 옷이라니?"

마침 옷을 벗고 잠옷으로 갈아입던 지안이 말했다.

"그나저나 넌 일이 끝났으면 새로 생긴 애인 만나야지 왜 집에 있는 건데?"

난 침대 가장자리에 있던 옷을 살짝 밀어내고 그곳에 앉았다.

"걔, 만날 12시 땡 하면 집에 들어가."

"왜? 그날은 새벽까지 있었잖아?"

난 침대에서 일어나 옷장 한 구석에 있는 휴대폰 충전기에 내 휴대폰을 꽂고 다시 자리로 돌아와 앉았다.

"몰라. 그날만 그런 거야. 이상하게 일찍 집에 들여보내려고 하대. 생긴 건 영 양아친데, 꽤 맘에 들어."

검정색 고무줄로 머리를 질끈 묶으며 지안이 내 옆에 앉았다. 그냥 옷을 깔고.

"정말이야? 일찍 들여보내는 게 맘에 드는 거야?"

내기 배시시 웃으며 말하자 지안이 의미심장한 눈빛으로 나를 쳐다보더니 고개를 설레설레 저었다. 우리는 동시에 까르르 웃음을 터뜨렸다. 그나저나 아무래도 이상하다. 꽤 노는 애처럼 보였는데. 12시 전에 꼭꼭 시간 맞춰서 들어간다니. 자기가 무슨 신데렐라야? 12시만 되면 변신하는.

"유학생이라고 했던가?"

"어, 8월 말에 다시 들어간대. 암튼 이번엔 잘 건진 것 같아. 제대로 청담동 도련님 같다니까. 그것도 겁나게 잘생긴."

전혀 섭섭하지 않은 얼굴로 지안이 말했다. 아마도 그 애가 12시 땡 하면 집에 들어가는 것이 8월 말 미국으로 다시 들어가는 것보다 더 안

타깝고 섭섭할 지안이다. 아무렴! 그나저나 정말 이해가 안 간다, 12시에 들어가는 거. 뭔가 수상한 낌새가 드는데……. 하지만 지금 나에게 중요한 건 그게 아니니 일단 패스.

"얼른 날 호빠 가기에 어울리는 여자로 만들어줘. 아! 마담 스타일은 거절이야."

지안이 한참 동안 나를 물끄러미 쳐다보다가 조용히 말을 꺼냈다.

"사실 나도 네가 뭘 입어야 할지 명쾌하게 답이 나오질 않아. 하지만 확실한 건 블랙 미니 드레스는 언제 어떤 상황에서도 여자를 아름답고 신비롭고 섹시하고 우아하게 만들어준다는 거야."

약 10분 후.

샤넬 블랙 미니 드레스에 심플하면서도 은은하게 화려한 귀고리와 목걸이를 적절하게 매치한 내가 거울 속에 있었다.

"괜찮은데!"

침대에 걸터앉아 턱을 괴고 나를 지그시 바라보던 지안이 말했다.

"어, 나쁘지 않아. 아니, 실은 정말 맘에 들어."

난 오른손 엄지손가락을 들어 좋다는 표시를 해보였다. 그리고 거울 앞에서 빙그르르 돌았다.

"넌 정말 안 갈래?"

"어, 오늘은 좀 피곤해. 내일 아침 일찍 만나야 될 사람도 있고. 아!"

갑자기 침대에서 일어난 지안이 마치 백화점 매장처럼 백들이 진열되어 있는 곳으로 향했다. 그러더니 금색 펄이 약간 들어간 샤넬 클러치

백을 내게 건넸다.
 "돌려줄 때 수표 몇 장 넣어줘. 하지만 내가 진짜 원하는 건……."
 "진짜 원하는 건?"
 "정말 죽이는 호스트들의 명함이야."
 그녀가 다시 침대에 걸터앉으며 꽤나 진지한 표정으로 말했다.
 "글쎄, 금색 마놀로블라닉 샌들도 빌려준다면 고려해보지."
 난 지안의 신발장 중앙에 빛을 내며 자리 잡고 있는 금색 마놀로블라닉 샌들을 물끄러미 바라보며 장난기 섞인 목소리로 말했다.
 "음, 그래 좋아. 그 대신 넘버원이어야 해. 알았지?"
 역시 그녀다운 대답이다.

 다급하게 맥드라이브 앞에 도착한 나는 두리번거리며 민정 언니의 차를 찾았다. 그리고 택시와 택시 사이에 끼어 어중간하게 주차되어 있는 노란색 폭스바겐을 발견했다.
 "언니 미안! 좀 늦었지? 많이 기다렸어?"
 나는 차에 올라타 잔뜩 미안한 얼굴을 하고 언니를 바라보았다. 짝 달라붙는 가죽 치마에 하얀 끈 탑을 매치한 언니는 뭐랄까, 정말 호빠에 즐기러 가는 분위기를 풍기고 있었다. 마치 호빠 마니아처럼.
 "어, 왔어? 저기 봐. 나 저거 보느라 하나도 안 심심했어."
 언니는 청담병원 앞에서 휠체어를 타고 써클 앞의 화려한 사람들을 구경하는 환자들을 보며 말했다.

"만약에 내가 사고로 입원하게 된다면 반드시 청담병원에 입원할 거야. 밤마다 이 화려한 광경을 볼 수 있잖아? 저 사람들 좀 봐, 아주 넋이 나가서 보고 있어. 하긴 거의 텔레비전 보는 것 같겠다, 그치?"

정말 그렇다. 두 다리 모두 깁스한 어린 환자가 휠체어에 앉아 써클 앞에 모인 사람들을 부러운 눈으로 쳐다보며 담배를 피우고 있고, 오른팔에 깁스를 한 30대 중반의 아저씨는 링거를 끌고 나와 야릇한 시선으로 써클 앞을 서성거리는 여자들을 바라보고 있다. 청담병원 전광판엔 이런 글귀가 흘러가고 있다.

인공관절 대장항문 미용성형 응급수술.

방금 치질 수술을 했다 하더라도 병원 앞에만 나오면 눈이 정말 행복할 것 같은 생각이 들었다.

차가 출발하고 언니와 나는 호빠에 도착할 때까지 많은 이야기를 나누었다. 저번에 네일아트 기사로 편집장한테 칭찬을 받았고, 이번에는 '청담동 호빠들'이라는 주제로 기사를 쓰게 되었다는 것. 그리고 얼마 전 써클에 갔다가 앙리와 패리스힐튼을 보았다는 시시콜콜한 이야기까지. 이런 저런 얘기를 나누다보니 어느새 청담동에 위치한 베라오(velao)라는 호스트 바에 도착했다. 나는 로비에 들어가자마자 약간의 긴장감을 느꼈다. 마치 새로 생긴 클럽에 첫발을 내디딜 때의 느낌처럼.

괜찮아, 떨지 말자. 조금만 있으면 익숙해질 거야. 암, 그렇고말고. 그나저나 지금 내 스타일 괜찮겠지? 그래, 저기 저 아줌마보단 낫네.

난 룸으로 가는 도중 로비를 왔다 갔다 하는 여자들을 바라보며 혹시 내가 아는 언니는 없나, 아줌마들은 없나, 유심히 살펴보았다.

지나칠 정도로 우아하고 아름다운 마담이 우리를 룸으로 안내했다. 그녀도 블랙 미니 원피스를 입고 있었다. 거기다 샤넬 진주 귀고리까지. 마담이 안내한 룸으로 들어가니 이미 양주와 갖가지 과일이 세팅되어 있었다.

"금방 준비해드릴게요."

말이 끝나자마자 마담은 밖으로 나갔다. 대체 뭘 준비해준다는 거지? 이렇게 완벽하게 술이랑 과일이 세팅되어 있는데. 언니와 난 레드와 블랙이 적절하게 조화된 방 안을 둘러보며 소파에 털썩 주저앉았다.

"그거 알아? 방배동 카페 골목에 있는 호빠는 딥빠라고 하고, 강남, 압구정, 청담동, 신사동, 교대에 있는 호빠는 정빠, 종로, 이태원 쪽에 있는 호빠는 중빠라고 부르는 거?"

언니가 내 쪽으로 몸을 바싹 당겨 앉으며 조용히 말했다.

"아니, 몰랐어. 원래 그런 거야?"

"나도 오늘 알았어. 중빠에는 보통 남자들, 그러니까 게이들이 많이 온대. 그리고 딥빠는 음악 전문 디제이가 나와서 보통 바처럼 보이는데 사실은 보통 호스트 바와 다를 것이 없어. 그리고 정빠는 정통 호스트 바의 줄임말이고. 오늘 연구 좀 많이 했지."

난 언니를 향해 고개를 끄덕였다.

그때 갑자기 문이 열리더니 아까 우리를 안내했던 마담을 선두로 키

180센티가 훌쩍 넘는 호스트들이 열 명 정도 들어왔다. 그렇게 세 번, 각기 다른 남자들이 들어왔다 나갔다를 반복했다. 덕분에 내 눈은 정신을 못 차리고 있다. 물론 민정 언니도 마찬가지다. 하긴 어떤 여자가 그렇지 않겠는가? 좀 더 과장해서 표현하자면 조선시대 여자들이 정조를 지킬 수 있었던 건 이런 곳에 와보지 못했기 때문이라는 생각이 들 정도였다. 몸뿐만 아니라 얼굴도 거의 연예인 수준이고, 나이도 어려 풋풋해 보인다.

"초이스* 해주세요."

호스트들이 다 나가자마자 마담이 말했다. 초이스? 그러니까 이중 마음에 드는 호스트들을 선택하라, 이 말인가?

"전 두 번째 조의 3번 남자가 맘에 들어요. 지현이 넌?"

다짜고짜 민정 언니가 나를 향해 물었다.

"나? 난 마지막 조에 마지막, 아, 아니, 마지막 전 남자요."

솔직히 자세히 기억이 나지 않지만 그냥 그렇게 대답했다. '저, 자세히 보지 못했는데 어떻게 다시 한 번 볼 수 없나요?'라고 애원할 수도 없는 노릇이고. 또 어디를 가든 초짜 티는 내고 싶지 않다. 그게 설령 호스트 바, 아니 검찰청 조사과라 할지라도 말이다.

마담이 나가고 호스트 둘이 들어왔다.

"넌 저쪽, 그리고 넌 저쪽이야."

★ 초이스 말 그대로 남자를 고르는 것이다.

마담이 호스트 두 명에게 각각 나와 민정 언니 옆자리를 알려주고는 밖으로 나갔다.

"술 한잔 따라드릴까요?"

내 옆에 앉은 호스트가 양주잔을 들어 내게 내밀었다.

"아, 네."

술을 따르는 그의 얼굴을 유심히 살펴보다가, 그래도 난 역시 운이 좋은 편이란 걸 깨달았다. 쏙 들어가는 보조개가 정말 마음에 든다. 하얀 피부와 깔끔한 헤어스타일도.

"저도 한잔 주실래요?"

내가 그에 대한 감상에 빠져 있는 동안 그가 나에게 술잔을 내밀었다.

이런, 민망하네!

"아, 네."

재빨리 양주병을 들어 그의 잔에 술을 따라주려다 그만 음료수 잔을 쏟고 말았다. 쏟아진 음료수가 지안의 샤넬 블랙 미니 드레스에 주르륵 흘러내렸다. 이를 어째!

남자가 얼른 물수건을 나에게 건넸지만, 이건 물수건으로 해결되지 않을 듯싶다. 젠장, 아까 재수가 좋다는 말은 취소다.

"괜찮아?"

어느새 자신이 초이스한 호스트와 시시덕거리며 술잔을 주고받던 민정 언니가 걱정스런 얼굴로 물었다. 하지만 그녀의 시선은 금세 자신의 파트너에게 향했다. 취재는 무슨 취재람. 피식 하고 웃음이 새어 나왔다.

"어, 괜찮아. 여기 화장실이 어디에요?"

내가 일어나며 내 파트너에게 물었다. 그러자 그도 나를 따라 벌떡 일어났다.

"제가 모셔다 드릴게요."

"아니에요. 그냥 혼자 갈게요. 위치만 알려주세요."

난 화장실로 가 물수건에다 비누를 약간 묻혀 쓱쓱 문질렀다. 완벽하게 지워지진 않았지만 그래도 커피나 콜라가 아니라 매실차여서 다행이라는 생각이 들었다. 타월지로 꾹꾹 눌러 물기를 빨아들이고 화장실 밖으로 나오려는데, 바로 그 앞에서 나이가 족히 50은 돼 보이는 화려한 차림의 아줌마와 호스트 한 명이 소곤거리는 장면을 목격했다.

"자기, 요즘 왜 이렇게 연락이 안 돼? 저번에 사준 차 효과가 벌써 떨어진 거야?"

이런! 나가기 민망한 상황이잖아. 그런데 차를 사줘? 난 고개를 살짝 내밀어 아줌마를 훔쳐보았다. 손가락에 낀 다이아 반지가 몇 캐럿은 족히 넘어 보이고, 손에 든 저 가방도 에르메스에서 제일 비싼 가방이다.

정말 저런 일들이 있구나. 영화에서만 존재하는 일인 줄 알았는데. 설마 우리 엄만 저러지 않겠지? 어쩜, 지안 엄마는…… 가능할지도 몰라.

"아니요, 그런 거 아니에요."

"근데 왜 그렇게 연락이 뜸한 거야? 내가 초이스해도 계속 거절하고. 자기 나한테 뭐 서운한 거 있어?"

"아니요, 제가 설마요. 요즘 좀 사정이 있어서 그래요."

호스트가 고개를 푹 숙인 채 말했다.

"왜 그래? 무슨 일 있어? 나한테 말해봐, 어?"

참 나! 대체 나 언제 나가야 되니? 그건 그렇다 치고 저 호스트 얼굴이 궁금한걸! 어느 정도기에 극도로 청담스러운 아줌마가 쩔쩔맨단 말이야.

난 호스트의 얼굴을 보기 위해 좀 더 고개를 내밀었다. 그리고 마침내 그의 얼굴을 보게 되었다.

대체 이게 어떻게 된 일이야? 왜? 왜 지안의 새 애인이 저 청담스런 아줌마와 저런 대화를 나누고 있는 거야? 대체 왜?

그들의 대화가 계속되는 동안 난 화장실에서 발만 동동 굴렀다.

이 일을 어쩌지? 그래, 어쩐지 이상하다 했어. 그렇게 집에 일찍 들어간다는 게. 지안에게 말해줘, 말아? 그래 말해주는 거야. 그게 친구의 도리이고.

난 터프하게 휴대폰 폴더를 열었다. 그러나 금세 다시 닫고 말았다.

전화해서 뭐라고 할 건데? '놀라지 말고 들어. 네 애인 호스트야.' 아니면 무작정 '날 믿고 그 남자랑 그만 헤어져.' 이렇게? 젠장, 이럴 땐 어떻게 해야 하는 거야? 그러게 이런 책이 있어야 한다고. 상황 대처 기술책. 「chapter three. 친구 애인의 직업이 호스트라는 걸 재수 없게도 당신이 알게 됐을 때의 완벽한 대처 방법」 뭐, 이런 거 말이다.

아! 상준이. 일단 상준에게 이 일이 어떻게 된 건지 물어봐야겠다.

난 다시 폴더를 열고 상준에게 전화를 걸었다. 그리고 그가 전화를 받자마자 다그치듯 물었다.

"야! 어떻게 된 거야? 왜 호빠에 네 친구가 있는 거야?"

"너 지금 호빠야? 왜? 그리고 그걸 어떻게 안 건데?"

휴대폰 너머로 흥분한 상준의 목소리가 들려왔다.

"지금 내가 왜 호빠에 있는지가 중요한 게 아니라, 왜 네 친구가 호빠에 있냐 하는 게 중요한 거야."

난 최대한 목소리가 커지는 것을 자제하며 말했다.

"흥분하지 마. 지금 베라오야? 내가 그리 갈게. 근처에 있으니까."

전화가 끊기고, 다행히도 그와 동시에 화장실 밖에서 실랑이를 벌이던 그들도 자리를 옮겼다. 난 그 틈을 타 재빨리 밖으로 나왔다.

- 5분이면 도착하니까 vebo 입구로 나와 있어.

상준에게서 문자가 왔고, 난 서둘러 입구 쪽으로 나왔다. 5분도 채 안 되어 상준의 은색 포르쉐 카레라 GT가 멋지게 내 앞에 섰다.

"대체 어떻게 된 거야?"

상준을 보자마자 난 대뜸 소리부터 질렀다.

"흥분하지 마. 내가 그래서 그때 그랬잖아, 잘 모르는 친구라고. 친구 소개로 그날 처음 본 거야."

"그래도 그 애가 호스트인지는 알았을 거 아냐?"

"그 다음 날 알았어."

상준이 머리를 긁적이며 말했다.

"그럼 그날이라도 알려줬어야 하잖아."

"내가 왜?"

"왜라니? 내 친구랑 그 호스트 새끼랑 사귀는 거 알았으면 당연한 거 아니니?"

난 어이없다는 투로 물었다.

"지안이랑 걔랑 결혼이라도 한대? 그리고 남의 연애에 무슨 상관이야? 그나저나 너 내가 한 말 생각해봤어?"

상준이 내 앞으로 한 걸음 다가오며 물었다.

"우리 얘기? 참 나, 지금 그게 중요한 게 아니잖아. 네 친구……."

"내 친구 아니라니까."

"그래, 그럼 네 친구가 아니라는 그 호스트가 내 친구를 속였어. 유학생에다 청담동 도련님처럼 말이야."

"알잖아, 이 압구정 청담 바닥에서 외제 차 몰고 다니는 잘생긴 남자들, 딱 세 부류인 거. 연예인, 청담동 도련님, 그리고 호스트!"

상준은 별 대수로운 일이 아닌 것처럼 말도 안 되는 소리를 해댔다. 아무래도 얘랑은 말이 안 통할 것 같은 느낌이 든다. 좋게 해결할 방법이 나올 것 같지도 않고.

난 홧김에 폴더를 열고 지안의 번호를 눌렀다.

"야! 지금 당장 베라오로 와. 중요한 일이야, 아주 중요한 일. 얼른 와. 5번 방이야."

나는 폴더를 닫고 다시 안으로 들어가기 위해 몸을 돌렸다. 그런 내 팔목을 상준이 잡아끌었다.

"거긴 왜 또 들어가?"

"네가 알 바 아니잖아. 왜 네 친구, 아니 네 친구가 아니라는 그 호스트한테 깽판 칠까봐 겁나?"

"아니, 그건 내가 알 바 아니고. 여기 일은 집어치우고 나랑 놀자."

"이거 놔. 방금 전화한 거 못 들었어? 지안이 오기로 했단 말이야."

나는 상준의 손을 홱 뿌리치며 말하고는 재빨리 안으로 들어갔다.

"차 안에서 기다릴게. 일 다 해결되면 나와."

내 뒤로 여전히 상준의 목소리가 들린다.

흥! 기다리든지 말든지. 알게 뭐람!

나는 안으로 들어가다 지안의 새 남자와 럭셔리 아줌마가 룸으로 들어가는 것을 목격했다. 그의 팔이 아줌마의 허리를 살며시 감싸고, 아줌마는 그의 어깨에 기대고 있었다. 하, 놀고들 있네! 난 그들이 들어간 룸 넘버를 확인했다.

세븐, 럭키 세븐. 외우기도 쉽군.

번호를 외운 난 재빨리 민정 언니가 있는 룸으로 들어갔다. 그러자 내 파트너인 호스트가 기다렸다는 듯이 벌떡 일어나 나를 자리로 에스코트했다. 이미 테이블은 폭탄주의 잔해로 여기저기 어지럽혀 있다. 대체 과일들로 뭔 짓을 했는지 멀쩡한 과일은 하나도 없이 사방에 흐트러져 있다. 젠장, 대체 뭔 짓들을 하면서 논 거야?

그때 민정 언닌 반짝거리는 사이키 조명 아래서 얼굴이 한껏 달아올라 '섹시한 남자'를 부르고 있었다. 마이크를 파트너 목에 걸고 자신의 두 팔로 그의 목을 감싸 안은 채 아주 농염하고 섹시하게 말이다.
　정말 취재하러 온 거 맞아?
　"왜 이렇게 오래 있다 왔어요?"
　내 파트너가 물었다.
　"아, 일이 좀 있어서…… 맞다, 혹시 김현준이란 남자 알아요? 여기서 일하는 것 같은데."
　"현준이요? 알죠."
　"정말요? 어떤 남자예요?"
　난 눈을 휘둥그렇게 뜨고 물었다.
　"선수죠, 선수. 청담동 여러 아줌마들한테 공사 쳐요."
　공사가 뭐지? 난 어리둥절한 표정을 짓고 그를 쳐다보았다.
　"공사 친다는 건, 여자 손님한테 차를 받거나 물건 받는 걸 말해요. 여기 자주 드나드는 아줌마들 중에 돈 자랑하고 싶어 안달 난 사람들이 많거든요. 현준인 남자가 봐도 정말 죽이잖아요. 에이스예요."
　그가 자랑스럽게 말했다. 마치 자신도 그렇게 되고 싶은 것처럼…….
　"그럼 여자들을 뜯어먹는단 말이지?"
　내 목소리가 약간 갈라졌다. 하지만 난 냉정을 잃지 않으려고 무진장 애쓰고 있다.
　"에이, 뜯어먹는 건 아니고 그냥 주는 선물을 받는 것뿐이죠."

그가 생글생글 웃으며 일어나더니 박수를 친다. 민정 언니와 그의 파트너 노래가 끝난 것이다.

"우리도 한 곡 부를래요? 무슨 노래 좋아해요?"

그가 노래방 책을 나에게 건넸다. 순간, 화가 치솟았다. 지금 내가 노래나 부를 상황이 아니잖아. 난 벌떡 일어나 내 파트너를 향해 버럭 소리를 질렀다.

"그게 어째서 뜯어먹는 게 아니야? 그러면서 내 친구한텐 유학생이라고 속여? 진짜 억 소리 난다."

갑작스런 내 행동에 모두들 어이없다는 듯이 나를 쳐다보았다. 그 순간 문이 열리더니 민소매에 핫팬츠 차림의 지안이 나타났다. 정말이지, 기가 막힌 타이밍이다.

"야! 무슨 일이야?"

숨을 헐떡이며 지안이 물었다. 그리고 금세 민정 언니를 발견하곤 인사를 한다.

"어머, 언니, 오랜만이다. 잘 지냈어?"

"어? 지안이도 왔어? 잘됐다. 우리 같이 놀자. 마담 불러서 한 명 더 부르자고."

혀가 꼬인 언니가 비틀거리며 지안에게 다가갔다. 하지만 술에 취해 비틀거리며 걸음을 옮기는 민정 언니보다 내 걸음이 훨씬 더 빨랐다. 난 지안의 팔짱을 끼고 다급한 목소리로 말했다.

"지금 네가 이렇게 한가하게 인사나 하고 있을 때가 아니야. 빨리 이리 와봐."

난 지안을 끌고 룸 밖으로 나왔다. 그리고 계속해서 왜 그러냐고 묻는 지안을 질질 끌고 7번 룸 앞에 와 섰다.

"무슨 일인데 그래? 나 팩 하다가 뛰쳐나왔어."

"지금 팩이 중요한 게 아니야."

나는 조용하고 진지하게 말했다. 하지만 도무지 입이 떨어지지 않는다. 정말 말하기 힘든 일이다. 그래서 사람들이 그렇게 거짓말을 하고 사는 거구나. 그냥 묻어둘 걸 그랬나? 하지만 내 친구가 호스트를 만나며 돈을 뜯기는 꼴은 절대 볼 수 없다. 절대!

"놀라지 말고 들어. 알았지?"

지안이 빨리 말하라는 듯이 급하게 고개를 두어 번 끄덕였다. 휴! 심장이 터져버릴 것 같다.

"너 이 안에 누가 있는지 알아?"

"누구? 이 안에 내가 아는 사람이 있어?"

이번엔 내가 고개를 끄덕였다. 지안은 골똘히 생각하더니 조심스럽게 입을 열었다.

"혹시……."

난 크게 심호흡을 하며 지안의 다음 말을 기다렸다. 네 생각이 맞다는 표정을 하고 말이다. 미리 알고 룸으로 쳐들어가는 게 나을 것이다. 하지만 차마 내 입으로 '지안아, 네 애인이 저기서 호스트 짓을 하고 있어'라고는 말할 수 없다. 절대!

"뭐야? 우리 엄마 있어? 아까 밖에 나가던데. 이 아줌마가!"
지안이 문을 열기 위해 나를 밀치고, 난 당황해서 지안을 막아섰다.
"아니야, 아니야."
"그럼 뭔데? 우리 오빠 애인? 아니면 우리…… 아빠? 우리 아빠 게이 아닌데?"
생각하는 거 하고는. 이쯤 되면 어쩔 수 없다. 내가 말하는 수밖에. 정말 내 입으로 말하기는 싫었는데. 정말 싫었는데!
난 두 눈을 질끈 감았다. 그리고 빠른 속도로 말하려는 순간,
"그러니까 안심하고 집에 들어가. 난 정말 자기밖에 없어."
라는 말소리가 들렸다. 꿀꺽. 난 지금 아무 말도 안 했는데 목소리가 들린다. 지안의 애인 목소리, 아니 그 호스트 자식의 목소리가. 이럴 수가!
지안과 내가 실랑이를 벌이는 동안 그 호스트 자식이랑 지극히 청담스러운 아줌마가 문 밖으로 나온 거다. 그것도 아주 다정스럽게 서로 팔짱을 끼고.
"뭐야? 너 왜 여기 있어? 집에 간다며."
사건은 순식간에 벌어졌다. 그를 발견한 지안이 고래고래 소리를 질러댔다. 그리고 그가 아무 대답도 못하자 나에게 물었다.
"지현아, 이거 보여주려고 한 거야? 이 자식, 여기서 뭐하는 거래니?"
"본 그대로야. 호스트!"
내가 조심스럽게 대답했다.
"그리고 이 늙은 아줌마는 뭐야? 둘이 왜 팔짱을 끼고 있어? 아줌마,

애 엄마야?"

이번에는 럭셔리 아줌마에게 따지듯이 물었다.

"아니, 지안아 그게 아니라……."

그가 지안의 눈치를 보며 이리저리 둘러대려 애썼다.

"아니, 이 아가씨가 어따 대고 아줌마래? 그리고 자기, 이 계집애 누구야?"

"아니, 이 아줌마가 미쳤나? 누구보고 계집애래? 야! 이 아줌마 누구냐니까?"

지안이 다시 한 번 그를 향해 따지듯이 물었다. 그는 안절부절 어찌할 바를 모르고, 난 슬그머니 뒤로 빠졌다.

젠장, 괜히 부른 건가? 그냥 모른 척 넘어갈 걸 그랬나? 금방이라도 아줌마와 지안이 머리채를 잡을 분위기다. 아줌마도 꽤 독하게 보이는데. 일단 덩치로도 한 수 위였고.

"야, 너 호스트였어? 이 늙은 아줌마는 네 물주고? 딱 그렇게 생겼네."

그 순간 아줌마가 지안의 머리채를 휘어잡았다. 지안도 이에 질세라 아줌마의 머리채를 잡고, 둘은 뒹굴기 시작했다. 순식간에 통로는 아수라장이 되었다. 그러자 마담과 다른 호스트들이 달려나와 그들을 떼어냈다.

아줌마와 지안의 머리가 사자 갈기가 된 순간 정말이지 어이없는 장면이 벌어졌다. 그 호스트가, 그러니까 지안의 애인이었던 그가 지안이 아니라 아줌마의 옷매무새와 머리를 만져주고 있는 게 아닌가?

저런 파렴치한 자식!

그래, 아직 지안에게서는 아무것도 건진 게 없고, 저 아줌마한테는 차를 받았단 말이지? 그리고 지안이보다 구슬리기 더 좋을 테니까? 썩 어빠진 인간 같으니라고!

지안은 분을 삭이지 못하고 말리는 사람들에게 붙잡혀 씩씩거리고 있었다. 난 최대한 목소리 톤을 낮추고 침착하게 말했다.

"왜 호스트가 청담동 도련님 행세를 해. 호스트면 호스트답게 이런 아줌마들 돈이나 뜯어내. 유학생인 척, 도련님인 척하지 말라고. 알았어? 지안아, 가자. 상대할 가치도 없어."

난 지안의 팔을 잡아끌었다. 그리고 밖으로 나오자마자 쪼그리고 앉아 훌쩍거리는 지안을 달래기 위해 같이 쪼그려 앉았다.

"야, 울지 마. 너 쟤한테 뭐 사준 적 없지?"

지안이 고개를 끄덕였다, 저었다를 반복했다. 대체 사준 적이 있다는 거야, 없다는 거야?

"뭐, 있어?"

"어, 까르띠에 시계. 아빠 거 훔쳐다 줬어."

지안이 울먹이며 말했다. 뭐? 이런 멍청한 것! 난 자리에서 벌떡 일어났다.

"내가 지금 당장 찾아올게."

"됐어, 그냥 줘버려. 치사하고 더러워서……."

"아니! 그건 받아야 해. 걘 호스트 중에서도 악질이라고! 여자 등쳐먹는 악질."

"걔가 주겠어?"

거의 한숨처럼 지안이 말했다.

"받아내야지. 아니, 받아낼 거야. 꼭!"

내가 뒤돌아서려는데 누군가 내 팔을 잡았다. 뒤를 돌아보니 지안이 아니라 상준이다.

"너 여태 기다렸어?"

"내가 가서 받아올게. 차에 가서 기다리고 있어. 바로 위에 있어."

상준은 차 키를 내 손에 꼭 쥐어주더니 성큼성큼 걸어 들어갔다. 내가 두어 번 불러도 대답하지 않고. 뭐, 나는 아무래도 상관없다. 시계만 되찾아 온다면.

지안과 나는 상준의 말대로 언덕에 주차되어 있는 상준의 차에 올라탔다.

"괜찮아?"

"어."

아까보단 정신을 좀 차린 모양이다. 하지만 기력이라곤 눈곱만큼도 남아 있지 않은 듯했다.

"그러니까 내가 얼굴 좀 작작 보랬지. 으이그!"

"그렇지만 M5에, 유학생에, 청담동 100평 넘는 빌라에…… 그런 조건이었잖아."

"야! 그런 조건은 이 거리에 널리고 널렸거든?"

"하지만 그 조건을 모두 갖추고 얼굴과 몸이 조각 같은 남자는 흔하지 않잖아!"

"그중 잘생긴 것만 빼곤 다 구라였잖아. 그리고 M5는 아까 그 아줌마가 사준 거라고. 짝퉁 청담 도련님이라니까. 완전 신종 사기꾼이야, 사기꾼. 개자식이라고."

잠시 후 상준이 까르띠에 시계를 들고 나타나 지안에게 돌려주었다.

"내가 한잔 살게. 어쨌든 내게도 책임이 있는 거니까."

차에 시동이 걸리고 움직이기 시작했다. 내가 지안을 어르고 달래는 동안 우리가 탄 차는 ON이 바로 보이는 한강 앞에 멈춰 섰다.

"뭐야? 왜 여기 왔어?"

"날씨 좋잖아. 그렇게 덥지도 않고. 오늘 같은 날은 강바람 쐬며 벤치에 앉아 맥주 마시는 게 최고라고. 기다려, 요 앞 매점 가서 금방 사올 테니……"

상준이 사온 시원한 맥주에 치즈 포테이토칩을 먹으며 이런 저런 이야기를 나누었다. 우리 주위에는 새벽 강바람을 쐬러 나온 연인들이 서로의 애정을 확인하고 있었다. 나는 최대한 그들에게 눈길을 주지 않으려고 애썼다.

"그러니까 청담 거리에 있다고 해서, 외제 차를 타고 다닌다고 해서 다 이 동네 도련님이 아니라니까!"

내가 새 맥주 캔을 따며 말했다. 어느새 빈 캔이 여덟 개나 됐다.

"그래, 내가 아까 말했잖아. 이 압구정, 청담 바닥에서 외제 차 몰고 다니는 잘생긴 남자들은 딱 세 부류인 거. 연예인, 청담동 도련님, 그러니까 나 같은. 그리고 마지막으로 호스트!"

상준이 목소리를 높여 말했다.

"하지만 그걸 어떻게 구분해. 거짓말하면 어떻게 아냐고!"

"그래, 어떻게 알아?"

지안의 말에 내가 동의하고 나섰다. 돗자리를 깔지 않은 이상 그것을 어떻게 구분한담.

"쯧쯧, 이 여자들. 지금까지 놀던 거 다 헛수고였어, 헛수고. 내가 알려줘?"

"어!"

지안과 내가 동시에 대답했다.

"첫째, '어디 사세요?' 가 아니라 '어느 고등학교 나왔어요?' 라고 묻는 거야. 알잖아, 지방에서 살다 올라와 청담동 빌라에 월세나 전세로 사는 애들 많은 거. 하지만 고등학교를 이곳에서 나온 애들은 영락없이 이 동네 토박이라는 거지."

"아, 그렇구나!"

난 상준의 말에 동의했다. 지안도 그렇게 생각하는 눈치였다.

"정 못 믿겠으면 몇 년생인지 알아서 나한테 물어봐. 내가 앨범 다 뒤져볼게. 그리고 두 번째, 부모님이 뭐 하시나 자세히 물어봐. 가족 이야기를 얼버무린다거나 피하면 그건 아니야! 알잖아, 잘사는 집 애들 부모 자랑하고 땅 자랑하는 거. 세 번째, 계속해서 뭔가를 바라는 눈치면 영락없는 호스트야. 네 번째, 지나치게, 아주 지나치게 얼굴이 잘생겼으면 연예인이나 모델이 아닌 이상 모조리 다 호스트라고 생각해. 아니면 이렇게 묻는 거야. 가장 흔하지 않은 이름 뭐가 있더라?"

"래원 같은 거?"

"그래, 예를 들어 '너 혹시 래원이라고 알아?' 이렇게 묻는 거야. 그럴 때 괜히 오버해서 아는 척하면 더 이상한 거지. 뭐, 진짜 알면 어쩔 수 없는 거고. 다섯 번째, 여자를 지나치게 잘 알아도 문제야. 매너가 필요 이상으로 좋다는 건 그 매너로 먹고산다는 말이니까. 그리고 여섯 번째, 진도가 좀 나갔다면 '너희는 이번에 종부세 때문에 걱정이지? 아니면 의료 보험비는? 이렇게 묻는 거야. 일곱 번째……."

조목조목 말하는 상준을 보며 난 이 자식이 괜히 논 건 아니구나, 라고 피곤한 머리로 생각했다. 우리는 그날 스무 개나 되는 맥주를 마시며 밤새도록 오리지널 청담 도련님과 호스트의 차이점에 대해 얘기했다.

그날 밤, 어디로 사라졌냐고 힐난하는 민정 언니의 문자에 난 미안하다는 말과 함께 이렇게 답장을 보냈다.

―언니! 그냥 호스트 이야기는 너무 식상하니까 이런 주제는 어때?
'넌 호스트니, 오리지널 청담동 도련님이니?'
그날 그렇게 가서 미안하다는 뜻으로 소스는 내가 메일로 보내줄게.

언니에게 전송 버튼을 누르자마자 휴대폰 벨소리가 울렸다. 동원 씨다. 그날 청담동 히치하이킹 사건 이후 첫 통화다. 난 조금의 망설임도

> ● 진짜 도련님인지 도련님으로 가장한 호스트인지 알아보는 방법 ●
> 1. 출신 고등학교를 물어본다. 그러니까 잘사는 동네의 몇몇 고등학교는 알아두는 편이 좋음.
> 2. 어느 정도의 매너인지 파악한다. 필요 이상으로 매너가 좋다면 그는 의심해볼 필요가 있다. 만약 호스트가 아니더라도 그는 필시 바람둥이 일 것이다.
> 3. 종부세나 의료보험비 등을 살짝, 재수 없지 않게 넌지시 물어본다.
> 4. 몸에 있는 것들이 아줌마 취향의 명품인지 확인해본다.
> 5. 성형수술을 한 곳이 두 곳 이상이거나 필요 이상으로 피부 관리를 하는 것 같다면 그도 의심해볼 필요가 있다.

없이 휴대폰 폴더를 열었다. 그리고 최대한 반갑게, 아무 일도 없었던 것처럼 말했다. 동원 씨도 이상하리만큼 그날 일에 대해서는 묻지 않았다. 그리고 일주일 동안 일본 출장을 다녀왔다고 말했다. 일본 금리가 낮아져서 일본 자본을 한국으로 유치하기 위한 출장이었다고 하면서, 앞으로도 엔케리 트레이드는 당분간 유효할 것이라고 말하는 그의 말을 단 한마디도 알아들을 수 없는 나는 마치 바보처럼 네, 네 대답했다.

그리고 마침내 그는 내일 시간이 되면 저녁이나 같이 하자고, 그 특유의 침착하고 사근사근한 어조로 말했다. 물론 난 약간의 망설임도 없이 '응, 좋아요'라고 대답했다. 그의 호탕한 웃음소리가 휴대폰을 통해 들려왔다. 그는 '잘 자요'라고 짧게 말한 후 너무나도 쉽게 통화의 끝을 맺었다.

전화가 끊긴 후, 약간의 허전함과 그의 저녁 식사 제안을 너무 쉽게 받아들인 게 아닌가 싶어, 내 자신이 한심한 바보처럼 느껴져 한참을 침대 위에서 뒹굴었다. 하지만 난 금세 생각을 바꿨다.
　왠지 이 남자에겐 밀고 당기기나 속 보이는 여우 짓은 통하지 않을 것 같아. 그래! 오히려 솔직하고 담백한 여자를 더 좋아할지도 몰라. 아니, 그럴 거야. 사실 첫 만남부터가 꾸미지 않은 자연스런, 아니 조금은 황당한 만남이었잖아? 물론 두 번째 만남도 그렇고. 그리고 분명 그는 나의 핑크색 트레이닝복 차림이 마음에 든다고 했어. 아, 어쩜 내가 생각하는 것보다 훨씬 더, 그는 날 흥미로운 여자라고 생각할지도 몰라. 그렇지 않고서야 바쁜 사람이 이렇게 연락해 저녁을 같이 하자고 할 리가 없지!
　내 멋대로 생각하다보니 금세 행복한 졸음이 밀려왔다.

효리도 평일 낮 12시엔
애인과 갤러리아에
가지 않는다

지안's 호스트 사건(지안이 호스트와 사귀게 된 사건을 우린 이렇게 부르기로 했다. 지안's 호스트 사건이라고) 이후 지난 2주는 이상하리만큼 많은 일들이 일어나 눈 깜짝할 사이에 지나가버렸다.

우선 지안의 이름을 건 디자이너 샵의 오픈 파티가 열렸다. 독특하면서도 세련된 감각을 지닌 샵 안에는 이름만 들어도 알 만한 유명 디자이너 몇몇과 지안의 가족들과 친분이 있는 연예인들 몇 명만 초대되어 다른 샵 오픈 파티에 비해 훨씬 격이 높아 보였다.

그리고 제일 중요한 건 동원 씨와 나의 애정 전선에 약간의 진전이 있었다는 점이다. 그것도 아주 빠른 속도로. 그날 저녁 식사 후 가볍게 청담공원*을 거닐던 동원 씨와 내가 개울 물이 흐르는 나무 옆 가로등 아래서 결코 짧거나, 간단치 않은 키스를 한 것이다. 뭐, 그렇다고 해

★ **청담공원** 청담동 안에 있는 꽤 큰 공원. 도심의 숲 속 이미지. 그 공원을 조경으로 볼 수 있는 빌라나 아파트 값이 장난 아니라지? 대부분 30억이 넘는다고 한다.

서 그를 나의 애인, 혹은 남자친구라고 부를 수 있는 사이가 된 건 절대 아니다. 청담이나 압구정에서 손잡고 키스를 했다는 것의 의미는 '내가 이 사람과 사귀는구나'가 아니다. 만약 그렇게 생각한다면 아마 그 상대는 당신을 과대망상증 환자나 위험분자로 볼지도 모른다.

그리고 가끔, 아니 지나치게 자주 상준과 전화 통화를 하게 됐으며, 시시콜콜한 이야기로 자주 밤을 새운다는 사실도 빼놓을 수 없는 중요한 일이 되었다. 아마도 호스트 사건 이후 상준이 '바람둥이지만 친구라면 꽤 괜찮은 아이'로 등급 업이 된 것 같다.

아, 또 하나!

내가 민정 언니에게 준 아이디어가 「청담동 언덕 외제 차, 도련님일까 호스트일까?」라는 제목의 기사로 나간 후 아주 엄청난 반응을 얻었다는 것. 나는 두 기사 모두 내가 제안했다는 걸 자랑스러워하며 두 기사를 모두 벽에 붙여놓았다. 민정 언니는 앞으로도 종종 그런 기삿거리를 달라며 한턱 크게 쏜다고 했다. 그리고 보니 싸이월드 다이어리에 써놓은 괜찮은 이야깃거리가 많긴 한데……. 하지만 그 다이어리 내용들이라는 게 모두 압구정이나 청담동에서 일어나는 일에 한정되어 있어 별 도움은 되지 않을 듯싶다. '이 김에 나도 프리랜서 저널리스트가 되는 건 어떨까?' 라는 생각도 잠시 해봤다. 크루아상에 커피를 마시며 홈스테드에서 맥북 자판을 두드리거나, 집에서 빈둥거리며 글을 써도 되는, 그런 최고로 멋진 직업. 마치 캘리처럼.

그나저나 오늘 일어나자마자 해야 할 일이 있다고 생각했는데, 그게 뭐였더라?

침대에 걸터앉아 한참을 생각한 후에야 어제 저녁 세안을 끝으로 내 크렘 앙시엔느*가 바닥났단 사실을 깨달았다.

이런! 서둘러야겠다. 크렘 앙시엔느가 없다면 내 얼굴에 영양 공급이 충분치 않을 것이고, 그럼 다음 날 피부에 주름 하나가 더 생길지도 모른다. 너무나 가늘고 미세해 가늠할 수 없다 할지라도 주름은 주름이다. 절대 방치해선 안 될 여자들의 적.

AM 12:00

맥도날드 앞에서 신호등을 건너자마자 갤러리아 정문으로 들어가 곧바로 프레시** 매장으로 향했다.

"언니, 크렘 앙시엔느 하나 주세요. 100그램짜리요."

"다른 건 필요 없으세요, 손님?"

그녀는 마치 치약 광고에나 나올 법한 미소를 지으며 이렇게 말했다. 나는 대답 대신 고개를 가로저었다.

"50만 원입니다, 손님."

항상 느끼는 거지만 크림 하나에 50만 원이라니. 비싸긴 비싸다. 나는 하얀색 고야드 백에서 지갑을 꺼내 체크카드를 꺼내려다가 마음을

---

* 크렘 앙시엔느(crème ancienne) 프레시(루이뷔통에서 만든 화장품 브랜드)에서 나온 고가의 크림.
** 프레시(fresh) 루이뷔통에서 만든 화장품 브랜드. 스킨케어 제품으론 짱이다. 좀 비싼 게 문제지만.

바꿔 지갑 안쪽에 몰래 숨겨두었던 키티 그림이 그려져 있는 비자카드를 꺼냈다. 체크카드로 물건을 계산하는 건 왠지 청담스럽지 못해 보인다.(체크카드를 쓰는 건 왠지 '전 과소비를 할 만한 여유가 되지 않아요'라고 말하는 것 같다.)

"할부로 해드릴까요?"

"아니요, 일시불이요."

물론 할부 역시 No다.(혹시 부잣집 아이가 할부로 물건 사는 걸 본 적이 있는지? 아마 없을 것이다.)

그녀가 내 비자카드를 카드기에 몇 번 긁었다. 그런데 카드기가 반응이 없자 '아무래도 이 기계가 고장 났나봐요. 잠시만 기다려주실래요?'라며 죄송해 죽을 것 같은 표정으로 말하더니 카드를 가지고 어디론가 사라졌다. 그새 도발적인 의상을 입은 여자가 프레시 매장으로 들어와 내 옆을 지나쳤다. 지나치게 강한 이세이 미야키* 향수 냄새가 내 코를 자극시킨다. 나는 슬쩍 그녀를 쳐다보았다. 천만 원이 족히 넘는 에르메스 백과 샤넬 선글라스, 마치 바람결에 날리는 실크 커튼처럼 찰랑거리는 머리칼, 그리고 유별나게 구멍이 큰 망사 스타킹 등, 그녀의 패션은 그녀의 강한 향수처럼 지나치게 자극적이었다. 마치 강남 화류계의 유한마담인 건 아닌지 의심이 들 정도로. 단지 예쁘다, 아름답다는 말로는 그녀에 대한 형용이 부족하다. 아무튼 미인들만 다닌다는 압구정, 청담

★ 이세이 미야키 일본의 유명한 디자이너.

동에서도 보기 힘든 미모였다. 난 넋을 놓고 그녀를 바라보았다. 여자가 볼 때도 이런데 남자들은 오죽하겠어. 흠! 분명 연예인은 아닌 것 같은데……. 젠장, 갑자기 내가 한없이 초라하게 느껴진다. 내 하얀색 고야드 백까지도.

그래, 이런 여자 옆에 오래 서 있는 건 옳지 않은 일이야. 나 자신만 위축될 뿐이라고. 봐, 지금 지나가는 저 남자도 저 여자만 쳐다보잖아? 나는 그녀 옆의 배경 정도로만 보이겠지? 난 당장이라도 그녀가 보이지 않는 곳으로 사라지고 싶은 기분을 느꼈다. 하지만 내 비자카드를 가지고 간 판매원이 아직 오지 않았으니…….

난 슬쩍 그녀를 피해 그녀가 보이지 않는 곳에서 새로 나왔다는 커피 에센스 샘플을 손에 발라보았다. 감촉이 꽤 좋다. 역시 명품 브랜드에서 나온 화장품이다.

언젠가 잡지에서 읽은 기억이 있다.

〈명품이란, 사실 판매자 쪽에선 대개 백화점에서 취급하는 프리미엄 브랜드로 생각한다. 즉, 그들에게 명품이란 명품 = 고가 = 고마진이고, 소비자, 즉 우리에겐 명품 = 고품질 = 고기능성이라는 것이다.〉

그러면서 이런 말도 덧붙였던 것 같다.

〈정말 명품 화장품이 명품 피부를 만들어주는 것일까? 아니, 절대 그렇지는 않다. 그렇다면 그 매장 판매자들의 피부는 어째서 좋지 않은 것인가?〉

아마도 그 기사를 쓴 에디터는 갤러리아 백화점에 와보지 못한 모양이다. 갤러리아 프레시 매장에 있는 점원들의 피부는 다들 잡티 하나 없이 매끄럽고 뽀얗다. 마치 아기 피부처럼. 그러니까 그 기사는 잘못된 것이다. 아마 여기 와보지 않고 쓴 기사일 것이다. 순 엉터리 기자 같으니라고!

그때 내 카드를 가지고 갔던 점원이 돌아오고, 난 그녀에게 카드와 크림이 든 조그만 쇼핑백을 받았다. 그리고 다른 판매원에게 내가 산 것과 똑같은 크림을 요구하는 화려한 그녀를 뒤로하고 재빨리 그곳을 빠져나왔다. 나뿐이 아니야. 어떤 여자도 저런 여자 옆에 있기 싫을 거야. 뭐랄까, 저 여잔 자신의 오라로 옆 사람의 기를 죽이는 경향이 있는 부류의 여자거든. 아마 전지현이나 송혜교조차도 그녀 옆에선 초라해 보이리라. 아무렴!

나는 그렇게 애써 나를 위로하며 최대한 보폭을 크게 해서 걸었다. 그리고 그 여자가 내 시야에 들어오지 못하도록 지하 1층으로 가는 에스컬레이터에 올라탔다. 휴우! 에스컬레이터를 타고 반쯤 내려가서야 마음이 놓였다.

딸기와 바나나가 적절히 섞인 생과일 주스를 한 잔 마시면서 오늘은 무얼 하며 시간을 보낼까 생각해야겠다. 말도 안 되는 선 시장에 날 내놓지 않으려면 빨리 대학원에 들어가야 할 텐데 선뜻 마음에 드는 곳이 없다. 물론 내가 마음에 든다고 해서 그쪽에서 나를 받아주는 것도 아니지만. 정말 진지하게 글 쓰는 일을 해볼까? 어쩌면 누군가의 밑에서 일하는 게 그렇게 나쁘지 않을 수도 있어.

민정 언니한테 전화해볼까? 아니야, 정말이지 회사라는 곳에 나가기는 싫단 말이야. 윽! 생각하지 말자. 그래, 내일부터 생각하는 거야, 이 문제에 대해서는. 지하에 도착한 난 생과일 주스 파는 곳으로 향했다. 그리고 그곳에서 낯익은 뒷모습을 발견했다.

샤넬 웨지힐에 살짝 웨이브 진 긴 머리, 그리고 귀에서 달랑거리는 샤넬 귀고리. 그녀는 딸기 주스를 들고 테이블로 향하고 있었다.

"유라야."

나는 종종걸음으로 유라에게 달려가며 소리쳤다.

"어? 쇼핑 나왔어?"

"어, 잠깐. 크림이 떨어졌거든."

난 오른손에 든 프레시 쇼핑백을 달랑거리며 말했다. 갑자기 화려한 그녀가 또 생각난다. 젠장!

"너도 뭐 마실래?"

"가서 앉아 있어. 내가 사가지고 갈게."

나는 여기저기 텅텅 비어 있는 테이블을 가리키며 말했다. 아무리 봐도 갤러리아는 언제나 한산하다. 낮이든 저녁이든, 평일이든 주말이든. 갤러리아는 365일 내내 한산하다. 그렇지만 그 한산함이 절대 손님이 없어서 파리 날리는 한산함이 아니다. 평화롭고 안정적인 여유로움에서 나오는 한산함이랄까. 나는 이런 갤러리아의 한산함을 사랑한다.

난 주문한 키위 주스를 오른손에 들고 빨대를 꽂으며 유라 맞은편에 앉았다.

"지안이는?"

유라가 방금 샵에서 한 듯한 자신의 머리를 살짝 매만지며 물었다.

"어휴, 요즘 걔 바쁘잖아. 오픈 파티 이후로 전화 목소리만 들었어."

"그래? 너 좀 섭섭하겠다. 나야 가끔 남자가 생기면 사라지곤 했지만 너희 둘은 항상 붙어 다녔잖아."

유라가 빈정대는 투로 말했다. 그러고 보니 유라의 기분이 아까부터 저기압이다. 무슨 일이 있나? 난 유라의 표정을 이리저리 살펴보았다. 앙 다물어진 그녀의 입술이 오늘따라 고집스러워 보인다. 왜 그렇게 저기압인지 물어볼까 말까 망설이다 조심스럽게 입을 열었다.

"근데 너 오늘 기분이 별로 안 좋아 보인다. 무슨 일 있어?"

내 질문에도 그녀는 입에 꿀이라도 발라놓은 것처럼 꾹 다물고 있다. 나는 유라의 이유 있는 침묵을 그저 조용히 지켜보았다. 보채지 않고 유라가 입을 열 때까지 기다리자 드디어 말문을 열었다.

"너 이런 말 들어봤어? 남자친구 데리고 평일 낮 12시에 갤러리아에 가지 마라."

뭐? 그녀의 생뚱맞은 말에 나는 곰곰이 그 의미를 생각해보았다. 하지만 아무리 머리를 굴려봐도 도무지 모르겠다.

"아니, 전혀."

"정말? 난 몇 번이나 들어봤는데."

"그래? 그게 무슨 뜻인데? 왜 오지 말라는 거야?"

"너 그건 알지? 강남 유흥업소에 종사하는 여성들 10퍼센트 정도가 청담동에 산다는 거.*"

유라가 빨대를 입으로 잘근잘근 씹으며 말했다.

"그리고 그 여자들이 부유층과 마찬가지로 명품을 선호하고, 고급 승용차 한 대씩은 가지고 있다는 것도."

유라는 가방에서 담배를 꺼냈다가 다시 집어넣었다.

"어, 그건 알아. 그리고 걔네들이 웬만한 연예인들보다 예쁘잖아. 화려하기도 하고."

갑자기 프레시에서 본 그 여자가 생각났다. 그 여자 정말 예뻤지. 그 여자도 텐프로일까? 그렇지 않고서야 그렇게까지 화려하게 하고 다닐 이유가 없잖아.

"그렇지. 그 여자들 목표가 청담동 남자들을 꾀어 새로운 삶을 시작하는 거라는 소리도 들었어."

그녀도 술집 여자일 거라고 결론 내린 내가 중얼거리듯이 말했다.

"그런 여자들이 12시에 쇼핑하러 제일 많이 들르는 곳이 이곳 갤러리아래. 그 여자들 하는 일이 새벽에 끝나니까 한 10시쯤 일어나서 씻고 대충 화장하고 샵에 가서 메이크업 받고 쇼핑하러 들르는 곳이 갤러리아라는 거야. 여기서 한두 시간 정도 쇼핑하다가 다시 헤어를 하든지 메

---

* 그렇다고 해서 그녀들이 정말 부유층처럼 웅장한 저택에서 골프를 치며 여가 생활을 즐길 수는 없다. 이곳에서 생활하기 위해선 그만큼의 유지비(?)가 있어야 하기 때문에. 아무튼 이곳(청담동)에 사는 유흥업소 여자들은 혼자 사는 경우가 대부분이며, 큰 평수보다는 아담하고 작은 평수를 선호하고 있다. 가격은 일억 원 정도? 그녀들이 사는 곳은 고급 아파트와 고급 빌라촌 사이에 형성된 초라한 빌라촌이다. 어찌 됐든 그녀들도 청담동에 산다는 것이다.

이크업을 받든지 하고 5시쯤 출근한대."

"정말?"

"그래서 그렇게 물이 좋은 거야, 평일 오후에 갤러리아가."

나는 새롭고 놀라운 사실에 고개를 크게 끄덕였다. 그러고 보니 평일 오후엔 기가 막히게 갤러리아 물이 좋다.

"가만. 근데 그게 네 기분이랑 무슨 상관인데?"

"휴!"

유라가 어깨까지 들썩이며 한숨을 내쉬었다. 그리고 플라스틱 컵 뚜껑을 열어 조금 남은 딸기 주스를 한 번에 다 들이켜더니 가방 안에서 파우치를 꺼내 거울을 본다.

"지안이 일 있은 후에, 나 그 남자애랑 바로 헤어지고 또 선봤거든?"

별로 놀랍지도 않은 얘기라 난 대답 대신 그냥 고개를 끄덕였다. 무조건 많은 남자를 만나보고 빨리 결혼에 골인하는 게 유라의 최종 목표니까. 만약 그녀가 일주일에 100시간을 선이나 소개팅하는 데 투자했다고 해도 난 절대 놀라지 않을 것이다.

"그 남자, 차는 벤츠에 청담동 살고 아빠가 대기업 사장, 엄마는 청담동에서 레스토랑 하고…… 아! 이런 건 건너뛰고."

"응, 건너뛰고."

내가 장단을 맞췄다.

"어쨌든 꽤 괜찮은 집안의 남자였는데, 며칠 전에 자기가 휴가라면서 12시쯤 갤러리아에서 보자고 하더라고. 아버지 생신이라며 에르메스에서 양복을 골라달라면서. 암튼 꽤 괜찮은 남자였어. 포크와 스푼을 사용해서 파스타를 먹을 줄 아는 남자였지."

유라는 '꽤 괜찮은 남자였어'를 계속해서 반복해 말했다. 그래, 유라는 포크만 사용해서 파스타 먹는 남자를 유난히 싫어했지. 들어보니 그 정도면 완벽해. 물론 우리 동원 씨보단 아니지만.

"그래서? 에르메스 양복 사러 갔어?"

난 이야기의 빠른 진행을 위해 유라의 말을 거들었다.

"어, 12시에 만나 명품관에서 넥타이 사고, 본관으로 와서 그냥 이것저것 구경했거든? 근데 내가 잠시 화장실에 다녀온 사이에 글쎄……."

점점 유라의 숨이 가빠지고 그만큼 말하는 속도도 빨라졌다.

"글쎄?"

"키가 한 175 정도 되고, 얼굴은 꼭…… 암튼 수술한 티는 팍팍 나는데, 연예인같이 생겨먹은 애랑 얘기를 하고 있는 거야."

"예뻤어?"

내가 단도직입적으로 물었다.

"조금. 아니 사실은 정말 예뻤어. 아무튼 그게 중요한 게 아니라, 내가 가서 무슨 일이냐고 물었더니 그냥 뭐 좀 물어봤다고 하더라고."

침이 꿀꺽 넘어갔다. 대체 만날 다니는 갤러리아에서 물어볼 말이란 게 뭐지? 분명 '에르메스 매장이 어디 있어요?'라는 질문은 하지 않았을 거 아니야. '식당가가 몇 층이에요?' '명품관이 어디죠?'라는 질문도.

"그래서?"

"그래서는 뭐. 그런가보다 했지. 근데 그날 이후로 연락이 뜸하더니, 글쎄 어제는 그 남자가 그때 갤러리아에서 본 여자랑 팔짱 끼고 탐탐에서 커피 시키고 있더라고."

"어머머! 그게 뭐야?"

내 목소리 톤이 높아졌다. 아, 역시 물어봤다는 건 그녀의 연락처였군, 그래.

"뭐긴 뭐겠니. 걔랑 바람난 거지. 근데 마침 내 옆에 있던 남자애가 그 여자 술집 나가는 애라고 하는 거야. 자기가 봤대."

"맙소사! 그게 정말이야?"

난 소리를 지르고 말았다. 다행히 우리 주위에는 아무도 없었다. 빈 테이블을 정리하러 이리저리 돌아다니는 종업원 외에는.

"서릿말일 리 없잖아. 이번 일로 느낀 건데, 절대 남자친구랑은 평일 낮 12시에 갤러리아에 가는 게 아니야. 예전에 아는 언니한테 들은 적이 있긴 한데, 설마 그런 일이 나에게 일어날 줄이야."

말을 마친 유라는 흥분해 달아오른 얼굴의 열을 식히느라 오른손으로 열심히 부채질을 해댔다. 그러더니 아까 집어넣었던 담배를 다시 꺼내 불을 붙이고 피우기 시작했다.

"지안이한테는 말하지 마. 또 아무렇지도 않게 떠들어대는 거 보기 싫으니까."

"그래, 말 안 할게."

난 도대체 뭐라고 위로의 말을 해야 할지 몰라 계속해서 쭈뼛거렸다.

자신과 데이트하던 남자를 갤러리아라는 장소에서 다른 여자에게 빼앗긴 건 정말 끔찍한 일이다. 술집도 나이트도 클럽도 아닌 갤러리아에서 말이다. 더군다나 상대가 유흥업소에 다니는 텐프로라니. 맙소사!

정말이지 어떤 말로 그녀의 화를 달래줘야 하는 걸까?

'괜찮아, 널 버리고 '텐프로'를 택한 그런 남잔 버려도 돼'라고 말해? 아니야, 그건 너무 형식적이야. 그럼 뭐라고 하지? 곰곰이 생각하던 난 그냥 아무 말도 하지 않기로 했다. 어차피 말해봤자 유라에게는 그저 형식적인 위로로밖에는 들리지 않을 테니. 그나저나 유라의 얘기를 듣고 나니 애인과 함께 평일 낮 12시에 갤러리아에 가는 건 정말 피해야 할 일이라는 생각이 들었다. 내가 동원 씨와 사귀게 되면 절대 12시에 갤러리아엔 같이 가지 않으리라.

"다 마셨지? 나 백 살 건데 봐줄래?"

유라가 반쯤 피운 담배를 끄고, 빈 플라스틱 컵을 들고 일어나며 말했다.

"어디 거 살 건데?"

"샤넬."

난 '당연한 걸 물어봤네'라는 표정으로 웃어 보였다. 우리는 다시 에스컬레이터를 타고 일층으로 올라왔다.

"루이뷔통 갔다가 명품관으로 갈까?"

"그러자. 한번 쭉 돌아보지 뭐."

우리는 루이뷔통 매장에 들어가 매장 안을 쓰윽 훑고는 새로 나온 상품들을 곁눈질하며 밖과 연결된 문으로 향했다. 그런데 마침 프레시에서 본 화려한 여자가 거기 있었다. 그래, 저 여자도 평일 12시에 갤러리아로 쇼핑 나온 '텐프로'일 거야. 확실하겠지?

그녀를 보며 이런 저런 생각에 빠져 있던 나는 앞서 걷던 유라가 갑자기 멈춰선 것을 알아채지 못하고 유라의 등에 부딪히고 말았다.

"왜 그래?"

"이럴 수가! 저 여자야."

유라가 누군가를 가리키며 말했다. 그런데 그 누군가가 프레시에서 본 그 여자다.

'저 여자가 뭔데?' 라고 묻는 순간 유라가 아까 해준 이야기가 머릿속에 떠올랐다.

"맙소사! 저 여자가 그 여자? 그러니까 네 애인, 아니 될 뻔한 남자랑 바람난 텐프로?"

이런! 하마터면 내 목소리가 저 여자의 귀에, 아니 루이뷔통 매장 전체에 울릴 뻔했다. 그래, 역시 심상치 않은 외모였어. 저 정도면 확실히 유라가 달리지. 나는 다시 한 번 힐끗거리며 여자를 쳐다보았다. 루이뷔통의 수많은 백들이 그녀 앞에서 고개를 숙이고 있는 것처럼 보였다. '주인으로 모시게 해주세요'라고.

"어떻게 할 거야? 가서 따질 거야?"

"따져? 뭐라고?"

잔뜩 인상을 찡그린 유라가 조그맣게 말했다. 하지만 목소리에는 힘이 들어가 있다.

"왜 내 남자 가로챘냐고 물어봐야 하는 거 아니야?"

"어떻게 그래. 저 여자가 알고 그런 것도 아닌데. 그리고 가까이 가고 싶지 않아."

그녀가 샐쭉해진 얼굴로 말했다. 그러고 보니 그녀의 말이 맞다. 저 여자가 의도적으로 유라의 애인을 가로채지는 않았을 것이다. 물론 그녀의 목적도 청담동의 부유한 남자를 만나 팔자를 고치는 것이겠지만, 그게 꼭 유라의 애인은 아니었을 거란 얘기다. 다만, 재수 없게 유라가 걸린 것뿐이다. 그러니 이 일은 유라의 잘못도, 그녀의 잘못도 아니다.

"얼른 가자."

멍청하게 그녀를 바라보고 서 있던 내 손을 유라가 잡아끌었다. 그리고 루이뷔통 매장 직원의 친절한 인사를 뒤로하고 우리는 재빠르게 루이뷔통 매장을 빠져나왔다.

"쇼핑을 해야 해. 그래야 이 기분이 풀려. 아까 그 여자가 든 가방 봤지?"

유라가 앙칼진 목소리로 물었다.

"어? 어."

왜 기억이 안 나겠는가? 천만 원이 넘는 그 백, 그걸 살 바엔 샤넬 백을 다섯 개 사겠다, 하고 생각했는데.

"기억나. 에르메스였던가?"

"난 그것보다 더 비싼 백 살 거야. 옷도."

난 그녀의 심정을 이해한다. 자존심 강한 유라는 그녀보다 더 굉장한 무언가가 필요한 것이다. 그게 남자라면 정말 좋겠지만, 지금 당장 할 수 있는 건 쇼핑이겠지.

난 아무 말 없이 그녀의 뒤를 따랐다. 우리는 루이뷔통 매장 모퉁이를 돌아 갤러리아 명품관*으로 향했다. 몇 걸음 안 가서 명품관 정문을 중심으로 좌측엔 프라다, 우측엔 샤넬 매장의 커다란 광고가 눈에 띈다.

우리 둘은 아무 말도 하지 않은 채 명품관 안내 데스크를 지나 샤넬 매장으로 들어갔다. 화려하면서도 깔끔한 샤넬의 고풍스런 느낌이 온 몸에 느껴진다. 생기를 잃었던 유라의 눈이 반짝이기 시작했다. 그래, 유라가 코코 샤넬** 마니아였지.

"이른 아침, 검정색 상의에 무릎까지 오는 치마를 입은 여자가 숄더백을 메고 거리로 나서는 모습을 상상해봐. 이건 지금 어디에서나 볼 수 있는 평범한 여성의 모습이지만 코코 샤넬이 없었다면 존재하지 않았을 거야."

"……."

유라의 말에 나는 아무 대꾸도 하지 않았다. 저 말은 벌써 백 번도 넘게 듣고 보았다. 잡지에도, 스타일북 첫 장에도 그런 말이 나와 있다.

"그리고 피카소가 이렇게 말했지. 그녀는 유럽에서 가장 뛰어난 패션

---

* 갤러리아 명품관 갤러리아는 명품관과 생활관으로 나뉘어져 있다.
** 코코 샤넬 샤넬을 만든 창조인이자 디자이너의 어머니, 가브리엘 샤넬의 애칭. 개인적으로 굉장히 존경하는 여자이다.

효리도 평일 낮 12시엔 애인과 갤러리아에 가지 않는다 · 235

감각을 지닌 여자라고."

나는 대답 대신 2층으로 올라가는 계단 앞에 세워져 있는 마네킹을 유심히 살펴보았다. 과연 코코 샤넬이 이런 모습이었을까? 그나저나 가운데 마네킹이 든 백 꽤 예쁜걸! 나는 슬쩍 손을 대보았다. 그때를 놓치지 않고 점원이 나에게 다가왔다.

"클래식 백으로 나온 새 모델이에요. 깔끔하죠?"

"네? 네."

"한번 들어보시겠어요?"

점원은 옆 진열대에 있는 백을 들어 나에게 건넸다. 난 얼떨결에 백을 받아 어깨에 살짝 걸치고 거울에 비친 나를 조심스럽게 바라보았다.

와! 너무 잘 어울리잖아? 지금 입고 있는 아이보리 원피스에 딱이다. 이런 걸 맞춤이라고 하는 거겠지?

"네 이미지랑 딱 맞는데?"

어느새 유라가 다가와 말했다.

"언니, 이게 씨매스시티죠? 얼마예요?"

"이게……."

점원이 내 어깨에 걸쳐 있는 백 가격표를 슬쩍 보더니 말했다.

"이백십만 원이요."

"괜찮네. 잘 어울려. 넌 샤넬이 잘 어울리지 않는다고 생각했는데 말이야."

유라가 꽤나 얄미운 표정으로 말했다. 작년, 아니 재작년 여름인가?

고센에서 「LUXURY」라는 잡지를 보며 유라가 한 말이 기억난다.

"지안이 넌 왠지 막스마라나 마크 바이 마크가 잘 어울려. 그리고 지현이 넌 디올이나 셀린느? 사실 루이뷔통은 누가 들어도 어울리잖아."

'그럼 너는?' 이라고 지안과 내가 동시에 묻자 유라는 '당연히 샤넬이지'라는 말과 함께 그런 걸 왜 묻느냐는 표정으로 나와 지안을 바라보았었다. 샤넬을 숭배하는 건 예나 지금이나 변하지 않았다.

나는 다시 거울을 쳐다보았다. 확실히 내 피부색이랑도 잘 어울린다. 그래, 그냥 질러버리는 거야. 이걸 사면 커피빈이나 스타벅스, 아니면 홈스테드 같은 곳에 앉아 쇼핑백을 테이블 위에 올려놓고 커피를 마실 테다, 꼭!

"나 이거 어때?"

샤넬 옷을 전시해놓은 2층에서 내려오며 유라가 말했다. 대체 언제 2층으로 올라간 거지? 유라 손에는 샤넬 로고가 여기저기 박혀 있는 블랙 미니 원피스가 들려 있다. 왠지 일반적인 곳에서는 입고 다니기 힘들어 보이는 디자인이다.

"어때? 어울려?"

"글쎄…… 맘에 들어?"

"어, 여기에 블랙 미니 볼링 백을 매치하면 예쁠 것 같지 않아?"

그녀가 옷을 몸에 걸치고 한 바퀴 빙그르 돌았다.

"그래, 그럴 것 같아."

나는 심플하게 대답했다. 이미 유라는 이 옷이 마음에 들었고, 내 의견에 상관없이 이 옷을 살 것이다. 내가 괜찮다고 해야 유라의 마음이 좀 더 편할 뿐이다.

"넌? 안 사?"

"어, 이 백 사려고."

나는 무심히 내가 사기로 한 가방을 들어올렸다.

"그래?"

유라가 안타까운 듯이 말했다. 아마 저도 꽤 마음에 들었던 모양이다.

"아, 그리고 언니 저 백 주세요."

유라가 진열대 위에 있는 화이트 빅 백을 가리키며 말했다.

"저거 드릴까요?"

"네, 저거랑 이 원피스요."

유라 옆에 붙어 있던 점원이 진열대 쪽으로 가는 것과 동시에 또 다른 점원도 그곳으로 향했다. 그러더니 뭐라고 이야기를 나누었다. 물론 3미터쯤 되는 거리라 들리진 않았지만 확실한 건 그다지 좋은 소식은 아닐 거라는 것이다.

"저기, 손님, 지금 저 백이 하나밖에 없는데 다른 손님도 원하신다고 하네요. 혹시 마음에 드시는 다른 제품이 없으신지요?"

점원이 조심스럽게 유라에게 말을 건넸다.

"전 매장에 하나도 없나요?"

"네, 한정 수량이라서……."

유라의 표정이 어두워졌다.

"이걸 사고 싶어 하는 분이 누군데요?"

유라가 따지듯이 묻자 점원이 샤넬 매장 정문 앞으로 우리를 안내했다. 거기서 유라와 내 표정이 순식간에 굳어졌다.

'손님, 이분이신데요'라며 점원이 가리킨 여자는 다름 아닌 유라의 남자친구를 빼앗은 그 여자였다. 이럴 수가! 어째서 그 '텐프로'가 여기 있는 거지? 난 슬쩍 고개를 돌려 유라를 보았다. 얼굴은 하얗게 질려 있고 입술은 파르르 떨고 있다.

어떻게 이런 일이! 또 그 여자와 마주치다니. 그리고 이번에는 그 여자가 유라의 남자가 아닌 유라가 원하는 백을 가로채려 하고 있다. 이건 악연이다. 분명히!

젠장, 지안 vs 호스트, 다음엔 유라 vs 텐프로야?

잠시 침묵이 흘렀다. 그리고 난 몇 번이고 이유 없는 헛기침을 해댔다.

"저, 손님!"

점원이 멍하니 서 있는 유라를 불렀다. 그리고 '텐프로' 옆에 있는 점원 역시 그녀에게 우리를 가리키며 사정을 설명하는 듯했다. 또다시 침묵이 흘렀다. 아, 난 몰라! 어떻게 하지?

"괜찮으시다면 제가 이 백을 사면 안 될까요? 예전부터 갖고 싶었던 거라……."

우리에게 다가온 그녀가 오른손으로 자신의 긴 생머리를 뒤로 쓸어내리며 말했다. 펄이 듬뿍 들어간 붉은 네일이 무척 화려해 보인다. 나도 어울릴까? 다음 네일 케어 땐 미친 척하고 저렇게 해봐? 아차! 지금 내가 이럴 때가 아니지.

여전히 유라의 입은 굳게 다물어져 있다. 난 유라에게 바싹 다가가 허리를 쿡쿡 찔렀다.

"유라야, 양보하는 김에 가방도 양보하자. 아님, 청담 명품거리 매장 갈까? 거기 더 마음에 드는 게 있을지 누가 알아?"

난 아주 조그맣게, 유라만 들을 수 있을 정도로 말했다. 하지만 유라는 내 말을 무시한 채 여전히 파란색 컬러 렌즈를 낀 그녀의 눈을 똑바로 응시하고 있었다. 무언가 심상찮은 분위기다. 마치 폭풍 전야처럼. 지안이라면 이미 머리끄덩이를 잡았겠지? 아니야, 사실 저 여자가 잘못한 건 없잖아. 애인 있는 남자를 일부러 홀린 것도 아니고. 잘못은 지조 없는 그 남자에게 있다고. 갑자기 이름도 얼굴도 모르는 그 남자가 너무나 미워진다.

어쨌든 이상한 기운의 이유를 알 리 없는 점원들은 멀뚱한 표정으로 아무 말 없이 서 있다. 침묵 때문에 내 침이 꼴깍 하고 넘어가는 소리가 굉장히 크게 들렸다. 아, 정말 싫다! 살벌한 분위기.

"저, 아무 말씀 없으시니 이건 제가……."

그때까지도 유라는 아무 말이 없었다. 여자가 지갑에서 카드를 꺼내며 유라에게 말했다.

"근데 저 어디서 봤나요? 많이 본 듯한 느낌인데……."

그녀는 카드를 점원에게 내밀며 '일시불이요'라고 말했다. 그때까지도 유라는 아무 말 없이 서 있었다. 혹시 얘가 너무 분한 나머지 정신을 놓았나? 하기는 남자 빼앗기고 마음에 드는 가방도 빼앗겼으니 그럴 만도 하지.

"가자, 내가 아이스크림 사줄게. 아님, 커피? 예땅*에 녹차빙수 먹으러 갈까? 너 그거 좋아하잖아."

나는 유라에게만 들릴 정도로 작은 목소리로 속삭이며 슬그머니 유라의 팔을 잡아당겼다. 그러자 유라도 가만히 나를 따라온다.

휴! 다행이다. 별 일 없어서.

그런데 사건은 순식간에 일어났다. 갑자기 내 팔을 뿌리친 유라가 계산대로 다가가 점원의 손에서 카드를 빼앗아 그녀에게 던진 것이다. 그러더니 큰 소리로 말했다.

"이 가방 내가 먼저 봤어요. 그리고 당신, 나한테 빚진 거 있는데 내가 아무 말 안 하는 거야. 그러니까 이 가방은 나한테 넘겼으면 좋겠어."

여자와 점원이 당황한 얼굴로 유라를 바라보았다. 그 광경을 보고 나는 내가 할 일을 깨달았다. 저 여자와 큰 싸움이 나기 전에 이쯤에서 사태를 진정시켜야 한다. 난 빠른 걸음으로 여자에게 다가가 다른 사람이 들리지 않을 정도로 그녀에게 속삭였다.

"있잖아요, 얼마 전에 갤러리아에서 당신에게 작업 건 남자 있었죠? 그 남자가 저 친구 애인이 될 뻔한 사람이었어요. 그러니 백 정도는 넘겨줘도 괜찮겠죠?"

★ 예땅 청담동에 있는 커피숍. 녹차빙수가 굉장히 유명하다.

여자는 잠시 멍한 얼굴을 하다가 금세 알아차린 듯 피식 웃었다. 그러더니 성큼성큼 유라에게 다가갔다.

뭐지? 혹시 '네가 못나서 뺏긴 건데 어디서 성질이야?' 라고 따지려는 건가? 안 돼, 그런 일은 막아야 해. 그런데 어떻게? 난 순간적으로 이리저리 머리를 굴렸다. 아! 아파서 쓰러지는 척이라도 해야겠다. 그런데 어떤 방법으로 쓰러질지 정하기도 전에 그녀가 먼저 입을 열었다. 맙소사! 이제 모든 게 끝이다. 다시는 이 갤러리아 명품관에 못 들어올지도 몰라.

"사실 그 남자 별로였어요. 마마보이에다가 은근히 짜. 이런 백 하나 사주지 못할걸? 사주더라도 12개월 할부로 긁을 거예요. 그런 남자 싫죠? 어떻게 보면 당신한테 잘된 일인지도 몰라."

그녀가 우아하면서도 권위적인 목소리로 말했다.

"그 백은 당신이 사요. 그쪽한테 더 어울리는 거 같으니까."

어라? 싸우려는 게 아니었어?

이렇게 말을 마친 그녀는 뒤로 돌아 성큼성큼 밖으로 나갔다.

뭐야? 저 여자, 멋지잖아! 요즘 '텐프로'는 다들 저래? 화려하고 예쁘고 멋지고. 젠장, 저런 '텐프로'들이 판치는 평일 낮에는 갤러리아에 절대 발을 디디지 말아야겠어. 특히나 애인하고는 더더욱. 유라도 나와 같은 생각이었는지 그녀가 있던 자리를 한동안 멍하니 쳐다보았다.

우리, 아니 유라의 완패다.

다음 날 오후, 지안의 샵에 들른 나와 유라의 어깨에는 각각 새 백이 들려 있었다.

"어때? 장사는 잘돼?"

내가 블랙 시트가 깔린 가죽 소파에 앉으며 말했다.

"아직 입소문 타고 있는 중이지 뭐. 그래도 벌써 연예인들이 많이 다녀갔어. 그중에는……."

지안은 자신의 샵에 온 연예인들에 대해 시시콜콜 주절거리고 있지만 난 그런 소리가 귀에 들어오지 않았다. 그 이유는 끌로에의 화이트 블라우스와 샤넬풍 블랙 튤립 스커트를 입은 지안의 어색한 모습 때문이었다. 지안이 이런 클래식한 옷을 입다니. 계속해서 피식피식 웃음이 나왔다.

"너 진짜 오너 같아."

내 말을 유라가 자른다.

"오너 같아가 아니라 지안이가 여기 오너잖아. 그렇게 어울리지는 않지만. 지금 지안이가 입은 옷처럼."

유라가 얄밉게 톡 쏘아붙이며 말했다. 다행히 지안이 샵의 매니저처럼 보이는 여자에게 차를 달라고 하는 바람에 유라의 마지막 말까지는 듣지 못했다. 만약 들었다면 또 한바탕 말싸움이 일어났을지도 모른다. 어쨌거나 지안의 저런 차림이 어색하게 생각된 건 나뿐이 아닌가보다.

"너희, 녹차 괜찮지?"

지안도 소파에 앉았다. 곧 매니저가 녹차 세 잔을 가져와 테이블에 놓아주곤 어디론가 사라졌다.

"근데 그 소문이 사실이었어."

지안이 눈을 동그랗게 뜨고 마치 친구 남편의 불륜 사실을 알아낸 여자처럼 말했다.

"무슨 소문?"

내가 녹차 티백을 찻잔 받침대에 꺼내놓으며 물었다.

"잘나가는 유흥업소 여자들이 압구정이나 청담 곳곳에 즐비해 있다는 거."

"텐프로들?"

생각보다 내 목소리가 크게 나왔다.

"왜 그렇게 놀라?"

지안이 묻자 유라가 나를 보며 살짝 눈을 찡그린다. 자신에게 일어난 일을 절대 말하지 말라는 제스처였다.

"어? 별 이유는 없어. 그냥 어디서 그런 얘기를 많이 들은 것 같아서."

나는 최대한 자연스럽게 말을 얼버무렸다.

"아! 기억난다. 신문 기사에서 본 것 같아."

"너 신문도 봐?"

지안이 놀랍다는 듯이 물었다.

"어, 요즘에……."

차라리 잡지라고 말할 걸 그랬나? 아니면, 인터넷 기사라든지. 아무래도 안 믿는 눈치라 한마디 덧붙였다.

"정말 할 일 없을 때 아주 가끔."

"아무튼, 평일 낮에 그런 여자들 되게 많이 와. 혼자 와서 몇 벌씩 사는 여자들도 있고, 두세 명씩 몰려오는 여자들도 있고. 또……."

"또?"

"제대로 돈 많은 남자 팔짱 끼고 오는 여자들도 있고."

"그렇구나."

나는 녹차를 한 입 마셔 목을 축였다. 유라는 어제 일이 생각났는지 표정이 굳어 있다.

"근데 유라, 너 무슨 일 있어? 왜 그렇게 말이 없어?"

"아니, 아무 일 없어."

하지만 유라의 표정은 여전히 굳어 있다. 저 딱딱한 표정이란. 갑자기 나까지 온몸이 굳은 듯하다.

"하기는 '압구정이나 청담동 거리에서 만나는 정말 예쁘고 화려한 여자들의 50프로가 텐프로'란 소문이 있을 정도니. 근데 왜 이곳에 그렇게 몰리는 거지? 단지 쇼핑하기 좋아서? 아니면 잘난 남자들 만나려고?"

지안이 중얼거리듯 말했다. 지안이 궁금해하자 나도 덩달아 궁금해졌다. 대체 왜일까?

"물론 그런 이유도 있겠지만, 청담동이나 압구정이 업소와 가까운 거리에 있고, 부유층 사람들이 어떻게 사는지 몸소 체험하기 위해서가 아닐까? 그래야 접대하는 손님들과 의사소통이 원활해질 테니까.”

맙소사! 내가 말했지만 정말 말 되는 얘기다. 유라와 지안도 내 말에 동의하는 것 같다. 그 다음 말을 기대하는 것 같기도 하고. 나는 재빨리 머리를 굴려보았다. 또 뭐가 있지?

"아무튼, 이곳이 젊은 부유층들이 제일 많이 다니는 곳이고, 패션 리더 역할을 하기도 하고, 또 명품에, 유명 헤어디자이너 샵들이 즐비해 있잖아. 지안이 네 샵도 그렇고. 강남 화류계에 종사하려면 누구보다 유행에 민감해야 할 거 아냐. 그녀들도 연예인처럼 얼굴이 상품인데 헤어나 메이크업을 보통 디자이너들한테 맡기는 건 좀 그렇잖아? 뭐, 내 생각은 이래.”

내가 말을 마치자마자 지안은 박수를 치고, 유라는 놀라움이 가득한 눈빛으로 나를 바라본다.

"지현이 너 은근히 직관력이 뛰어난걸? 기사 써도 되겠다.”

"이 정도 가지고 뭘.”

나는 괜한 겸손을 떨며 대수롭지 않다는 듯 손을 휘휘 저었다. 그리고 다시 녹차로 목을 축이며 생각했다. 나에게 내가 놀랄 정도니…… 정말이지 나에게 기사를 쓸 수 있는 천부적인 재능이 있는지도 몰라.

"맞다. 그러고 보니 예전부터 생각했던 건데. 지현이 싸이 홈피에 가면 게시판에 써놓은 글들 있잖아, 그거 은근히 조회 수도 높고 재밌어.”

유라가 원래 저런 애였던가? '텐프로'한테 남자 뺏긴 게 그렇게 충격적인 일이었나? 언제부터 유라가 저렇게 칭찬에 후해졌지? 그 질투 많은 유라는 다 어디로 사라진 거야.

"그러게. 나도 재미있게 읽었어. 내가 『악마는 프라다를 입는다』나 『쇼퍼홀릭』을 보면서 생각했지. 지현이가 쓴 글도 정리해서 쓰면 이 정도는 될 텐데, 하고. 지현아 너 책 내봐."

이번에는 지안이 흥분해서 말했다. 나는 그런 지안의 말에 손사랫짓을 하며,

"에이, 말도 안 돼!"

라고 웃어넘겼지만, 내심 '진짜 그래볼까?' 하고 잠시 생각했다.

"저, 사장님, 잠깐 손님이 뵙고 싶어 하시는데요."

아까 우리에게 녹차를 가져다준 점원이 지안에게 다가와 말했다.

"바로 갈게요. 나 잠깐 갔다 올게, 이야기하고 있어."

지안의 구두 소리가 멀어질 때까지 나는 정말 책을 내볼까 하는 생각에 빠졌다. 정말 소설을 써봐? 에이, 내가? 말도 안 돼. 내가 무슨 소설이야. 소설 주인공이면 몰라도. 나는 그게 딱인데. 그냥 내가 소설 주인공이고 작가고 다 해버리면 되는 거 아니야? 오호! 이거 꽤 좋은 생각이군.

"아! 맞다. 나 어제 그 남자 봤어. 그리고 며칠 전에도."

나는 어느새 내 책이 베스트셀러가 된 망상까지 하고 있는데, 유라가 호들갑스럽게 말을 꺼냈다.

"무슨 남자?"

난 대수롭지 않게 물었다.

"그때 써클 가기 전에 트로이베카에서 본 남자. 폴스미스에, 나랑 선

봤다는…….”

"아, 그 남자."

나는 아직 망상에서 헤어나지 못한 채 건성으로 대답하다가 화들짝 놀랐다. 그 남자라니?

"기억나?"

갑자기 심장이 쿵 하고 내려앉는 것 같다.

"아, 아니. 누굴 말하는 거지?"

나는 일부러 모르는 척했다.

"왜, 내가 괜찮다고 생각했는데 어쩌다 보니 연락이 안 됐다는 그 남자. 기억 안 나?"

유라가 다그치듯 물었다. 어떻게 생각이 안 날 수 있겠는가? 지금껏 데이트를 몇 번 했고, 오늘도 일이 일찍 끝나면 저녁을 같이 하자는 연락까지 받았는걸. 하지만 그 남자 이야기만으로도 얼굴에 화색이 도는 유라 앞에서 차마 말할 수가 없었다.

"잘 모르겠는데. 알잖아, 나 원래 기억력 별로인 거."

나는 고개를 푹 숙인 채 녹차를 마셨다.

"어쨌든 어제 저녁에 그 남자 봤는데 정말 괜찮아 보였어."

"어, 어디서 봤는데?"

갑자기 다급해진 마음에 묻긴 물었지만 영 찝찝하다. '누구랑 같이 있었어?'라고도 묻고 싶지만 애써 꾹 참았다.

"어제는 청담동에 있는 티파니 앤 코 매장에서 혼자 뭘 사더라고. 그리고 며칠 전에는 청담공원에서 산책 중인 걸 봤어."

혼자? 난 안도의 한숨을 쉬며 바닥까지 비어버린 녹차잔을 내려놓았다. 그나저나 티파니 앤 코에는 왜? 갑자기 심장이 두근거리기 시작했다. 혹시 나에게 줄 선물이라도 샀나? 그럴지도 몰라.

"아무튼 정말 괜찮았어. 다시 한 번 연결해달라고 할까 생각 중이야. 혹시 알아? 그쪽에서도 그걸 바라고 있을지?"

유라가 도도하게 말했다. 난 무의식적으로 '아마도 그건 아닐 것 같은데?'라고 말한 뒤 한참을 후회했다.

"뭐? 그게 무슨 말이야? 그 남자 눈에 내가 차지 않는다는 거야?"

유라가 앙칼진 목소리로 내게 물었다. 그녀의 눈에서는 금방이라도 레이저빔이 쏟아져 나올 것만 같다. 말조심해야 하는데, 이런!

"아니, 내 말은 그런 게 아니라……."

"그런 게 아니면?"

"그냥, 뭐, 너무 오래됐다는 거지. 만약 연락을 하려면 지금 당장 하는 게 좋을 것 같아. 아예 잊어버리기 전에 말이야. 그렇지 않아?"

유라가 내 말에 적극 동의한다는 듯이 고개를 끄덕였다. 맙소사! 내가 지금 무슨 말을 한 거지? 내가 마음에 들어하는 남자, 그리고 벌써 키스까지 한 남자를 두고 무슨 말을 한 거야? 지금이라도 말해버려? 나 그 남자와 만나고 있다고? 아직 사귀지는 않지만 곧 그렇게 될 거고, 어쩌면 티파니 앤 코에서 그 남자가 산 물건이 날 위한 선물일지도 모른다고.

안 돼. 그렇게 되면 정말 유라와의 우정이 끝날 지경에 처할지도 몰

라. 지안이라면 몰라도 유라는 자신이 찜한 남자를 탐내는 친구는 완전 안면몰수하고 철저히 쌩까겠지? 아, 정말 이걸 어쩐다!

그때 내 휴대폰에서 전화벨이 울렸다. 발신자가 윤동원이다.

어쩌지? 무슨 타이밍이 이래?

"뭐야? 왜 안 받아?"

유라가 슬쩍 내 휴대폰으로 고개를 내밀며 물었다.

"아, 아니, 안 받아도 되는 전화야."

난 휴대폰의 거절 버튼을 꾹 눌렀다. 그리고 재빨리 문자를 찍었다.

―지금 혼자 영화 보는 중이에요. 3분이면 끝나요. 금방 전화할게요.

"나 화장실 좀 갔다 올게."

난 그에게 전화를 걸 생각으로 자리에서 일어났다. 그때 그에게서 답장이 왔다.

― 저도 그 근처니까 바로 씨네시티 앞으로 갈게요. 5분이면 도착할 것 같네요.

젠장, 내가 왜 이 남자에게 난 영화는 무조건 씨네시티에서 본다고 말했지? 그리고 왜 영화를 혼자 본다고 말한 거야? 아, 몰라. 난 다시 방향을 돌려 자리로 와 핸드백을 집어 들었다.

"뭐야? 너 화장실 간다며?"

유라가 물었다.

"어? 아, 그랬지. 근데 나 집에 가야 할 것 같아. 급한 일이 생겼어."

난 서둘러 백을 들고 뛰어가면서 큰 소리로 말했다.

"미안, 나중에 전화할게!"

나를 부르는 지안을 뒤로한 채 난 빠르게 그곳을 빠져나왔다. 그리고 곰곰이 생각했다. 택시를 타는 게 빠른지, 뛰는 게 더 빠른지.

다행히 그는 아직 도착하지 않은 것 같다. 난 재빨리 씨네시티 정문으로 들어가 그의 차가 오는지 살펴보기 위해 고개를 살짝 내밀었다.

아니지, 이럴 때가 아니지. 지금 내 몰골이 어떤지부터 확인해야지.

씨네시티 화장실로 빠르게 발걸음을 옮겨 거울 앞에 섰다. 마스카라가 약간 뭉친 것 같기도 하고, 에스티 로더 아이섀도가 약간 번진 것 같기도 하다.

어머! 머리 가르마가 잘못 타진 것 같아. 드라이를 다시 해야 할 텐데. 제기랄, 모두 다 엉망이다.

오늘따라 메고 나온 백이 자그마한 샤넬 체인 백이라 물건을 많이 넣지 못했다.

내 옆에서 모자를 깊게 눌러쓴 성○○가 손을 씻으며 거울을 보고 있다. 하지만 그녀도 왠지 화장품을 가지고 있을 것 같지 않았다. 화장을

하지 않은 맨얼굴이었기 때문이다. 있어봤자 트윈케이크 정도?

어쩔 수 없지. 난 페이퍼 타월로 얼굴의 기름기를 닦아낸 후 디올 트윈케이크를 꺼내 퍼프로 얼굴을 몇 번 두드렸다. 그리고 립스틱은 아예 지워버리고 립밤을 발랐다.

그래, 오늘은 자연스러운 쌩얼 콘셉트로 나가지 뭐.

내가 화장실에서 나오자마자 문자가 도착했다.

— 씨네시티 앞이에요.

나가자마자 세 대의 벤츠가 나란히 서 있는 게 보인다. 공교롭게도 색상까지 같다. 나는 가까이 다가가 그의 실루엣을 찾았다.

오케이, 가운데 벤츠.

나는 차 문을 열고 그가 맞는지 확인했다. 다행히 그가 나를 보며 환하게 미소 짓는다.

"빨리 나왔네요?"

프라다 세미 정장을 아래위로 빼입은 그에 비해 디젤 청바지에 아이보리색 끈 탑을 매치한 내가 왠지 너무 초라해 보인다. 아니, 성의 없어 보인다고 해야 하나?

"간단하게 저녁 먹을래요?"

"좋아요."

5분 후 우리는 도산공원 입구에 위치한 느리게 걷기*에 도착했다. 발렛에게 차를 맡긴 그가 나를 에스코트해 안으로 들어갔다. 여긴 여자친구들과 자주 들르는 곳인데. 천장이 높아서 공기가 쾌적하고, 테이블과 좌석은 낮은 구조라 묘하게 늘어지는 분위기를 연출해 여기 들어오면 시간관념이 없어진다. 한마디로 여자들끼리 시간 가는 줄 모르고 수다 떨기에 딱 좋은 장소다. 무엇보다 이곳의 가장 큰 메리트는 모델라인에서 경영한다는 이유로 서빙하는 남자들이 모두 하나같이 모델 같다는 점이다. 어쩜 저렇게들 길쭉길쭉한지.

사실 맞은편에 위치한 고릴라 인 더 키친**도 근사하지만 그곳은 욘사마(배용준)가 운영하는 곳이라 일본 사람들이 많아 조금은 부담스럽다. 아, 한두 번 일본 팬들에게 둘러싸여 있는 배용준을 본 적도 있다. 아무리 연예인한테 관심이 없는 압구정 사람들도 배용준은 한 번씩 쳐다본다. 물론, 나도 넋이 나가 쳐다본 적이 있다.

"날씨도 좋은데 야외 테라스로 갈까요?"

그의 제안에 우리는 야외 테라스에 자리를 잡았다. 그리고 금방 zucca del zucca(이름은 어렵지만 별 것 아니다. 그냥 호박 스프)와 thai salad 또 forno***(잘못 발음하면 약간 민망하다)와 vongole**** 그리고 ch. lassegue' 97*****을 주문했다.

★ 느리게 걷기 -지도 표시-
★★ 고릴라 인 더 키친 배용준이 운영하는 레스토랑으로 항상 일본인들로 만원이다. -지도 표시-
★★★ forno 지글지글 끓는 해산물 토마토 소스 스파게티.
★★★★ vongole 링귀니 면에 마늘과 올리브오일, 아스파라거스, 조개향이 그윽한 화이트 와인 소스 스파게티.
★★★★★ ch. lassegue' 97 특유의 부드러움과 강한 탄닌 맛이 조화를 이루어 오랫동안 탄닛 맛이 입 안에 남는 프랑스 와인.

효리도 평일 낮 12시엔 애인과 갤러리아에 가지 않는다 · 253

"일본 일은 잘됐어요?"

음식을 입에 넣고 우물거리는 그를 보며 내가 조용히 물었다.

"아직 확실한 건 아니지만 그런 것 같아요."

"우와! 그럼 건배해야겠네요?"

우리는 와인잔을 높이 들어 건배를 했다. 그는 나에게 오늘 만난 바이어 중 한 명이 이상한 슈트를 입고 와 웃음을 참느라 힘들었다느니, 일본인 바이어가 음식점에서 만난 최○○을 보고 눈을 못 떼 결국 자신이 직접 사인을 받아줬다는 이야기들을 기분 좋게 풀어놓았다.

잔뜩 들뜬 그의 목소리 때문에 나도 함께 유쾌해졌다. 그의 일상을 함께 공유하는 느낌, 시시콜콜한 것 하나라도 그와 함께 나눌 수 있다는 기분 좋은 공유감이 나를 자꾸만 들뜨게 한다.

나는 가만히 턱을 괴고 그의 이야기를 들었다. 그의 목소리가 오늘따라 더욱 기분 좋게 들린다.

테이블에 있던 음식과 와인 한 병이 다 없어질 때쯤 나는 알딸딸한 기분을 느꼈다. 내 앞에 앉은 그는 그다지 취한 것 같지 않은데 평소보다 자주 웃는다.

"집에 갈래요?"

마지막 와인잔을 비우며 그가 걱정스런 얼굴로 물었다.

"아니요, 기분이 꽤 좋아. 집에는 가고 싶지 않아요."

내가 약간 혀 꼬인 목소리로 말했다.

"지금 9시 반이니까, 다른 곳으로 옮길까요?"

손목에 찬 롤렉스 시계를 보며 그가 말했다. 다이아가 박혀 있는 것으로 보아 가격이 꽤 나갈 듯하다.

"동원 씨가 정해요. 전 지금 정신이 너무 없어서."

"정말 내 마음대로 정해도 되는 거예요? 후회하지 않아요?"

나는 대답 대신 고개를 끄덕였다. 기분이 좋다. 어디든 갈 수 있을 것 같다. 완벽히 청담스런 이 남자와 함께라면 어디든 갈 수 있을 것 같다.

"잠깐 기다려요."

그가 잠시 자리를 뜬 사이에 상준에게서 전화가 걸려왔다. 난 그냥 off 버튼을 길게 눌러버렸다. 지금 이 시간을 절대, 그 누구에게도 방해받고 싶지 않았다.

"우리 나가요."

금세 돌아온 그가 나에게 손을 내밀었다. 크고 따뜻한 손. 난 그의 손을 잡고 일어섰다. 약간 비틀거리긴 했지만 곧 중심을 잡고 그의 팔에 팔짱을 꼈다. 지금 난 적당하게 취기가 오른 것 같다. 살짝 알딸딸한 게 기분이 무지 좋다.

밖으로 나오자 이미 그의 차가 대기해 있었다.

"서 있기 힘들까봐 미리 불러놨어요."

그는 자신이 직접 조수석 문을 열어 내 어깨를 잡아 부축하며 차에 태웠다. 내가 안전벨트를 매는 사이 운전석에 탄 그가 내 쪽으로 몸을 기울여 가벼운 키스를 했다. 청담공원 이후 두 번째 키스다. 약간의 알코올과 여름 저녁의 상쾌한 바람이 로맨틱한 키스를 더욱더 달콤하게 만들어주었다. 잠시 후 그가 오른쪽 주머니에서 무언가를 주섬주섬 꺼냈다. 순간, 유라의 말이 떠올랐다.

'청담동 티파니 앤 코 매장에서 봤어. 뭘 사는 거 같더라고.'

맙소사! 설마, 진짜 그가 나를 위해서?

그의 주머니에서 꺼낸 것이 정말 티파니 목걸이였다는 걸 알았을 때 전해진 감동이란.

그래, 난 정말 괜찮은 여자야. 이렇게 완벽한 남자가 내 목에 티파니 목걸이를 걸어주는데 괜찮지 않을 리 없지. 암, 그럼!

"받아줄래요?"

패리스 힐튼이든 브리트니 스피어스든, 켈리처럼 맨해튼에 사는 여자든, 나같이 압구정에 사는 여자든, 또 이미 남편이 있는 여자든, 애인이 있는 여자든, 그리고 나이가 어떻게 되든 여자란 언제나 로맨틱한 분위기에 약할 수밖에 없다.

난 대답 대신 그의 입술에 입을 맞췄다. 입 맞추는 도중 눈을 살짝 뜨자 백미러가 눈에 들어온다. 그리고 그 백미러에 비친 뒤차의 모습.

대체 언제부터 저기 서 있었던 거람? 뒤차 운전석에 앉은 남자가 멍청히 우리 모습을 지켜보고 있다. 관음증 환자인가? 어쨌든 그 남자만 아니었어도 우린 오랫동안 입을 맞추었을 것이다.

내가 살짝 입을 떼고 뒤를 보라고 눈짓을 하자 그는 가만히 웃으며 한 손으론 내 손을 잡고 다른 한 손으론 운전대를 잡았다. 차가 출발하자 그가 음악을 켰다. 잔잔한 재즈풍의 음악이 차 안을 가득 메운다.

"우리 집으로 갈래요?"

음악을 들으며 차창을 바라보고 있던 내게 그는 자신의 집으로 가자고 했다. 그의 이런 제안에 나는 놀라는 기색 없이 잠시 뜸을 들인 후 이렇게 말했다.

"글쎄, 그것도 나쁠 것 같진 않네요."

곧 대우 럭스빌 지하 주차장에 주차한 우리는 엘리베이터를 타고 10층을 눌렀다. 그제야 긴장감이 확 몰려온다. 내가 속옷을 제대로 입고 왔는지, 내 입에서 술 냄새가 너무 심하게 나는 건 아닌지, 여러 가지 걱정과 함께 엘리베이터 안에 지금 그와 나 둘밖에 없다는 것을 깨달았다.

그때 갑자기 그가 내 허리를 감싸고 키스를 퍼붓기 시작했다. 하지만 나는 도무지 이 키스에 집중하지 못했다. 저기 분명 감시 카메라가 있을 텐데. 누군가 우리를 보고 있을 것만 같아 불안하다.

하지만 얼마 못 가 10층에 도착했고, 나와 그는 그의 집으로 들어왔다. 거실 창을 통해 청담공원이 통째로 보이는 그의 집은 굉장히 이국적인 분위기를 풍겼다. 하지만 난 청담공원 야경을 구경할 여유도 없이 그의 손길에 이끌려 침대로 향했다.

침대 사이즈 중 제일 큰 사이즈로 보이는 침대엔 흰색 거위털 이불이 깔려 있었고, 나는 그 위에 살며시 누웠다. 그가 천천히 내 옷을 벗기며 애무하자 술이 확 깨는 것 같았다. 처음엔 목 주변을 꼼꼼하게 애무하더니 차례차례 아래로 내려온다. 그가 내 마지막 남은 팬티까지 벗겼을 때 내 몸에는 실오라기 하나 걸쳐 있지 않았다.

그런데 정말 이상하게 긴장이 되면서도 편안하다. 내 온몸에 퍼붓는 키스와 내 몸 구석구석에 닿는 그의 손길이 느껴지면서 나는 점점 긴장의 고삐가 풀리는 것을 느꼈다.

그렇게 밤이 깊어가고 있었다.

아! 그는 단지 가벼운 기분으로 즐기고자 나를 안은 게 아닌 것 같아. 그러니까 그는 외제 차를 몰고 압구정 거리를 돌아다니며 룸 하나에 백만 원이 넘는 클럽에서 '당분간의 여자'나 꼬이는 그런 남자들과는 다를지도 몰라. 그래, 이 남자는 나를 소중히 여기고 있어.

이른 아침, 난 그보다 먼저 눈을 떴다.

깔끔한 책상 위에 놓인 맥북. 그리고 뱅앤올룹슨 오디오까지. 그래, 그의 젠틀한 이미지 그대로다. 저 옷장 안에는 차곡차곡 줄을 맞춘 그의 셔츠들이 있겠지? 에르메스와 제냐 양복, 그리고 폴스미스 티셔츠들이 디자인별로 정돈되어 있을 것이다.

그는 여전히 내 옆에 누워 깊은 잠에 빠져 있다. 이렇게 아기같이 무방비한 모습이라니. 나는 사랑스러운 그의 입술에 살짝 입을 맞추었다. 그때 그가 잠에서 깨어나고, 그런 그를 나는 가만히 바라보았다. 이제야 브리짓이 항상 마크보다 먼저 일어나 잠자는 마크의 얼굴을 바라본 이유를 이해할 수 있을 것 같다.

"언제 일어났어요?"

아직 잠에서 덜 깬 듯한 그의 목소리가 더욱더 섹시하게 들린다.

"저도 일어난 지 얼마 안 됐어요. 더 자지 왜 일어나요."

기지개를 펴며 하품을 하는 그를 보며 내가 안쓰러운 듯 말했다.

"이제 일어나야죠. 배고프지 않아요? 뭐 좀 만들어줄까요?"

나는 침대에서 일어나려는 그의 팔을 붙잡았다. 그는 미소 띤 얼굴로 다시 침대 속으로 들어왔고, 나는 그의 품으로 파고들었다. 그가 나의 머리를 쓰다듬으며 가만히 말했다.

"어제 일이 꿈만 같네요. 벌써 한 달도 더 된 일 같아요."

그의 말에 나는 그의 품속으로 더 깊이 파고들었다. 그와 나는 그렇게 한참 동안 말없이 서로를 안고만 있었다. 우리가 다시 일어났을 땐 벌써 8시를 넘어서고 있었다.

침대 밑에는 그가 급하게 벗어던진 프라다 슈트 상의와 내 옷가지들이 아무렇게나 널브러져 있었다.

"간단하게 브런치 먹고 12시쯤 나랑 갤러리아에 같이 가줄래요? 이 것저것 살 게 있는데."

나는 아무 생각 없이 '물론 같이 가······'라고 말하려다 '갤러리아'란 말을 듣고 깜짝 놀라 몸을 벌떡 일으켰다. 하마터면 내 머리와 그의 머리가 부딪칠 뻔했다. 하지만 지금 그런 건 중요한 게 아니다. 설령 그와 내 머리가 꽈당 하고 부딪쳐 내 머리가 얼마나 단단한지 그가 알게 되더라도 갤러리아만큼은 막아야 한다. 꼭!

"아니요, 갤러리아는 싫어요. 꼭 백화점에 가야 한다면 현대로 가요."

난 두 눈을 부릅뜨고 똑똑히 말했다. 오늘처럼 강한 내 모습은 그가 처음 봤으리라.

"왜, 왜요?"

그가 내 반응에 놀라 물었다.

"그, 그냥요. 이유는 묻지 말아요."

"……."

"하지만 제가 갤러리아 루이뷔통 매장에 외상값이 있다거나, 전 남자친구와 그곳에서의 끔찍한 추억이 있다거나 그런 건 절대 아니에요."

왜 이런 말밖에 생각나지 않는 거야? 젠장!

우린 올 데이 브런치*에서 간단한 브런치를 먹었다. 그리고 현대백화점에 들러 남성용 카라 셔츠, 에르메스에서 그린색 넥타이, 그리고 생활에 필요한 자잘한 것들을 쇼핑한 뒤 동원 씨는 사무실로, 나는 집으로 돌아왔다.

정말이지, 나를 내려주고 가는 동원 씨의 뒷모습을 언제까지라도 바라볼 수 있을 것 같은 느낌이었지만, 최소한의 자존심을 지키기 위해 얼른 집으로 들어왔다. 물론 집에 들어오자마자, 전화도 꺼놓고 밤새 뭐했냐는 엄마의 잔소리가 시작되었지만, 나는 기분 좋게 웃으며 '미안, 지안이네 집에서 잤어. 아, 휴대폰은 배터리가 없어서. 문자 보냈는데 못 봤어?'라고 명랑하게 대답했다.

★ 올 데이 브런치 로데오 거리 안에 있는 브런치 전문 식당. -지도 표시-

방으로 돌아온 나는 거울 앞에 서서 동원 씨가 직접 걸어준 목걸이를 보며 혼자 즐거워했다. 동원 씨는 정말 모든 게 완벽하다. 저녁때쯤이면 전화가 오겠지? 내가 그때까지 기다릴 수 있으려나? 아, 휴대폰! 난 그제야 까맣게 잊고 있던 휴대폰을 켰다. 휴대폰을 켜자마자 계속해서 진동이 울려댔다.

상준 - 캐치콜

패스.

상준 - 캐치콜

패스.

엄마 - 캐치콜

이것도 패스.

엄마 문자 - 어디야? 안 들어와?

패스.

지안 - 캐치콜

이 새벽에 웬 전화? 클럽 가자고 했나? 패스.

지안 문자 - 너희 엄마한테 전화 왔는데 왠지 니 행방 물은 것 같아서 안 받는다. 너 어디야? 남자랑 있지? 혹시 새로운 남자의 등장인가? 이거 봄 전화해.

조금 있다 전화하면 되고, 패스.

민정 언니 - 캐치콜

어라? 무슨 일이지?

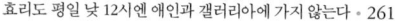

민정 언니 문자 - 내가 아는 출판사에서 니 글을 보고 소설로 만들고 싶대. 기회 좋잖아. 이거 보면 빨리 연락해.

맙소사! 소설? 내가? 갑자기 너무 많은 행운이 일어나는 거 아냐?

난 재빠르게 침대에서 몸을 일으켰다. 그리고 제멋대로 두근거리는 심장을 애써 진정시킨 후 통화 버튼을 눌렀다.

나이트에서의 부킹 &
로데오 거리에서의 헌팅

PM 9:00

내 방 샤워 룸에서 물소리가 요란스럽게 들려온다. 물소리의 주인공은 지안이다. 난 침대에 엎드려 애플에서 신상으로 나온 맥북 에어 검정색 자판을 빨강색 매니큐어—절대 그 여자(갤러리아에서 본 '텐프로')를 따라한 게 아니다. 다만 나도 레드 매니큐어가 어울리나 한 번 실험해보고 싶었을 뿐이다. 왜냐? 한 번 해봐야 언젠가 정말 중요할 때 그 매니큐어를 칠해야 할지 말아야 할지 쉽게 결정 내릴 수 있으니까— 바른 손으로 열심히 두드리고 있다. 뭐, 제일 많이 치는 키가 Backspace와 Delete지만.

제목 〈생략〉

작의 〈생략〉

줄거리 파리에 샹젤리제가 있고, 이탈리아에 밀라노 몬테 나폴레오네가 있고, 뉴욕에 맨해튼이 있다면 서울에는 청담동 명품 거리가 있다.

어라! 이 말 꽤 근사한데? 그래, 어쩜 난 작가의 재질을 타고났는지 모른다. 마치 「섹스 앤 더 시티」의 켈리처럼.

사실 청담동 명품 거리의 규모와 화려함은 아시아 최고 수준이라고 할 수 있다. 본사가 제시한 매뉴얼 그대로의 디자인과 수입 건축 자재로 지어진 이 매장들은 건물 하나하나가 가히 예술품이다. 아는 사람은 알겠지만. 사실 이 정도면 인사동 거리처럼 한국의 대표 거리 중 하나로 꼽아도 될 것이다. 그렇게 된다면 청담동에도 관광객들이 꽤 늘겠지?

"어때 잘 써지는 거야?"

샤워를 마친 지안이 목욕 가운을 걸치고 나오며 큰 소리로 물었다.

"그럭저럭."

난 건성으로 대답하며 뉴욕의 맨해튼을 넣을까 말까 계속해서 고민했다.

"제목은 정했어?"

"아직. 민정 언니가 막히는 부분은 일단 건너뛰라고 해서 작의로 넘어갔어. 아! 그리고 이 책에서도 그러라더군."

나는 책상 위에 놓여 있는 『소설의 이해와 작법』『인간의 마음을 사로잡는 스무 가지 플롯』『자기표현과 글쓰기』중 한 권을 가리키며 말했다. 이것들은 예스24에서 구입한 글쓰기 관련 서적들이다.

갑작스레 지안이 컴퓨터 앞으로 고개를 쑥 내밀어 나는 재빠르게 모니터를 두 손으로 가렸다.

"보여주기엔 아직 일러."

"그래? 그럼 언제 보여줄 수 있는데?"

"글쎄. 아마도 곧?"

나는 '곧'이라는 말에 심하게 악센트를 주며 말했다. 민정 언니의 소개로 연결된 출판사에서 일단 기획안을 보내보라는 제의를 해와 흔쾌히 대답했지만, 솔직히 내가 잘 해낼 수 있을지는 확신할 수가 없다. 워낙 변덕이 심한 데다 대부분 일기 형식으로 주절거리는 글을 써왔을 뿐이라 이런 체계적인 기획안을 쓴다는 게 적응이 되질 않았다.

어쨌든 나는 벌써 출판사에 기획안을 보내기로 약속했고, 그 약속 날짜가 다음 주 안이라 이젠 슬쩍 부담감이 생긴다. 얼른 써버리고 싶지만 내가 하루 24시간을 이것에만 매달릴 수도 없는 노릇이니. 젠장, 기획안 하나에도 이리 쩔쩔매는데 만일 원고를 집필하게 된다면 내 생활은 어쩌지?

사실 내 생활은 이 기획안을 쓰는 것 말고도 다른 일들로 빽빽하다. 쇼핑이라든지 친구들과 커피 한 잔의 수다라든지.

"근데 오늘 상의할 일이라는 게 뭔데?"

지안이 내 옆에 편안한 자세로 누우며 물었다. 아차! 나는 내가 지안을 우리 집으로 부른 이유를 잠시 잊고 있었다. 난 맥북 모니터를 와일드하게 닫아버리고 몸을 일으켜 베개를 끌어안았다.

"아, 그게 무슨 일이냐 하면……."

나는 잠시 뜸을 들였다. 어쩌지? 뭐라고 말을 꺼내야 하지? 지안은 내 애인의 존재조차 모르고 있다. 그런 상황에서 다짜고짜 '사실 나에게 애인이 있는데, 그 애인을 뺏길 수도 있어. 그것도 유라에게. 날 좀 도와 줄래?' 라는 말을 어떻게 한단 말인가? 그래, 그냥 한다고 쳐! 대체 어디서부터 시작해야 하는 거지? 기획안처럼 힘든 부분은 모두 과감히 생략한 채 본론만 말해?

"그게……."

"왜? 남자 문제야? 말해봐. 우리 사이에 말 못할 일이 어디 있니?"

"……."

"뭐야? 술이라도 마셔야 할 수 있는 얘기야? 그럼 나가고!"

지안이 몸을 일으켰다. 난 그런 지안의 팔을 덥석 잡은 채 침을 꼴깍 삼켰다.

"그러니까 그게, 무슨 일이냐 하면…… 어떻게 보면 정말 아무 일도 아닌데, 또 어떻게 보면 친구끼리 의가 상할 수도 있는 그런 일이야."

난 시원하게 말을 못하고 여전히 우물쭈물했다.

"너랑 나?"

지안이 눈을 휘둥그렇게 뜨고 손가락으로 나와 자신을 번갈아 가리키며 물었다.

"아니!"

난 정색을 하며 너와 내가 아니라 유라와 나라고 털어놓았다.

"뭐? 유라랑 네가 왜?"

이제 운은 뗐다. 역시 언제나 시작이 어려운 것인가. 갑자기 자신감이 생기면서 난 그간 있었던 일을 지안에게 모두 털어놓았다.

"그러니까 넌 그 강동원……."

"아니 강동원 말고 윤동원."

"그래, 강동원인지 윤동원인지 그건 중요한 게 아니고, 그 남자와 네가 사귀게 됐는데 유라는 그 사실을 전혀 모른다는 거지? 의도한 건 아니지만 이상하게 네가 숨긴 것처럼 되어버렸고. 그렇다고 지금 와서 사실대로 말하기도 좀 그렇다는 거, 맞지?"

지안이 진지한 표정으로 이때까지의 일을 정리하고, 나는 조용히 고개를 끄덕였다.

"그거 정말 큰일이네."

지안이 미간 사이를 찌푸리며 말했다. 지안이 진지하게 고민할 땐 꼭 저렇게 미간 사이에 주름이 생긴다.

"그렇지? 정말 큰일이지?"

나는 잔뜩 풀이 죽은 목소리로 말했다.

"아니, 정말 큰일은 유라가 본격적으로 그 남자와 재회할 계획을 짜고 있다는 거야."

"뭐?"

내 목소리가 순식간에 몇 옥타브나 높아졌다. 본격적으로 재회할 계획이라니, 이게 무슨 소리야? 난 지안에게 그게 무슨 소리냐며 따지듯이 물었다. 입 안이 마르기 시작했다. 뭐라도 마셔야겠다.

"알잖아. 유라는 무조건 스물일곱이라는 나이를 먹기 전에 결혼하려고 한다는 거."

"알지. 그래서 만날 선보는 거잖아."

내가 재빠르게 지안의 말에 장단을 맞췄다.

"유라, 어떻게든 그 남자랑 인연을 만들려는 것 같더라고. 아무리 클럽이나 나이트 선을 보고, 소개팅 헌팅을 해도 다 거기서 거기라고. 그 중에 그 동원 씨라는 사람이 제일 나은 것 같다고 느꼈나봐. 그래서 엄마의 도움을 받아서…… 걔네 엄마 언니의 친구 아들이래."

"그래서? 그래서 어떻게 하겠대?"

난 이미 알고 있는 사실은 빨리 넘겨버리고 내가 알지 못하는 유라의 그 계획이라는 것에 대해서 물었다.

"뭐라 그랬더라? 자세한 건 기억이 안 나는데, 뭐 우연을 가장해서 그 남자와 마주칠 거라나 뭐라나. 그 남자가 자신을 운명의 여자처럼 느끼게 하겠다고."

"어떻게?"

계속해서 입이 마른다. 물을 마셔야겠는데 지안의 얘기를 끊고 물을 가지러 주방까지 갈 수가 없다. 나는 지금 당장 이 자리에서 지안의 얘기를 모두 들어야겠다.

"위치 추적기? 그거 뭐 백만 원이면 산대. 그거면 그 사람이 어느 건물에 있는 것까지도 알 수 있다던데!"

"맙소사! 그거 불법이잖아?"

"그래? 거기까진 뭐 진담인지 농담인지 잘 모르겠고, 어쨌든 그러더라고. 그 남자 번호는 이미 알고. 근데 그 남자 지금 한국에 없다며?"

"어제 일본 출장 갔어. 내일 올 거야. 근데 넌 그걸 어떻게 알았어?"

"당연히 유라에게 들었지. 어제 유라가 잠깐 샵에 들렀거든. 스커트 하나 산다고. 그러더니 조잘조잘 얘기하더라고. 아무래도 그 남자와 다시 마주친 걸 보면 자신과 인연이라는, 말 같지도 않은 소리를 하기에 그냥 무시해버렸는데 이거 꽤 중요한 일이었잖아?"

맙소사! 티파니에서의 일을 말했던 거군. 내가 알기로 동원 씨와 유라는 절대 마주친 게 아니다. 그건 우연도 운명도 필연도 아니다. 그저 유라가 그를 발견한 것뿐이다. 그런 걸 '운명'이란 말로 운운한다면 난 이 압구정 거리에 돌아다니는 모든 남자와 운명일 것이다. 특히 상준과는 운명, 인연, 필연, 뭐 이 따위 것들과 모조리 엮일지도 모른다.

갑자기 머리가 띵해진다. 이 일을 어쩌지? 유라가 정말 그런 일을 저지른다면. 윽! 가정하기조차 싫다. 난 있는 힘껏 숨을 몰아쉬었다.

"어쩔 거야? 유라한테 말할 거야? 그 남자랑 사귄다고?"

"그래도 될까? 그럼 유라가 포기할까?"

"아마도 유라 성격에 친구 남자 채간 년이라고 널 아주 제대로 몰아붙일지도 몰라. 그리고 마치 자신이 희생양인 것처럼 굴겠지. 알잖아, 걔 남자에 목숨 거는 거."

"그렇지만······."

나는 잠깐 뜸을 들였다.

"사실 그런 게 아니잖아. 그 남자랑 유라는 아무 사이도 아닌 거잖아. 난……."

그와 내가 운명인 것 같다고 말하려다 입을 다물었다. '운명' 어쩌고 하면서 거들먹거리는 게 꼭 유라 같아 보였기 때문이다.

"당연히 알지. 하지만 알잖아, 유라에겐 우정보다 사랑이 먼저라는 거."

"응."

나는 씁쓸한 미소를 지으며 대답했다. 지금 이 상황에선 나도 그녀와 마찬가지로 우정보다 사랑이 먼저인 사실이 살짝 한심스러웠다. 이미 입 안은 다 말라버렸다.

고등학교 시절인가? 지안과 유라가 한동안 같은 남자를 사귄 적이 있었다. 하지만 그건 지안의 잘못도, 유라의 잘못도 아니었다. 순전히 바람둥이 그놈 잘못이었지. 물론 그놈은 아직도 그 바람기를 어쩌지 못해 가끔 연예 신문 1면에 대문짝만 하게 스캔들을 내고 다닌다. 일 년에 한두 번 꼴로.

"어쩌지? 뭔가 방법이 없을까?"

난 애처로운 표정으로 지안에게 물었다.

"나한테 한 가지 방법이 있어."

"뭐? 뭔데?"

"아직도 유라를 모르겠니? 유라가 지금 왜 이렇게 그 남자한테 혈안

이 되어 있겠니. 그게 다 남자가 궁해서 그러는 거 아니겠어? 그러니까 우리가 유라에게 새 남자를 소개시켜주는 거야. 그 남자보다 훨씬 더 잘난 남자로. 유라 마음에 쏙 들게."

나는 잠시 동안 멍하니 그녀를 쳐다보다가 감탄했다.

"넌 정말 영리해."

그거 정말 좋은 생각이다. 정말 동원 씨보다 더 청담스럽고 멋진 남자를 유라에게 소개시켜주는 거다. 문제는 그런 남자를 어디서 구하냐는 것인데, 아니 존재하기나 할까?

"너 지금 그런 남자를 어디서 구하나, 생각하는 거지? 야, 잘나가는 나이트에서의 부킹. 그리고 그게 잘 안 되면 로데오 거리에서 헌팅!"

"아! 그것도 안 되면 청담동 언덕에서 히치하이킹?"

내가 신나서 맞장구를 쳤다. 그리고 우리는 곧바로 침대에서 일어나 화장대로 향했다.

약 두 시간에 걸친 완벽 세팅 후 우리는 방 안에서와 조금, 아니 솔직히 꽤나 다른 모습으로 탐탐으로 가, 캐러멜 탐앤치노와 초콜릿 그리고 시나몬 애플 프레즐을 시켰다. 물론 지금 이 시간에 이렇게 엄청난 칼로리를 섭취한다는 건 44 사이즈를 포기한다는 것과 같지만, 지금은 그런 게 중요한 것이 아니다.

지금 설탕과 카페인과 초콜릿이 아니면 누가 나에게 이런 에너지와 행운을 가져다 줄 것인가?

"우리 여러 우물 파지 말고 한 우물만 파자."

시나몬 애플 프레즐을 우물거리며 지안이 말했다.

"그러니까 괜히 써클, 클럽i, 줄리아나, 보스 다 돌아다니지 말고 한 군데만 있자는 거지. 예를 들어 룸 열 개 정도 들어가고 여긴 아니다, 했는데……."

"열한 번째 룸에 괜찮은 남자가 있을 수 있다 이거지?"

내가 지안의 말을 자르며 말했다.

"그렇지. 어디로 갈까?"

"음…… 클럽i."

난 약 3초간의 진지한 고민 끝에 클럽i를 외쳤고, 지안은 오른손 엄지와 검지로 오케이 표시를 했다. 목적지를 정한 우리는 순식간에 커피와 시나몬을 해치우고 지안의 차에 올라탔다. 차에 타자마자 난 우리와 절친한 클럽i의 웨이터 '500원'에게 전화해 "오빠, 저 친구랑 갈 건데 자리 하나 마련해주실 수 있죠? 5분이면 도착해요."라며 애교 섞인 목소리로 말했다.

"뭐래?"

내가 전화를 끊자마자 지안이 물었다.

"콜이지. 우리가 누구야?"

내가 어깨를 으쓱하며 자랑스럽게 말했다.

줄리아나는 오늘따라 왠지 아저씨들만 올 것 같고, 보스는 아무래도 상준을 만날 것 같은 기분이다. 그리고 써클은 물로 따지자면 최고지만 부킹이라는 것이 나이트처럼 따로 없기 때문에 어쩌다 한두 명 남자가 걸려도 연락처를 따기 쉽지 않다. 워낙 시끄럽고 정신없기 때문이다. 게다가 가장 중요한 건, 죽이는 남자가 많은 만큼 죽이는 여자도 많다는 것이다. 하지만 클럽i 는 110개의 테이블과 30개의 부스, 그리고 30개가 넘는 룸들이 있다. 물론 우리가 공략해야 할 건 룸이지만, 뭐 가끔 충동적으로 나이트에 가는 남자들 중엔 돈이 없어서가 아니라 자리가 없어서(나이트에서도 예약제라는 게 존재한다. 주말 저녁은 제비뽑기로 방을 정하기도 한다) 부스에 앉는 남자들도 있으니, 가끔 부스에서도 쓸 만한 남자들을 고를 수 있다. 게다가 럭셔리하고 여성스러운 느낌이 물씬 풍기는 여자들보다 아직 꾸미는 데 익숙하지 않은 풋풋한 스무 살짜리 나이트 초기녀들이 더 많기 때문에, 어설픈 그녀들보단 연륜 있는 나이트 후기녀인 우리들이 더 쉽게 어필될 것이다.

클럽i에 도착한 우린 오랜만에 만나는 '500원' 오빠와 마치 몇십 년 만에 만난 이산가족처럼 해후한 뒤 빠르게 안으로 들어갔다. 곧바로 내 귀와 몸에 너무나 익숙한 팝 멜로디가 들렸다.

오늘도 클럽i 입구 쪽에 자리 잡은 여러 대의 PC 앞엔 섹시한 힙이 강조되게 서 있는 여자들이 눈에 띈다. 그 여자들의 시선은 언제나 PC가 아닌 입구 쪽으로 향해 있다. 그녀들은 PC를 하는 척하면서 들어오는

● 나이트 초기녀(~3개월) VS 나이트 후기녀(3개월~) ●

1. 쭈뼛쭈뼛 자신감 없음. 멤버들끼리 서로 눈치를 보며 함께 움직임. 개인행동 절대 무리.
2. 웨이터들이 손만 잡아도 경악, 부끄러워함.
3. 가기 전날부터 의상 콘셉트에 대해 고민함.
4. 남자친구나 엄마한테 전화가 올까 봐 조마조마. 전화가 오면 육상선수가 된다.
5. 모든 생활이 낯설다.
6. 남들이 자신을 쳐다보기만 해도 얼어붙는 마음.

1. 넘치는 대담성. 같이 다니는 게 오히려 번거로움. 각자 놀다가 가는 시간을 정해 그때 다시 만난다.
2. 웨이터들과 안부를 물으며 화기애애한 분위기.
3. 아무 생각 없다. 친구 집이나 놀이터 간다는 마음.
4. 남자친구 따위 전화를 받을 시간이 없다.
5. 나이트도 하나의 사회생활이라는 생각. 대인관계, 자신 PR 경험, 그리고 다양한 사람과의 만남의 장.
6. 남들 시선 따위 중요하지 않다.

남자들의 물을 체크하는 게 분명했다. 그러다가 근사한 남자를 발견하면 은근슬쩍 뒤를 따라가 그 남자의 룸을 알아낼지도…….

"야, 어떤 남자여야 하는지 알지?"

테이블에 앉자마자 음악 소리에 파묻히지 않을 정도의 큰 목소리로 고함을 지르듯 지안이 물었다.

"응. 외모, 연봉, 집안, 장래성, 매너, 미적 센스. 이중에서 외모는 저 남자 정도면 되고."

난 마침 우리 테이블 앞을 지나가는 D&G 스카이블루 티셔츠를 입은 남자를 가리키며 말했다. 딱히 잘나지도, 못나지도 않은 평범한 외모다.

"그리고 미적 센스에 포함되는 스타일에선 무조건 비싼 메이커 입었으면 되는 거잖아.

"당연하지. 그 얘기 유명하잖아. 모든 게 완벽한 남자였는데 폴스미스 셔츠 안에 받쳐 입은 하얀 면 티가 지오다노라 그 자리에서 헤어진 거. 걘 지오다노를 입어서 봐줄 수 있는 남잔 장동건과 정우성뿐이라고 생각하잖아."

난 열심히 맞장구를 쳤다.

"알지, 왜 몰라. 그때 유라가 하던 말 아직도 기억나. '끔찍해. 어떻게 저런 싸구려 옷을 입고 데이트하러 나올 수 있지?' 내가 '안에 입었는데 무슨 상관이야?' 하고 물으니까, '노노! 근사한 남자는 겉옷에서 속옷까지 다 명품이어야 해. 중간에 입은 옷이 지오다노인 건 그 남자가 아직 완벽하지 않다는 뜻이야' 라고 말하더라니까."

우리는 같이 한 번 크게 웃었다. 그리고 약간의 눈빛 교환 후 서로의 클러치 백에서 며칠 전 좋은 취지로 구입한 맥의 비바 글램(viva glam)[*]

---

[*] 맥의 비바 글램 맥의 가장 대표적인 사회 환원 프로그램 중의 하나인 비바 글램 립스틱. 판매 금액의 전부가 에이즈 환자를 돕기 위한 기금에 기부되고 있다. 맥 비바 글램 립스틱 한 개를 산다는 건 에이즈 환자를 위해 22,000원을 기부하는 것과 같다는 의미?! 이처럼 간단하게 에이즈 환자를 도울 수 있는 방법이 또 있을까!

립스틱을 꺼내어 입술에 덧발랐다. 곧 우리의 입술은 모든 남자들을 유혹할 수 있을 만큼 러블리한 핑크빛이 은은하게 맴돌았고, 우리는 당당하게 자리에서 일어났다.

"오늘 우리는 중대한 임무를 띠고 있어. 무슨 말인지 알지?"

지안이 비장한 얼굴로 말했다. 난 괜히 쿡 하고 웃음이 터졌다.

"그럼, 잘 알지. 오늘 우리가 찾는 남자는 반반한 얼굴에 머리 빈 근육질 남자가 아니라는 걸."

내가 의미심장하게 지안의 귀에 속삭이듯 말하자 지안이 내 어깨를 툭툭 친다. 그리고 요염한 걸음으로 내 앞에서 사라진 지 불과 3초도 안 되어 그녀의 손목은 김종국이라는 이름표를 단 웨이터에게 잡혀 있다. 난 속으로 기도했다. 부디 저 웨이터가 지안을 근사한 남자가 있는 행운의 룸으로 인도해주길……

누군가 갑작스럽게 내 오른 손목을 잡았다. 평소 같으면 깜짝 놀라는 척하며 도도하게 '어머! 전 됐어요'라고 한두 번 빼겠지만, 오늘은 그러지 않는다. 최대한 시간을 아껴야 하니까.

'그럼 어서 안내해봐요'라는 말만 안 했지 이미 내 발은 웨이터를 앞서 가고 있었다. 그를 따라 첫 번째 룸 앞에 다다랐을 때 내 휴대폰에서 진동이 울린다. 011-9782-××××

맙소사! 동원 씨다. 분명 아직 한국에 도착하지 않았을 텐데.

"자, 잠깐만요. 저 전화 좀 받고 올게요. 금방 올 거예요."

난 휴대폰을 손에 꼭 쥐고 밖으로 뛰어나왔다. 그리고 음악이 들리지

나이트에서의 부킹 & 로데오 거리에서의 헌팅 · 277

않을 만한 곳에서 다행히 아직 울리고 있는 휴대폰을 받았다.

"헉헉— 여, 여보세요?"

나는 애써 숨을 고르며 대답했다.

"운동해요?"

내 휴대폰을 통해 차분한 그의 목소리가 들려왔다. 아, 갑자기 참을 수 없을 만큼 그가 보고 싶어진다. 그는 내가 그를 위해 이 밤중에 클럽을 전전한다는 사실을 알까?

"아니, 지금 막 샤워하고 나오는 중이었어요. 그래서 그래요. 근데 벌써 도착한 거예요? 원래 내일이나 모레……."

난 최대한 주위의 소음이 들리지 않게 휴대폰을 손으로 감싸고 말했다. 거짓말을 하고 싶진 않지만 사귀기 시작한 지 일주일도 안 되어 나이트에서 전화 받는 모습 따위는 절대 알리고 싶지 않다. 그 이유가 어찌되었건 간에.

"일정이 좀 바뀌었어요. 근데 또 일본 바이어들 접대하러 가야 할 것 같아요."

"동원 씨, 힘들겠다."

젠장, 정말 걱정된다는 의미는 전달하면서 근사하고 멋진 말을 하고 싶은데 왜 이렇게 머리가 안 굴러가는 거야. 그에게 힘을 줄 수 있는 깜찍한 말 같은 것도 있잖아? 파이팅? 아니, 이건 너무 식상하고 '사랑해, 자기'는 아직 오버고. 아, 정말 '애인에게 해줄 수 있는 좋은 말'이라는 책이라도 사 읽든가 해야겠다.

"샤워하고 나왔으면 춥겠어요. 얼른 자요. 좋은 꿈 꾸고. 내일 전화할 게요."

내가 그에게 점수를 딸 만한 적당한 말을 생각해내기도 전에 그가 먼저 이렇게 말했다.

"아! 그러고 보니 좀 춥네요. 그럼 조심히 들어가요. 아니 열심히 일해요."

그의 옆에서 일본어 같은 말이 들리더니 금방 전화가 끊어졌다. 난 동원 씨에게 거짓말을 했다는 죄책감에 대한 변명을 혼자 중얼거리며 다시 클럽i로 들어왔다.

좋아, 그를 위해서 열심히 부킹을 하는 거야. 아자! '그를 위해'와 '부킹'이라는 절대 어울리지 않는 단어로 만든 문장이 어색히긴 하지만 뭐, 상관없잖아?

─ 27번 룸 패스!

27번 룸 앞에서 난 빠르게 문자를 찍었다. 같은 룸에 지안과 내가 중복해서 들어가는 낭비를 막기 위해 우리는 한 룸에서 나올 때마다 이렇게 문자를 보내는, 꽤나 합리적인 방법을 선택했다. 밤은 짧고 부킹할 룸은 많다. 또다시 한 웨이터가 내 손을 덥석 잡았다.

"잠깐만요, 잠깐만."

나는 점잖게 손을 빼고 전송 버튼을 눌렀다.

"이제 가요. 그런데 9번, 10번, 15번, 그리고……."

난 다시 휴대폰 메시지를 체크했다.

"13, 29, 11번 방 빼고요. 물론 방금 내가 나온 이 룸에 날 밀어넣지는 않겠죠?"

내가 27번 방을 가리키며 말했다. 날 약간 정신 나간 사람 보듯 하던 웨이터는 이내 다시 웃음을 띠고 말했다.

"누나, 오늘 작정하고 왔구나?"

난 굳이 대답하지 않고 살짝 웃어주었다.

막다른 길에서 우회전을 한 그는 날 8번 룸에 넣어주었다. 룸에 들어가자마자 ㄷ자로 된 소파에 앉은 남자들을 쓱 둘러보았다. 오호라! 중앙에 앉은 저 남자 멀쩡하게 생겼는데? 게다가 티셔츠도 D&G다. 안에 받쳐 입은 티는…… 일단 보이지 않고.

잠시 머뭇거리며 서 있는 동안 그에게 약간의 시선을 보내자 그도 나를 쳐다본다.

"야, 정태야 자리 좀 비켜봐."

그가 옆에 앉은 친구에게 이렇게 말하고는 나를 향해 손짓을 했다. 맙소사! 저 친구가 생긴 건 더 잘생겼잖아? 티셔츠가 아르마니 익스체인지라는 게 약간 걸리긴 하지만. 엠포리오 아르마니였으면 더 좋았을 텐데. 그래도 꽤 잘 어울리게 소화했네. 좋아! 저 둘 중에서 하나 골라야 겠군.

D&G = 외모(○)+미적 센스(○)

아르마니 = 외모(○)+미적 센스(○)

난 수줍은 얼굴로 테이블과 소파 사이를 비집고 들어와 D&G와 아르마니 익스체인지 옆에 슬며시 앉았다.

"술 한잔 드실래요?"

D&G가 양주잔을 들며 말했다.

"아니요, 전 술 안 해요. 대신 이거 마셔도 될까요?"

난 테이블 중앙에 있는 펩시 하나를 들었다. 이 자리에 좀 오래 있어야 할지도 모르니 원샷하면 사라지는 양주보다는 조금씩 오래 마실 수 있는 콜라가 낫다는 현명한 판단을 한 것이다.

"그럼요. 아, 근데 나이가 어떻게?"

D&G가 유리잔에 얼음을 넣으며 물었다. 그리고 내 손에 든 콜라 캔을 가져가 유리잔에 따랐다. 오호! 매너는 좋은걸! 근데 아르마니는 내가 콜라를 마시거나 말거나 옆의 친구와 떠들고 있네?

D&G = 외모(○)+미적 센스(○)+매너(○)

아르마니 = 외모(○)+미적 센스(○)+매너(△)

지금으로선 D&G가 낫군. 자, 최대한 매력 있게 대답하는 거야. 그래야 두 남자 다 나한테 흥미를 보이지. 만약 다른 여자가 들어오더라도 눈길을 주지 않게 말이야.

"근데 몇 년생이세요?"

아르마니가 물었다.

"글쎄요. 몇 살처럼 보여요?"

난 최대한 내가 할 수 있는 매력적인 표정을 지으며 대답했다. '몇 살이세요?'라는 질문에 곧바로 '○○살인데요'라고 대답하는 건 대화 매력지수 제로라는 말이다.

난 아르마니와 눈을 마주치며 고개를 약간 오른쪽으로 기울여 살짝 눈웃음을 쳤다.

"글쎄요. 몇 살이려나? 일단 저보다는 어려 보이는데. 근데 저흰 몇 살 같아요? 맞히면 제가 연락처 물어볼게요."

아르마니가 내 잔에 자신의 잔을 살짝 건드리며 말했다. 오호, 말발까지! 그때까지 계속해서 내 얼굴만 뚫어져라 바라보던 D&G가 대뜸 말을 걸었다.

"저희는 스물다섯인데, 요즘은 하도 나이 가늠하기가 어려워서. 저희랑 동갑인가요?"

D&G = 외모(○)+미적 센스(○)+매너(○)+대화 매력지수(△)

아르마니 = 외모(○)미적 센스(○)+매너(△)+대화 매력지수(○)

"저도 스물다섯이에요. 우리 동갑끼리 뭉쳤는데 짠 한 번 할까요?"

난 콜라잔을, 그들은 양주잔을 들었다. 그 사이 웨이터가 여자 한 명을 데리고 와 아르마니 옆에 앉혔다. 상황을 보아하니 저 여자 D&G와 아르마니에게 꽂힌 것 같은데, 관심 끄시지. 내가 이 두 남자 중 탈락자를 고를 때까진 눈길도 주지 말라고.

"동갑의 만남을 위하여!"

난 최대한 콧소리를 내며 말했다. 그리고 건배를 하면서 D&G와 아르마니의 왼쪽 손목에 찬 시계를 보았다. D&G는 테크노 마린, 근데 최하 모델이고 아르마니는 똑같은 테크노 마린인데 다이아몬드 스퀘어 최고급 모델이다. 오케이! 이제 사는 곳을 물어보는 거야.

"근데 두 분은 어떤 친구 사이에요? 같은 동네? 고등학교 동창?"

나는 둘을 번갈아 보며 말했다. 좋아, 이 질문 꽤 괜찮은걸! 사는 곳을 물어보는 것도 중요하시만 이걸 어떻게 간접적으로 물어보느냐가 훨씬 더 중요하다. 지금까지는 '어느 고등학교 나오셨어요?' 라고 물었는데 둘을 같이 상대하니까 아무래도 이 방법이 훨씬 나은 것 같다.

"아, 아니요, 저희는 재수 때 만난 친구예요. 저 친구랑 같이."

D&G가 아까 들어온 블랙 미니 원피스 여자와 시시덕거리며 이야기를 나누고 있는 남자를 가리키며 말했다.

재수 때 친구? 이거 예상 밖인걸! 뭐라고 다시 물어보지? 자연스럽게 사는 곳을 알아내야 하는데.

"아, 그래요? 저도 재수했는데, 어디서 했어요?"

난 나의 재치에 홀딱 반했다. 아, 정말 오늘 말발 제대로 필 받았는데!

나이트에서의 부킹 & 로데오 거리에서의 헌팅 • 283

"대성 아세요? 강남 대성."

"아! 알아요. 제 친구도 거기서 했거든요."

물론 강남 대성 따위 알 리가 없다. 들어본 것 같기도 하지만. 그리고 내 친구들 중에 재수생은 없다. 대학에 떨어질 것 같은 애들은 그 전에 뉴욕이나 캐나다행 비행기 표를 끊었기 때문에. 지안도 유라도 상준도 다 마찬가지다.

"그래요? 나이가 같으니까 아는 친구 있겠다."

"그러게요. 혹시 최상준이라고 아세요? 여기 현대고 나온 친군데. 그리고 박진철? 걔는 구정고 나왔고요."

난 이렇게 묻고 나서 그들의 눈치를 살폈다. 이번에도 물론 지어낸 얘기다. 뭐, 수많은 학생 중에 그런 이름 하나 없겠어? 또 없다 한들 애들이 알 리 없잖아.

"모르겠는데. 넌 들어봤냐?"

D&G가 아르마니에게 물었다.

"아니, 못 들어봤어. 저는 서울고, 얘는 풍납고 나왔거든요!"

서울고와 풍납고? 일단 서울고는 방배동이니까 괜찮아. 방배동 서래 마을엔 잘사는 사람들이 많다고 들었어. 그런데 풍납고? 생전 처음 들어보는 고등학곤데? 대체 어디 붙어 있는 학교지?

"서울고는 알겠는데 풍납고는 어디? 제가 지역에 좀 약해서요."

"풍납동에 있어요."

풍납동? 어디 있는 동네지?

"모르시나?"

D&G가 아리송한 내 얼굴을 보며 묻는다. 가만있어 보자. 압구정, 청담동, 방배동, 개포동, 논현동, 연희동이 잘사는 동네라는 건 알겠는데 대체 풍납동은 어떤 데지?

"사실 잠실이라고 하는 게 맞죠. 바로 다리 건너면 잠실인데 풍납동이라고 하는 건 억울하죠."

뭐라고? 강을 건너? 그럼 강북? 이런! 그럼 이 남잔 유라 취향이 아닌데. 유라는 멀리 사는 남자를 싫어한다. 뉴욕 맨해튼이나 일본 동경, 이탈리아 로마, 뭐, 이런 곳 말고는 전부 다.

D&G = 외모(○)+미적 센스(○)+매너(○)+대화 매력지수(△)+집(×)

아르마니 = 외모(○)+미적 센스(○)+매너(△)+대화 매력지수(○)+집(○)

하지만 무슨 사정이 있어서 거기 사는 걸 수도 있잖아? 아빠가 그 동네 땅을 다 사들인 사람이라든지, 아니면 할머니나 할아버지가 그곳을 벗어나는 걸 싫어한다든지. 난 아직 모든 끈을 놓지 않았다.

"근데 이름이 뭐예요? 아직 물어보지도 않았네."

D&G가 물었다.

"아, 전지현이에요."

난 이들에게 거짓 이름을 말했다. 왜냐하면 집에 가서 싸이월드 사람 찾기로 나를 찾아 일촌 신청을 할지도 모르기 때문이다. 아직 이들의 신원이 파악되지 않은 상황에서 이들과 사이버 친척을 할 수는 없다.

"어? 배우 전지현이랑 이름이 똑같네요. 전 박재형이에요."

"전 정태훈이요."

하지만 난 이름 따위가 궁금한 게 아니다. 벌써 시간이 30분이나 지났다. 이름 모를 티 옆에 앉아 있던 여자가 벌써 두 번이나 바뀌었다. 빨리 끝내야지. 일단, 외모+미적 센스+매너+대화 매력지수+집은 알았으니 이제 차량 장래성 같은 것만 알아보면 돼. 아직 나이가 어리니 연봉 같은 건 모르겠고.

"그럼 아직 학생이시겠다. 그죠?"

"네. 저는 홍대 시각디자인학과, 이 친구는 고대 법대요."

D&G가 대답했다. 오호라! 그런대로 공부는 좀 했군.

D&G = 외모(○)+미적 센스(○)+매너(○)+대화 매력지수(△)

　　　+집(×)+미래성(○)

아르마니 = 외모(○)+미적 센스(○)+매너(△)+대화 매력지수(○)

　　　+집(○)+미래성(○)

"그런데 그쪽은 뭐해요?"

내가 머릿속으로 계산하고 있는데 아르마니가 물었다.

"네? 저, 저요?"

난 순간 당황했다. 이런 질문은 예상 밖인데? 설마 나한테도 질문할 줄은. 아, 뭐라고 말한담? 대학원? 유학 중? 아님 신부수업 중? 뭐라고 말하지? 순간 내가 지금 소설 기획안을 쓰고 있다는 게 퍼뜩 떠올랐다. 그래, 내 아이디어로 기사도 실렸는데, 뭐.

"작가예요."

"우와, 작가요? 이렇게 예쁜 작가도 있나? 뭐 쓰시는데요?"

그들이 흥분한 목소리로 물었다.

뭐야? 작가가 그렇게 대단한 거야?

"뭐, 그냥 이것저것 했고요. 지금은 책 준비하고 있어요. 아직 확실한 건 아니니까 제목은 물어보지 마시고요."

아르마니와 D&G는 미리 사인해달라며 수선을 피워댔다. 난 갑자기 내가 대단한 커리어 우먼이라도 된 것 같은 기분이 들어 약간 들떴다.

아! 지금 내가 이럴 때가 아니지. 빨리 다음 단계로 넘어가야 한다. 제일 중요한 차. 유라는 차 없는 남자 만나는 걸 제일 싫어한다. 게다가 외제 차가 아닌 남자를 만나는 건 더더욱 싫어한다. 어떤 차 조수석에서 내리는지가 자신의 위치를 말해준다나 뭐라나. 그러니까 내 말은 다른 모든 조건들이 다 'O'라고 하더라도 차가 아니면 말짱 도루묵이라는 말이다.

"저기, 오늘 밤 새실 거예요?"

난 콜라로 목을 축이는 척하면서 물었다. 그러자 그들은 당연하다는 듯이 고개를 끄덕인다.

"그럼 갈 땐 뭐 타고 가요? 이렇게 술을 마셨으면 운전은 직접 못할

거 같고, 대리운전 부를 거예요? 전 요즘 대리운전 잘 못 부르겠던데. 괜히 겁나더라고요."

난 은근슬쩍 차 이야기를 꺼냈다. 솔직히 부킹할 때 제일 얻어내기 어려운 정보가 무슨 차를 소유하고 있느냐 하는 것이다.

"아! 전 운전 안 해요. 면허증도 없는걸요."

D&G가 웃으며 말했다. 맙소사! 차가 없어? 게다가 운전 면허증도 없단 말이지? 탈락.

~~D&G~~ = 외모(○)+미적 센스(○)+매너(○)+대화 매력지수(△)
　　　　+집(×)+미래성(○)

D&G는 탈락이다.

"그럼 어떻게 왔어요? 택시 타고? 갈 때 힘들겠다."

내 눈은 이미 아르마니에게 가 있었다. 이제 남은 건 아르마니뿐이다. 제발! 제발!

"아, 이 친구 차 타고 왔어요. 3 시리즈 맞지?"

탈락자인 D&G가 말했다.

"어, 하하!"

아르마니가 쑥스러워하며 웃는다.

그렇지! 남자가 BMW3 시리즈 정도면 좀 부끄러울 수 있지. 하지만 그 정도면 괜찮다. 아직 학생이고 하니. 그럼 이 아르마니로 결론지을까? 그래, 사실 얼굴도 잘생겼고 법대에 차는 BMW. 괜찮다. 이 남자로 하는 거야. 빨리 번호를 받고 나가서 지안에게 이 기쁜 소식을 알려야 할 텐데. 난 그와 더 친해지기 위해 또 한 번 거짓말을 했다.

"아, 저도 예전에 BMW3 타고 다녔어요. 무슨 색이에요? 전 파랑색이었는데."

난 최대한 친근한 목소리로 물었다. 빨리 번호를 따기 위해선 동질감을 느끼게 하는 것이 제일 좋은 방법이다.

"하하, 전 BMW가 아니라 삼성 건데."

"……."

뭐, 뭐라고? 그럼 그 3 시리즈가 SM3였어? 맙소사! 얘 뭐야? 세상에 어떤 사람이 SM3를 3 시리즈라고 하는 거야? 젠장, 이젠 내가 더 이상 여기 있을 이유가 없어졌다. 괜히 시간만 버렸어.

벌써 새벽 3시. 이젠 시간이 얼마 없다. 나가자, 최대한 빨리 나가자.

"제가 3시에 친구랑 만나기로 해서요. 저 이만 일어날게요. 두 분 저 때문에 다른 여자분 못 만나시는 것 같네요."

난 최대한 미소를 지으며 자리에서 일어났다.

"어? 어디 가시는데요? 이제 막 재미있어지려고 하는데."

D&G가 오른손으로 나를 가로막으며 말했다.

"아니, 제가 친구를 만나기로 해서요."

"에이, 저희가 마음에 안 들어요? 좀 더 놀다 가지."

이번엔 아르마니다. 점점 짜증이 나기 시작한다. 하지만 지금 와서 짜증을 내면 이제까지 쌓아온 내 이미지가 나빠질 것이다. 우연히 마주치기라도 하면 어떡해.

그때 마침 손에 쥐고 있던 휴대폰에서 진동이 울린다.

"봐요, 친구가 저 찾아요. 제가 좀 있다 다시 들어올게요."

난 그들을 비집고 나왔다. 그리고 나오자마자 바로 맞은편에서 전화를 걸고 있는 지안을 발견했다.

"지안아."

"어? 나 방금 너한테 전화하고 있었는데."

"어, 알아."

"어때?"

지안이 물었다.

"전멸이야. 모든 조건을 골고루 갖춘 남자가 없어. 방금은 다 괜찮은데 차가 꽝이야. 넌?"

"나?"

지안이 의미심장한 미소를 짓는다. 난 순간적으로 깨달았다. 지안이 한 건 해냈구나.

"야, 말해봐. 어떤 사람인데? 어?"

"음, 키는 182센티 정도 되고, 사업가에 나이는 스물아홉. 그리고 청담동에 살아."

갑자기 또 다른 웨이터가 나타나 우리 둘의 손목을 잡는다. 하지만 우리는 그에게 시선도 주지 않고 차갑게 웨이터의 손을 뿌리쳤다.

"저희 지금 바쁘거든요? 나중에요. 그리고?"

"주머니에서 삐져나온 차 키를 보니까 벤츠야. 그리고 외모는 어디서 많이 본 것같이 잘생겼어. 어때? 이 정도면 괜찮아?"

"아니."

난 최대한 차갑게 말했다.

"완벽해!"

"그치? 그치?"

우리는 손을 맞대고 꺅꺅거렸다.

"그래서 연락처 땄어?"

"아니. 좀 문제가 있는데, 약간 까칠해. 내 미모에도 별 관심이 없더라고. 그냥 물어보는 것만 대답하는 정도?"

지안이 인상을 찌푸리며 말했다.

"그럼 어떻게 해?"

"그래서 말인데, 둘이 같이 들어가서 당신이 내 친구 이상형이라고 하고 연락처를 받는 거야. 여기거든?"

지안이 11이라고 적혀 있는 룸을 가리키며 말했다. 뭐, 약간 창피하긴 하지만 내 애인을 사수하기 위해서라면 이 정도쯤이야.

"알았어. 그럼 같이 들어가자."

난 지안의 팔짱을 꼈다.

"근데 이 안에 있으면 반은 일본어야. 좀 짜증나."

"그 남잔 한국어 할 줄 알지?"

"어, 그랬던 것 같아."

"그럼 됐어. 근데 그냥 들어가긴 쪽팔리니까 뒤에서 웨이터가 민 것처럼 해서. 알았지? 하나 둘 셋 하면 누가 민 것처럼 들어가서 인상을 찡그리는 거야. 오케이?"

지안이 고개를 끄덕거렸다.

"하나, 둘, 셋."

우리는 문을 박차고 룸 안으로 들어갔다. 하지만 난 1초도 안 돼서 급하게, 아주 다급하게 룸 밖으로 나왔다. 물론 지안의 팔목을 잡아끌고 말이다.

맙소사! 이게 어떻게 된 일이지?

"저기 지안아, 네가 말한 남자가 파란색 셔츠에 회색 바지 입은 사람이야?"

난 애써 떨리는 목소리를 가다듬으며 지안에게 물었다.

"어, 그랬던 것 같은데. 왜? 아는 사람이야?"

"알다마다. 그 남자가 지금 내 애인이고 유라랑 선봤던 그 남자야."

"Really?"

너무 놀란 지안이 손으로 입을 틀어막았다. 그때 또 한 명의 웨이터가 우리에게 다가왔다.

"어? 왜들 이러고 있어. 여기 들어가자. 근사한 남자들 많아."

"아, 아니 됐어요."

난 웨이터를 향해 손사랫짓을 하면서 말했다.

"에이, 그러지 말고 한번 들어가봐. 어?"

웨이터가 나와 지안을 밀다시피 해서 룸 안으로 다시 밀어 넣었다.

"아, 됐다니까 왜 이래요?"

난 웨이터에게 버럭 화를 냈고, 당황한 웨이터는 놀란 눈으로 나와 지안을 번갈아 쳐다보더니 다른 여자들에게 가버렸다. 그때 우리가 들어갔던 룸의 문이 열리더니 동원 씨가 나왔다. 그 순간 난 고개를 푹 숙인 채 지안의 손을 잡고 미친 듯이 밖으로 뛰어나왔다.

씨네시티 앞에서 상준을 만났을 때보다 더 빠르게. 젠장, 내 인생 왜 이러는 건데.

"헉헉! 어쩐지 좀 낯익은 얼굴이다 했어."

"헉! 너도 트라이베카에서 봤잖아."

"내 타입이 아니라 그렇게 유심히 안 봤지. 그나저나 왜 이렇게 도망치는 거야? 뭐, 너만 나이트 온 게 아니잖아. 저 남자도 마찬가지잖아."

지안이 정신없이 뛰느라 흐트러진 머리를 뒤로 쓸어 넘기며 말했다.

"아니야, 저 사람은 지금 내가 집에서 자는 줄 알아. 아까 한국에 도착했다고 전화 왔거든. 자기는 지금 바이어들 접대하러 간다고 그랬고."

"그래? 그럼 정말 곤란했겠네. 사귄 지도 얼마 안 됐는데."

지안이 발렛에게 번호표와 만 원짜리 지폐를 건네주며 말했다. 주머니에서 오천 원을 꺼내 지안에게 준 발렛이 어디론가 서둘러 달려갔다.

그리고 잠시 후 웨이터가 우리 백을 들고 나타났다.

"왜 갑자기 사라진 거야? 가방 달란 말도 안 하고."

"그럴 일이 좀 있어서. 오빠, 우리 다시 올게. 고마워."

나와 지안은 발렛이 몰고 온 차에 타며 웨이터와 인사를 나누었다.

"휴! 일단 차에 타니 마음이 편하네."

하지만 남자를 찾지 못했는데 이제 어쩐담? 젠장, 아까 그 D&G와 아르마니 쪽에서 시간을 오래 끄는 게 아니었는데. 거의 30분 넘게 잡아먹었으니. 30분이면 룸 다섯 개는 돌 수 있는 시간이다.

"그나저나, 이제 어쩌지? 지금 이 시간에 줄리아나*나 써클에 갈 수는 없잖아. 접어야 하나?"

난 한시라도 빨리 클럽i에서 멀어지기 위해 액셀을 힘껏 밟으며 말했다.

"아니, 아직 우리에게 기회는 있어."

지안이 씩 웃으며 말했다.

"어디?"

"어디긴 어디야. 로데오 거리로 다시 가야지. 새벽 로데오 거리, 물 좋잖아. 새벽의 역사가 이루어지는 곳."

---

* 줄리아나 내가 이 페이지를 쓰기 전날, 난 지안의 모델인 친구와 함께 줄리아나에서 마지막 밤을 보냈다. 보스를 사들인 줄리아나가 다음 주 spot이라는 이름으로 새롭게 탄생된다는 말을 들었지만, 왠지 모를 아쉬움이 밀려왔다. 우리는 기둥에서 정신 나간 듯이 춤을 추며 지나간 20대 초반을 회상했다. 집에 갈 무렵 나와 7년을 알고 지낸 호빵맨이 우리에게 말했다. "○○와 ○○도 이제 시집가야지?"라고. 난 이렇게 물었다. "저 기둥들은 그대로 놔두면 안 돼요? 아님 내가 떼어 갈까?"

"아, 맞다!"

난 지안의 말에 동의하며 빠르게 핸들을 오른쪽으로 꺾었다. 이제 더 이상 리베라 호텔은 보이지 않는다. 휴, 하고 깊은 한숨이 나왔다.

보통 새벽 2시라고 하면 어두컴컴하고 고요한 거리를 떠올리기 마련이다. 그게 아니면 유흥가 부근의 화려한 네온사인과 떡이 되도록 술 취한 사람들이 있는 거리라든지. 하지만 로데오 거리는 그런 거리들과는

● 나이트에서의 부킹 VS 로데오에서의 헌팅 ●

- 부킹이라는 명목하에 쉬운 접근 가능.
- 너무 시끄럽고 정신이 없다.
- 일단 쉽게 보일 수 있다. 왜냐? 장소가 장소니까.
- 일단 폰 번호를 따고 꼬셨더라도 안심할 수 없다. 나 이후로 나보다 더 나은 여자와 그가 부킹을 했다면 그의 휴대폰 안에 있는 내 번호는 너무나 쉽게 지워질 것이다.
- 신뢰성 10%

- 접근이 무지 힘들다.
- 접근만 한다면 조용히 이야기할 수 있다.
- 남자가 먼저 접근했든, 내가 했든 그렇게 쉽게 보이진 않을 것이다. 당신이 고고하게 시럽이 안 든 아메리카노나 에스프레소를 마시고 있다면 더더욱.
- 또 다른 여자를 만났을 것이라는 걱정은 별로 하지 않아도 된다. 만약 다음 날 연락이 되지 않는다면 그건 정말 당신의 운이 나쁜 것이다.
- 신뢰성 70%

분위기가 사뭇 다르다. 음! 한 문장으로 요약해보자면, 팝뮤직이 가득 매운 잿빛 거리에 BMW, 벤츠, 쌔끈한 남녀들이 낮보다 한 템포 느리게 돌아다니면서 집에 들어가기 아쉬운 마음을 달래는 헌팅의 거리?

우리는 탐탐 앞에 차를 세웠다. 잠을 잊은 이곳 사람들을 위해 오늘도 발렛 요원들은 분주한 모습이다.

"탐탐에서 한번 쭉 보고 도산공원 쪽으로 가는 게 어때?"

지안이 물었다.

"좋아."

나와 지안은 탐탐 안으로 들어가 사람들로 가득 찬 야외 테라스에 겨우 자리를 잡았다. 정말이지 이 늦은 시간에 이렇게 많은 사람들이 모여 있는 곳은 드물지 않을까 싶다. 어쩜 이렇게 잠이 없는 걸까? 더군다나 이곳이 술을 파는 술집이 아니라 커피와 케이크를 파는 커피숍이라는 사실이 더욱 놀랍다.

역시나 새벽 야외 테라스는 물이 좋군. 슬쩍 둘러봤을 뿐인데도 근사한 사람들의 기운이 느껴진다.

"뭐 마실래?"

지안이 물었다.

"아니, 지금 먹었다간 정말 모두 살로 갈걸? 그렇다고 아메리카노는 마시고 싶지 않아. 속 아플 것 같아."

나는 애인 없이 혼자, 혹은 동성 친구들과 함께 온 20대 중후반의 남자들을 찾으며 대답했다.

괜찮아 보이는 남자들이 몇몇 눈에 띈다. 그중 미소니* 디자인 같아 보이는 하늘색 셔츠를 입은 저 남자, 꽤 근사해 보인다. 테이블 밑으로 보이는 구찌 컨버스도 정말 잘 어울린다. 그리고 그의 외국인 동행에게 완벽하게 불어를 쓰는 걸로 보아 유학생이거나 유학 경험이 있는 게 분명하다. 유학을 다녀왔다는 건 웬만큼 산다는 이야기일 테고 말이다.

오케이! 저 남자한테 시도해볼까나?

"지안, 저기 저 남자 어때?"

난 조심스럽게 그 남자를 가리키며 지안에게 물었다.

"너무 티 내지 말고 최대한 자연스럽게 쳐다봐. 알았지?"

지안이 고개를 돌려 남자를 본다. 지안의 눈은 금세 먹이를 쫓는 하이에나처럼 날카롭고 예민해졌다.

"근사한데! 시도해볼까?"

지안이 속삭이듯 말했다.

"어, 근데 어쩌지? 눈을 마주치기 쉬운 위치가 아니야. 그렇다고 옮길 자리도 마땅치 않고."

그렇다. 미소니와 우리 테이블은 서로 대화 내용이 들릴 정도로 가깝긴 하지만 자연스럽게 눈빛을 주고받긴 묘하게 어려운 위치다.

헌팅 방법 중 제일 첫 단계가 자연스럽게 눈빛을 교환하는 건

---

* 미소니 기하학적인 패턴과 환상적인 컬러 조합으로 독창적인 이미지를 구축해 색채와 니트의 마술사로 불리는 미소니가 만든 메이커. 개인적으론 별로 좋아하는 브랜드가 아니다. 아직 난 그런 기하학적인(심오하기까지 하다) 무늬를 좋아할 만큼 나이를 먹진 않았나보다.

데……."

"아니야, 난 감 잡았어."

지안이 확신에 찬 목소리로 말했다. 아, 저 눈빛. 정말 무시무시하다. 저런 식으로 많은 남자들을 낚아왔으리라.

"무슨 소리야?"

"팔목을 봐, 팔목을."

오호라! 그 남자와 동행처럼 보이는 남자의 팔목에는 써클에 입장하기 위해 필요한 파란색 종이 팔찌가 채워져 있었다. 그런데 이 차림으로 어떻게 써클에 들어간담?

난 뭘 어떻게 해야 할지 모르겠단 표정으로 지안을 쳐다봤지만 지안은 여전히 자신만만한 표정이었다.

"넌 그냥 지켜보기만 해."

지안이 자리에서 벌떡 일어났다. 지안은 채 세 걸음도 못 가서 미소니와 외국인 동행이 앉은 테이블 앞에 섰다. 그러고는 테이블을 두어 번 톡톡 두드려 지안에게로 시선을 고정시켰다.

"저 어디서 본 적 없어요?"

미소니가 지안을 뚫어져라 쳐다보더니 몇 번 고개를 갸우뚱거린다. 그리고 한 3초쯤 있다가 아, 하며 굉장히 오랜만에 만난 친구를 보듯 반가운 표정으로 지안을 바라보았다.

뭐야? 지안이 아는 남자였어? 오호! 이거 상황이 괜찮게 돌아가는걸.

"아까 써클에서 만났었잖아요."

지안이 뾰로통한 목소리로 말하자 남자는 중요한 기억을 잃었다 되찾은 사람처럼 손뼉을 친다.

"아, 써클!"

"이제 기억나요? 이거 되게 서운한데요. 난 나름 몇 번이고 눈을 마주쳤다고 생각했는데."

지안이 목소리 톤을 높여 재차 물었다.

뭐야? 아까 클럽i에서 만난 남자야? 아니, 그럴 리가 없잖아. 우린 그곳에서 실…… 잠깐, 써클이라고 했지, 지금? 우린 써클에 간 적도 없잖아. 지안이 쟤, 대체 왜 저런 거짓말을 하고 있는 거지? 정말 어쩌려고 저러는 거야.

"혹시 아까 써클에서 제 옆 테이블에 앉았던 여자분 아니세요? 왜, 소파 위에서 춤추다가 구두 굽으로 소파 찢으신 분이요."

"아, 그건 아니고. 그 여자분은 왼쪽에 있던 테이블이었죠?"

"네."

"저는 오른쪽이었어요."

"오른쪽이요?"

남자는 다시 혼란에 빠진 듯한 얼굴이다. 당연히 혼란스러울 수밖에. 지안은 지금 새빨간 거짓말을 저렇게 얼굴 표정 하나 안 바꾸고 하고 있는걸.

"정말 기억 안 나세요?"

"오른쪽은 남자들끼리 왔던 것 같은데?"

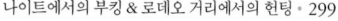

"제가 그 멤버들이랑 같이 갔었죠. 기억이 잘 안 나시나보다. 어쨌든 또 만나서 반가워요."

지안은 아주 자연스럽게, 그 자리가 마치 자기 자리였던 것처럼 미소니의 옆 의자를 끌어당겨 앉는다. 정말 아주 자연스럽게 말이다. 확실한 건 지안이 탐탐에 앉아 있는 저 남자들이 오늘 써클에서 즐기다 왔다는 걸 눈치 챘다는 것이다. 그리고 그걸 이용해 자연스럽게 대화를 이끌어낸 것이고.

남자들은 그곳에서 자신들이 어떤 여자와 이야기를 하고, 어떤 여자와 눈빛을 주고받았는지 절대 다 기억하지 못할 것이다. 만약 그게 김태희나 전지현이라면 모르겠지만.

"지현아, 이리 와."

지안이 나를 향해 손짓을 했다. 원래 나는 이런 걸 잘 못하는 성격이다. 지안처럼 뻔뻔하지도 않고, 유라처럼 내숭을 떠는 편도 아니라 그런지 나에게 헌팅은 정말 긴장되고 어려운 일이다. 그런데 내가 아니라 친구를 위한 헌팅이라 생각하니 이상하게도 별로 긴장이 되지 않았다.

내가 자리에서 일어나 지안이 있는 쪽으로 가자, 미소니의 외국인 동행이 의자를 끌어내 자리를 마련해주었다. 나는 가볍게 '메르시(merci)*'라고 말하며 자리에 앉았다.

"이분도 아까 그 테이블에 계셨어요?"

★ merci(메르시) 불어로 '고맙습니다.' 뭐 이런 뜻?

미소니가 물었다.

"아, 전……."

젠장, 뭐라고 해야 하지? 난 다급히 지안을 쳐다보았다.

"아니요. 지현이, 이 친구 이름이 지현이에요. 지현이는 방금 여기 왔어요. 커피 한 잔 하려고 불러냈죠."

지안이 황급히 둘러댔다.

"뭐, 보시다시피 아직 커피를 사진 않았지만요."

"그럼 이렇게 다시 만난 기념으로 제가 한 잔 살까요? 뭐 드실래요?"

우리는 그가 사온 아메리카노와 프라프치노를 마시며 30분 정도 이야기를 나누었다. 그동안 전망 좋고 비싸기로 유명한 타워팰리스 33층 중 하나가 그의 집이라는 것과, 영국에 있는 옥스퍼드 대학을 졸업했다는 걸 알아냈다. 또 몰고 다니는 차는 벤츠 CLS라는 것도. 아! 그리고 대화를 해보니 그가 꽤 위트 있는 사람이라는 것도 알게 되었다.

어쨌든 이 정도면 완벽하다. 난 미소니와의 대화에 흠뻑 빠져 있는 지안을 툭툭 쳤다. 그리고 우리 둘만 알 수 있는 눈빛을 보냈다.

'빨리 연락처를 받아. 그리고 소개팅할 생각이 있는지도.'

대충 이런 의미의 눈빛이다.

"아, 근데 오빠 여자친구는 있어요?"

지안이 단도직입적으로 물었다.

"아니, 안타깝게도 아직. 왜? 네가 내 애인 해주게?"

"어머, 오빠 내가 마음에 드나봐?"

지안이 여우처럼 이렇게, 저렇게 미소니를 구워삶는 동안 나는 그런 지안과 미소니를 걱정스런 눈으로 지켜보았다. 그러면서 가끔씩 금발의 곱슬머리 외국인에게 미소를 건네는 것도 잊지 않았다.

"내가 아니라 내 친구 중에 오빠랑 딱 어울릴 만한 친구가 있거든? 예쁘고 몸매도 착해. 집도 꽤 잘살고. 어때, 생각 있어?"

지안의 말에 그가 크게 웃음을 터뜨렸다. 왜 저렇게 웃는 거야?

"이런! 그게 사실이라면 너무 안타까운걸!"

그가 정말로 안타까운 표정을 지으며 말했다. 뭐지? 여자친구도 없겠다, 왜 그 좋은 소개팅을 안 하겠다는 거야?

"왜죠? 왜 소개팅을 안 하겠다는 거죠?"

난 나도 모르게 자리에서 벌떡 일어나 큰 소리로 물었다. 내 주위 5미터 반경에 있는 사람들에게 다 들릴 정도로 말이다. 이런! 나도 모르게 너무 오버했다. 아, 이 푼수. 물론 지금 이런 나 자신에게 나도 놀랐지만 지안, 미소니, 그리고 금발의 곱슬머리까지도 뜨악한 표정으로 나를 보고 있다. 내가 그다지 원하는 상황은 아니다. 분명.

근데 그렇게까지 볼 건 또 뭐람?

"아, 아니 제 말은 그냥 이렇게 좋은 기회를 차버린다는 게 조금 안타까워서. 제가 보기에도 제 친구 정말 괜찮거든요."

난 미소를 지으며 사태를 수습하려고 애썼다. 하지만 그 사람들은 여전히 어이없다는 표정이다. 아마 저들 모두 날 사이코 내지는 정신 나간 여자라고 생각할 것이다.

이럴 때 페라리 한 대가 엔진 소리 빠방하게 내주면서 지나가면 정말 좋을 텐데. 쌔끈한 여자가 뚜껑 열린 차에 타고 있다면 아마도 남자들 중 80퍼센트는 내가 방금 한 짓을 잊어버릴 것이다. 하지만 내가 바라는 대로 잘 빠진 페라리는커녕 오토바이 한 대도 지나가지 않을 듯싶다. 이렇게 조용한 걸 보면.

아, 정말 쪽팔리다!

"저도 정말 하고 싶은데, 저 오늘 새벽 비행기로 두바이 가거든요. 근데 제가 꼭 소개팅을 해야 하는 중요한 이유라도?"

그가 내 눈치를 살피며 조심스럽게 물었다.

"아니요, 그냥 너무 잘 어울린다고 생각했나봐요. 그치, 지현아?"

"맞아요. 너무 잘 어울리실 것 같아서. 그냥 단지 그 이유에요."

난 별일 아니라는 듯 어깨를 으쓱해 보였다.

"그럼 갔다가 언제 오시는데요?"

"한 일 년쯤이요. 빠르면 반년이 될 수도 있고요."

나와 지안은 진이 다 빠진 표정으로 서로를 바라보았다. 마치 내 손에 쥐어진 하겐다즈 콘 아이스크림이 입을 대기도 전에 바닥으로 떨어진 기분이랄까? 그것도 아이스크림 부분만 쏙.

갑자기 미소니 동행인이 시계를 보며 그에게 뭐라고 말하자 미소니가 고개를 끄덕였다.

"아, 이제 저희는 가봐야 할 것 같아요. 7시 비행기라서요."

미소니와 그의 동행인이 자리에서 일어났다.

"오늘 즐거웠어요. 다음에 또 봐요. 써클에서……."

미소니는 이렇게 말하고는 우리를 남겨두고 탐탐을 빠져나갔다.

"뭐야? 우리 또 헛수고한 거야?"

지안이 흥분한 목소리로 말했다.

"그러게. 진작 오늘 비행기로 두바이 간다고 말해주지. 그럼 얼른 접었을 텐데."

"그나저나 이제 어쩌지?"

"일단 여기서 나가자. 이제 여기서 헌팅하긴 틀렸어. 내가 소리도 질렀고, 저 남자들이 우리 둘을 두고 가는 장면을 여기 있는 사람들이 다 봤을 거 아니야. 난 지금 어서 이곳을 빠져나가고 싶어."

"그래, 나도 이런 시선은 정말 싫어."

우리는 거의 입에도 대지 않은 커피를 그대로 놔두고 탐탐을 빠져나왔다. 시계는 벌써 3시 50분을 가리키고 있었다.

"도산공원으로 갈까?"

지안이 물었다.

"모르겠어. 오늘 별로 운이 좋지 않은 것 같아. 면허증도 없는 풍납동 D&G에 SM3를 3 시리즈라고 말하는 아르마니에, 모든 게 완벽한데 하필 몇 시간 후면 두바이로 떠나는 미소니까지. 젠장!"

난 그래도 포기하지 않고 도산공원 쪽으로 향했다. 아, 제발 이제는 유라에게 소개시켜줄 수 있는 제대로 된 남자를 만나야 하는데.

"몇 시간 후면 두바이로 떠나는 미소니는 알겠는데 그 전 건 뭐야?"

지안이 창문을 열며 물었다. 창 밖에 근사한 커플이 지나간다. 가능만 하다면 저 남자를 당장이라도 납치해서 오늘 밤 유라의 침대에 묶어두고 싶은 심정이다.

"그런 게 있어. 당분간 D&G, 아르마니 입은 사람은 왠지 꺼려질 거 같다."

나는 진저리를 치며 아까 있었던 일을 잊기 위해 노력했다. 그때였다. 도산공원 앞에 거의 다다를 무렵 휴대폰 벨이 울렸다.

누구지, 이런 시간에? 처음 보는 번호인데.

"여보세요?"

"지현아 난데, 너 내일 시간 돼?"

상준이다. 마치 지금이 오후 3시인 것처럼 아주 팔팔한 목소리다.

"그건 왜? 그나저나 이 번호는 뭐야?"

난 최대한 통명스럽게 대꾸했다. 대체 이 자식은 왜 잠도 안 자고 이 시간에 전화질이람. 이 자식 자꾸만 신경 쓰이게 하네, 정말.

"아는 형 전화. 방금 써클에서 내 휴대폰 잃어버렸거든. 그게 문제가 아니라 내일 아는 형들이랑 대형 트레일러에 차 싣고 서해안 고속도로 갈 거거든? 같이 가자. 지안이랑 유라도 데리고."

방금 휴대폰을 잃어버렸다는 게 의심스러울 정도로 상준의 목소리는 밝고 활기차다.

"내가 왜? 나 바빠. 너나 가. 그리고 네 친구들 내가 다 아는 애들이잖아. 싫어."

"네가 모르는 형들이야. 나도 알게 된 지 얼마 안 됐거든. 아무튼 부가티 베이론*이랑, 엔초 페라리, 마세라티도 가지고 갈 거야. 작정하고 가는 거라 되게 재밌을걸. 대단한 사람도 많이 와."

"너나 대단한 사람 많이 만나. 난 관심 없어."

나는 이렇게 쏘아붙이고 휴대폰 폴더를 닫아버렸다. 내가 저 놀러 가는데 왜 따라가.

"누구야?"

지안이 호기심에 찬 목소리로 물었다.

"이 시간에 깨어 있을 녀석 중 가장 유력한 놈, 상준이."

"뭐라는데? 무슨 대단한 사람이 오는데?"

"몰라. 서해안 고속도로 타고 가는데 무슨 부가티 뭐랑, 엔초 페라리도 간다네?"

"부가티 베이론?"

지안이 깜짝 놀라며 물었다.

"아마도 그랬던 것 같아."

"야, 거길 왜 안 가?"

"왜? 부가티 베이론이 뭔데?"

"예전에 톰 크루즈의 굴욕 못 봤어? 무슨 시상식에서 탐 크루즈가

---

* 부가티 베이론 뭐 그냥, 무지하게 비싸고 럭셔리한 차라고만 알고 있다. 평생 한두 번이나 보겠어? 타보는 건 로또가 되어도 힘들지 않을까 싶은데. 한 가지 아는 건 잘사는 이들이 이런 차를 구입해 서해안 같은 곳에 놀러 갈 때는 30억이 넘는 차에 흠이 남지 않게 하려고 트럭 같은 이동수단에 차를 싣고 간다고 한다. 마치 요트처럼 말이다.

차에서 멋지게 내려 케이티 홈즈 문 열어주려는데 못 열어줘서 개쪽 당했던 적 있잖아. 그 차야. 한 30억 할걸?"

지안이 이처럼 흥분한 건 보기 드문 일이다.

"정말?"

맙소사! 30억이라니. 차가 30억이라고? 나는 놀라서 입이 떡 벌어졌다. 하지만 난 단지 차 가격에 놀랐을 뿐이다. 그 차 주인들과 서해안에 놀러 가고 싶은 마음은 눈곱만큼……만 있다. 왜냐하면 나에겐 동원 씨가 있잖아.

"야, 빨리 다시 전화해서 그 부가티랑, 엔초 페라리 주인 나이랑 얼굴 물어봐. 돈은 물어볼 필요 없고."

"왜? 너 관심 있어?"

"아니, 유라 소개시켜줄 남자 안 찾을 거야? 딱 좋잖아. 물론 나도 덤으로 얻으면 좋고."

"아, 유라!"

난 내 무릎을 탁 쳤다. 내가 왜 그 생각을 못한 걸까? 내가 이렇게 멍청하다, 정말.

유라와 지안을 데려가면 된다. 만약 그중 한 명이라도 유라와 엮인다면 더할 나위 없이 좋은 거고, 만약 그렇지 못하다 해도 나에겐 '시간'이 주어진다.

오케이!

"근데 상준이 집이 뭐 한다고 했지? 걘 어떻게 그런 애들을 알아?"

지안이 호기심 가득한 눈빛으로 물었다. 아니, 최지안, 지금 박상준에게 작업 걸려고 그러나? 아니야, 박상준은 지안이 타입이 절대 아니지. 상준이는 지안이가 선호하는 꽃미남 타입과는 전혀 거리가 멀다. 오히려 유라의 취향에 가까우면 가까웠지. 하지만 유라는 그렇게 남자를 밝히면서도 친구가 사귀었던 남자는 절대 건드리지 않는다.

"상준이네? 아버지가 대부업체* 운영하시는데 인맥이 굉장히 넓다고 들었어. 금융업이니까."

"그럼 상준이는 요즘 뭐 하는데?"

"유학 마치고 돌아와서 아버지한테 일 배우고 있대. 일단 몇십 억 상속받아 자기 나름대로 여기저기 투자하고 다니나봐."

"우와! 보기와는 다른데? 순 날라리인 줄 알았는데 의외네? 하여튼 이번 주말에 우리 셋이 가는 거다? 유라를 어떻게 그 남자들이랑 이어줄지도 생각해보고."

"알았어."

상준도 도움이 될 때가 있네.

난 휴대폰을 열어 아까 그 낯선 번호로 전화를 걸었다.

"왜, 가고 싶냐?"

상준이 전화를 받았다. 얄미운 놈. 하지만 지금은 어쩔 수 없다.

"아니, 유라가 가고 싶대. 꼭!"

---

* 대부업체 한마디로 약간 합법적인 사채 같은 거? 의외로 돈을 많이 번다. 아~주 많이 말이다.

난 유라에 최대한 악센트를 주며 말했다. 아무래도 일이 잘 풀릴 것 같은 예감에 나와 지안은 다시 차를 돌려 로데오 거리로 향했다. 이런 쾌거를 얻었는데 이대로 집에 갈 수는 없잖아?

난 오늘도 헬스장에 가기 위해
파운데이션을 바른다

어찌 되었든 간에 이제야 한시름 놓았다. 유라에게 부가티 베이론을 몰고 다니는 남자친구가 생겼다니! 지안의 말로는 외모만 빼면 유라의 완벽한 이상형이라던데.

그녀들은 그들과 여행을 떠나기 전 씨네시티 골목에 위치한 내함*에서 초고가의 메이크업을 받았다고 한다. 그 정도 수준의 차를 타는 남자를 유혹하려면 그만한 투자는 해야 한다나 뭐라나 하면서. 그날 이후 유라의 머릿속에서 윤동원이라는 이름 석 자는 지워졌을 테니 나로서는 정말이지 다행스러운 일이 아닐 수 없다.

서해안 고속도로에서 300킬로의 시속으로 내달린 그들의 질주가 얼마나 짜릿했는지, 그리고 내가 아프다는 핑계로 그 여행에 동참하지 않

★ **내함** 요사이 새로 뜨고 있는 샵. 권상우, 송일국, 고아라, 이천희 등이 다닌다. 헤어며 메이크업, 네일아트로 유명하다. 헤어 디자이너로는 민숙(민간지라고도 부름), 메이크업 아티스트로는 황란수, 강여진 선생님이 유명하다. -지도 표시-

아 상준이 꽤나 섭섭해했다는 건 내가 그다지 신경 쓸 문제가 아니었다. 그러므로 나는 이제부터 마음 편히 동원 씨와 double H*에 다니면서 여유롭게 데이트를 즐기면 되는 것이다. 그가 어젯밤 내 손에 double H 일 년 회원권을 쥐어주었을 때의 그 황홀함이란! 그건 흡사 청혼이라도 받은 기분이었다. 여기서 확실한 건 그는 적어도 일 년 동안은 나와 헤어질 의사가 전혀 없다는 것이다. 3개월, 6개월짜리도 있는데 굳이 내 손에 12개월짜리 회원권을 쥐어주었다는 게 그 명백한 증거가 아니겠는가!

동원 씨와 보낼 일 년을 머릿속으로 그리며 황홀감에 젖는 것도 잠시, 불현듯 얼마 전 출판사에 보냈던 기획안이 떠올랐다. 가만있어 보자. 오늘이 화요일이니까 내가 기획안을 보낸 지도 벌써 사흘째 접어들고 있잖아. 그런데 왜 아직 소식이 없는 거지? 혹시 내 기획안이 마음에 안 드는 걸까? 아니면 내 기획안을 출판할 것인지에 대해 아직도 회의할 것이 남아 있는 건가? 하긴 루이뷔통에선 이번 시즌 상품을 어떤 무늬로 디자인할 것인지에 대해 한 달 내내 회의한다던데…….

그래 뭐, 아직 나흘밖에 안 됐으니까 조금 더 기다려봐야겠다.
루이뷔통을 위안 삼아 애써 초조함을 달래고 있는데, 휴대폰 문자 수신 벨이 요란스럽게 울린다.

★ double H 압구정에 위치한 초호화 헬스클럽. 정두홍, 이훈이 만들어서 double H란다. 시설도 완벽하고 다 좋은데, 참고로 난 다니엘 헤니의 멋진 근육 때문에 운동에 집중할 수가 없었다.

난 오늘도 헬스장에 가기 위해 파운데이션을 바른다 • 313

― 이제 곧 집 앞이에요.

침대 맞은편 전자시계가 정확히 7시를 가리키고 있다. 다급해진 나는 전신 거울 앞으로 다가가 내 모습을 꼼꼼히 훑어보았다. 거울에 비친 난 더없이 완벽하다. 어제 갤러리아에서 구입한 쥬시 꾸뛰르(juicy couture) 연두색 트레이닝복을 입고 손목에는 하얀색 손목 보호대를, 그리고 때 하나 묻지 않은 나이키 에어포스를 신고 있는 내 모습은 흠잡을 곳이 한 군데도 없다. 이제 어깨에 스포티한 구찌 가방만 메면 모든 준비 끝!

이 완벽한 준비에 보태어 투명 메이크업과 자연스러운 드라이까지. 러닝머신에서 뛸 때 찰랑거릴 윤기 있는 머릿결을 위해 백 번쯤은 빗질을 한 것 같다. 이 정도면 double H에 다니는 여자 연예인들 그 누구에게도 뒤지지 않을 자신이 있다.

집을 나서기 전 마지막으로 파우더 퍼프로 얼굴 전체를 꾹꾹 눌러준 다음 베네피트의 틴트를 입술에 덧발랐다.

오케이, 완벽해!

"우와! 오늘 어디 좋은 데 가나봐요?"

내가 그의 차에 타자마자 그가 놀리듯이 말했다.

"어머, 왜요? 전 지금 굉장히 수수한 트레이닝복에 화장도 안 했는걸요?"

난 그의 장난 섞인 말에 반색을 하며 대꾸했다. 아무렴! 난 정말 트레이닝복 차림에 진한 색조 화장을 하지 않았으며, 광대뼈가 도드라질 만큼 볼터치를 바르지도 않았다. 또 운동할 때 땀이 찰까봐 누드브라도, 뽕이 듬뿍 들어간 브라도 하지 않았다. 그야말로 수수한 차림새 그대로다.

"그래요? 확실히 속눈썹을 붙이진 않았네요."

그가 내 얼굴을 보며 입가에 미소를 띤 채 말했다. 그의 이런 반응은 마치 장난이 심한 남동생처럼 얄궂기만 하다. 남동생이 있는 누나라면 아마 나의 이런 비유에 99.9퍼센트 공감할 것이다. 정말 공을 들여 치장을 하고 '나 어때?'라고 기대에 찬 목소리로 물으면 '뭐야? 무섭잖아' 아니면 쳐다보지도 않고 '별론데'라는 식의 반응을 보여 기대를 무참히 밟아버리는 그런 남동생.

난 그의 그런 반응에 샐쭉해져 아무 말도 하지 않고 앞만 바라보았다. 그때 우리 차 앞으로 연예인을 태웠으리라 짐작되는 스타크래프트 두 대가 빠르게 앞서 간다. 나의 이런 표정을 알아차리지 못한 그는 여전히 미소 가득한 얼굴로 운전 중이다. 나는 그가 나의 이 뽀로통함을 알아채지 못해 더욱 불만스러워진다. 하지만 내 이런 기분에도 불구하고 더없이 시원하고 산뜻한 저녁이다. 내 연두색 트레이닝복이 이 상쾌한 저녁과 딱 맞아떨어지는 듯하다. 노을빛에 반짝거리는 내 연두색 아이섀도를 그가 알아볼 수 있을까? 아니야, 이런 미세한 색을 띠는 연두색 아이섀도는 절대 색조 화장이라 할 수 없지. 암, 그렇고말고.

"저녁은 뭐 먹었어요?"

그가 물었다. 하지만 난 대답하지 않고 여전히 창밖을 내다보았다.

어느새 우리 차는 씨네시티 앞을 지나치고 있었다. 이때 낯익은 뒷모습이 눈에 띄었다.

어라? 유라잖아!

하늘색 민소매에 짧은 핫팬츠를 입은 유라가 어떤 남자의 팔짱을 끼고 다정하게 씨네시티 안으로 들어가고 있다. 그 잘난 부가티 베이론을 끄는 남자가 바로 저 남자란 말이야? 애개, 키가 너무 작잖아. 지안의 말이 사실이었군. 외모는 절대 유라의 이상형이 아니라고 했던 말. 유라가 눈을 너무 많이 낮춘 거 아니야? 하긴, 급하기도 하겠지. 별로 인정하고 싶지 않은 사실이지만 우리가 스물일곱이 되기까지는 채 여섯 달도 남지 않았으니 말이다.

"저, 혹시 요즘 별일 없죠?"

씨네시티 안으로 사라진 유라에게서 시선을 거두고 이번엔 내가 그에게 말을 걸었다.

"무슨 일이요?"

좌회전 신호가 떨어지자마자, 그는 최대한 핸들을 꺾어 유턴을 했다.

"뭐, 별일은 아니고요. 누가 미행을 한다든지 도청을 한다든지 그런 사소한 일 있잖아요."

"네?"

그는 나의 말에 크게 놀라며 하마터면 TGI 앞에 비상등을 켠 채 정차해 놓은 SL을 박을 뻔했다.

"그게 대체 뭐가 사소하다는 거지?"

그는 하마터면 박아버릴 수도 있었던 SL 뒤에 그대로 차를 멈추더니 동그래진 눈으로 신기한 듯 나를 바라보았다.

"아니, 그런 게 아니라……."

나는 그의 휘둥그레진 두 눈을 보고 어떻게 대답해야 할지 몰라 말을 얼버무렸다. 나를 이상한 사람 보듯 쳐다보는 그의 시선에 난 할 말을 찾지 못했다. 마치 내가 말했던 그 사소한 일들의 행위자가 나인 것처럼.

"아니요, 그런 게 아니라 어제 기자 언니한테 전화가 왔었거든요. 요즘 대포폰이라나 뭐라나 그런 게 많으니까 조심하라고요."

나는 얼마 전 네이버에서 본 기사를 생각하며 더듬더듬 말을 이었다.

"그래서 혹시나 해서요. 제가 그거 확인하는 법을 알았거든요. 동원 씨는 사업을 하니까 만약의 일에 대비해서 항상 조심해야 하잖아요. 그리고 예전에 동원 씨에게 원한을 품은 여자들이 있을 수도 있고."

"하하하!"

그는 하얀 치아가 다 드러날 정도로 크게 웃었다. 난 약간 창피한 마음이 들어 계속해서 차창 밖을 응시했다.

드디어 그의 차가 double H 앞에 도착했다. double H의 외관은 그럭저럭 훌륭한 편이다. 건물의 앞면 전체가 투명하게 되어 있어 실내에서 운동하고 있는 사람들의 모습이 보이는 게 매우 흥미롭다. 피트니스 지하 주차장의 적당한 자리에 차를 세운 그는 뒷좌석으로 손을 뻗어 약간 큰 박스를 집어 들었다. 그리고 그 상자를 나에게 내밀었다. 그 상자 안에 든 것이 질샌더 신상 운동화라는 것을 알았을 때 나의 감동이란 말로

난 오늘도 헬스장에 가기 위해 파운데이션을 바른다 · 317

는 절대 표현할 수 없을 정도였다.

"고마워요. 이렇게 감동받긴 태어나서 딱 두 번째예요."

그가 첫 번째는 언제였냐고 물으면 새침하게 웃으며 '글쎄요'라고 말할 작정이었지만, 그는 나에게 아무것도 묻지 않았다. 그냥 차에서 내리면서,

"이제 모든 게 완벽해졌으니 운동하러 가요. 아, 근데 그 머리로 운동할 수 있겠어요?"

라고 밉살스럽게 물었을 뿐.

토요일 늦은 오후 유라와 나, 그리고 지안이 모두 한자리에 모였다. 그러니까 유라가 부가티 베이론과 사귀기 시작하고 내가 동원 씨와 double H에서 운동을 한 지 일주일 만에 만난 것이다. 그것도 갤러리아에서. 물론 낮 12시를 피한 오후 2시 무렵이다.

명목상으론 유라가 쇼핑할 게 있다고 해서 모인 것이지만, 아마도 유라가 새로 생긴 남친 자랑을 하고 싶어서 우리를 불러 모은 게 틀림없다.

"뭘 사려고? 너 옷은 갤러리아에서 잘 안 사잖아."

지안이 유라에게 묻자, 유라는 "트레이닝복이 필요해"라고 간단명료하게 대답했다.

매장 안쪽에 진열되어 있는 트레이닝복을 이리저리 살펴보던 그녀는 핫 핑크색의 트레이닝복을 한 벌 꺼내더니 점원에게 다가갔다.

"이 디자인으로 빨주노초파남보 아니, 있는 색상 다 주세요. 그리고 이 디자인에 어울리는 운동가방도 두어 개 주시고요."

맙소사! 지금 그녀는 트레이닝복에만 거의 300만 원을 넘게 쓰고 있다. 그리고 빨주노초파남보라니! 대체 왜? 올해 콘셉트는 무지개로 정한 건가?

난 카드를 꺼내 점원에게 건네는 유라의 모습을 물끄러미 바라보았다. 잠시 사라졌던 지안이 어느새 새 옷을 입고 나타났다. 자세히 보니 새로 머리띠까지 했다.

"이거 어때? 방금 샀어. 오늘 입고 온 옷이 별로 마음에 안 들었거든."

우리는 쇼핑을 시작한 지 30분 만에 갤러리아를 빠져나와 예땅으로 향했다.

지안의 차 뒷좌석에 자리를 차지한 쇼핑백이 하나, 둘, 셋, 넷, 다섯. 그중 하나는 내 것이다. 호기심으로 입어본 핫 핑크 트레이닝복을 도저히 그냥 지나칠 수 없었다.

"어머, 너무 잘 어울리세요. 딱 한 벌 남았는데……."

안 그래도 지름신의 기를 서서히 가열시키고 있던 나는 결정적인 한 방을 날리는 쥬시 직원의 그 한마디를 듣자마자 내 의지와는 상관없이 지갑이 열리고, VISA 카드가 나왔다.

이 트레이닝복을 입고 운동한다면 모두 다 나를 선망의 눈으로 바라보겠지? 어쩌면 동원 씨는 이 트레이닝복을 입은 날 은밀한 공간으로 데려갈지도 몰라. 그래서 난 결국 '트레이닝복으로 지불하는 이 20만

난 오늘도 헬스장에 가기 위해 파운데이션을 바른다 • 319

원은 전혀 아깝지 않다'라는 결론을 내려버린 것이다. 어찌 됐든 결론은 내가 지른 핫 핑크 트레이닝복은 아주 합리적인 소비였으며, 적어도 난 빨주노초파남보 색깔별로 트레이닝복을 사는 미친 짓은 하지 않았다는 것이다.

뭐, 내 친구가 꼭 미쳤다는 건 아니지만, 내가 아주 현명한 소비자란 건 인정할 만한 사실이다.

"주문하신 녹차빙수와 아이스 카페모카 크레페 나왔습니다."

하얀 남방에 기다란 검정 앞치마를 두른 웨이터가 녹차빙수와 크레페를 테이블 위에 가지런히 올려놓았다.

"그나저나 너 운동하게?"

지안이 스푼으로 얼음과 팥, 아이스크림으로 높게 쌓인 녹차빙수를 마구 섞으며 말했다.

"어, 정섭 씨랑 오늘부터 헬스장에 다니기로 했거든!"

그 부가티 베이론의 이름이 정섭인가보지? 그나저나 유라와 그 남자, 꽤 잘되는 모양이다. 기분이 좋아진다. 이대로 유라와 그 남자가 결혼하게 된다면! 난 아무 걱정 없이 동원 씨와 계속해서 만날 수 있다.

"그래서 트레이닝복을 색깔별로 사댄 거야?"

"그럼 당연하지. 난 일주일 동안 똑같은 트레이닝복을 한 번도 입지 않을 거야. 그리고 메이크업도 예약해놨어."

유라가 크레페 제일 윗부분을 포크로 살살 돌리며 말했다.

"메이크업하고 가게? 헬스장을?"

"어, 알잖아. 김태희나 전지현 같은 애들이 내 옆에서 러닝머신 하고 있을 텐데, 걔네들보다 모자라 보일 수는 없잖니. 더군다나 남자친구랑 같이 가는 건데."

그래 뭐, 나도 메이크업 살짝 하고 열심히 빗질하고 헬스장 가니까 할 말은 없다. 하지만 헬스장에 가기 위해 그 비싼 메이크업을 한다는 건 좀……. 하긴 double H에 다니는 여자들을 보면 대부분 완벽하게 메이크업하고, 가슴과 허리선이 다 드러난 비싼 트레이닝복에 뛸 때마다 찰랑거리는 완벽한 머릿결, 그리고 목에는 최신 아이팟을 걸고 있다.

"그래서 어디 다닐 건데? double H? 캘리포니아? 줄리엣 짐?"

지안이 물었다. 덩달아 나도 궁금해진다.

"이디긴. 요즘 제일 잘나가는 double H지! 그거 알아? 거기 다니엘 헤니도 다닌대."

난 그 순간 녹차빙수 먹던 숟가락을 바닥에 떨어뜨리고 말았다. 유라와 지안이 그런 날 의아한 눈으로 쳐다보며 "너 다니엘 헤니 좋아했어?"라고 묻는다.

'왜 하필 double H야? 다른 데 가면 안 돼? 다른 데 가란 말이야. 캘리포니아나 줄리엣 짐, 어?'

이렇게 소리치고 싶었지만 꾹 참았다.

머릿속이 멍해졌다. 만약 유라가 나와 동원 씨 관계를 알게 된다면? 하지만 유라에겐 새 애인이 생겼잖아? 게다가 그 부가티 베이론에게 정신이 나가 있는 상태고. 그러니 이젠 동원 씨에게 줄 관심 따윈 없지 않

겠어? 괜찮겠지? 그렇지만 지금까지 내가 속인 걸, 아니 숨긴 걸 알게 될 텐데.

'어머, 이 남자 아는 사람이야? 정말?' 이라며 너스레를 떠는 건 단언하건대 절대 자신 없다.

난 순식간에 수만 가지 생각을 했다.

"오늘은 몇 시에 가는데?"

난 숟가락을 집으며 떨리는 목소리로 물었다.

"저녁 먹고 8시쯤?"

맙소사! 내가 가는 시간과 같은 시간대잖아.

난 자리에서 벌떡 일어나며 말했다.

"급한 일이 있어서 나 먼저 일어설게."

난 서둘러 예땅을 빠져나왔다.

집에 들어오자마자 침대 위에 걸터앉아 곰곰이 생각해보았다. 어째서 이런 일이 생기는 거지? 왜 하필 유라가 다닐 헬스장이 double H냐고. 침착하자. 일단 지금 내가 해야 할 일부터 정리해보는 거야.

그래, 우선 동원 씨에게 전화를 걸어 심한 독감에 걸렸다고 해야지. 여름에 웬 감기냐고 물으면 뭐라고 하지? 그냥 아무 말도 하지 않고 미친 듯이 콜록거릴까? 아님, 눈병? 그거 좋겠다. 딱 그럴 시기이고, 또 일주일간은 헬스장에 갈 수 없을 테니. 그런데 만약 문병이라도 온다면? 감기는 아픈 척할 수 있지만 멀쩡한 눈을 벌겋게 만드는 건 쉬운 일이 아닐 것이다.

젠장, 그럼 뭐라고 하지? 대체 뭐라고 거짓말을 하냔 말이야!

"다음 뉴스입니다. 한 초등학교에서 식중독이 발생하였습니다. 원인은……."

때마침 켜놓은 텔레비전에서 뉴스가 나온다.

맞다, 식중독! 그래, 그게 좋겠다. 스시 먹고 식중독에 걸렸다고 하는 거야. 그래서 당분간 안정을 취해야 한다고, 안타깝게도 한동안 운동을 쉬어야겠다고 말하는 거지. 그런데 유라와 동원 씨가 마주치면? 유라는 어떤 반응을 보일까? 자기 남자친구가 있는데 설마 아는 척이야 하겠어? 어쩜 유라는 벌써 윤동원이라는 사람을 까먹었을지도 몰라. 그래, 일단 내가 아프다고 전화하는 거야. 오늘 도저히 갈 수 없다고.

난 말도 안 되는 상황과 적당한 거짓말을 준비해 동원 씨에게 전화를 걸었다. 그가 전화를 받자 난 일부러 내 몸에 있는 힘을 쫙 뺐다. 그리고 지친 목소리로 말했다.

"동원 씨."

"아, 지현 씨, 안 그래도 전화하려고 했는데. 제가 지금 당장 출장갈 일이 생겨서요. 근데 어디 안 좋아요?"

맙소사! 출장? 난 침대에서 벌떡 일어났다.

"네? 출장이요? 어디로요?"

언제 그랬냐는 듯이 큰 목소리가 입 밖으로 거침없이 튀어나왔다. 아무렴 어때. 난 이제 아픈 척하지 않아도 된다고.

"중국으로요. 투자 받을 곳이 생겼거든요. 한 일주일쯤 걸릴 것 같아요. 어쩌죠? 운동 같이 못해서."

"아니에요, 괜찮아요. 잘 다녀와요."

난 내가 금방이라도 죽을 것처럼 굴었다는 걸 완전히 까먹었다.

"아까 목소리가 안 좋던데."

그가 걱정스럽게 물었다.

"아니에요, 자다 깨서 그래요. 그럼 잘 다녀오세요."

난 그와 전화를 끊자마자 침대 위에서 미친 듯이 뛰다 잘못하면 자빠질 뻔했다. 어쨌거나 내겐 일주일이라는 시간이 생겼고, 그 다음 일은 일주일 있다가 생각하면 된다. 그때 갑자기 내 휴대폰 벨이 다시 울렸다. 혹시 동원 씨 출장이 취소되었다는, 뭐 그런 건 아니겠지? 나는 바짝 긴장하여 휴대폰을 집었다. 낯선 번호였다.

"여보세요?"

난 최대한 조심스럽게 말했다.

"정지현 씨 휴대폰인가요?"

상대방 목소리가 꽤 지적으로 들린다. 꼭 혼자서 수십 가지 일을 해내는 커리어 우먼 같은 목소리다.

"네, 맞는데요. 누구세요?"

그 순간 내 머릿속에 무언가 스쳐 지나가는 게 하나 있다. 출판사. 그래, 출판사. 금방이라도 튀어나올 것처럼 심장이 요동치기 시작한다.

"여기 △△출판사인데요. 지금 통화 가능하세요?"

맙소사! 진짜 출판사다. 하지만 난 아직 준비가 되지 않았는데. 이 일을 어쩌지?

"아, 네, 통화 가능해요. 말씀하세요."

난 그녀의 귀에 두근거리는 내 심장 소리가 들리지 않길 바라며 천천히 말을 이었다. 차마 가만히 앉아 있을 수 없어 자리에서 벌떡 일어나 방 안을 어지럽게 서성거렸다.

출판사 여자의 말투가 꽤 사근사근하다.

"기획안을 보니 소설로 만들면 근사한 작품이 나올 것 같은 확신이 생기더군요. 그래서 같이 한번 일해보고 싶어서 연락드렸어요."

난 하마터면 꺅 하고 소리를 지를 뻔했다. 아마 빠르게 오른손으로 내 입을 막지 않았더라면 그녀는 나를, 통화할 때 소리나 지르는 미친년 쯤으로 알았을지도 모른다. 극도로 흥분했다는 걸 애써 감추며 나는 사뭇 진지하게 물었다.

"제가 언제 출판사로 가면 되죠?"

계약서에 내 사인이 휘갈겨졌다. 난 정말 작가가 된 거다. 정 작가.

내가 글만 열심히 잘 쓴다면 올해 말쯤엔 내 이름이 표지에 실린 책이 전국 서점에 배포될 것이다. 다만 안타까운 점이 하나 있다면 압구정이

나 청담동에선 큰 서점을 찾아보기 힘들다는 것이다. 아마도 내 책이 몇 권씩 쌓여 있는 서점에 가려면 강남역에 있는 교보문고나 삼성역에 있는 반디앤루니스, 그것도 아니면 센트럴에 있는 영풍문고에 가야 할 것이다.

어쨌거나 날아갈 것만 같다. 일단 책이 나오면 써클 VIP 룸에서 파티를 할 것이다. 그리고 그 다음 날엔 새로 생긴 spot에서 두 번째 파티를 할 것이다. 또 책이 많이 팔리면 트라이베카에서 사인회도 가져야지.

후훗! 이런 걸 바로 김칫국부터 마신다고 하는 건가? 뭐, 어찌 됐든 난 지금 더없이 행복하다. 아무래도 새 노트북을 사야겠지? 지금 노트북은 너무 오래 썼어. 모름지기 주위의 환경이 좋아야 글도 잘 써지는 거라고. 필을 꽉꽉 받기 위해 침대도 옷장도 바꿔야 할지 몰라.

난 당장이라도 노트북을 살 기세로 지안에게 전화를 걸었다. 쇼핑은 제일 마음 잘 맞는 친구랑 해야 제 맛이기 때문이다. 난 이렇게 생각한다. 쇼핑이란 동성과 즐길 수 있는 최고의 아이템이라고.

새로 바뀐 컬러링을 중간 부분까지 들었을 때 지안이 전화를 받았다.

"어, 지현아."

전화를 받자마자 뚜— 소리가 들린다. 아마도 지안이 다른 누군가와 통화하던 중에 내 전화를 받은 모양이다.

"통화 중이었어? 나중에 전화할까?"

"아니, 유라랑 통화했어. 아무튼 너 지금 홈스테드에 좀 가봐."

지안의 목소리가 몹시 지쳐 있는 듯하다. 나는 걱정스런 목소리로

"왜?" 하고 물었다.

"유라, 부가티 베이론이랑 헤어졌대."

"뭐?"

난 깜짝 놀라 자빠질 뻔했다.

"헬스장에서 알리샤라는 외국 여자랑 바람이 났대. 유라 말로는 그 여자가 자기보다 훨씬 예쁘고 섹시한 트레이닝복을 입어서 그런 거라고 징징대는데…… 내가 지금 일이 있어서 빨리 못 가거든? 먼저 가서 좀 달래줘. 알았지?"

지안과의 통화를 어영부영 끝낸 뒤 나는 곰곰이 생각에 잠겼다.

부가티 베이론이랑 헤어졌으니 이제 유라는 헬스장엔 가지 않겠지? 그렇지만 '역시 동원 씨 같은 남자는 드물어'라며 다시금 동원 씨를 떠올릴지도 몰라. 맙소사! 나 친구 맞아? 친구가 다른 여자에게 남자를 빼앗겼다는데, 그것도 미모의 서양 여자에게 빼앗겼다는데 지금 내 문제만 생각하고 있다니! 그래, 일단 위로해줘야지.

친구야, 세상엔 반이 남자란다. 그리고 우리에겐 아직 시간이 많으니까 더 좋은 남자 만날 수 있어, 라는 뻔한 말로 운을 떼야 할 것이다. 그리고 같이 그 남자를 욕해주는 거야. 물론 반이 남자인 만큼 반이 여자라는 것, 그리고 우리가 이미 스물여섯이라는 건 쏙 빼고 말이다.

얼른 옷을 챙겨 입고 간단히 화장을 한 뒤 홈스테드로 출발했다. 내가 유라를 위해 해줄 수 있는 건 어서 빨리 그녀의 대화 상대, 아니 그녀의 화에 맞장구를 쳐주는 것뿐이다.

홈스테드에 도착하자마자 테라스를 둘러보았다. 역시나 유라는 야외 테라스에 앉아 커피를 마시고 있었다. 그녀 주위에는 왠지 근접할 수 없는 정체불명의 검정색 오라가 풍기고 있었다. 남자에게 버림받은 여자의 묘한 분위기랄까?

"나 왔어. 언제 도착했는데?"

난 그녀와 마주보게 자리에 앉았다.

"좀 전에."

"그렇구나."

언제나 자신만만하던 그녀가 어깨를 축 늘어뜨리고 땅이 꺼져라 한숨을 쉬고 있는 걸 보니 내 가슴이 점점 옥죄어 오는 게 느껴졌다. 이번에는 꽤 심각해 보인다. 하기야 헤어짐이 힘들지 않을 땐 단 한 가지 경우뿐이다. 그 남자 말고 정말로 마음이 끌리는 다른 사람이 생겼을 때. 그냥 단순히 사랑이 식어 내가 이별을 통보할 때에도 나 때문에 아파할 그 사람에 대한 미안한 마음과 그동안의 정 때문에 힘들기 마련이다. 하지만 역시 차였을 때가 충격이 제일 클 테니 유라의 자신만만함을 찾아볼 수 없는 건 당연한 일이다.

"정말이지, 이해가 안 돼. 나도 나름대로 섹시한 트레이닝복에 자연스럽게 메이크업까지 하고 갔단 말이야."

"알지."

난 최대한 진중하게 고개를 끄덕거렸다.

"그리고 운동을 할 때 최대한 섹시한 라인을 만들려고 노력했고."

그래, 충분히 그랬을 거다. 나도 그러니까. 그곳에서 엉덩이와 배에 힘을 주지 않은 채 운동하는 여잔 아마 한 명도 없을 것이다.

"근데 왜 뺏겼는지 모르겠어. 정섭 씨랑 사귄 지 일주일밖에 되지 않았지만 우리는 서로 마음이 꽤 잘 맞는다는 걸 충분히 알 수 있었어. 물론 마음뿐 아니라 다른 것에서도. 그래서 우리 결혼을 생각하며 진지하게 사귀자, 라는 말까지 주고받았단 말이야. 일주일이었지만 정말 많은 일이 있었어. 너, 부가티 베이론을 타고 서해안 고속도로를 달리는 그 기분 아니? 나 다시는 그 차가 아닌 다른 차 가지고 있는 남자를 만나지 못할 것 같아. 그러니까, 그러니까 내 말은……."

폭포처럼 쏟아내는 그녀 말의 요지는 그 남자의 차가 너무 좋아서 절대 잊을 수 없다는 그런 말인가? 어찌 됐든 난 그녀의 말에 계속해서 고개를 끄덕거렸다. 가끔씩 '그럼, 그럼' '맙소사' '정말?'이라는 추임새를 넣어주는 것도 잊지 않았다.

"다시는 남자친구와 헬스장에 같이 가지 않겠어. 남자친구를 헬스장에 보내지도 않겠어. 정 가야 한다면 저기 다른 동네에 있는, 낮에 아줌마들이 득실거리는 헬스장에 가거나, 그게 힘들면 내가 헬스장을 하나 만들 거야."

"그래, 그거 좋겠다."

난 정말로 유라가 헬스장을 만들었으면 좋겠다는 생각을 했다. 그럼 정말 편안한 옷차림과 과감한 쌩얼로 죽어라 땀 흘리며 칼로리를 소비할 텐데.

"너도 절대 남자친구랑 헬스장 가지 마."

유라가 한숨을 푹 쉬며 말했다.

"어, 안 그래도 지금 어떡해야 하나 생각 중······."

맙소사! 이건 실수다. 대형 실수.

"뭐야? 너 남자친구 생겼어?"

그녀가 손에 들고 있던 커피를 테이블에 내려놓으며 말했다.

"아, 아니."

갑작스럽게 온몸에 식은땀이 흐른다. 친구끼리 애인이 생겼는데 알리지 않은 것처럼 배신감 느끼는 일이 또 어디 있겠는가? 하지만 난 분명한 이유가 있으니 입을 다물어야 했다.

"만약에 생기면 어떡하나, 하는 얘기지 뭐. 근데 너 그 알리샤란 여자애 얼굴은 봤어?"

난 빠르게 화제를 돌렸다.

"그럼! 같이 운동하러 다녔는데 봤지."

"어떤데? 그렇게 죽여줘?"

"그렇게는 아니고, 그냥 금발에 키는 175 정도? 눈동자가 새파래. 꼭 플레이보이 잡지에 나오는 모델 같아."

유라가 잔뜩 흥분해서 말했다. 한 15분쯤 그녀는 지치지도 않고 계속해서 말을 했고, 그 사이 지안이 도착했다. 옅은 살구빛 블라우스에 검정색 스커트를 입은 지안을 보니 굉장히 커리어 우먼 같다.

지안이 왔으니 내가 잠시 사라져도 되겠지? 난 잠깐이라도 내 귀에게 휴식을 주기 위해 음료를 사러 가기로 마음먹었다.

"나 커피 사올래. 지안, 너 뭐 마실래?"

"나? 나 배고픈데."

"그럼 햄버거 사다 줄게."

난 자리에서 일어나 홈스테드 안으로 들어갔다. 그리고 계산대에서 주문을 했다.

"라떼 하나랑 홈스테드 특제 버거 하나 주세요. 코크도 하나요."

"햄버거가 시간이 좀 걸릴 텐데, 자리를 알려주시면 제가 가져다드릴게요."

점원이 친절하게 말했다. 하지만 난 손사래를 치며 다 될 때까지 여기서 기다리겠다고 말했다. 분명히 지금쯤 유라는 나에게 했던 것과 똑같은 이야기를 조금 순서만 다르게 해서 지안에게 하고 있을 것이다. 정말이지 다시 듣고 싶지 않다.

난 햄버거를 기다리는 동안 비어 있는 테이블에 잠시 앉았다. 물론 유라와 지안이 보이지 않는 자리다.

갑자기 이런 생각이 든다. 이곳에 있는 모든 여자들은 나의 경쟁자들이다. 그러니까 저들보다 예뻐야 하고, 섹시해야 하고, 더 좋은 옷을 입어야 하는 거다. 그래야 내 남자를 지킬 수 있다.

헬스장에 가더라도 그냥 운동만 하러 갈 수는 없다. 언제 어떤 여자가 내 남자를 가로챌지 모르니 그만큼 몸에 기합을 줘야 한다. 정말 웃긴 건 그 여자들도 우릴 보며 그런 생각을 할 거라는 것이다.

'뭐야? 저 여자 트레이닝복이 나보다 더 예쁘잖아? 젠장, 어디서 샀지? 어머 가슴이 나보다 크네? 수술했나?' 하며 자신의 남자친구가 그 여자를 처다보지 않도록 더욱 눈길을 끌게 행동해야 할 것이다.

만약 여자들만 다니는 헬스장이 있다면 과연 그녀들이 꾸미고 다닐까? 내 생각엔 절대 그럴 리 없다. 혹시 헬스장 트레이너가 모두 다니엘 헤니 같다면 모르겠지만.

왠지 '나는 정말 힘든 세상에 살고 있구나'라는 생각과 함께 참을 수 없이 내 자신에게 연민의 감정이 들었다.

"손님, 주문하신 햄버거랑 음료 나왔습니다."

난 햄버거를 받아 유라와 지안이 앉아 있는 야외 테라스로 향했다. 그런데 유라는 보이지 않고 지안 혼자만 앉아 있다.

"뭐야? 유라는?"

"방금 그 남자한테 전화 와서 갔어."

"뭐야? 그럼 다시 잘되는 거야?"

난 햄버거를 지안에게 밀어주며 물었다.

"아니, 그럴 것 같지는 않던데? 아마 둘이 뭐 정리할 게 있나봐."

"그래? 우리 저녁에 어디 갈까? 사실 나 좋은 일이 생겼거든."

난 조심스럽게 말을 꺼냈다. 사실 묻어두기엔 너무 아까운 일이다. 오늘 같은 날은 써클에 가서 모히토를 마시며 밤새 흔들어줘야 할 것이다. 유라에게는 조금 미안하지만. 또 알아? 오늘 밤 당장 유라에게 좋은 남자가 생길지?

"뭐야? 그 남자가 결혼하재?"

"아니. 설마."

난 고개를 휘휘 저었다. 동원 씨와 만난 지 한 달밖에 안 됐는데 결혼이라니 말도 안 된다.

"그럼 뭐?"

"나 출판사랑 계약했어. 그러니까 내 소설이 나오는 거지."

나는 오른손으로 브이 자를 그리며 말했다. 눈이 휘둥그레진 지안을 보니 내가 정말 큰일을 해냈구나, 하는 생각이 들어 기운이 난다.

"정말이야? 맙소사! 오늘 유흥비는 내가 쏜다. 써클? 클럽i? 아니면 가라오케?"

"써클."

"오늘은 우리 권투나 해볼까?"

3층 스포츠 바 빨간 의자에 앉아 음료를 마시던 그가 말했다. 천장에 달린 눈부신 조명이 그의 구릿빛 피부를 더욱 탐스럽게 만들어주고 있다. 우린 언제나 탈의실에서 나와 꼭 이곳에서 음료를 한 잔 마신 후 운동을 시작한다.

동원 씨가 출장을 다녀온 후 우린 꼬박꼬박 9시에 double H에서 만났다. 사실 유라의 일이 있은 후 내가 이 헬스장에 더 다녀야 할지 말아야 할지 정말 수백 번 고민했지만, 난 결국 그와 함께 다시 이곳에 왔다.

첫째, 이 회원권은 환불이 되지 않는 데다 값이 비싸 양도가 힘들다.

둘째, 난 그를 믿기로 결심했다. 가끔 모델 같은 다른 여자들에게 눈길을 주면 나도 다니엘 헤니나 멋진 근육질 남자들에게 눈길 주면 되지 뭐. 미소도 한 번 날려주고.

"좋아요, 오빠 나한테 지면 조금 창피할 텐데……."

"좋아, 기대할게. 가자고."

그가 음료를 입에 털어넣은 후 내 어깨에 손을 올리며 말했다.

그와 난 4층에 있는 복싱 룸에서 권투 글러브를 끼고 대결을 준비했다. 세상에, 정말로 그와 권투를 하게 되다니.

난 그와 함께 링 안으로 들어갔다. 권투 글러브를 낀 그의 모습은 정말로 복서 같아서(「눈의 여왕」에 나온 현빈이나 「이 죽일 놈의 사랑」에 나온 비처럼)나는 쉽사리 눈을 떼지 못했다. 권투를 하다가 그대로 그를 덮칠지도 모른다. 뭐, 그것도 나쁘진 않겠군.

"그럼 시작해볼까?"

그가 자신의 글러브로 내 글러브를 가볍게 툭 치며 말했다. 나는 여전히 그에게 시선을 고정시킨 채 고개를 끄덕였다. 그때였다. 그가 옆으로 잠깐 비켜섰을 때 맞은편에서 한 남자가 금발의 여자에게 권투 글러브를 껴주는 모습이 보인 것은.

뭐야? 혹시 저 여자가 알리샤? 저 남자가 부가티 베이론이고?

맙소사! 유라를 그렇게 내팽개치고 저 여자랑 저렇게 희희낙락 놀고 있는 거야? 만약 저 남녀가 그들이라면 난 이 글러브 낀 손으로 그를 흠씬 두들겨 패줄 각오가 되어 있다.

"Allisa? Are you ready?"

뭐? 알리샤?

"자, 잠깐만요, 오빠."

난 맞은편 링 줄에서 나를 향해 다가오는 그를 향해 말했다.

분명히 알리샤라고 했지? 그럼 그들이 맞는 거야? 내 친구를 물 먹인 그 자식?

순간 글러브를 낀 내 두 손이 부들부들 떨리는 게 느껴졌다. 그래, 너 오늘 나한테 제대로 걸렸어! 난 전의에 불타는 눈빛으로 그에게 다가갔다. 이를 바득바득 갈면서. 그런데 그때였다.

"야, 이 나쁜 새끼야!"

분명 내가 하려고 했던 대사인데, 내 목소리가 아니었다. 누구지? 소리 나는 쪽을 향해 고개를 돌리자 어디서 많이 본 여자가 부가티 베이론을 향해 전속력으로 돌진하고 있는 것이 보였다. 그리고 이내 '짝' 하는 소리가 2층 전체에 울려 퍼졌다.

어디서 많이 본 그 여자는 유라였다.

뿔난 황소처럼 씩씩대고 있는 유라는 뺨 한 쪽으로는 분이 풀리지 않는지 부가티 베이론의 다른 한 쪽 뺨도 철썩 소리가 나도록 올려붙였다.

맙소사! 난 유라가 저토록 분노하는 모습을 단 한 번도 본 적이 없다. 저건 평소의 유라와는 전혀 다른 모습이다. 부가티 베이론이 유라에게 정말 대단하긴 했었나보군.

"이 개자식, 너 그제 나랑 다시 시작하기로 한 거 아니었어? 이곳은 얼씬도 하지 않겠다고 했고. 그런데 이게 뭐야?"

유라가 그를 향해 버럭 소리를 질렀다. 유라는 이제 온몸을 부들부들 떨었다. 그런 유라에게 정신이 팔려 있던 나는 순간적으로 내가 동원 씨와 함께 있다는 사실을 깨닫고, 후에 나에게 저런 모습으로 잔뜩 분노할 유라의 모습을 상상하자 그 자리에 얼어붙고 말았다.

"진짜 너 쓰레기다. 그것도 세상에서 제일 더러운. 그리고 알리샤, 너! 이 남자, 개새끼야. 나랑 당신이랑 양다리 걸쳤다고!"

한참을 그렇게 악다구니 쓰던 유라는 잠시 말을 멈추고 숨을 몰아쉬기 위해 몸을 돌리다 나를 발견했다. 안 그래도 커다란 눈이 더 커졌다.

"뭐야? 너 왜 여기 있어? 어, 어머! 도, 동원 씨?"

유라는 결국 내 뒤에 서 있던 동원 씨를 발견해냈다. 최악의 상황이다. 그냥 이대로 냅다 튀어버릴까? 아니야, 아니야, 나중에 어떤 꼴을 당하려고. 머리를 쓰자, 정지현, 머리를 써!

"어? 유라 씨랑 지현 씨랑 아는 사이에요?"

동원 씨가 글러브를 벗다 말고 의아한 눈빛으로 유라에게 물었다. 제발 이대로 사라지게 해주세요, 제발! 내가 전생에 무슨 죄를 지어서 이런 꼴을 당하는 걸까? 지금 내가 사라져서 한 달, 아니 석 달 동안 나타나지 않는다면 모든 것이 괜찮아질까? 왜 하필이면 유라가 부가티 베이론을 처치하는 자리에서, 최악 중의 최악의 상황에서 걸린단 말인가! 정말이지 나는 지지리도 운 없는 년이다. 정말, 이제 어쩐다?

"아, 맞다! 저번에 친구라고 했었죠?"

동원 씨는 어느새 권투 글러브를 벗어던졌다. 그리고 유라는 한 걸음씩 점점 우리 앞으로 다가왔다. 정말 이건 대형 참사다. 손쓸 수 있는 시간도 방법도 없는.

"뭐야, 정지현, 너 동원 씨랑 아는 사이였어? 아, 동원 씨, 전 지현이랑 친구예요."

"아, 그렇구나!"

어떠한 변명거리라도 만들어야 할 텐데, 내 머릿속 회로는 이미 정지된 지 오래였다. 나는 후들거리는 다리에 힘을 줄 여력도 없었다.

"그런데 동원 씨는 지현이랑 어쩐 일로?"

유라는 어느새 반경 50센티도 안 되는 거리에 서 있다. 방금 전까지만 해도 유라에게 흠씬 두들겨 맞던 부가티 베이론은 알리샤와 사라진 지 오래다.

"아, 저랑 지현 씨랑 같이 운동해요."

동원 씨 대답에 유라의 얼굴이 벌겋게 달아올랐다. 아, 정말 이 상황을 어쩐담!

"같이 운동을 한다고요?"

유라의 얼굴은 벌겋게 달아오르다 못해 퍼렇게 질려 있었다. 유라의 표정을 본 동원 씨가 내 어깨에 팔을 두르며 말을 이었다.

"네. 지현 씨, 유라 씨한테 말 안 했어요?"

"무슨 말이요?"

난 오늘도 헬스장에 가기 위해 파운데이션을 바른다 · 337

유라가 천천히 입을 떼며 말했다. 그러나 유라의 표정에 드러난 분노를 읽은 난 얼어붙어,

"우리 사귀고 있는 거요."

라고 말하는 그의 섹시한 입을 막지 못했다.

맙소사! 이제 다 끝났다.

"아저씨, 써클 앞으로 가주세요. 최대한 빨리요!"

청담공원 앞에 정차해 있는 택시에 올라타자마자 기사 아저씨를 재촉했다.

"써클이요?"

맙소사! 설마 이 아저씨 써클을 모르는 거야? 말도 안 돼. 써클을 모르다니. 내가 1분 정도의 시간을 들여 최대한 성의(?) 있게 위치 설명을 한 후에야 아저씨는 고개를 끄덕이며 미터기를 눌렀다. 사실 누를 필요도 없는 거리인데. 아마도 이 아저씨의 주요 활동지는 이 동네가 아닌가보다.

난 차가 출발하자마자 휴대폰을 꺼내 빠르게 문자를 찍었다.

─ 5분이면 도착. 근데 대체 무슨 일?

지금이 새벽 3시 55분. 세상모르고 잠들어 있어야 하는 시간이다. 그러니까 내가 지금 이 새벽에, 그것도 택시를 타고 써클에 왜 가는지에 대해 털어놓자면, 자다가 눈을 떴는데 갑자기 알코올이 그리웠다거나, 시끄러운 음악에 몸을 맡겨야겠다는 식의 정신 나간 이유는 맹세컨대 절대 아니다.

전화를 받자마자 '야야, 지현아. 헉헉! 내 참, 기가 막…… 잠시만 나 숨 좀 고를게. 헉헉! 야, 방금 내 동생이 집에 들어왔는데 어떤 미친년한테 바쉐론 콘스탄틴 시계를 뺏겼대. 너도 좀 도와야겠어. 지금 당장 써클로 나와'라며 마치 엉터리 랩을 하듯 말하는 그녀의 말을, 비몽사몽간에 전화를 받은 내가 어찌 알아들을 수 있으랴! 하지만 내가 무언가를 묻기도 전에 휴대폰은 이미 끊어졌다. 이것이 추레한 트레이닝복에 평소라면 어떤 일이 벌어져도 쓰지 않을 상아색 폴로 캡을 눌러쓰고 새벽 3시가 넘어 집을 빠져나온 말도 안 되는 이유라면 이유이다.

"아가씨, 다 왔는데요? 근데 여기가 어딘데 이 시간에 저렇게 사람들이랑 외제 차들이 많아요? 서 있는 차가 다 외제 차네요."

내 예상이 맞았다. 이 아저씨는 택시 기사 일이 서툰 데다 이쪽 지리에 어둡기까지하다.

"어? 저 여자 주말 드라마에 나오는 여자 아닌가? 여기 근처에 방송국이 있나? 우와, 대체 저 차는 왜 문이 저렇게 열리는 겁니까?"

아저씨의 시선을 따라가보니 써클 앞에 정차한 람보르기니의 차 문이 조심스럽게 열리고 있었다. 하기야 이런 광경을 처음 보는 거라면 신기할 만하지. 난 기사 아저씨에게 그 이유를 정성껏 설명해주고 싶었지만 그럴 만한 시간이 없었다. 난 재빨리 지갑에서 꺼낸 2천 원을 아저씨에게 건넸다. 이 별천지 풍경에 넋이 나간 아저씨는 아우디 R8*에서 내리는 남자를 넋 놓고 바라보면서 주섬주섬 거스름돈을 꺼냈다. 나는 그런 아저씨에게 '괜찮아요'라는 말을 남기고 택시에서 내려 써클 정문 앞으로 달려갔다.

망할! 새벽 4시인데도 써클 앞은 사람들과 차들로 만원이었다. 남아 있던 눈곱만 한 잠까지 확 달아나는 기분이었다. 그제야 나는 내 행색이 이곳과 전혀 맞지 않는다는 것을 깨달았다. 이럴 줄 알았으면 조금 시간이 걸리더라도 제대로 차려입고 나오는 건데. 이건 마치 그때와 같은 상황이잖아? D&G 매장에서의 굴욕. 그건 그렇고, 대체 얘는 어디 있는 거야?

"야, 지현아!"

정문 바로 앞에서 지안이 나를 향해 소리를 지르며 뛰어왔다. 굽이 10센티는 족히 되어 보이는 마놀로블라닉 구두를 신은 지안은 옆이 트인 짧은 미니스커트에 움직일 때마다 가슴골이 살짝 보이는 브이 네크라인 민소매 티셔츠를 입고 있었다. 네크라인 주변에 수놓인 까만 스팽글이 빛을 발하며 번쩍거리는 것이 마치 나이트 천장에서 정신없이 돌아가는 조명 같다. 이런! 내 차림과 너무 비교되잖아. 순간, 다가오는 지

★ 아우디 R8 영화 「아이언 맨」에서 미래지향적인 분위기를 물씬 풍기며 주인공의 애마로 등장한 자동차. 1억 8700만 원이나 되는 가격대지만 국내 수입된 20대가 이미 동이 나 사고 싶어도 한참을 기다려야 한다.

안을 피해 모른 척 달아나고 싶은 충동을 느꼈다.

"야, 대체 무슨 일인데 이 시간에 자는 사람을 불러내?"

"에이 씨, 놓쳤어!"

지안이 짜증스러운 목소리로 대꾸했다.

"뭘? 대체 뭘 놓쳤는데?"

"내가 도윤이 데려와서 금방 이야기해줄게. 잠깐만 기다려. 알았지?"

지안이 가드에게 손목에 찬 써클 팔찌를 보여주며 입구 안으로 들어갔다. 대체 무슨 일이 일어난 거야?

뭐, 그건 그렇다 치자. 근데 곧 동이 트려고 하는 이 시간에 이렇게 많은 사람들이 모여 있다는 건 정말이지 기이한 일이다. 써클 앞엔 드라마나 영화에서 나올 법한 의상을 차려입은 사람들이 도로 위를 꽉 메우고 있었다. 마치 호화로운 파티장에서 방금 빠져나온 것처럼 보이는 의상들뿐이다.

그렇게 주위를 두리번거리고 있던 나는 어느 순간 정문 앞에 있던 가드와 눈이 딱 마주쳤다. 나를 바라보는 가드의 눈빛이 심상치 않았다. '당신은 절대 이 안으로 들어올 수 없어!' 라는 무언의 강렬한 눈빛이랄까? 하긴 지금 내 꼬락서니가 써클 금지 복장에 걸리는 건 당연하다. 하지만 난 오늘 써클에 들어가기 위해 이곳에 온 것이 아니니 전혀 쫄 이유가 없다. 그래, 쫄 것 없어, 정지현.

하지만! 난 슬그머니 가드의 눈을 피해 구석진 곳으로 자리를 옮겼다. 절대 저 무시무시한 가드를 피한 것이 아니다. 단지 지금 내 복장이

당사자인 내가 보기에도 이곳과는 어울리지 않는다는 걸 나 스스로 판단했기 때문이다. 대체 어느 누가 보라색 면 트레이닝복에 까만 골프화를 신겠냔 말이다. 더군다나 상아색 폴로 캡이라니. 신발은 둘째 치고 색의 조화라도 맞출걸.

하지만 이렇게 후회해도 지금 나에게 아무런 득이 되지 않는다는 걸 나는 아주 잘 알고 있다. 그리고 다시 그때로 돌아가더라도 나는 분명히 잠에 취해 대충 옷을 걸쳐 입고 나왔을 것이다. 뭐, 달라질 수도 있는 가능성은 옷장에 팔을 뻗었을 때 손에 잡히는 옷이 지금과는 조금 다를 수 있다는 정도? 어쨌든 지금 이 상태에서 벗어날 길이 없는 나는 애꿎은 골프화 앞 코로 바닥만 툭툭 찼다.

주변 상황에 최대한 신경을 꺼보려고 노력하고 있는데 내 옆쪽에서 자꾸만 '찰칵' 소리가 들린다. 소리 나는 쪽으로 고개를 돌려보니 람보르기니 두 대 사이에서 얼쩡거리고 있는 어떤 찌질이 하나가 보인다. 람보르기니 표면을 이리저리 손으로 쓸어보고 두드려보던 찌질이는 이내 쪽그려 앉더니 주머니에서 휴대폰을 꺼내 람보르기니 브레이크디스크를 찍어댄다. 대체 쟤 뭐야? 쪽팔리지도 않는 걸까? 어? 사람들이 이쪽을 쳐다보잖아? 저 찌질이 때문에 나까지 람보르기니를 신기해하는 사람으로 몰리는 거 아닌가 싶어 난 다시 한 번 자리를 옮겨야 했다.

아까 날 내려준 택시 아저씨는 아직도 그 자리에 그대로 차를 정차시킨 채 창밖으로 고개를 빠끔히 내밀고 이 진기한 광경을 구경하고 있었다. 그 택시 뒤에 멈춰 선 두세 대의 택시도 마찬가지였다. 하긴 처음 보는 사람이라면 당연히 눈이 휘둥그레질 만한 곳이지. 저러다 분명히 흰 티 아저씨*에게 쫓겨날 텐데.

"아저씨, 길 막지 말고 빨리 지나가세요!"

아니나 다를까. 어느새 등장한 흰 티 아저씨가 택시 기사들에게 짜증 섞인 목소리로 소리를 질러댔다.

갑자기 두두두두두두두** 하는 요란한 소리가 들리더니 택시들이 비켜 간 도로 사이로 전체가 실버톤인 차 한 대가 미끄러지듯 굴러온다. 내가 저걸 어디서 봤더라? 아, 배트맨! 배트맨이 타던 차와 정말 똑같네. 아닌가? 뭐야? SLR이잖아! 순간 주위에 있던 모든 사람들의 시선이 벤츠 SLR 멕라렌에 집중되었다.

"야야, SLR이야!"

"우와, 저거 진짜 죽인다."

"야, 나도 집 담보로 대출받아서 저거나 살까?"

여기저기서 사람들이 수근덕거리는 소리가 들린다. 차가 점점 가까이 다가오면서 정문 앞에 진을 치고 서 있던 50명쯤 되는 사람들은 저 차에서 내리는 인물이 과연 누구일지에 대해 강한 호기심을 드러냈다. 나 역시 저 차에서 누가 내릴지 궁금해 계속해서 그 차를 주시했다.

드디어 운전석 문이 열리고 차 주인이 내렸다. 워싱이 근사해 보이는

---

* 흰 티 아저씨 유난히 써클 앞을 구경하는 택시들로 붐빈다. 그래서 흰 티를 입은 아저씨가 이곳을 통제해 줄 때가 있다. 택시 여러 대가 이 앞을 막고 있다면 교통 정체가 생기니 말이다.
** 두두두두두두두 SLR이 움직일 때 나는 소리다. 두두두두두두두. 한마디로 시끄럽고 정신사납다.

디젤 청바지와 마릴린 먼로의 얼굴이 커다랗게 프린트된 D&G 티셔츠를 입은, 키가 족히 190은 되어 보이는 외국인이었다. 쉽게 말하자면 디젤의 잘나가는 청바지 모델 같은 외국인이다. 그리고 조수석에선……

맙소사! 쟤가 대체 왜 저기서 내리는 거야? 박상준, 너 대체 뭐 하는 애니?

"어, 지현아!"

상준이 그새 나를 알아보고 손을 흔들었다. 그리고 그 순간 SLR에 집중되어 있던 사람들의 시선이 일제히 나에게 쏠렸다. 기다렸다는 듯 굳이 목소리를 낮추지 않은 사람들의 말소리가 내 귓가에 들려왔다.

"뭐야? 저 여자 누군데?"

"뭐야, 완전 구려. 대체 뭐지?"

아! 이럴 줄 알았으면 옷이라도 제대로 입고 오는 건데. 이게 다 지안이년 때문이다. 친구가 아니라 원수야, 원수.

"모자 쓴 거 보니까 연예인인가? 아까 지현이라고 그랬는데 전지현인가? 근데 좀 작다."

아까 내 오른편에 서 있던 람보르기니 브레이크디스크를 폰카로 찍어대던 남자애가 하는 소리였다. 그것도 나를 쳐다보면서.

난 조금 더 모자를 눌러썼다. 이쯤 되면 아무도 날 알아보지 못하겠지? 발꿈치를 좀 들어서 정말 전지현 키에 맞출까? 아니야, 이 망할 보라색 트레이닝복이 내 발끝을 모두 덮을 만큼 길지 않구나. 그리고 지금 중요한 건 저 박상준, 바보 같은 자식을 피해 달아나야 한다는 것이다.

그러나 인생이 어디 두루마리 화장지처럼 내 뜻대로 술술 풀리던가.

"뭐야, 왜 나 보고 쌩까는데?"

어느새 내 앞을 가로막고 선 상준이 나를 내려다보고 있었다.

나는 나지막한 목소리로 물었다.

"누구야? 저 SLR?"

"아, 데니엘? 나 어학연수 때 친해진 친구. 오늘 놀러 왔어."

나는 최대한 숙였던 고개를 슬쩍 들어 데니엘이라는 외국인을 훔쳐보았다. 꽤나 괜찮은 외모의 소유자였다. 10점 만점에 9.7점 정도? 나머지 0.3을 깎은 것은 애교! 나중에 지안에게 소개시켜줄까? 하지만 한국에 온 첫날 써클에 오는 남자라면 약간 에러다. 에잇, pass!

"먼저 들어가!"

상준이 그를 향해 손을 흔들며 큰 소리로 말했다.

그가 써클 안으로 들어가자마자 주차를 하기 위해 SLR에 올라탄 발렛 요원의 안면이 긴장으로 잔뜩 굳어졌다. 하긴 저 차를 주차하다가 흠집이라도 내면 아마 그의 1년 치 연봉보다 더한 돈을 물어줘야 할지도 모른다. 생각만 해도 정말 아찔한 일이다.

그런데 이게 웬걸. SLR 쪽으로 다가간 검은 수트 차림의 남자가 발렛 요원에게 내리라고 했다. 누구지? 발렛을 총괄하는 사람인가? 그 사람의 지시대로 차에 탄 발렛 요원이 내리고 검은 수트가 직접 운전석에 올라타 시동을 걸었다. 아무래도 워낙 고가의 차라 혹시 실수라도 할까봐 자신이 직접 주차를 하는 게 나을 거라고 판단한 모양이다. 하긴 그럴 만도 하다는 생각이 든다. 저게 얼마짜리 찬데.

"근데 넌 이 시간에 웬일이야? 옷차림 보니까 써클에 온 것 같진 않은데."

상준이 내 차림새를 한번 쓱 훑더니 어이없다는 투로 말했다. 얘가 무슨 정신으로 이런 차림으로 여기 온 건지 궁금한 모양이다. 그래, 나도 좀 알고 싶다. 내가 이 차림새로 왜 여기 있어야 하는지를! 하지만 난 그 말 대신 어깨를 으쓱거렸다. 마침 그때, 아까 통화할 때와 마찬가지로 숨을 헐떡이며 달려온 지안이 어느새 나와 상준 앞에 서서 숨을 고르고 있었다.

"미안. 헉헉! 많이 기다렸지? 어라! 상준이도 있었네? 헉헉!"

"이봐, 이제 말 좀 해보시지?"

슬슬 화가 나기 시작한 나는 허리에 손을 두르고 지안에게 따지듯이 물었다.

"글쎄 말이야, 내 동생이 오늘 클럽i에서 놀다가 부킹을 했다네?"

지안은 내 이런 반응에 그다지 큰 관심을 두지 않고, 자신의 얘기를 전달하기에 바빴다.

"그런데 도윤이가 나이트에서 좀 있어 보이려고 할아버지 시계를 몰래 차고 나간 거야. 근데 부킹한 여자애가 도윤이 시계가 예쁘다면서 '잠깐 차봐도 돼?' 그러더래. 그래서 잠깐 차라고 했는데 갑자기 그년이 '어! 이거 내가 좋아하는 노래다' 하면서 뛰쳐나갔다지 뭐야. 뭐, 금방 오겠거니 생각하고 기다렸는데 도무지 오질 않더래. 참고로 그 시계,

바쉐론 콘스탄틴 건데 3천만 원이 넘는 거야. 다이아가 테두리에 골고루 세심하게 박힌."

맙소사! 이건 또 무슨 우습기 짝이 없는 상황이람. 아직도 써클 안에 들어가지 않고 우리 옆에 서 있던 상준도 이야기를 듣고 많이 놀라는 눈치였다.

"그래서? 찾았어? 그 여잔? 근데 클럽i에서 잃어버렸는데 왜 써클로 나오라고 한 거야?"

정말, 그야말로 '맙소사'다. 다른 말로 표현할 길이 없다. 3천만 원짜리 시계면 폭스바겐 한 대 값인데. 웬 정신 나간 년이 그걸 훔친 거지? 잘못하면 잡혀갈 수도 있는데…….

"같은 방에 있던 애가 맥 사 먹으러 나가다가 그 여자가 '우리 이제 써클 갈까?' 그러면서 나가는 거 봤대. 근데 아무리 뒤져봐도 없어."

"어떡해?"

"잠깐, 그 여자 혹시 어떻게 생겼는지 알아?"

그 동안 지안의 말을 가만히 듣고 있던 상준이 끼어들어 말했다.

"그건 왜?"

"내 친구가 당한 사건이랑 똑같아서."

"뭐? 그게 정말이야?"

나와 지안이 동시에 물었다. 상준은 심각한 얼굴로 고개를 끄덕거렸다. 상준의 이런 진지한 표정은 내게 다시 잘해보자고 했을 때 이후로 처음 보는 듯싶다.

"잠깐만. 곧 도윤이가 나올 거야. 확인해보자."

잠시 후 도윤이 힘없이 써클에서 걸어 나왔다.

"야, 그 여자애 갸름한 얼굴에 약간 태닝한 것 같은 피부, 키는 165 정도이고 블루블랙 긴 생머리, 맞지?"

상준은 도윤이 우리 앞에 채 멈춰 서기도 전에 질문을 퍼부어댔다.

"어, 그런 것 같아. 약간 수술한 느낌은 나지만 이목구비가 굉장히 뚜렷하고 예쁜 얼굴이었어."

도윤이 고개를 끄덕이며 말했다.

"아직도 예쁘단 소리가 나와? 이 덜떨어진 자식아!"

지안이 도윤의 뒤통수를 후려치며 나무랐다.

"그럼 이제 어떡해야 해? 어떻게 찾아? 찢어져서 찾을까? 근데 상준이 너만 얼굴 알지, 우리는 얼굴도 모르잖아. 네 설명만 듣고 우리가 어떻게 찾아?"

"유라도 곧 온다고 했거든. 그러니까 유라 오면 같이 얘기하자."

"뭐? 유라가 와?"

난 유라가 온다는 지안의 갑작스런 말에 머리가 멍해졌.

유라가 온다니. 유라랑 마주치게 되다니. 그것도 하필이면 이런 상황에서!

그날 이후로 유라와 난 서로 단 한 번도 연락을 하지 않았다. 그날, 그러니까 double H에서 유라는 나에게 배신자라며 고래고래 소리를 질러댔고, 잠깐 동안 해명을 하다 지친 나는 솔직히 선 한 번 봤다고 그 남자가 네 남자는 아니지 않냐, 어차피 동원 씨에게 차인 건 네 쪽이 아니냐, 소리를 지르며 악다구니를 썼다. 최악이었다. 누군가 말했었지. 사랑 앞에서 여자의 우정은 쓰다 버린 휴지 조각 같다고. 그 말을 내가 몸소 체험하는 날이 올 줄이야.

그렇게 double H 스파링에서 기력이 다할 정도로 싸운 후론(사실 동원 씨와 권투를 했어야 하는 건데) 단 한 번도 만나지도, 연락도 하지 않았다. 물론 동원 씨와도 마찬가지이고.

어찌 됐건 지금 이 상황에서 유라를 만나는 건 절대 옳은 일이 아니다. 나는 도윤을 사정없이 후려치고 있는 지안의 등 뒤에서, 지안에게 넌지시 말을 건넸다.

"지안아, 지금 나와 유라가 만나는 건 그다지 좋은 생각이 아닌 것 같아."

내 말을 들은 건지, 못 들은 건지 지안은 계속해서 도윤이의 몸 여기저기를 손바닥으로 후려치고 있었고, 상준이는 그런 둘을 보며 고개를 설레설레 젓고 있었다. 이 상황 역시 최악이다.

다시 한 번 내 의사를 정확히 밝혀야겠다고 생각하고 지안의 어깨를 잡으려는 순간, 내 등 뒤에서 낯익은 목소리가 들려왔다.

"그건 나도 그렇거든?"

까칠한 목소리의 주인공은 바로 유라였다.

뒤를 돌아보니 유라가 팔짱을 낀 채 아니꼽다는 표정으로 나를 보고 있었다. 언제부터 저기 서 있었던 걸까. 나에 대한 적개심을 풀지 않아 보이는 유라를 보자 다시금 double H에서 있었던 사건이 주마등처럼 스쳐 지나갔다. 한참 동안 도윤이의 등판을 후려치던 지안이 유라를 발견하자 반가운 얼굴로 유라 곁으로 다가갔다. 그리고 유라의 팔에 자신의 팔을 끼고는 우리를 번갈아 쳐다보며 말했다.

"야, 둘은 나중에 싸우고 오늘은 나 좀 도와줘. 그게, 돈이 문제가 아니라 할아버지가 알면 우리 다 죽어. 어?"

지안은 울먹이듯 말했고, 나와 유라는 한참 동안 힐끔힐끔 얼굴을 쳐다보며 서로의 눈치만 보았다.

나는 유라와의 일은 잠시 잊어버리고 그놈의 시계 때문에 당장이라도 목숨이 위태로운 지안을 도울 것인가, 아니면 유라와 한 공간에 있는 것을 참지 못하고 다시 집으로 가 잠이나 퍼져 잘 것인가 고민했다. 하지만 결정은 유라가 내렸다.

"그래, 일단 그러자. 네 일이 더 급한 것 같으니까."

도도하게 말하는 유라를 바라보다 유라와 눈이 마주치자 나는 재빨리 지안에게 시선을 옮겼다.

"상준아, 너도 좀 도와줘. 그럴 수 있어?"

"그러지 뭐. 재미있을 것도 같고. 잠깐 데니엘한테 전화 좀 할게."

상준이 데니엘인지 뭔지, 디젤 청바지 모델같이 생긴 외국인에게 전화를 걸러 사라지고, 도윤이 써클 안에 두고 온 자신의 휴대폰을 찾으러 들어간 사이, 나와 유라, 지안 사이에는 참을 수 없는 어색한 공기가 떠다니고 있었다. 지안은 괜한 너스레를 떨며 이 익숙치 않은 상황을 벗어나려고 노력했지만 그게 그리 쉬운 일은 아니었다.

다행히 상준과 도윤이 곧 돌아왔고, 우리는 맥도날드 2층으로 자리를 옮겼다. 그리고 그 도둑년을 어떻게 하면 잡을 수 있을지에 대해 논의하기 시작했다. 뭐, 일종의 브레인스토밍이라고 할 수 있나?

하지만 30분이 지나도 마땅한 방법이 떠오르지 않았고, 나는 경찰에 신고하는 게 좋지 않겠냐는 제안을 했다. 하지만 지안은 손사랫짓까지 해가며 나의 의견에 반대했다. 이유는 만약 그 여자애가 시계를 가지고 있지 않을 경우 우린 허위 신고를 했다는 오명을 입을 수 있고, 잘못하면 할아버지 귀에 들어갈 수도 있다는 것이었다. 게다가 시계 찾기에 열이 오른 지안과 달리 도윤은 그다지 시계를 찾아야겠다는 의지가 없어 보였다. 물론, 자신의 말로는 빨리 시계를 찾아야 한다며 설레발을 쳤지만, 시계를 갖고 달아났다는 그 예쁜 부킹녀를 도둑으로 몰아붙이고 싶은 생각은 추호도 없는 것 같았다. 다시 말해 시계보다는 그 여자를 다시 찾고 싶은 의지가 더 강했으면 강했지 약하지는 않을 거라는 말이다. 만약 그 여자를 찾게 된다면 절도죄로 경찰에 넘기는 대신 자신의 애인으로 만들어버릴지도 모른다. 아니, 분명하다.

"그럼 어쩌지?"

"만약 내가 겪었던 그 여자가 맞는다면 갠 이 동네 애가 아니야. 아무도 아는 사람이 없더라고. 이름이 김……."

"김지이요. 끝에 자가 이인지, 희인지 잘 모르겠지만 아무튼 그런 이름이었어요."

깜찍한 절도녀의 이름을 머뭇거리며 대는 상준의 말을 끊고 도윤이 대답했다.

"맞아! 그 이름이었어. 어쩐지 수법이 너무 똑같다 했어. 와, 걔 진짜 대단한 애네? 이 좁디좁은 동네에서 어떻게 똑같은 수법으로 일을 저지를 수 있지? 잡히기만 해봐라."

상준은 마치 자기가 그 일을 당한 것처럼 흥분하며 이를 바득바득 갈았다.

"그럼 둘이 동일 인물이잖아! 웨이터한테 전화해봤어? 걔 번호 알지도 모르잖아?"

난 흥분해서 말했다. 마치 내가 굉장한 발견이라도 한 듯.

"이미 물어봤지. 모른대. 아마 자주 오는 애는 아닌가봐. 친구가 올 때 가끔 오는 정도인 것 같아."

지안이 목이 타는지 콜라를 벌컥벌컥 들이켰다.

"내가 볼 때 이름은 진짜인 것 같아. 친구들이 부를 때도 그렇게 불렀거든."

그때 갑자기 내 머릿속에서 무언가 스쳐 지나갔다. 우리나라 전 국민이 모두 하나씩 가지고 있다고 해도 과언이 아닌 싸이월드 미니홈피.

"오케이, 지금 우리가 여기서 이러고 있을 때가 아니라 PC방에 가야 해. 얼른 일어나, 얼른!"

압구정 로데오 거리에 있는 PC방에 도착한 우리는 조를 짰다. 나와 지안과 상준이 한 조, 유라와 도윤이 한 조.

일단 이름이 '김지희'인지 '김지이'인지 알 수 없으니 우리 조가 김지희, 도윤이 조가 김지이를 찾기로 했다. 나이는 스물세 살이라고 했으니 85년생부터 88년생까지 몽땅 뒤지면 될 것이다. 스물세 살이면 86년생이지만 혹시라도 나이를 속였을 가능성이 있으므로 대략 그쯤으로 연령층을 잡았다.

시간은 어느새 새벽 5시.

"얘는?"

"아니야."

"그럼 얘?"

"아니야, 이렇게 못생기지 않았어."

"얘는?"

"아니야, 아니야, 이렇게 평범한 얼굴이 아니라니까. 무진장 예뻐."

무진장 예쁘다는 도윤의 말에 가만히 있을 지안이 아니었다. 또 한 대 얻어 맞는 도윤. 저러고 싶을까? 쯧쯧, 난 나도 모르게 혀를 끌끌 찼다. 어쨌든 우리는 계속해서 김지희란 이름을 가진 사람의 미니홈피를 들락날락거렸다.

옆 자리에서도 계속 '아니'라는 소리만 들리고, 깜찍한 절도범의 싸이는 나타나지 않았다. 시간이 갈수록 짜증이 쌓여갔고, 오른손 검지가 아려왔다. 하지만 우리는 무슨 수를 써서라도 그 절도범을 찾아내야 한다. 3천만 원. 무서운 지안의 할아버지, 지안과 도윤의 목숨 등등의 이유로.

 난 장시간 컴퓨터 앞에 앉아 있어 뻑뻑해진 목을 주무르며 카운터에 가서 캔 커피를 사람 수대로 사왔다. 그때였다. 상준의 흥분한 목소리가 들려온 건.

 "다들 모여봐! 얘가 갠 것 같은데?"

 난 재빨리 우리 자리로 뛰어갔다. 캔 커피 하나가 바닥에 떨어진 것 따위는 안중에도 없다. 도윤도 우리 자리로 옮겨 물끄러미 대문 사진을 바라보고 있다.

 "맞아, 얘야. 확실해."

 도윤이 흥분하여 말했다. 그 흥분의 의미가 상준과는 많이 다른 듯하지만. 어쨌든 지금 중요한 건 그녀를 찾았다는 것이다.

 "뭐야, 애 눈 찢고, 코 세우고, 아주 다 갈아엎었네."

 역시 유라의 눈에 가장 빨리 포착되는 건 얼굴의 역사다. 아주 고고학자야. 얼굴 역사 전문가.

 어쨌든 이 여자의 정체는 확실히 밝혀졌다. 86년생 김지희.

 우리는 일단 이 여자의 홈피를 발견했다는 사실만으로도 무한한 행복을 느꼈다. 지안과 도윤은 서로 부둥켜안고 꺅꺅대고 있었다. 이 순간만큼은 나와 유라도 함께 기뻐했다. 뭐, 금세 머쓱해져서 서로 딴 곳을 보긴 했지만 말이다.

"그럼 이제 어쩌지? 사진을 멀티 메일로 보내서 거리에 애들 깔아? 분명히 아직 압구정이나 청담 바닥에 있을 거라고!"

상준이 휴대폰을 들며 말했다. 역시나 압구정 이장님다운 발상이다.

"저기, 그것도 좋은데, 일촌 파도타기는 어때? 왜 그런 얘기도 있잖아. 세상의 모든 사람은, 심지어 부시 대통령까지도 여섯 다리만 건너면 다 안다고. 그러니까 우리는 각자 자기가 아는 사람이 나올 때까지 얘 홈피에서 계속 파도를 타보는 거야. 그리고 자기가 아는 사람이 나오면 그 사람을 통해서 다리를 놓아보자. 어때?"

'일촌 파도타기'를 하자는 내 제안에 다들 의견이 분분했지만 지금은 그럴 시간조차 허락되지 않았다. 김지희란 이름을 가진 그 여자가 언제 그 시계를 팔아넘길지 알 수 없으므로 우린 한시라도 빨리 서둘러야 했다. 딱히 다른 방법이 나오지 않아 결국 내가 내놓은 '일촌 파도타기'를 하기로 했다.

"그럼, 일을 더 빨리 진행해야 하니까 각자 앉아서 하기로 하자."

내 말에 모두들 일사분란하게 움직였고, 다들 그녀의 싸이 홈피에 들어가 열심히 일촌 파도타기에 매달렸다. 어느새 날이 밝아오고, 일촌 파도타기를 시작한 지 30분이나 지났지만 우리들은 아무것도 건지지 못했다.

젠장, 처음 잠깐은 흥미로웠지만 시간이 지날수록 점점 귀찮아졌다. 말은 쉬웠지만 이 파도타기가 그리 쉬운 일은 아니었다. 범인의 일촌 평에는 수많은 이름들이 있는데 이들 중 한 명을 고르는 순간 나는 또 한 번 많은 선택의 갈림길에 놓이게 된다. 그 선택 후에도, 그 후에도. 옆에 앉은 지안도 꽤 힘들어 보였다. 하긴 힘들 만도 하지. 어느새 6시가 넘었고, 우린 한숨도 자지 못했으니 힘에 부치지 않는다는 건 말도 안 된다. 도윤이 이 자식, 평소에 그렇게 여자 밝히더니 이런 사고 칠 줄 내 진작 알고 있었지. 그 와중에서도 도윤이는 그 여자의 사진을 헤헤거리며 보고 있다. 일촌 파도타기에 지친 지안은 그런 도윤의 뒤통수를 아까보다 더 세게 휘갈겼다.

"야, 이 자식아, 너 지금 애 보면서 실실 쪼갤 때야? 정신 안 차릴래?"

도윤은 지안에게 얻어맞은 뒤통수를 문지르며 다시 일촌 파도타기에 집중했다. 모두들 말이 없고 마우스 클릭하는 소리만 들린다.

"찾았다! 역시 내가 찾았어. 사진첩으로 해야 했다니까? 일촌 평은 아무렇게나 맺은 일촌들도 많이 남기지만 사진첩에는 싸이 홈피 주인하고 친한 사람들이 주로 댓글을 쓴단 말이지. 얘가 내 친구야. 그러니까 최경식이 얘를 알고, 얘가 김지희 친구의 친구야."

지금 거의 비몽사몽 상태인 나로서는 상준이가 대체 무슨 말을 하고 있는지 정확히 알아들을 수 없지만, 어쨌든 일촌 파도타기에 성공했다는 것 아닌가. 지안과 유라와 나는 동시에 키보드 위로 쓰러졌고, 도윤은 잔뜩 흑심이 담긴 눈으로 상준을 보챈다.

"지금 빨리 연락해서 김지희 연락처 물어봐."

"알았어."

나는 여전히 키보드 위에 엎드려 있었고, 다른 애들은 상준이 주위에 둘러앉아 통화 내용을 듣고 있다. 지금부터는 충분히 가능성이 있다. 상준이 경식이란 친구에게 부탁해 김지희의 친한 친구 휴대폰 번호를 알아내자 우리는 모두 안도의 한숨을 내쉬었다. 아니 근데 대체 이 시간에 왜 아무도 자고 있지 않은 거야? 다들 아침형 인간인가? 신기하네.

"자, 그럼 얘한테 전화해서 김지희 전화번호를 알아내면 되겠네."

상준이가 이제 끝났다는 듯이 이마를 손바닥으로 쓱쓱 문질렀다. 그리곤 김지희의 친한 친구 번호가 저장되어 있는 자신의 휴대폰을 우리에게 쓱 내밀며 물었다.

"누가 할래?"

"이제부터는 내가 할게. 다들 고마워."

어느새 키보드 위에 엎드려 있던 지안이 벌떡 몸을 일으켜 상준의 휴대폰을 뺏어 들었다. 그리고 잔뜩 화가 난 표정으로 발신 버튼을 길게 눌렀다. 난 슬쩍 도윤의 표정을 살폈다. 기대와 불안이 반반씩 섞인 묘한 표정. 아까부터 궁금하게 생각한 건데 도윤이 진짜 원하는 건 그 시계일까, 아님 깜찍한 도둑녀일까? 어쨌거나 긴장되는 순간이다.

"여보세요? 최경아 씨 휴대폰 맞죠? 제가 지금 김지희 씨 휴대폰을 주웠는데 통화 목록을 보고 전화드렸거든요?"

지안은 아주 태평한 얼굴로 거짓말을 했다. 갑자기 지안이 대단하게, 아니 똑똑하게 느껴졌다.

"혹시 집 전화번호 아세요? 아, 잠깐만요. 삼 사 삼에 이 팔××요?"

지안은 나에게 자기가 부르는 번호를 다른 휴대폰에 저장해달라는 손짓을 했다. 번호를 부르는 지안의 목소리가 점점 낮게 가라앉는다.

"지금 전화하기엔 너무 이른 시간인데 집으로 전화해도 괜찮을까요? 아, 네, 고맙습니다. 근데 지금 이분 휴대폰에 배터리가 별로 없으니까 전화는 걸지 말아주세요."

전화가 끊어졌다.

"야, 혼자 산단다. 여기로 전화하면 돼."

지안이 들뜬 목소리로 우리에게 말했다. 우린 모두 존경과 경이의 눈빛으로 지안을 쳐다보았다.

"정말 괜찮은 방법인데?"

상준이 감탄을 금치 못하며 말했다.

"지안아, 너 정말 똑똑하다."

자신의 남자 문제, 그러니까 연애사에 있어서도 머리가 이렇게 빠릿빠릿하게 돌아간다면 얼마나 좋을까, 라는 생각과 함께 호스트 사건이 잠시 떠올랐다.

"완벽했어."

늘 지안과 티격태격하는 유라도 지안에게 엄지손가락을 치켜세웠다.

"누나, 요즘 전화 사기가 유행이라는데 사기죄로 경찰에 잡혀가는 거 아니야?"

도윤이다.

"뭐, 이 자식아?"

쏟아지는 칭찬에 잠깐 기분 좋아지던 지안이 도윤의 말에 다시 도끼눈을 뜨고 잡아먹을 듯이 노려본다. 우리들도 분위기 파악 못하고 말을 던진 도윤을 어이없다는 듯이 쳐다보았다. 분명 저 자식, 그 여자한테 반했어. 그것도 아주 단단히 말이야.

"아니 난…… 그냥…… 누나가 걱정돼서."

우리들의 무서운 시선을 의식한 도윤이 움찔거리며 기어 들어가는 목소리로 말했다. 어쩔 수 없는 놈!

"야, 우선 시계나 찾고 내 걱정해도 되거든? 난 감옥 가지만 넌 죽을 수도 있어."

"여기선 내가 해볼게."

어쩐 일인지 유라가 나섰다. 이런 귀찮은 일에 유라가 나서는 일은 흔치 않다. 유라는 철저히 개인주의적인 아이인데, 이 바쉐론 콘스탄틴 프로젝트에서 자신의 역할이 그다지 크지 않았나고 생각했기 때문인가? 아니면 괜히 화를 내고 짜증 낼 상대가 필요하거나. 나도 유라에 대해 그 정도는 파악하고 있다.

유라는 상준의 휴대폰을 받아 들고 발신음이 들리자 약간 긴장한 표정을 지었다. 하지만 그다지 걱정은 되지 않는다. 여자들끼리의 싸움은 유라의 전공이므로.

"여보세요."

휴대폰 안에서 어려 보이는 여자의 목소리가 들리자마자 우리는 참아왔던 침을 꿀꺽 하고 삼켰다. 과연 지금 전화 받은 그녀가 그녀일 것인가?(무슨 책 제목 같다) 우리는 조용히 유라의 첫마디를 기다렸다.

"야!"

유라가 째질 듯한 목소리로 소리를 질렀다. 하긴 회유나 토론은 그녀와 어울리지 않는다.

"너 지금 어디야?"

집으로 걸었는데 당연히 집이겠지, 라고 생각했지만 입 밖에 내지는 않았다. 지금은 그런 일로 사소한 시비를 만들 때가 아니다. 봐, 지안도 가만히 있잖아.

"너, 그 바쉐론 콘스탄틴이 얼만지 알아?"

역시 유라다. 단도직입적으로 가격에 대해 말하다니. 난 조금씩 감기는 눈을 힘껏 부릅뜨며 유라를 바라보았다.

"네가 오늘 뿌려간 그 시계가 바쉐론 콘스탄틴이야. 그것도 몰랐냐?"

"……"

"네? 뭐라고요?"

그녀가 뭐라고 말했는지 갑자기 유라의 목소리 톤이 낮아졌다. 뭐야? 무슨 일이지? 그 여자가 그 여자가 아닌 건가?

"아, 그래요? 잠깐만요. 그럼 제가 친구들이랑 잠깐 이야기해보고 다시 전화할게요."

"야, 뭐라고 하는데?"

갑작스럽게 전화를 끊은 유라에게 우리가 영문을 알 수 없어 물었다.

"야, 도윤아."

유라가 조심스럽게 도윤을 부르자 도윤이 놀란 토끼 눈을 하고 유라를 쳐다보았다. 모두의 시선이 도윤을 향하고 있다. 물론 나도.

"네?"

"네가 걔한테 시계를 줬다고 하는데, 이게 대체 무슨 소리야?"

"뭐라고?"

우리가 마치 합창이라도 하듯 소리치자 당황한 도윤이 우리에게서 약간 몸을 뒤로 젖혔다.

"도윤이 네가 걔 예쁘다고 하면서 시계를 줬다고 하는데? 그게 사실이야?"

"야, 정말이야?"

지안이 흥분해서 도윤에게 물었다. 사실 물어본다는 표현보다는 윽박을 지른다는 쪽이 더 정확하겠군.

"아니, 준 건 아니었는데…… 그냥 한번 차보라고……."

"야, 두말할 필요 없어. 네가 그년한테 전화하면 끝나는 문제야."

"제가요?"

상준의 말에 도윤은 몸을 더욱 뒤로 젖혔다. 저러다가 아예 도망가버릴까 걱정이 될 정도로.

"네가 만든 일이니까 네가 마무리해야지. 우리가 동이 틀 때까지 도와줬는데. 빨리 걸어."

상준이 다시 한 번 도윤 앞으로 휴대폰을 들이밀면서 분위기를 험악하게 만들었다. 하지만 도윤이는 고개를 절레절레 흔들며 슬금슬금 의자를 뒤로 뺐다.

"난 좀 그런데…… 누나가 해주면 안 될까? 내가 옆에서 안 줬다고 말해줄게."

 맙소사! 하마터면 난 웃음을 터뜨릴 뻔했다. '내가 옆에서 안 줬다고 말해줄게'라니. 자신이 저지른 일 때문에 우리들이 이 새벽에 잠도 못 자고 PC방에 와 있단 사실을 까먹은 건가? 갑자기 도윤이의 머리를 한 대 쥐어박고 싶어졌다.

 "야, 이 미친놈아, 지금 바로 전화 안 하면 우리 다 갈 거야. 그리고 넌 할아버지한테 뒤지고. 아마 차 키랑 카드랑 다 빼앗기고 다시는 나이트 근처엔 얼씬도 못할지 몰라. 어떡할래?"

 역시나 지안도 나와 같은 생각이었나보다. 지안의 날카로운 물음에 도윤은 조금 머뭇머뭇하더니 두 눈을 질끈 감고 통화 버튼을 눌렀다.

 "여보세요? 아까 클럽i에서 부킹했던 도윤인데요. 집엔 잘 들어가셨어요?"

 하! 지금 이 순간에 집에 잘 들어갔냐는 말이 나오다니. 아무래도 저 집 유전자는 잘난 외모에, 미치는 유전자라도 갖고 있는 모양이다. 어째 겉만 번지르르한 호스트한테 속아 넘어간 지안이나, 예쁘다고 3천만 원짜리 시계를 덥석 채워주는 도윤이나 별반 다를 것이 없어 보인다. 저것들 닮은 구석은 별로 없어도 남매 맞네, 라는 생각에 피식하고 웃음이 나왔다.

 "다름 아니라, 그게 제 시계가 아니라 할아버지 거거든요. 액수가 문제가 아니라 할아버지 거라 찾아야 되거든요."

 "액수가 문제지 이 새끼야! 네가 언제 그런 거 따지고 그년한테 시계

던졌냐?"

지안이 도윤의 머리를 세게 내리쳤다. 나를 포함해 다른 사람들도 이제 저 어쩔 수 없는 남매를 포기한 눈치다. 다들 눈에 피로가 가득하다.

"네, 드린 건 맞는데요. 그게 할아버지 거라는 걸 잠시 까먹었어요."

저러다 시계 못 받아내는 거 아니야?

난 걱정스런 눈으로 도윤을 쳐다보았다. 도윤의 얼굴이 벌겋게 상기되어 있다.

어휴, 저 땀 좀 봐!

"야, 최도윤, 너 5초 안에 못 받아내면 지금 당장 할아버지한테 전화한다!"

지안이 그런 도윤을 참다못해 결국 소리를 질렀다.

아, 정말 이 못 말리는 남매를 어쩌면 좋단 말인가.

"저기요, 할아버지 일어나기 전에 가져다놔야 하거든요? 제가 지금 그쪽으로 가서 받을게요. 집 위치가 어떻게 돼요?"

그 여자 집 주소를 알아내고 다급하게 전화를 끊어버린 도윤은 마치 자신이 대단한 일이라도 한 것처럼 입이 찢어져라 웃고 있다.

"됐지? 된 거지? 나 잘한 거지?"

지안은 그런 도윤을 금방이라도 찢어 죽일 듯한 눈으로 노려보았고, 지칠 대로 지친 나머지 사람들은 그저 멍하니 서 있었다. 그러면서도 난 여러 가지 감정이 섞인 눈으로 나를 바라보는 유라의 시선을 애써 외면했다.

결국 이 말도 안 되는 사건은 도윤이 그 여자 집에 가서 시계를 받아오면서 마무리되었다. 미련한 도윤이(앞으로 그렇게 부르기로 마음먹었다)는 그 상황에서도 그녀에게 미안하다며 이번 주말 데이트를 신청했다. 물론 그녀는 단번에 거절했지만.

집에 돌아오는 길에 지안은 결국 한 번 더 도윤에게 욕지거리를 해댔다.

"이 바보자식아, 너 한 번만 더 저년한테 뭐 갖다 바치는 거 들키면 나한테 죽을 줄 알아!"

순간 '너도 똑같아, 남자 외모만 보고 환장하지 마'라고 내 목젖까지 올라왔던 말은 유턴 신호가 떨어지자마자 핸들을 신경질적으로 꺾는 지안을 보고 어디론가 사라졌다. 현명한 판단이었다. 사람이 어찌 자신이 하고 싶은 말을 다 내뱉으며 살 수 있으랴!

나는 마치 누군가와 경주라도 하듯 운전하는 위험한 차 안에서 도윤의 시계를 잠시 동안 가지고 있었던 어린 여자를 생각했다.

부자에다 겉모습도 근사한 남자들이 넘쳐나는, 그러니까 이 청담동 밤 문화가 이루어지는 나이트에서 그녀는 그들로부터 얼마나 많은 것들을 얻어냈을까? 그건 칼만 들지 않았지 거의 도둑이나 다름없다. 근데 그렇게 할 수 있는 것도 능력이다. 아무나 할 수 없는.

집에 돌아오니 시계는 8시를 가리키고 있었고, 나는 곧바로 침대 위에 쓰러졌다. 몸은 죽을 만큼 피곤한데 정신은 이상하리만치 말짱하다.

나이트에서 피해야 할 남녀

1. '어! 이거 예쁘다' '우와, 이 시계 비싸 보인다' 하며 요리조리 남자를 둘러보는 여자.
2. '차가 뭐예요?'라고 대놓고 물어보는 여자. 물론 여자.
3. 만난 지 3분 만에 나가자는 여자. 뭔가 원하는 게 있는 거다. 물론 남자도.

갑자기 동원 씨가 못견디게 그리워진다.

double H 사건 이후 동원 씨와도 연락이 되지 않았다. 아무래도 그와는 운명이 아닌 것 같다는 생각이 든다. 친한 친구와 엮인 것도 그렇고. 또 그런 일이 있다고 해서 이렇게 아무 연락이 없는 남자와 어떻게 계속해서 관계를 이끌어나갈 수 있느냔 말이다. 만약 그날 헬스장에서 유라와 마주치지 않았다면? 아니다, 그래도 어차피 이렇게 되었을 것이다. '그렇게 될 일은, 결국 그렇게 된다'*라는 인디언 속담처럼.

난 그에게 마지막일지도 모르는 문자를 찍었다.

─잘 지내요? 아무래도 우린 아닌 거 같아요.

---

* 그렇게 될 일은, 결국 그렇게 된다 「거침없이 하이킥」 165회, 민용을 떠나보낸 서민정이 학생들에게 했던 말이다. 나도 무엇인가를 포기해야 할 상황이 올 때마다 항상 이 말을 혼자 중얼거린다. 'What must happen will happen regardless.'

수십 번을 지웠다 말았다 하며 망설이기를 10분 정도. 결국 전송 버튼을 눌렀다. 마지막 순간에 갑자기 마음이 바뀌어 폴더를 닫아버렸지만 다시 열어보니 여느 드라마에서 그렇듯 이미 전송이 된 상태였다. 더 이상은 내가 어떻게 할 방법이 없다. 그의 답장을 기다리는 수밖에.

하지만 10분이 지나고 20분이 지나도 그에게선 연락이 오지 않았다. 다시 전화를 해봐? 하지만 이런 문자까지 보내놓고 너무 웃기잖아. 그럼 그때 받은 목걸이랑 신발 돌려주고 싶다고 연락해? 아니, 그건 너무 구차해. 젠장, 갑자기 펑펑 울고 싶을 만큼 서러웠다.

사실 그는 너무나 근사한 남자였다. 나에게 너무나도 친절했고, 매력적이었고, 스타일도 좋았다. 게다가 사는 곳까지 가까웠다.

모든 게 나에게 완벽한 남자였다. 아니, 사실 그런 모든 걸 떠나 난 그를 사랑했다. 난 완벽한 남자가 아니라, 내가 사랑하는 남자를 잃은 것이다. 오후 2시까지 그의 문자를 기다리다가 잠이 들었다.

중간에 울린 벨소리에 화들짝 놀라 잠에서 깼다. 두근거리는 마음으로 휴대폰을 보았지만 유라였다. 난 받을까 말까 한참 망설이다 폴더를 열었다. 그도 잃고 유라도 잃는 것은 정말 바보 같은 짓이다. 자존심 강한 유라가 먼저 전화를 해줬으니 이젠 내가 한 발 다가갈 차례다. 이미 유라에 대한 내 마음은 여름날 아이스크림처럼 녹아 있었다. 누군가 이렇게 말했다.

"사랑은 잠시고, 우정은 영원이다."

일요일은 광림교회에서
회개할까… 말까… 잘까?

그에게 문자를 보내고 이틀 후. 여전히 연락이 없는 그를 기다리는 바보 같은 나를 위해 난 나 스스로에게 특단의 조치를 내렸다. 그건 바로 휴대폰 번호를 바꾸는 일이었다. 그럼 내 휴대폰 수신 번호에 그의 번호가 뜨지 않는 이유를 '어쩔 수 없잖아? 그는 바뀐 내 휴대폰 번호를 모르는걸'이라고 맘 편히 생각할 수 있을 것이다. 비합리적인 자기 합리화라고 비난해도 어쩔 수 없다. 노심초사, 오지도 않을 남자의 연락을 하염없이 기다리며 종일 휴대폰만 들여다보는 멍청하고 비참한 나날을 보내는 것보다는 그 편이 훨씬 나을 것 같기에.

글루미한 내 기분을 비웃듯 창문 틈으로 밝은 빛이 새어 들어왔다. 벌써 8시. 10시까지 약속 장소인 광림교회로 가려면 제일 먼저 지금 내 몸을 감싸고 있는 이 이불을 내 몸에서 걷어내야 한다. 사랑했던 남자와

★ 광림교회 압구정 도산공원 옆에 위치한 교회.

잠자리의 포근한 이불. 세상에서 이처럼 떼내기 힘든 것이 또 있을까?

난 '패리스 힐튼의 옷장과 내 옷장을 바꿀 수 있는 방법'이 있다면 무엇이든 하겠어라는 엉뚱한 생각을 하며 온 방을 옷가지들로 가득 채운 후에야 차이나식 블라우스에 아이보리 마 바지를 매치해 최대한 단아한 느낌이 들도록 차려입었다. 그리고 방 여기저기 허물처럼 널브러져 있는 옷가지들을 나 몰라라 뒤로한 채 도산공원에 위치한 광림교회로 향했다.

갑작스럽게 '우리도 교회 다니지 않을래? 일요일은 회개하고 기도도 하고 그러는 거야. 어때?' 라는 지안의 제안에 우리의 첫 반응은 꽤나 부정적이었다. 하지만 중요한 건 지금 난 광림교회 로비에 들어와 있고, 내 눈앞엔 나만큼이나(?) 단아한 차림의 지안과 유라가 한 손에 성경책을 들고 다소곳하게 서 있다는 것이다.

"흐음! 다들 신선한걸."

"그러니? 이런 옷 찾느라고 엄마 옷장까지 뒤졌어."

너스레를 떠는 유라 때문에 우리는 한바탕 까르르 웃어댄 후 예배당 안으로 들어가 자리에 앉았다. 난 혹시 아는 애가 있지 않을까 하고 조심스레 둘러보았다. 로데오 거리에서, 청담동 카페에서 또는 클럽에서 본 듯한 이들이 종종 눈에 띄었다. 물론 차림새는 180도 다르지만. 나도 남 말할 처지가 아니라는 생각에 쿡 하고 웃음이 나왔다.

예배가 시작되고 처음엔 유라가, 다음엔 지안이 자리를 비웠다. 그리고 그녀들은 예배가 끝날 때까지 돌아오지 않았다. 밖으로 나오자마자 그녀들에게 전화를 했지만 그녀들은 내 전화를 받지 않았다. 대신 달랑 문자만 하나씩 보내왔다.

―내 이상형을 만났어. 기억나? 아까 우리 앞자리에 앉아 있던 남자. 내가 화장실 가니까 따라 나온 거 있지. 자세한 이야긴 나중에.

―미안. 작년에 선봤던 남잘 우연히 다시 만났지 뭐야. 그냥 보낼 수가 없었어. 아! 그거 알아? 보스 자리에 스팟이라는 클럽이 새로 생긴대. 수영장 딸린 룸도 있는. 담 주에 가자.

웃음밖에 나오지 않았다. 혹시 교회에 오자는 이유가 이거였나? 하긴 지금 예배를 마치고 우르르 몰려나오는 사람들 중에 근사해 보이는 남자들이 종종 눈에 띈다. 아니, '종종'이라는 표현보다는 '자주'가 어울릴 것 같다. 그리고 중요한 건 평소에 저들이 어떤 모습을 하고 있든 지금 그들의 모습은 세련됐고, 성실해 보이고, 진실해 보인다는 것이다. 우리나라에 이처럼 물 좋은 교회가 이곳 말고 또 있을쏘냐?* 나는 그런 그들을 바라보며 무표정한 얼굴로 자리에 앉아 있었다.

★ 누구나 한번 와보면 그렇게 느낄 것이라고 나는 장담한다.

● 광림교회가 헌팅하기 좋은 이유 ●

1. 부모님을 따라온 젊은 남녀의 시선은 항상 고정되어 있지 않다.
2. 예배가 끝나고 데이트하기에 좋은 근사한 장소가 주위에 널려 있다.

그때 동원 씨의 뒷모습과 비슷한 모습이 눈에 띄었다. 그리고 그 순간, 내 다리의 힘은 맥없이 풀려버렸다.

휴, 하는 한숨과 함께 몸 속 깊은 곳으로부터 외로움이 솟구쳐 오르면서, 그것이 한 방울 눈물이 되어 바닥에 똑 하고 떨어졌다. 이런! 나 정말 그 남자한테 반한 거야? 그 남잔 그렇지 않은 것 같은데……. 그렉 버렌트는 『그는 당신에게 반하지 않았다』*에서 '정말 당신에게 반한 남자라면 무슨 일이 있어도 당신 곁을 떠나지 않을 것이다'라고 했다. 남자란 존재는 아무리 바쁘더라도 자신이 원하는 것은 꼭 얻고 마는 종족이란 말도 있다. 그렉 버렌트가 거짓을 쓰진 않았을 것이다. 왜냐? 그는 『섹스 앤 더 시티』의 작가니까. 한마디로 그는 나에게 반하지도, 나를 간절히 원하지도 않았다는 것이다. 이젠, 정말 미련을 버려야 하는데…….

난 사람들이 빠져나간 텅 빈 예배당 안에 혼자 우두커니 앉아 생각에 잠겼다. 공허함이란 게 이런 걸까? 아무리 여러 사람에게 둘러싸여 있

---

* 『그는 당신에게 반하지 않았다』 대단한 작가들이 모여 쓴 책이긴 하나, 이 책의 수많은 페이지를 굳이 읽을 필요가 있을까 싶을 정도로 일관되게 한 가지 말만 하고 있다. "헤이, 그 사람 당신에게 반하지 않았대!"라고.

어도 결국 내가 원하는 단 한 사람이 내 것이 아니라는 게 이렇게 힘들 줄이야. 아마 유라도 지안도, 그리고 상준이도 마찬가지겠지? 남들이 보기엔 모든 것을 가지고 있는 그들도 결국 자신이 원하는 것을 가지지 못해 마음 한 편에 쓸쓸함을 지닌 채 살고 있을 것이다. 어쩌면 그래서 더욱더 물질적인 것들을 추구하며 살아가는 것이 아닐는지. 그렇다! 그들이 물질적인 것을 추구하는 것은 아마도 마음속 공허함이 크기 때문일 것이다. 대체 언제부터 이렇게 돼버렸을까.

뭐, 이런 심오한 생각들이 나와 전혀 어울리진 않지만, 가끔은 이런 기분에 빠져보는 것도 나쁘지 않다는 생각이 들었다. 교회라는 장소적 특성 때문일까? 어쨌든 평소 하지 않던 짓을 해서 그런가, 난 갑자기 허기를 느꼈다. 자리에서 일어나 뒤를 돌아 발걸음을 한 발 옮겼을 때 난 내 두 눈을 의심했다. 내 눈앞에는 분명 동원 씨가 있었다.

"동……원 씨!"

이번엔 분명히 동원 씨가 맞다. 내가 그토록 그리워하던 사람. 게다가 그는 나를 향해 아주 반가운 표정을 짓고 있었다. 마치 오랜만에 만난 연인을 보듯이 말이다. 난 잠시 멍하니 그를 바라보았다.

그가 나에게 다가오고 있다. 그의 발걸음이 나에게 행운으로 다가올지 불행으로 다가올지는 아직 잘 모른다. 하지만 내가 지금 신경 써야 할 것은 그런 게 아니었다. 여전히 최고로 청담스러운 남자로 인해 미친 듯이 뛰어대는 내 심장 소리가 그에게 들리지 않게 최대한 내 마음을 진정시키는 것!

난 애써 마음을 가다듬고 내 앞으로 다가온 그에게 조심스레 말을 건넸다.

"이런 곳에서 다 보네! 잘 지냈어요?"

조금씩 떨려오는 목소리를 애써 감춘 채 말이다.